족장의 가을

El Otoño del Patriarca

EL OTOÑO DEL PATRIARCA

by Gabriel García Márquez

세계문학전집 377

족장의 가을

El Otoño del Patriarca

가브리엘 가르시아 마르케스
송병선 옮김

민음사

차례

족장의 가을   7

작품 해설   365
작가 연보   386

주말에 독수리들이 대통령 관저의 난간으로 들어갔으며, 창문 철망을 쪼아 망가뜨렸고, 날개를 퍼덕이면서 관저 내부의 정체된 시간을 휘저었으며, 월요일 새벽에 도시는 위대한 사람의 죽음과 썩어 버린 위대함의 따스하고 부드러운 산들바람과 함께 여러 세기의 무기력 상태에서 깨어났다. 그제야 비로소 우리는 가장 단호하고 결연한 사람들이 원했던 것처럼 용기를 내어 단단한 돌을 쌓아 만든 좀먹은 성벽을 공격하지도 않고, 그리고 다른 사람들이 제안했듯이 황소 멍에로 돌쩌귀를 떼어 내지도 않은 채 정문으로 들어갔는데, 위풍당당하던 시절에는 윌리엄 댐피어[1]가 이끌던 약탈자들도 굳건하게 견뎌 냈던 커다란 방

---

1) William Dampier(1652~1715). 영국의 해적이자 항해가. 미르게스의 단편 소설 「유령선의 마지막 항해」에도 등장한다. 조너선 스위프트의 『걸리버 여행기』, 새뮤얼 테일러 콜리지의 「늙은 선원의 노래」에도 영향을 주었다.

폭 문들의 경첩은 사람들이 밀어도 아무런 저항을 하지 않았다. 그것은 마치 다른 시대의 분위기로 들어가는 것과 같았는데, 넓디넓은 권력의 소굴이 남긴 잿더미 구덩이에서 공기는 한층 희박했고, 침묵은 더 오래됐으며, 사물들은 노쇠한 빛 속에서 좀처럼 보이지 않았기 때문이다. 첫 번째 정원의 바닥 타일은 땅 밑에서 밀고 올라오는 잡초의 압력에 굴복한 상태였고, 그 정원을 따라 우리는 도망친 경비 부대의 흐트러진 바리케이드와 총가(銃架)에 아무렇게나 버려진 무기들, 공포에 질려 먹다가 중단된 일요일 점심 식사의 찌꺼기가 접시에 담긴 채로 거칠고 긴 판자 식탁 위에 놓여 있는 것을 보았고, 관저 사무실들이 있던 어둠에 잠긴 허름한 별관, 그리고 가장 따분하고 건조한 삶보다도 항상 느리게 처리되던, 미결된 청원 서류 사이에서 알록달록한 버섯과 파리한 붓꽃을 보았으며, 또한 안마당 한가운데서 다섯 세대 이상을 군인 성사로 기독교인이 되게 해 주었던 세례대를 보았고, 뒤쪽에서는 마차 차고로 개조된 부왕(副王)[2]들의 옛 마구간을 보았으며, 동백꽃과 나비들 속에서 굉음의 시간[3]에 사용되었던 2인승 사륜마차와 흑사병 시절의 짐마차, 혜성이 지나간 해에 사용된

2) 스페인의 식민 지배를 받던 시절, 라틴 아메리카에는 현재의 멕시코, 콜롬비아, 페루, 아르헨티나에 네 개의 부왕국이 설치되어 있었는데, 이 부왕국을 다스리는 최고 책임자를 말한다.
3) 1687년 3월 9일에 보고타와 그 주변에서 일어난 현상으로, 강한 유황 냄새와 함께 귀가 먹먹할 정도의 굉음이 약 십 분 정도 지속됐던 사건이다. 원인은 밝혀지지 않았다.

대형 사륜마차, 질서 속에서 발전을 구가하던 시절의 장례 마차, 평화의 첫 세기에 쓰던 몽유병에 걸린 것 같은 리무진을 보았는데, 모두가 먼지투성이 거미줄 아래에서 훌륭한 상태로 보관되어 있었으며, 국기 색깔로 칠해져 있었다. 두 번째 마당에는 쇠창살 뒤로 달빛 먼지가 내려앉은 장미 덤불이 있었는데, 그 덤불의 그늘은 궁전이 영화를 누리던 위대한 시절에 나병 환자들이 자던 곳으로, 장미 덤불은 버려진 채 너무나 무성하게 자라서 그 장미 공기 속에서는 향내가 없는 구석을 찾기 힘들었고, 그 냄새는 정원 뒤쪽에서 나던 악취와 닭장의 고약한 냄새와 역겨운 똥 냄새, 그리고 이제는 소젖을 짜는 외양간이 된 식민 시절의 바실리카 성당에서 나온 병사들과 소의 오줌이 발효한 냄새와 뒤범벅되어 있었다. 우리는 사람을 질식시킬 듯이 빼곡한 잡초들 사이로 길을 내면서, 카네이션 화분과 야생 백합과 부겐빌레아의 무성한 잎사귀가 아치를 이룬 복도를 보았는데, 그곳은 첩들의 막사가 있던 장소였기에, 다양한 가정 쓰레기와 수많은 재봉틀이 널려 있었는데 그것을 보고서야 그곳에서 칠삭둥이 아이들을 거느린 1000명 이상의 여자들이 사는 것이 충분히 가능한 일이라고 생각했고, 부엌에서 전쟁을 치른 것 같은 무질서와 세탁 대야들 안에서 햇빛을 받아 썩은 옷, 첩들과 병사들이 함께 사용하던 변소에 길게 뚫린 구멍을 보았으며, 뒤쪽에서는 커다란 바빌로니아 수양버들을 보았는데, 이것은 바다를 건너도록 알맞게 제작되어 소아시아의 거대한 온실에서 산 채로, 심지어 그곳의 흙과 수액과 이슬비와 함께 운송되어 온 것이었으며, 그 수양버들 뒤로는 엄청나게 크지만 슬퍼 보이는 관저가 보였는데, 망가진 격자창으로 계속해서 독수리들이 들어가고 있었다. 우리가 생각했던 대로 억지로 문을 열 필요는 없었으니, 중앙 문은 목소리의 힘만으로도 저절로 열리는 것 같았으며, 그래서 우리는 닳아 빠진 돌층계를 따라 2층으로 올라갔는데, 그 층계에 깔린 오페라 극장의 카펫이 소 발굽에 찢겨 있는 것과, 첫 번째 문간방에서 개인 침실들까지 가는 동안 폐허가 된 사무실과 회의실을 보았고, 무례하기 그지없는 소들이 그곳을 돌아다니면서 벨벳 커튼을 먹어 치우고 소파의 새틴 천을 물어 뜯어 놓은 장면을 보았고, 부서진 가구들과 최근에 만들어진 쇠똥 덩어리 사이로 바닥에 내팽개쳐진, 성인들과 군인들을 영웅적으로 묘사한 그림을 보았고, 소들이 먹어 치운 식당과 소들이 파손시켜 모욕적으로 더럽혀진 음악 연주실과 망가진 도미노 테이블과 소들이 마구 뜯어 먹은 당구대의 초록색 펠트 천을 보았으며, 한쪽 구석에서는 버려진 바람 만드는 기계, 그러니까 집안사람들이 이제는 사라져 버린 바다에 대한 향수를 견딜 수 있도록 크고 뾰족한 나침반 바늘 네 개로 그 어떤 현상도 위조해 내는 기계를 보았고, 지난주 어느 날 밤에 잠을 자도록 헝겊으로 덮어 놓은 새장이 아직 그대로 사방에 걸려 있는 것을 보았으며, 수많은 창문으로는 아직 역사적인 월요일이 막 살아 숨쉬기 시작했다는 것을 모른 채 잠들어 있는 거대한 동물 같은 도시를 보았고, 도시 너머의 수평선에서는 눈에 거슬리는 달의 잿빛을 띤 죽은 분화구들을 보았는데, 그것들은 예전에 바다가 있었던 끝없는 평원 위에 늘어서 있었다. 몇몇 특권층만 볼 수 있었던 그 금지된 경내에서 우리는 처음으로 독수리들이 먹는 썩은 고기 냄새를 맡았고, 그들의 오래된 천식과 앞으로 일어날 일을 예감하는 본능을 감지했으며, 그들이 날갯짓으로 만들어 내는 부패의 바람에 이끌려 접견실에서 구더기가 가득한 소들의 껍질과 전신거울들 속에서 여러 번 나타났다 사라지는 암소의 궁둥이와 뒷다리를 보았다. 이윽고 우리는 옆문을 밀었는데, 그 문은 벽 속에 위장된 집무실과 연결되어 있었고, 바로 그 집무실에서 그를 보았으니, 그는 표장 없는 두꺼운 리넨 군복을 입은 채 각반을 차고 있었고, 왼쪽 발꿈치에 황금 박차를 달고 있었으며, 이 땅과 이 바다에 사는 그 어떤 늙은 사람과 늙은 짐승보다 더 늙어 보이는 모습으로 바닥에 엎드려 쓰러져 있었으며, 오른팔은 구부러진 채 머릿밑으로 들어가 있어서 베개로 사용된 것처럼 보였는데, 고독한 독재자로 너무나 긴 생애를 사는 동안 매일 밤 그렇게 잠을 잔 것 같았다. 얼굴을 보려고 그의 몸을 돌리고서야 우리는 독수리들이 파먹지 않았더라도 그를 알아볼 수 없다는 사실을 깨달았는데, 그의 옆얼굴은 동전의 양면과 우표에, 그리고 조혈 강장제 상표와 탈장대(脫腸帶)와 스카풀라4)에 새겨져 있었고, 석판으로 인쇄한 모습, 그러니까 가슴에 국기와 조국의 용을 안고서 석판으로 인쇄한 모습으로 어디를 가든 항상 전시되어 있었지만, 우리 중에서 그를 직접

---

4) 일반적으로 두 개의 작은 직사각형 천 조각이나 나무 또는 종이로 만들어져 있으며, 가톨릭 성인이나 문구가 적혀 있다.

본 사람은 아무도 없었기 때문인데, 우리는 그것들이 초상화 복사품의 복사이며, 그래서 혜성이 나타났던 시절에도 이미 그의 진짜 모습과는 다르다고 여겨졌다는 사실을 알았고, 우리의 부모들은 그들의 부모들이 한 이야기를 듣고, 그들의 부모는 그들보다 앞선 부모들이 아이들에게 해 준 이야기를 들어서 그를 알았으며, 또 우리는 어렸을 때부터 그가 권력의 집에 살고 있다고 믿었는데, 그것은 누군가가 어느 국경일 밤에 둥근 램프에 불을 붙이는 것을 보았기 때문이며, 누군가가 슬픔에 잠긴 눈과 파리한 입술, 그리고 대통령 전용 차량의 미사 장식 사이로 누구에게 작별을 고하는 것인지 알 수 없이 흔드는, 생각에 잠긴 손을 보았기 때문이며, 아주 오래전 어느 일요일에 5센타보⁵⁾만 주면 잊힌 시인 루벤 다리오⁶⁾의 시구를 읊어 주던 거리의 눈먼 사람을 그에게 데려왔고, 오직 그만을 위해 시를 읊었는데도 진짜 금화 하나를 주자, 너무나 행복해했다는 얘기를 들었기 때문인데, 물론 그 거지는 그를 보지 못했고, 그것은 그가 눈먼 사람이어서가 아니라, 황열병이 창궐했던 시절 이후 그를 본 사람이 아무도 없었기 때문인데, 그래도 우리는 그가 그곳에 있다는 것을 알았으며, 그 이유는 세상은 계속되었고, 삶도 계속되었으며, 우편물은 도착했고, 시

5) 라틴 아메리카 여러 국가에서 사용하는 화폐 '페소'의 100분의 1에 해당하는 단위.
6) Rubén Darío(1867~1916). 니카라과의 시인. 대표 시집으로 『푸름』, 『삶과 희망의 노래』 등이 있다.

립 악단은 먼지가 수북한 종려나무와 무기 광장7)의 희미한 가로등 불빛 아래서 분별없이 왈츠곡을 연주했으며, 그 악단의 단원들이 죽으면 또 다른 늙은 연주자로 대체했기 때문이다. 최근에는 사람 소리나 새들의 노랫소리가 관저 내부에서 더는 들려오지 않았고, 방폭 문도 영원히 닫혀 버렸지만, 우리는 관저에 누군가가 있다는 것을 알았는데, 그것은 밤에 바다 쪽 창문들을 통해 배에서 새어 나오는 것 같은 불빛이 보였기 때문이고, 용기를 내서 가까이 다가가 본 사람들은 발굽에 짓밟히는 재앙의 소리와 요새화된 성벽 뒤에서 들려오는 커다란 동물의 한숨 소리를 들었으며, 1월의 어느 날 오후에 우리는 대통령 전용 난간에서 석양을 응시하는 소를 보았으니, 상상해 보시라, 국가이며 조국인 집의 난간에 소가 있다니, 세상에 이보다 불공평하고 부당한 일이 있을까, 얼마나 똥 같은 나라인가. 그렇지만 모든 사람이 소는 계단으로 올라갈 수 없다는 것을, 더구나 그 계단이 돌로 되어 있다면 더 그렇고, 카펫이 깔려 있으면 더욱 그렇다는 것을 알았으니, 어떻게 소가 난간까지 갔는지를 두고 온갖 억측이 이어졌으며, 마침내 우리는 정말로 그 소를 보았는지, 아니면 어느 날 오후 무기 광장을 산책하다가 대통령궁 난간에서, 그러니까 아무것도 나타나지 않았고 앞으로도 오랫동안 그 어떤 것도 모습을 드러내지 않을 곳에서 소를 보는 꿈을 꾸면서 걸었던 것은 아닌지 알 수

---

7) 정복 전쟁 당시 군대가 주둔하던 곳으로 대부분의 국가에서는 중앙 광장을 의미한다.

없었는데, 많은 세월이 흐른 후 마지막 금요일 동틀 녘에 독수리들이 도착하기 시작했고, 그중에는 항상 꾸벅꾸벅 졸던 가난한 사람들이 다니는 자선 병원의 처마 돌림띠에서 날아오른 것들도 있었고, 내륙 지방에서 온 것들은 더 많았으며, 바다가 있던 먼지 바다의 수평선에서 계속 물결치듯이 몰려온 것들도 있었는데, 그것들은 온종일 권력의 집 위를 천천히 선회하다가, 마침내 신부 색 깃털과 진홍색 목털을 가진 독수리왕의 조용한 명령이 있자 유리를 깨뜨리는 난장판이 시작되었고, 그 죽은 위대한 인물의 냄새를 머금은 바람이 불기 시작했으며, 어떤 권력이나 힘도 없는 집에서나 일어날 수 있는 일처럼 창문으로 독수리들이 드나들었고, 그래서 우리는 대담하게 그곳으로 들어가기로 했고, 아무도 없는 성전에서 위대함의 부스러기들과 독수리가 쪼아 먹은 시체, 약지에 권력의 반지를 낀, 처녀처럼 부드러운 손을 발견했으며, 그의 온몸, 특히 겨드랑이와 사타구니에는 작은 이끼들과 심해에 사는 기생 동물들이 돋아나 있었고, 탈장되어 툭 불거진 불알은 범포(帆布)로 된 탈장대에 싸여 있었는데, 그 불알은 황소의 콩팥처럼 아주 컸지만, 유일하게 독수리들의 공격을 받지 않았는데, 그 당시 우리가 그의 죽음을 믿으려고 하지 않았던 이유는 혼자 옷을 입은 채, 그리고 오래전부터 여자 점쟁이가 대야에 담긴 예언의 물을 통해 예고한 대로, 그가 자는 동안 자연사한 것처럼 보이도록 죽은 것이 두 번째였기 때문이다. 맨 처음 그들이 죽은 상태의 그를 발견한 것은 그가 인생의 가을을 맞은 초기였고, 그 당시 국가는 아직도 상당히 생동감이 넘쳤기에, 고독하게 침실에 있을 때도 죽음의 위협을 느낄 수 있을 정도였지만, 그는 자기가 절대 죽지 않을 운명임을 안다는 듯이 통치했는데, 그것은 당시 그곳이 대통령 관저가 아니라 시장터처럼 보였기 때문이고, 그래서 앞으로 가려면 회랑에서 채소와 닭장을 싣고 온 당나귀들과 그것들을 내리는 맨발의 일꾼들을 헤치고 지나가야만 했고, 정부 기관이 베푸는 자비라는 기적을 기다리면서 계단에 있던 굶주린 아이들과 둥글게 모여 자던 여자 거지들을 뛰어넘어야 했으며, 입이 건 첩들이 버리는 더러운 물줄기를 피해야 했는데, 그 여자들은 밤에 꽃병에 꽂았던 꽃을 새로운 꽃으로 갈아 넣었고 걸레로 바닥을 닦았으며 난간의 카펫을 마른 나뭇가지로 때리면서 그 나뭇가지의 리듬에 맞춰 허황한 사랑의 노래를 불렀으니, 이 모든 것은 책상 서랍에 알을 낳는 암탉들을 본 종신 공무원들과 창녀 인신매매단원들, 그리고 화장실에 처박힌 병사들이 야단법석을 떠는 가운데, 그리고 새들이 시끄럽게 난리를 치고 버려진 거리의 개들이 구경꾼들에게 둘러싸여 싸움을 벌이는 아수라장 속에서 이루어졌고, 문이란 문은 모두 활짝 열어 놓은 그 저택에서는 누가 누구인지 아무도 몰랐고, 누가 지시를 내리는지도 알 수 없었으며, 따라서 관저 안의 엄청난 혼란 속에서 통치자나 관리자가 어디에 있는지 찾아내기는 불가능했기 때문이다. 그 궁전의 주인은 그 재앙 같은 장터에 참가했을 뿐만 아니라, 스스로 그런 것을 장려하고 지시했으며, 그래서 수탉이 울기 전 침실에 불이 모두 켜지자마자, 대통령 경호대는 근처의 콘데 병영으로 새로운 날의 소식을 전했고,

그러면 콘데 병영은 산헤로니모 기지로 그 소식을 그대로 반복했으며, 산헤로니모 기지는 그것을 항구 요새로 그대로 전했고, 항구 요새는 그것을 반복하여 여섯 번 연속해서 기상나팔을 불었는데, 그러면 먼저 도시가 깨어났고, 그다음에는 온 나라가 깨어났으며, 그사이 그는 휴대용 변기에 앉아 사색에 젖어서, 그 당시 나타나기 시작한 이명을 양손으로 잠재우려고 애썼고, 그 영광의 시절에는 아직도 그의 창문 맞은편에 있던 토파즈 색의 변덕스러운 바다를 따라가는 배들의 불빛을 바라보았다. 그 집을 장악하고 차지하게 된 이후부터 그는 매일 외양간에서 우유 짜는 작업을 감독하면서, 세 대의 대통령 전용 짐마차가 시내 주둔 부대로 가져갈 우유의 양을 직접 측정했고, 부엌에서 블랙커피 한 잔과 카사바 빵을 먹었지만, 새로운 하루라는 돌풍이 어디로 그를 끌고 가는지도 모른 채, 항상 하인들의 수다와 잡담에 귀를 기울였는데, 그들은 그와 똑같은 언어로 말하는 관저 안의 사람들로, 그는 그들의 진지한 감언이설을 높게 평가했고 그들의 마음을 가장 잘 헤아렸으며, 9시가 되기 조금 전에, 전용 마당의 편도나무 그늘에 만든 화강암 욕조에서 끓인 잎사귀를 넣은 물로 천천히 목욕을 했고, 11시 이후에야 동틀 녘의 불안을 이겨 내고 현실의 우연과 맞섰다. 그 전, 그러니까 해병대가 점령했던 기간에 그는 집무실에 틀어박혀 상륙군 사령관과 조국의 운명을 결정했으며, 엄지손가락으로 지장을 찍어 온갖 종류의 법령과 포고령에 서명했는데, 그것은 그가 당시에 글을 쓸 줄도 모르고 읽을 줄도 몰랐기 때문이지만, 혼자서 조국의 운명을 결정하게 되자, 그의 권력은 성문법이라는 귀찮은 존재로 인해 피를 말리지 않았고, 대신 살아 있는 목소리와 항상 어느 시간이든 어느 곳이든 존재하는 몸으로, 완고하고 냉혹할 정도로 인색하게, 그러나 또한 그 나이에는 상상할 수 없을 정도로 부지런하게 통치했으며, 그의 손은 건강의 소금을 나눠 주기를 애원하는 수많은 나병 환자와 눈먼 사람들과 중풍 환자들에게 둘러싸여 있었고, 배운 정치인들과 뻔뻔스러운 아첨꾼들에게도 에워싸여 있었는데, 그들은 그를 지진과 일식, 그리고 윤년과 하느님의 또 다른 실수들을 바로잡는 수정자로 천명했으며, 그는 눈 속의 코끼리 같은 커다란 발을 질질 끌고 온 집 안을 돌아다니면서 집안 문제들과 국가 문제들을 해결했는데, 이 문을 여기에서 떼어다가 저쪽에 갖다 놔, 라고 지시하고서 문을 떼면, 그 문을 제자리에 다시 갖다 달아, 라고 명령하고는 문을 다시 다는 식으로 간단하고 단순하게 처리했으며, 그 일이 끝나면 즉시 종탑의 시계가 12시에 열두 번의 종을 치지 못하게 하라고, 대신 삶이 더 길게 보이도록 2시에 치라고 명령했고, 그 명령이 완수되면 한순간도 지체하지 않고, 그러니까 일분일초도 쉬지 않고서 또 다른 지시를 내렸지만, 첩들의 어둠 속으로 도피하는 낮잠이라는 치명적인 시간만은 예외였는데, 그 시간이 되면 그는 한 여자를 택해서 그 여자의 옷을 벗기지도 않고 자기도 옷을 벗지 않은 채, 그리고 문을 닫지도 않은 채 덮쳤고, 그러면 집 안에서는 절박한 남편이 영혼 없이 헐떡이는 소리와 황금 박차가 살랑하면서 달랑거리는 소리, 개의 작은 울음소리, 여자가 칠삭둥이들의 더럽고 지저분한 시선에서 벗어나려고 애쓰면서 사랑의 시간을 허비하다가 깜짝 놀라 외치는 소리를 들을 수 있었는데, 여자들은 아이들에게 여기서 꺼져, 어서 가서 마당에서 놀아, 이건 아이들이 보면 안 되는 거야, 라고 소리쳤고, 그러면 마치 천사가 조국의 하늘을 가로지른 것처럼, 목소리들이 꺼졌고 삶도 멈추었으며, 모든 사람이 숨도 쉬지 않은 채 검지를 입술에 갖다 대고 가만히 있으면서, 조용히 해, 장군님께서 잡숫고 계신단 말이야, 라고 말하는 듯했지만, 그를 가장 잘 알던 사람들은 심지어 그 성스러운 휴식의 순간조차 믿지 않았는데, 그것은 그가 항상 두 사람으로 분리되어 두 장소에 동시에 존재한다고 생각했기 때문으로, 이는 그가 밤 7시에 도미노 게임을 하는 동시에 쇠똥에 불을 붙여 접견실의 모기를 쫓아내려고 하는 것을 보았던 사실에 기인하며, 따라서 마지막 창문의 불빛이 꺼지고, 대통령 침실에 있는 세 개의 빗장과 세 개의 자물쇠, 그리고 세 개의 가로장 소리가 나야 비로소 그가 하나임을 확신할 수 있었는데, 그럴 때면 그가 피로를 견디지 못하고 돌바닥에 쿵 하고 쓰러지는 소리가 들렸고, 그런 다음에는 다 늙은 어린애의 숨소리가 들렸으며, 그 소리는 밀물이 들어오면서 더욱 커졌고, 밤의 하프와 같은 그 바람 소리는 고막을 찢을 듯이 울어 대는 매미 소리가 잠잠해질 때까지 계속되었는데, 그럴 때면 거품 이는 커다란 바다 물결이 부왕들과 해적들의 고도(古都) 거리를 휩쓴 다음, 사방의 모든 창문을 통해 관저로 밀려왔고, 끔찍했던 8월의 어떤 토요일처럼, 그런 바다 물결 때문에 거울에는 삿갓조개들이 달라붙어 자랐고, 접견실은 상어들이 미친 듯이 휘젓고 다녔으며, 선사 시대에 가장 높았던 대양의 해수면보다 더 높이 올라가서 대지와 공간과 시간의 표면으로 넘쳐흘렀고, 오직 그 혼자 남아서, 외롭게 물에 빠져 죽은 사람의 꿈에서나 나오는 달의 물에 엎드려 둥둥 떠다녔는데, 그럴 때도 그는 두꺼운 리넨으로 된 일반 군복을 입고, 군화를 신고 각반을 찼으며, 황금 박차를 단 채로, 오른팔을 구부려서 머리 아래에 놓아 베개로 삼았다. 첫 번째 죽음이 있기 전인 피도 눈물도 없던 시절에 그가 동시에 모든 곳에 편재(偏在)한 현상, 내려가면서 동시에 올라가는 현상, 성공적이지 않은 사랑으로 인해 괴로워하면서 동시에 바닷물 속에서 환희를 맛보는 현상, 이것들은 그에게 아부하는 자들이 주장하듯이 그가 하늘에서 부여받은 특권도 아니고, 그의 비판자들이 말하듯이 군중의 환각이나 망상도 아니라, 그의 분신인 파트리시오 아라고네스의 완벽한 봉사와 개처럼 철저한 충성심에 기댄 행운 덕분이었는데, 파트리시오는 일부러 찾아낸 사람이 아니라 부하들이, 장군님, 가짜 대통령 전용 마차가 원주민 마을을 돌아다니면서 사기를 치며 돈을 긁어모으고 있습니다, 라고 그에게 새로운 소식을 전하면서 발견된 사람으로, 그때 그들은 장례식장의 어둠 속에서 과묵한 눈을 보았고, 창백한 입술을 보았으며, 거리에 무릎을 꿇고 있는 병자들에게 벨벳으로 된 장갑을 끼고 소금 한 줌씩을 던져 주던 신부처럼 고운 손을 보았는데, 마차 뒤로 가짜 기병대 장교 둘이 긴깅을 되찾게 해 준 대가로 금화를 받고 있습니다, 상상되십니까, 장군님, 이건 신성 모독입니다, 라고 보고했지만, 그는 그 사기꾼을 체포하라거나 처벌하라는 명령을 내린 것이 아니라, 사람들이 그 사기꾼과 자기를 혼동하지 않도록, 머리에 마대 자루를 씌워서 비밀리에 대통령 관저로 데려오라고 부탁했고, 자기와 너무나 똑같은 모습을 보자 창피해하면서, 염병할, 이 사람은 나잖아, 라고 말했는데, 실제로 그와 사기꾼은 똑같아 보였지만, 사기꾼이 절대 흉내 낼 수 없었던 그의 권위 있는 목소리와 생명선이 막힘없이 선명하게 엄지손가락 아래까지 길게 뻗은 손금만은 똑같지 않았는데, 그가 즉시 그 사기꾼을 총살하지 않은 것이 그를 공식 사기꾼으로 데리고 있기 위해서였다고 말할 수 없는 이유는 그런 생각이 나중에 떠올랐기 때문인데, 그렇게 한 것은 자기 운명의 암호가 사기꾼의 손에 쓰여 있을지도 모른다는 망상 때문에 불안했기 때문이다. 그 꿈이 얼마나 허황한 것인지 확신했을 때, 이미 파트리시오 아라고네스는 여섯 번의 암살 기도에서 꿋꿋하고 태연하게 살아남았으며, 망치로 때려서 평평하게 만든 발을 끌고 다니는 데 익숙해져 있었고, 귀에서 이명을 들었으며, 겨울 새벽이면 통증을 느꼈고, 마치 가죽끈이 뒤엉킨 것 같은 황금 박차를 벗었다가 다시 차는 법을 배웠는데, 그것은 접견이 예정되어 있을 때 시간을 벌기 위해서였고, 그럴 때 그는 제기랄, 플랑드르의 대장장이들이 만드는 이 걸쇠 좀 봐, 이 작자들은 이것도 제대로 못 만들어, 라고 투덜댔으며, 자기 아버지의 유리 공예용 화덕에서 병에 공기를 불어 넣는 일을 했을 때는 농담꾼에다 수다쟁이였지만, 이제는 생각이 깊고 신중하며 음울한 사람이 되어 있었고, 사람들의 말을 신경 쓰지 않고, 그들의 눈에 있는 어두움을 유심히 바라보면서 그들이 말하지 않은 걸 추측하는 데 관심을 보였으며, 질문을 받으면 우선 당신 생각은 어떠냐고 물은 뒤에 대답했고, 기적을 파는 장사를 할 때는 게으름뱅이에 사기꾼이었던 데 비해 고통스러울 정도로 부지런해졌고, 무자비할 정도로 걸었으며, 구두쇠이자 욕심쟁이로 변했고, 폭력적이고 강제로 사랑하는 운명을 따랐으며, 옷을 입고 엎드려서 베개 없이 바닥에서 자는 것을 택했고, 자기 자신의 정체성에 대한 때 이른 추정과 물려받은 모든 소명 의식, 즉 단순히 바람을 불어 병을 만드는 것에 대한 자부심을 버렸으며, 권력의 위험에 맞서 확실한 초석을 놓음으로써 또다시 돌을 놓지 않게 했고, 적지에서 축하 리본을 잘랐으며, 너무나 많은 감상적인 꿈과 불가능한 환상으로 한숨을 억눌렀는데, 그것은 그가 너무나 덧없으며 동시에 손에 넣을 수 없는 수많은 미의 여왕들에게 왕관을 씌워 주면서도 건드릴 수 없었기 때문이고, 그래서 평생 자기 운명이 아닌 비천한 운명을 사는 것으로 만족하기로 했지만, 그것은 그의 탐욕이나 신념 때문이 아니라, 자신의 삶을 공식 사기꾼이라는 종신직으로 바꾸었기 때문인데, 그에 대한 보수라야 매달 받는 50페소가 고작이었지만, 왕이 되는 재앙 없이 왕처럼 살 수 있는 이점이 있었으니 무엇을 더 바라겠는가. 그렇게 두 사람의 신원은 혼동되었고, 그것은 오랫동안 바람이 불었던 어느 날 밤에 절정에 달했는데, 그 밤에 그는 파트리시오 아라고네스가 재스민 향내 나는 수증기에 휩싸여 바다를 향해 한숨 짓는 모습을 보았고, 당연히 놀라서 자기 분신에게 음식물에 독극물이 들어간 게 아니냐고 물으면서 정처 없이 떠도는 사람 같고 나쁜 공기가 관통한 것 같다고 말했는데, 그러자 파트리시오 아라고네스는 아닙니다, 장군님, 그보다 더 심각합니다, 라고 대답하고는, 토요일에 카니발의 여왕에게 왕관을 씌워 주었고, 그녀와 첫 번째 왈츠에 맞춰 춤을 추었는데 이제는 그 기억에서 빠져나갈 문을 찾지 못하고 있다고, 지상에서 가장 아름다운 여인이라고 말하고서, 한 남자의 소유가 되도록 만들어지지 않은 여자, 그러니까 장군님이 그 여자를 본다 해도 절대 손에 넣을 수 없는 여자입니다, 라고 말했고, 그러자 그는 안도의 한숨을 쉬면서 빌어먹을, 그런 건 남자들이 여자 변비 현상이라고 말하는 것, 그러니까 한 여자에게 묶여 정지되었을 때 일어나는 일이야, 라고 말하고는 그 여자를 납치하라고 제안했는데, 그는 이미 수많은 교활한 여자들을 그렇게 해서 자기 첩으로 삼은 경험이 있으니, 나 같으면 그 여자를 억지로 침대에 눕혀 놓고 군인 넷에게 팔다리를 붙잡고 있으라고 하고서 가장 맛있는 부분을 서둘러 먹어 버리겠네, 제기랄, 자네 속을 태운 계집애를 그냥 먹어 버리는 거야, 라고 말했고, 심지어 얌전하게 숙녀인 척하는 여자들도 처음에는 분노로 몸부림치며 난리를 피우지만, 나중에는 장군님, 나를 씨 떨어진 슬픈 로즈 애플처럼 버리지 말아요, 라고 애원한다고 말했으나, 파트리시오 아라고네스는 그 정도가 아니라 더 많은 것을 원했으니, 여자들의 사랑을 받고자 했는데, 장군님, 이 여자는 기쁨의 노랫가락이 어디서 나오는지 아는 여자입니다, 직접 보시면 아실 겁니다, 라고 말했고, 그래서 그는 안심했다는 표시로 그에게 자기 첩들의 방으로 향하는 밤의 오솔길을 가리키며, 마치 파트리시오 아라고네스가 그 자신인 듯이 그 여자들을 마음대로, 그러니까 덮쳐도 괜찮고 급하게 해도 좋으며 옷을 입은 채 사용해도 좋다고 허락했고, 파트리시오 아라고네스는 신의와 성실로써 임대한 사랑의 늪으로 빠지면서, 그들과 함께 있으면 자신의 욕망에 재갈이 물려질 것이라고 믿었지만, 그의 염원이 너무나 컸던 탓에 때때로 대여된 것이라는 조건을 망각하고서 방심한 상태로 바지 지퍼를 열었고, 세세한 것에 머뭇거리며 시간을 끌었으며, 조심성 없이 가장 인색하고 야비한 여자들의 숨겨진 보석에 걸려 넘어졌고, 여자들에게 지극히 깊은 한숨을 내쉬게 했으며, 어둠 속에서 여자들을 갑자기 웃게 만든 까닭에, 여자들은 그에게, 장군님, 정말 끝내주시네요, 장군님은 나이가 드셨는데도 갈수록 원하시네요, 라고 말했고, 그 이후 두 사람 중에 그 누구도, 그리고 그 어떤 여자도 누가 누구의 자식인지 알 길 없는 아이들이 생겨났는데, 파트리시오 아라고네스의 아이들도 그의 아이들처럼 칠삭둥이로 태어났기 때문이다. 그런 이유로 파트리시오 아라고네스는 권력의 핵심 인물, 즉 가장 사랑받고 아마도 가장 무서운 사람이 되어 집권 초기처럼 군대에 많은 시간을 할애하며 큰 관심을 기울였는데, 그것은 모두가 믿듯이 군대가 그의 권력을 유지하는 밑받침이었기 때문이 아니라, 오히려 그와 반대로 가장 무섭고 두려운 천적이었기 때문이었으며, 그래서 그는 몇몇 장교들이 다른 장교들에게 감시를 받는다고 믿게 했고, 근무 지역을 마구 이동시켜서 음모를 꾸미지 못하도록 미연에 방지했으며, 군부대에는 열 개의 실탄에 공포탄 여덟 개를 넣어 보급했고, 해변의 모래를 섞은 화약을 보냈지만, 대통령 관저의 탄약고에는 손만 뻗으면 닿을 수 있는 거리에 양질의 탄약을 보관하고서, 여벌 없는 다른 문들의 열쇠와 함께 탄약고 열쇠를 열쇠고리에 달고 다녔기에, 그를 제외한 그 누구도 탄약고를 열 수 없었다. 뿐만 아니라, 내 평생의 동지였던 로드리고 데 아길라르 장군의 조용한 그림자도 그곳을 지키고 있었는데, 그는 포병에다 군사 학교 출신이었고, 또한 국방부 장관이면서 동시에 대통령 경비대 사령관이었으며, 국가안전부 부장이었고, 그와 도미노 게임을 하면서 그를 이겨도 좋다고 허락받은 몇 안 되는 사람 중의 하나였는데, 대통령 전용 마차가 암살 기도가 있던 장소로 지나가기 몇 분 전에 다이너마이트를 해체하다가 오른팔을 잃어버렸기 때문이다. 로드리고 데 아길라르 장군의 보호를 받고 파트리시오 아라고네스의 도움을 받자 그는 너무나 안전하다고 느꼈고, 그러자 자기 보존적인 불길한 예언을 등한시하기 시작하면서 모습을 드러내는 횟수가 많아졌으며, 부관 한 사람만 데리고서 아무 기장도 달지 않은 이륜마차를 타고 무모하게 시내를 돌아다니면서, 문구멍으로 그가 대통령령으로 세상에서 가장 아름다운 성당이라고 공포했던 황금빛 돌로 된 웅장하고 거만한 대성당을 응시했으며, 기면 상태의 시절에 만들어진 주랑이 늘어선 오래된 석조 저택과 바다를 향해 고개를 돌린 해바라기를 엿보았고, 부왕들이 살던 동네의 양초 심지 냄새를 풍기는 자갈 박힌 길, 그리고 난간 양지에서 부겐빌레아

다발과 카네이션 화분 사이에 앉아 불가피하게 교양 있는 자세로 수직 레이스를 뜨고 있는 핼쑥한 아가씨들도 보았고, 비스카야[8] 출신 수녀들이 혜성이 처음 지나간 것을 축하하기 위해 오후 3시에 클라비코드를 연습하는 바둑판무늬의 수녀원도 보았으며, 아수라장 같은 시장 거리를 지났고, 그곳에서 죽음의 음악 소리를 들었으며, 복권 판매대에 꽂아 놓은 깃발과 사탕수수 주스를 파는 손수레, 줄줄이 걸어 놓은 이구아나 알, 햇빛에 바랜 것 같은 터키인들의 싸구려 물건, 부모 말을 듣지 않아서 전갈로 변해 버린 여자를 짜 넣은 무시무시한 태피스트리를 보았고, 남자 없는 여자들이 가득한 가난한 뒷골목도 보았는데, 거기서 여자들은 저물녘에 벌거벗은 채로 나와서 푸른색 조기와 붉은색 도미를 샀고, 채소를 파는 여자들과 욕설을 주고받으면서 세공된 나무 난간에서 옷을 말렸는데, 그는 또한 바람에서 썩은 생선 냄새를 맡았고, 길모퉁이에서 펠리컨들의 일상적인 빛, 그러니까 은빛을 띤 흰색을 보았고, 내포(內浦)의 곳에서는 흑인 판잣집들의 무질서한 색깔을 보았는데, 불현듯 저기 있어, 부두야, 아, 부두야, 라고 중얼거리고는, 해면처럼 물컹대는 널빤지들이 깔린 부둣가와 더 길고 음산해 보이는 해병대의 낡은 전함을 보았으며, 너무 늦게 비켜서는 바람에 무섭게 달려오는 작은 마차에 길을 터 줄 틈이 없었던 흑인 여자 하역부가 하마터면 죽음과 마주칠 뻔했다고 느끼는 장면도 보았는데, 그것은 그녀가 이 세상에서

---

8) 스페인 바스크 지방 서북부에 위치한 주.

가장 슬픈 눈으로 항구를 응시하는 늘그막의 노인을 보았기 때문으로, 그녀는 그분이다, 라고 흠칫 놀라 소리치면서 만세, 우리 진짜 사나이 만세, 라고 외쳤고, 그러자 남자들과 여자들과 아이들이 만세, 라고 소리치면서 중국 선술집과 싸구려 식당에서 달려 나왔고, 또 어떤 사람들은 만세, 만세, 라고 외치면서 권력의 손과 악수하려고 말의 다리를 붙잡고서 마차를 막았는데, 그것은 너무나 민첩하고 예기치 못한 행동이어서, 그는 총을 뽑아 든 부관의 팔을 간신히 밀쳐 버리고는 긴장된 목소리로 멍청한 짓 하지 말게, 나를 사랑해서 그러는 거니까 그냥 놔두게, 라고 대답했고, 그날의 격앙된 사랑의 표현과 이후 며칠 동안 계속된 그와 비슷한 사랑에 어찌나 흥분하고 감격했던지, 로드리고 데 아길라르 장군은 그의 머릿속에서, 조국의 애국 시민들이 내 몸을 완전히 볼 수 있도록 무개 마차를 타야겠어, 라는 생각을 떨쳐 버리기가 너무 힘들었는데, 선창에서 갑작스럽게 사람들이 몰려온 건 자발적인 행동이었지만, 그 이후의 행동은 국가안전부가 조직해서 그가 위험에 처하지 않고 즐길 수 있도록 만든 상황임을 전혀 의심하지 않았기 때문이다. 인생의 가을 해 질 녘에 맛본 사랑의 공기가 어찌나 달콤하고 유혹적이었는지, 그는 꽤 오랜만에 용기를 내어 도시를 벗어나기로 하면서 국기 색깔을 칠한 낡은 기차를 다시 가동했는데, 그 기차는 슬픔과 괴로움으로 점철된 광활한 그의 왕국 가장자리로 기어올라 돌아다니면서, 야생 난초 가지들과 여주들 사이를 달렸고, 원숭이들과 극락조들과 철길 위에서 잠든 표범들을 깨워 소동을 일으켰으며, 심지어 살을 에는 듯이 춥고 버려진 황량한 고원에 있는 그의 고향 마을조차 기차역에서 장송곡을 연주하는 악단과 함께 기다리게 했고, 그에게 조종을 울리게 했으며, 성삼위 오른쪽에 앉아 있는 이름 없는 애국자에게 환영 플래카드를 보여 주게 했고, 산골에서 떨어져 사는 원주민들을 동원하여 대통령 전용 마차의 장례식 같은 어둠 속에서 숨겨진 권력을 만나게 했는데, 가까이 갈 수 있었던 사람들이 본 것은 먼지 수북한 유리창 뒤의 아연실색한 눈이나, 떨리는 입술, 그리고 영광과 망각의 중간 지대에서 인사하는 근본 없는 손바닥이 전부였고, 그러는 동안 어느 경호원은 그를 창문에서 떨어지게 하려고 애쓰면서, 조심하십시오, 장군님, 조국에겐 각하가 필요합니다, 라고 말했지만, 그는 꿈속에 있는 듯이, 걱정하지 말게, 대령, 이 사람들은 나를 사랑해, 라고 대답했고, 고원의 황무지를 가로지르는 기차에서 했던 행동은 나무 바퀴를 굴리며 강을 운항하던 배에서도 이어졌는데, 그 배는 치자나무의 감미로운 향기와 적도의 지류에서 썩은 도롱뇽 사이로 자동 피아노가 연주하는 왈츠의 흔적을 남기고 다니면서, 선사 시대의 용과 같은 고물 자동차, 인어들이 새끼를 낳는 신들의 섬, 사라진 거대 도시에 재앙을 부른 석양을 교묘하게 피했고, 심지어 불타고 황폐한 판자촌도 피했는데, 강둑으로 나와 국기 색깔을 칠한 목선을 구경하던 주민들이 본 것이라야 대통령 전용 선실의 창문에서 인사하는 벨벳 장갑을 낀 신원불명의 손이 전부였지만, 그는 강둑에 모여서 국기가 없어 말랑가[9] 잎사귀를 마구 흔드는 사람들을 보았고, 살아 있는 아메리카 맥[10]과 코끼리 다리만큼 엄청나게 큰 참마, 그리고 대통령의 고깃국 솥에 들어갈 암탉을 넣은 상자를 들고 강물로 뛰어드는 사람들을 보았으니, 성당 같은 선실의 어둠 속에서 감격하여 한숨을 내쉬면서 선장, 저들이 어떻게 오는지 보게, 얼마나 나를 좋아하는지 보게, 라고 말했다. 12월에 카리브해의 세계가 유리처럼 맑아지면 그는 덮개 마차를 타고서 험한 돌길을 올라가 커다란 산호 암초 꼭대기에 있는 집까지 가서, 라틴 아메리카 다른 나라의 독재자들과 도미노 게임을 하며 오후를 보냈는데, 그들은 다른 나라의 실각한 독재자들로, 그가 오랜 세월에 걸쳐 망명을 허락한 사람들이었고, 이제는 그가 마련한 자비의 그늘 아래서 늙어 가며 테라스 의자에 앉아서는 두 번째 기회를 얻을 것이라면서 터무니없는 망상의 배를 꿈꾸었고, 혼잣말을 중얼거리면서 요양소에서 죽은 것과 진배없는 몸으로 죽어 갔는데, 그 요양소는 그가 마치 한 명의 망명자인 양 그들 모두를 받아 준 다음에 바다가 내려다보이는 전망대에 지어 준 것으로, 그들은 모두 새벽에 군복 정장을 입고 나타났지만, 파자마 위에 입은 군복은 뒤집혀 있었는데, 정부에서 도둑질한 돈 가방과 훈장 한 상자와 낡은 회계 장부에 붙인 신문 스크랩, 그리고 그를 처음 접견할 때 마치 신임장처럼 보여 줄 인물 사진첩을 갖고 와서는 장군님, 이건 내가 중위 때 찍은 사진이고, 이건 내 취임식 날에 찍은 것이고, 이건 내 집권 16주년 기

---

9) 고구마와 비슷한 덩이줄기 식물.
10) 콜롬비아, 브라질, 파라과이, 아르헨티나 등지에 분포하는 동물로 몸집이 크고 생김새는 곰과 같다.

넘일에 찍은 사진인데, 보십시오, 장군님, 이라고 말했지만, 그는 그 말에 별로 관심을 두지 않고 증명서를 살펴보지도 않은 채 망명을 승낙했으니, 그것은 쫓겨난 대통령의 유일한 신원 증명서는 사망 증명서여야 하기 때문이야, 라고 말했으며, 마찬가지로 경멸의 표정을 지으며 허황하고 짧은 연설을 들었는데, 그들은 짧은 기간만 각하의 고귀한 호의를 수락하겠습니다, 그사이 민중의 정의가 내 권력을 빼앗은 작자에게 책임을 물을 것입니다, 라고 말하곤 했는데, 그것은 유치하게 젠체하는 변치 않는 형식이어서, 얼마 후에는 권력을 빼앗은 사람에게서도 그 소리를 들었고, 또 그다음에는 그 권력을 빼앗은 사람에게서도 그 소리를 들었으니, 마치 그 멍청하고 한심한 놈들은 이런 사람 장사에서는 한번 무너지면 영원히 무너진다는 사실을 모르는 것 같았는데, 그는 이들 모두를 몇 달 동안 대통령 관저에 묶게 하면서 강제로 도미노 게임을 하게 만들어, 한 푼도 남기지 않고 모두 빼앗았고, 그러면 비로소 내 팔을 붙잡고 바다가 내다보이는 창문 앞으로 데려갔고, 오로지 한쪽을 향해 걸어가는 이 빌어먹을 삶을 슬퍼하도록 나를 도와주었으며, 저쪽으로 가면 된다는 환상으로 나를 위로해 주었는데, 그는 저기를 봐요, 커다란 암초 꼭대기에 좌초한 대형 여객선처럼 보이는 저 거대한 집을 봐요, 내가 저기에 당신에게 줄 방이 하나 있는데 빛도 잘 들고 음식도 맛있어요, 또 불행한 다른 동료들과 함께 과거를 잊을 시간도 많을 겁니다, 라고 말했고, 12월의 오후가 되면 그는 바다가 내려다보이는 테라스에 앉아 있기를 좋아했는데, 그것은 빌붙어 사는 인간들과 도미노 게임을 하는 것이 즐거워서가 아니라, 자기가 그런 사람 중의 하나가 아니라는 천박한 행복을 즐기기 위해서였고, 또 그들의 비참함이라는 교훈의 거울에서 자기 자신을 바라보았으며, 그런 커다란 수렁에서 행복을 핥아먹었고, 혼자서 꿈을 꾸었으며, 더러운 생각을 하는 사람처럼 새벽녘의 어둠 속에서 관저의 바닥을 청소하는 온순한 흑인 여자들을 까치발로 쫓아다녔고, 공공 침실에서 그 여자들의 흔적을 쫓고 약방에서 파는 머릿기름 냄새를 맡고 다녔으며, 그중 한여자와 단둘이 만날 기회를 노려서 집무실 문 뒤에서 수탉처럼 사랑을 나누었는데, 그러면 여자들은 어둠 속에서 깔깔거리면서 장군님, 죽여 주네요, 너무 크고 아직도 너무 밝히세요, 라고 말했지만, 그는 사랑이 끝난 후에는 슬픈 표정을 지었고, 자기 자신을 달래기 위해 아무도 듣지 않는 곳에서, 눈부신 1월의 달이여, 라고 노래를 불렀고, 당신 창가 옆의 교수대에 서 있는 내 모습이 얼마나 처량한지 쳐다봐 주오, 라고 노래했으며, 10월이 올 때마다 국민이 그를 사랑한다는 사실을 너무나 확신하고서 아무런 불길한 징조도 느끼지 않은 채 교외 저택 마당에 그물 침대를 걸어 놓았는데, 그곳은 그의 어머니 벤디시온 알바라도가 사는 곳인 동시에 그가 경호원 없이 타마린드 나무 그늘에서 낮잠을 자면서 침실의 총천연색 물속에서 항해하는, 길을 잘못 든 물고기들을 꿈꾸는 곳이기도 했는데, 그러다가 어머니, 조국은 지금까지 만들어진 것 중에서 최고예요, 라며 한숨을 쉬었지만, 겨드랑이에서 고약한 양파 냄새가 난다고 그에게 감히 말할 수 있는 이 세상에서 유일한 사람의 대답을 기다리지 않고서, 대문으로 나가 관저로 돌아갔으며, 그런 다음 1월의 카리브해는 기적의 계절이라며 감동했고, 늘그막의 마지막에 세상과 화해했는데, 그가 교황청 대사와 화해했던 그런 장밋빛 오후에 교황청 대사는 접견 약속도 잡지 않고서 찾아와 그를 그리스도교로 개종시키려고 노력했고, 그런 동안 그들은 과자와 함께 초콜릿을 마셨으며, 그는 죽을 듯이 웃으면서 만일 당신 말처럼 하느님이 진짜 사나이라면, 귀에서 윙윙거리는 딱정벌레 좀 꺼내라고 말해 주시오, 라고 말하고는 바지 앞자락에 달린 단추 아홉 개를 풀고서 교황청 대사에게 자신의 거대한 불알을 보여 주었고; 하느님에게 이 자식을 가라앉게 해 달라고 말해 주시오, 라고 말했지만, 교황청 대사는 인내심 있는 금욕 정신으로 목자답게 그를 인도하면서, 누가 어떻게 말하든 진실은 모두 성령에서 나온다는 걸 그에게 납득시키려고 애썼지만, 등잔불을 밝힐 무렵 그는 배꼽이 빠질 듯이 웃는 좀처럼 볼 수 없는 모습으로 교황청 대사를 문 앞까지 배웅하면서 신부님, 말똥가리 잡으려고 화약을 낭비하지 마십시오, 어쨌든 나는 당신들이 원하는 것을 하는데, 왜 내가 개종하기를 바라나요, 제기랄, 이라고 말했다. 그 평안한 마음은 머나먼 황량한 고지에서 벌어진 투계장에서 갑자기 산산조각이 나 버렸는데, 그때 피에 굶주린 어느 수탉이 피에 광분한 관객들 앞에서 상대방의 머리를 뜯어내 쪼아 먹었고, 그러자 술 취한 취주 악단은 그 끔찍한 장면을 축제의 음악으로 축하했지만, 모든 사람 중에서 오직 그만이 불길함을 감지했고, 그것을 너무나 분명하고 곧 닥칠 위협으로 느꼈기 때문에, 아무도 모르게 자기 경호원에게 한 악사를 체포하라고, 저놈, 튜바를 연주하는 놈 말이야, 라고 지시했고, 실제로 그에게서 총신을 짧게 자른 엽총을 찾아냈으며, 고문을 받자 그는 사람들이 나갈 때의 혼란을 틈타 그에게 총을 쏠 계획이었다고 자백했는데, 물론 그건 너무나도 자명한 일이지, 나는 모든 사람을 쳐다보았고, 모든 사람이 나를 쳐다봤지만, 유일하게 나를 쳐다보지 못한 작자, 그러니까 단 한 번도 나를 쳐다보지 않은 놈은 바로 그 튜바를 부는 개자식이었거든, 이라고 설명했지만, 그는 자기가 느끼던 불안감의 결정적인 이유가 그게 아니라는 것을 알았고, 그래서 관저에서 밤을 보낼 때도 계속해서 그런 느낌을 받았는데, 심지어 국가안전부까지, 불안해하실 필요 없습니다, 장군님, 모든 게 정상입니다, 라고 했지만, 그는 파트리시오 아라고네스에게 집착했고, 투계장에서 불길한 징조를 감지한 이후부터, 마치 그 분신이 자신이라는 듯, 자기가 먹을 음식을 그에게 주었고, 같은 숟가락으로 자기가 마실 벌꿀을 먹게 하면서, 만일 먹을 것에 독이 들어 있다면, 적어도 두 사람이 함께 죽을 것이라는 위안을 느끼며 죽도록 했고, 또 도망자처럼 잊힌 침실들을 돌아다녔으며, 카펫 위를 걸으며 그 누구도 코끼리 샴쌍둥이의 크고 은밀한 발걸음을 알지 못하게 했고, 함께 등대의 깜빡거리는 불빛 속을 항해했는데, 등대 불빛은 창문으로 들어왔고 쇠똥에서 발산되는 수증기를 통해 집 안의 침실들을 삼십 초마다 초록색으로 흠뻑 적셨으며, 잠든 바다를 지나가는 밤배에게 처량한 작별 인사를 건넸고, 그들은 오후 내

내 비가 내리는 것을 바라보았으며, 9월의 음울한 해 질 녘에
는 늙은 연인들처럼 제비의 숫자를 셌는데, 너무나 세상에서
동떨어진 나머지, 두 번을 존재하기 위한 맹렬한 투쟁을 벌일
수록 그 자신도 자신의 존재 횟수가 더 적어지는 게 아닌가
하는 모순적인 의구심이 커지고 있다는 사실을 깨닫지 못하
고서 무기력하게 누워 있었으며, 그래서 경비 병력을 두 배로
늘리고 누구에게도 관저 출입을 허락하지 않았지만, 누군가가
새장에 가만히 있는 새들과 세례대에서 물을 마시고 있는 소
들, 장미 화단에서 잠자는 나병 환자들과 중풍 환자들을 보면
서 그 엄격한 경비를 비웃고, 또 모든 사람이 정오에 있으면서
도 날이 밝기를 기다리는 것처럼 느꼈는데, 그가 자는 도중에
자연사할 것이라고 대야에 예고된 것처럼 죽었기 때문이지만,
고위 장성들은 유혈 음모 모임에서 미루어 놓았던 싸움을 해
결하려고 애쓰면서 그 소식 발표를 지체시키고 있었다. 그는
이런 소문들을 몰랐지만, 자신의 삶에서 무슨 일인가가 일어
날 찰나라는 사실을 알았고, 그래서 천천히 두던 도미노 게임
을 멈추고서 로드리고 데 아길라르 장군에게, 이보게, 일은 어
떻게 되어 가고 있나? 라고 물었고, 모든 게 정상입니다, 아무
일 없습니다, 장군님, 이라는 대답을 들었고, 국가는 평온했지
만, 그는 마당 복도에서 불타는 걸쭉한 쇠똥, 즉 화장용 더미
에서, 그리고 오래된 물이 괴어 있는 웅덩이에서 불길한 징조
를 찾으려고 몰래 살펴보았으나, 자기가 느끼는 불안에 대해
어떤 해답도 찾지 못했으며, 그러다 더위가 조금 가시자 교외
저택에 사는 자기 어머니 벤디시온 알바라도를 찾아갔고, 두

사람은 타마린드 나무 아래에 함께 앉아서 오후의 시원한 바람을 쐬었는데, 늙었지만 정신은 온전했던 그녀는 어머니용 흔들의자에 앉아서 마당에서 먹이를 쪼아 먹던 암탉과 공작새들에게 옥수수 알 여러 움큼을 던져 주었고, 그는 흰색으로 칠한 등의자에서 모자로 부채를 부치면서 늙고 탐욕스러운 시선으로 덩치 큰 흑인 여자들을 좇았는데, 그 여자들은 색색의 과일에서 짠 신선한 과즙을 그에게 갖다주어 더위로 인한 갈증을 해소하게 해 주었고, 그러면 장군은 나의 어머니 벤디시온 알바라도여, 내가 더는 세상을 견딜 수 없어 한다는 것을 알게 된다면, 이런 모욕적인 세상에서 멀리 떨어진 곳으로, 그곳이 어디든 그런 곳으로 떠나고 싶다는 것을 알게 된다면 어떠시겠어요, 라고 생각했지만 자기 어머니에게 자기의 한숨에 담긴 속마음을 보여 주지는 못했고, 불빛이 켜지는 저녁이면 관저로 돌아와 쪽문으로 들어가 복도를 지나면서, 보초들의 군화 뒤축 소리를 들었고, 그러면 그들은 그에게, 장군님, 이상 없습니다, 모두 정상입니다, 라고 경례를 했지만, 그는 그게 사실이 아니며, 습관적으로 자기를 속이고 있다는 것을 알았으며, 두려움 때문에 자기를 속이고 있다고, 불확실성의 위기에서는 그 어떤 것도 사실이 아니라는 것도 알았는데, 바로 그 불확실성이 그의 영광을 쓰라리게 만들었고, 투계장의 불길한 오후 이후 통치에 대한 오랜 욕망까지도 빼앗았기에, 그는 아주 늦게까지 잠을 이루지 못한 채 바닥에 엎드려 있었고, 바다 쪽으로 열린 창문으로 멀리서 들려오는 북소리와 구슬픈 가죽 피리 소리를 들었는데, 어느 가난한 사람들의 결혼을

축하하는 그 소리는 마치 그의 죽음을 축하하는 것처럼 소란
스러웠으며, 또 선장의 허락 없이 새벽 2시에 떠난 방향 잃은
증기선의 작별 인사를 들었고, 새벽에 피어나는 장미들의 바
스락거리는 소리를 들었으며, 식은땀을 흘렸고, 한순간의 평
온도 누리지 못하고 원하지 않는 한숨을 내뱉으면서, 시골 촌
놈의 육감으로 그런 날이 곧 오리란 것을 예감했는데, 어느 날
저녁 교외 저택에서 돌아오는 도중에 거리에서 한 무리의 사
람들에게 기습을 당했으니, 창문이 열리고 닫힐 만한 짧은 순
간에 12월의 투명한 하늘에서 제비들은 공포에 떨었고, 그러
자 그는 마차의 커튼을 조금 열고서 무슨 일이 일어나고 있는
지 쳐다보면서, 이게 그거야, 라고 생각했고, 이게 그거야, 라
고 혼잣말로 되뇌며 끔찍할 정도의 안도감을 느꼈고, 하늘에
서 색색의 풍선들을 보았는데, 빨간 풍선, 초록 풍선, 커다란
푸른색 오렌지 풍선, 노란 풍선, 그리고 방황하는 수많은 풍선
은 놀란 제비들 사이로 길을 열었고, 오후 4시의 수정처럼 투
명한 햇빛 속에서 잠시 떠다니다가, 갑자기 한꺼번에 조용히
터지면서 수만, 아니 수십만 장의 종이를 도시에 뿌렸고, 마부
는 날아다니는 전단의 폭풍을 이용해 아무도 그것이 권력자
의 마차라는 사실을 알아보지 못하도록 장터의 군중에게서
벗어났는데, 모두가 풍선에서 떨어진 종이를 줍느라 정신이
없기 때문입니다, 장군님, 이라고 말했는데, 사람들은 난간에
서 전단의 내용을 소리쳤고, 탄압 철폐, 라고 외워서 반복했으
며, 독재자에게 죽음을, 이라고 외치기도 했고, 심지어 대통령
관저의 보초들은 복도를 다니면서 커다란 소리로 계급 차별

없이 모두 단합하여 수백 년의 독재를 타도하자, 라고 읽었으며, 애국적으로 화합하여 군인들의 부패와 오만을 몰아내자, 더는 생명을 빼앗지 말라, 라고 외쳤고, 더는 약탈하지 말라, 라고도 외쳤는데, 이렇게 나라 전체가 수백 년의 깊은 잠에서 깨어나기 시작하던 순간에, 그는 마차 주차장 문으로 들어왔고 끔찍한 소식과 마주했는데, 파트리시오 아라고네스가 독을 묻힌 단도에 치명상을 입었다는 소식이었다. 몇 년 전에 몹시 기분이 좋지 않았던 어느 날 밤, 그는 파트리시오 아라고네스에게 자기 얼굴이 새겨진 동전 앞면이 나오느냐, 정부 문양이 새겨진 동전 뒷면이 나오느냐에 따라 목숨을 거는 게임을 하자고 제안하면서, 앞이 나오면 네가 죽는 것이고 뒤가 나오면 내가 죽는 것이야, 라고 말했지만, 파트리시오 아라고네스는 모든 동전의 양쪽 면에 두 사람의 얼굴이 있기에 두 사람 모두 비겨서 죽게 될 것이라는 사실을 알려 주었고, 그러자 그는 도미노 테이블에서 목숨을 걸고 시합하자고, 스무 번 해서 더 많이 이기는 사람이 이기는 것으로 하자고 제안했고, 파트리시오는 너무나 큰 영광입니다, 기꺼이 그렇게 하겠습니다, 장군님, 하지만 제가 이겨도 좋다는 특권을 부여해 주십시오, 라고 말하고서 그 제안을 수락하고 동의했으며, 그렇게 한 번 시합했고, 두 번 시합했으며, 스무 번 시합했지만, 항상 이기는 쪽은 파트리시오 아라고네스였는데, 그것은 그를 이기는 것이 금지되어 있었기에 그가 이기기만 했던 것이었으며, 그렇게 그들은 길고 처절한 전투를 이어 갔으며, 그가 단 한 번도 이기지 못한 채 마지막 시합에 이르자, 파트리시오 아라고네스는 셔츠 소맷자락으로 땀을 닦으면서 한숨을 내쉬고, 진심으로 죄송합니다, 장군님, 하지만 저는 죽고 싶지 않습니다, 라고 말하고서, 도미노 패들을 주워 모아 그것들을 나무 상자 안에 질서 정연하게 넣었고, 그러면서 가르칠 내용을 노래로 부르는 학교 선생님처럼, 도미노 테이블에서 죽을 필요는 없다고, 대신 여자 점쟁이들의 대야가 그가 태어났을 때부터 예언했듯이 적절한 때에 적절한 장소에서 잠을 자다가 자연사해야 한다고 말했는데, 그러자 그는, 곰곰이 생각해 보니 그렇지도 않아, 벤디시온 알바라도는 대야의 예언을 명심하라고 나를 낳은 게 아니라 통치하라고 낳았거든, 어쨌든 나는 나지 자네가 아니야, 그러니 이것이 그냥 놀이에 불과했다는 것을 하느님에게 감사해야 할 거야, 라고 웃으면서 말했는데, 그 끔찍한 농담이 진실이 되리라고는 그때는 상상하지 못했고, 그 후에도 마찬가지였지만, 어느 날 밤 그는 파트리시오 아라고네스의 방에 들어갔고, 자기 분신이 독약에서 살아날 가망성 없이 절망적으로 죽음과 대면하고 있는 것을 발견하고는, 문가에서 손을 뻗어 인사하면서 기뻐하라, 진짜 사나이여, 조국을 위해 죽는 것을 큰 영광으로 알라, 라고 말했다. 그는 천천히 죽어 가며 신음하는 자기 분신과 그 방에 단둘이 있으면서 자기 손으로 직접 진통제 물약을 숟가락으로 떠 주었는데, 파트리시오 아라고네스는 전혀 고마워하는 기색 없이 그 약을 먹었고, 숟가락으로 받아 마실 때마다 말하길, 여기에 잠시 장군님을 엿 같은 세상과 함께 두고 먼저 갑니다, 제 마음이 말하길, 우리는 곧 깊은 지옥에서 만날 거라는군요, 저는 이 독 때문에 숭어보다도 더 비틀어져 있고, 당신은 어떻게 해야 할지 모른 채 양손으로 머리를 붙잡고서 생각을 쥐어짜고 있습니다, 장군님, 전혀 존경하지 않는 마음으로 말하는데, 저는 당신이 상상하는 것처럼 절대 당신을 사랑하지 않았습니다, 오히려 제가 당신에게 통제되는 불행에 빠졌던 해적 시절부터, 저는 제발 당신을 죽여 달라고, 보기 좋게 죽여도 괜찮다고, 그렇게 저를 고아처럼 살게 만든 그가 대가를 치르게 해 달라고 기도했습니다, 우선 무거운 망치를 든 손으로 제 발을 평평하게 해서 당신의 발처럼 몽유병자의 발로 만들었고, 그다음에는 구두장이의 송곳으로 제 불알을 뚫어 음낭을 찢어 버렸고, 그러고는 제게 테레빈유를 마시게 해서 우리 어머니가 그토록 힘들게 가르친 읽고 쓰는 법을 잊어버리게 했으며, 당신이 용기를 내지 못하던 공식 행사에 강제로 참석하게 했는데, 그것은 당신이 말하듯 조국이 살아 있는 당신을 필요로 하기 때문이 아닙니다, 장군님, 전혀 존경하지 않는 마음으로 속되게 말하자면, 아무리 강심장이라고 해도 미인 대회의 갈보에게 왕관을 씌워 줄 때면 엉덩이가 오싹해지는데, 그건 죽음이 어느 곳에서 요란하게 소리 내며 다가올지 모르기 때문이지요. 그러나 그는 그런 무례함이 아니라 파트리시오 아라고네스의 배은망덕함에 주의를 기울이면서, 나는 너를 궁궐에서 왕처럼 살게 해 주었고 이 세상에서 그 누구에게도 주지 않았던 것을 주었으며, 심지어 내 여자들까지 빌려주었어, 라고 말했는데, 그런 것에 대해서는 말하지 않는 편이 좋을 것 같습니다, 장군님, 송아지에게 낙인을 찍는 문제처럼 암컷들을 바닥에 쓰러뜨리면서 다니는 것보다는 차라리 망치로 거세되는 편이 낫습니다, 그 불쌍한 떨거지 년들은 마음이라는 게 없기에 낙인도 느끼지 못하고 송아지들처럼 발길질도 하지 않으며, 몸부림을 치거나 신음 소리를 내지도 않고, 궁둥이에서 연기를 내뿜지도 않으며, 불에 그을린 살 냄새도 풍기지 않는데, 그건 훌륭한 여자들에게는 절대로 바랄 수 없는 것이지요, 대신에 죽은 암소 같은 몸을 눕히고서 남자가 해야 할 일을 하도록 하고, 그동안 감자 껍질을 벗기면서 다른 여자들에게, 부엌 좀 봐, 여기 일은 곧 마무리할 테니까 그동안 밥이 타지 않는지 살펴봐 줘, 라고 소리치는데, 장군님, 각하는 그런 게 사랑이라고 믿으려고 하지요, 각하에 대한 눈곱만큼의 존경심도 없이 말하건대, 각하는 그것밖에 모르니까요. 그러자 그는 크게 고함치면서, 입 닥쳐, 젠장, 입 닥치지 않으면 비싼 대가를 치르게 될 거야, 라고 말했지만, 파트리시오 아라고네스는 비웃으려는 의도는 전혀 없이 말을 계속했는데, 제가 왜 입을 다물어야 하죠? 각하가 할 수 있는 건 나를 죽이는 것뿐입니다, 그리고 이미 저를 죽이고 있습니다, 장군님, 차라리 이 순간을 이용해서 진실의 얼굴을 똑바로 보십시오, 그 누구도 자기가 정말로 생각하는 것을 각하에게 말한 적이 없으며, 모두가 각하가 듣고 싶어 하는 것이 무엇인지 알기에 그런 것만을 각하에게 말하고, 그렇게 앞에서는 각하에게 절하며 굽신거리고 뒤에서는 각하를 비웃습니다, 그리고 우연히도 제가 이 세상에서 딩신을 가장 불쌍히 여기는 사람이라는 것을 고마워하셔야 합니다, 그것은 제가 유일하게 당신과 닮은 사람인 동시에, 각하에게 솔직하게 말할 수 있는 사람이기 때문인데, 모든 사람이 각하는 그 누구의 대통령도 아니며, 대포 덕분이 아니라 영국인들이 그 자리에 앉혔기 때문에 권좌에 있는 것이며, 미국 놈들이 전함에서 두어 개의 포탄을 쏴서 각하가 그 자리를 지키도록 해 주었다고 말하고 있습니다, 또한 저는 미국 놈들이 당신에게, 흑인 갈봇집을 여기에 놔두고 떠날 테니 우리 없이 어떻게 모든 걸 꾸려 가는지 봅시다, 라고 소리쳤을 때, 각하가 두려움에 사로잡혀 어디서부터 명령을 내리기 시작해야 할지 몰라 바퀴벌레처럼 여기서 저기로, 저기서 여기로 갈팡질팡하는 것을 본 사람입니다, 그때부터 각하는 의자에서 내려오지 않았고 지금도 절대 내려오지 않고 있는 것은 각하가 원하지 않아서가 아니라, 그럴 수가 없기 때문입니다, 그걸 인정하십시오, 장군님, 각하는 사람들이 거리에서 일반인처럼 평상복을 입은 각하를 본다면 개 떼처럼 달려들어, 이건 산타마리아 델 알타르에서의 학살 사건에 대한 대가이고, 저건 항구 요새 주변에 파 놓은 해자에 던져서 산 채로 악어밥이 되게 만든 죄수들에 대한 대가이며, 또 다른 것은 산 채로 가죽을 벗겨서 그것을 일종의 훈계로써 가족들에게 보낸 대가다, 라고 할 것이라며, 바닥이 보이지 않는 원한, 오랫동안 미루어 왔던 그 원한의 우물에서 그의 파렴치한 체제가 범한 잔학한 행위들을 더는 말할 수 없을 때까지 줄줄이 꺼냈는데, 그러자 이글거리는 갈퀴가 그의 배 속을 휘젓고 갈기갈기 찢으면서 그의 마음이 약해졌는데, 그는 결국 그를 모욕하려는 의도가 아니라 오히려 거의 애원하듯이 말을 끝내면서, 진심으로 말합니다, 장군님, 제가 죽어 가고 있는 이 순간을 이용해서 저와 함께 죽으십시오, 그 누구도 저만큼 판단을 제대로 할 수 없기에 말하는데, 그것은 제가 그 누구와도 비슷해지기를 소망하지 않았고, 조국의 영웅이 아니라 우리 아버지처럼 유리에 바람을 불어 넣어 병을 만드는 처량한 사람이기 때문입니다, 용기를 내십시오, 장군님, 생각보다 고통스럽지 않습니다. 그렇게 너무나도 차분하게 진실을 말하는 태도로 말했기에, 그는 분노에 사로잡혀 대답하기보다 의자에서 넘어지지 않고 앉아 있으려고 애썼으며, 그렇게 그의 분신이 몸을 비틀면서 양손으로 배를 부여잡고 고통의 눈물을 흘리며 흐느끼고, 송구스럽습니다, 정말 죄송합니다, 장군님, 그런데 제가 똥을 지리고 있습니다, 라고 말하는 걸 보았는데, 그러자 그는 비유적으로 한 말이라고, 두려워 죽겠다는 뜻일 거라고 생각했지만, 파트리시오 아라고네스는 아니라고, 제 말은 똥을 싸고 있다는 말입니다, 장군님, 이라고 대답했고, 그는 간신히, 참게, 조국의 장군인 우리는 목숨을 바치는 한이 있어도 사나이답게 죽어야 해, 라며 애원하는 게 전부였는데, 그것도 너무 늦게 말하는 바람에, 파트리시오 아라고네스는 얼굴을 바닥으로 향하며 고꾸라졌고, 그의 위로 쓰러지는 바람에 그는 똥과 눈물로 범벅이 되어 두려움에 사로잡혀서 발버둥쳤다. 접견실 옆의 집무실에서 그는 수세미와 비누로 시체를 문질러 닦아서 죽음의 악취를 제거해야 했고, 자기가 입었던 옷을 그에게 입혔으며, 범포로 만든 탈장대를 채웠고, 군화를 신겼으며, 각반을 채웠고, 왼쪽 발꿈치에 황금 박차를 달았는데, 그런 일을 하면서 자기가 지상에서 가장 고독한 사람이라고 느꼈으며, 마지막으로 그 익살스러운 광대극의 모든 흔적을 지웠고, 그 릇에 담긴 예언의 물에서 자기 두 눈으로 보았던 가장 세세한 것까지 완벽히 재현했기에, 다음 날 아침이 밝았을 때 관저를 청소하는 여자들은 사무실 바닥에 엎드려 쓰러진 채로 있던 그를 발견했던 것과 마찬가지로 그 시체를 발견했는데, 그것 은 계급장 없는 리넨 군복을 입고 각반을 차고 황금 박차를 달고서, 그리고 오른팔을 구부려서 머리 아래에 놓아 베개로 삼은 채, 잠을 자는 동안 자연사한 첫 번째 모습이었다. 그때 도 그가 기대했던 것과 달리, 그 소식은 즉각 퍼지지 않고 많 은 시간이 흐른 후에 신중하게 유포되었는데, 그동안 은밀한 확인 작업이 이루어졌고, 체제의 후계자들은 비밀리에 타협하 면서 시간을 벌기 위해 애썼고, 죽었다는 소문에 대한 온갖 종류의 반대 이야기를 만들어 내면서 그 사실을 부인했으며, 그의 어머니 벤디시온 알바라도를 번화가로 데려가서 아들의 죽음을 애도하는 얼굴이 아니라는 것을 사람들이 확인시켜 주었는데, 맙소사, 내게 매춘부처럼 꽃무늬 옷을 입혔어요, 색 색의 금강앵무 깃털로 만든 모자를 사라고 해서 모든 사람이 내가 행복해하는 모습을 보게 했어요, 또 우리가 가게에서 보 는 모든 싸구려 물건들을 사게 했지만 나는 그들에게 안 된다 고 했어요, 지금은 물건을 살 시간이 아니라 울어야 할 시간 이라고 말했지요, 나조차도 죽은 사람이 내 아들이라고 믿었 거든요, 그리고 사람들이 전신사진을 찍을 때면 억지로 나를 웃게 했는데, 군인들이 조국을 위해서 그렇게 해야 한다고 했어요, 그동안 그는 은신처에서 혼란스러워하면서, 도대체 무슨 일이 일어났기에 그가 죽었다고 꾸몄는데도 아무것도 바뀐 것이 없는지, 어떻게 해가 뜨고, 망설이지 않고 또다시 떠오르는지 스스로 물었으며, 어머니, 왜 이렇게 일요일 분위기인 거죠, 왜 내가 없는데도 똑같이 더운 거죠, 라고 놀라 자문했는데, 그때 항구 요새에서 갑자기 커다란 대포 소리가 울렸고, 대성당에서 커다란 조종이 울리기 시작했고, 이 세상에서 가장 큰 소식을 듣고서 오래된 무기력 상태에서 봉기한 군중들이 관저로 돌진해 오자, 그는 비로소 침실의 문을 빠끔히 열고서 접견실을 살펴보았고, 기독교 세계의 죽은 모든 교황보다 더 화려하고 더 죽은 것 같은 '불타는 방'[11]에서 공포로 상처 입은 자기 자신을 보자, 진정한 남자 군인인 자기 자신의 시체가 부끄러웠는데, 꽃 속에 누워 있는 그의 얼굴은 분을 발라 창백했으며, 입술은 색칠되어 있었고, 강인한 손은 훈장으로 뒤덮은 가슴받이 위에 대담한 처녀의 손처럼 포개져 있었으며, 정복은 요란하게도 전 세계의 장군이라는 듯이 황혼 빛을 띤 열 개의 별을 달고 있었는데, 그것은 죽은 후에 누군가가 고안해 낸 계급이 분명했으며, 한 번도 사용하지 않은 왕의 군도(軍刀)를 차고 있었고, 에나멜 가죽으로 만든 각반에 두 개의 황금 박차를 달고 있었는데, 권력과 애처로운 군인의 영광을 보여 주는 많은 소지품과 장신구 들은 누워 있는 개자식 인간의 크기로 축소되어 있었으며, 제기랄, 저건 내가 될

_____

11) 16세기 프랑스에서 이단을 재판하기 위해 설립된 특별 법정.

수 없어, 라고 그는 화가 치밀어 말했고, 이럴 수는 없어, 제기랄, 이라고 마음속으로 중얼거리면서, 자기 시체의 주변으로 줄지어 돌아다니는 장례 행렬을 물끄러미 바라보다가, 순간적으로 그런 어처구니없는 익살극을 벌이는 모호한 목적을 잊어버렸고, 권력의 권위를 넘어선 죽음의 무자비함에 왜소해지고 짓밟힌 느낌을 받았으며, 자기가 없는 삶을 보았고, 약간의 동정심을 갖고 권위를 상실한 사람들이 어떤지 보았으며, 마음 깊숙한 곳에 불안감을 숨기고, 그인지 아니면 그가 아닌지 수수께끼를 해독하려는 목적으로 온 사람들을 보았고, 연방 전쟁[12] 시절의 비밀 결사 단체 회원처럼 경례하는 노인을 보았으며, 상복을 입고 그의 반지에 입을 맞추는 남자를 보았고, 그에게 꽃 한 송이를 놓는 어느 여학생을 보았으며, 그의 죽음이 사실이라는 걸 견디지 못해 신선한 생선 한 바구니를 바닥에 쏟고는 그분이라고 소리치고 향수 뿌린 시체를 껴안으면서, 하느님 맙소사, 그분이 없으면 우리는 어떻게 하나요, 라고 우는 어느 여자 생선 장수를 보았는데, 그러니까 그분이었어, 라고 사람들은 외쳤고, 그분이었어, 라고 무기 광장의 뜨거운 햇빛 속에서 숨도 제대로 못 쉬던 군중이 소리치자, 대성당의 조종과 종소리가 그쳤고, 모든 교회의 종소리가 기쁨의 수요일을 알렸으며, 사순절의 폭죽과 영광의 불꽃이 터졌고 해방의 북소리가 울려 퍼졌는데, 그는 경비대가 조용히 즐겁고 흐

---

12) 장기 전쟁 또는 오 년 전쟁이라고 불리며, 19세기에 베네수엘라의 보수당과 자유당이 벌인 군사 충돌이다.

못해하는 동안 여러 공격대가 창문으로 몰래 들어가는 것을 보았으며, 곤봉으로 문상객들을 해산시키고 달랠 길 없는 여자 생선 장수를 바닥으로 쓰러뜨리는 잔인하고 모진 주모자들을 보았고, 시체를 인정사정없이 다루는 사람들도 보았는데, 그 여덟 명은 먼 옛날의 상태에서, 그러니까 나일강의 백합과 해바라기로 이루어진 정체불명의 시절에서 꺼낸 시체를 계단으로 질질 끌고 갔고, 그 풍요와 불행의 천국 내부를 샅샅이 부숴 버렸으며, 자신들이 권력의 소굴을 영원히 파괴하면 그것이 영원히 파괴될 거라 믿으면서, 그리고 송진과 기름을 먹인 딱딱한 종이로 만든 도리아식 기둥의 장식 머리와 공단 커튼, 그리고 설화 석고로 만든 종려나무로 꼭대기를 장식한 바빌로니아풍의 기둥들을 무너뜨렸고, 창문으로 새장과 부왕들의 옥좌, 그리고 그랜드 피아노를 던졌으며, 알려지지 않은 독립 영웅들의 재가 담긴 납골 단지와 환멸스러운 전시대 안에 잠들어 있는 아가씨들이 새겨진 고블랭직 태피스트리, 그리고 주교와 고대의 군인들과 상상할 수 없는 해전이 그려진 거대한 유화들을 깨뜨리고 찢었고, 미래 세대가 저주받은 군인들의 가문을 절대 기억하지 못하도록 세상을 말살했는데, 그 장면을 보자 그는 블라인드 틈으로 거리를 내다보면서 창밖으로 내던지고 파괴하는 행위가 어느 정도에 이르는지 확인했는데, 한눈으로 봐도 자기가 그때까지 봤던 것 중에서 가장 파렴치한 행위와 배은망덕한 행위가 이어지는 것을 보고는, 데이나시 내 눈이 이토록 운 적은 없었어요, 어머니, 라고 탄식했으며, 자기의 과부들이 행복해하면서 쪽문으로 관저를 떠나는 모습을 보았는데, 그들은 내 외양간에 있는 소들의 고삐를 잡고서 데려갔고, 정부 소유의 가구들과 어머니, 당신이 벌통에서 채취해서 갖다준 꿀단지들을 가져갔어요, 라고 탄식했으며, 자기가 낳은 칠삭둥이들이 부엌 물건들과 값비싼 크리스털 제품들, 그리고 주교 만찬에 사용하는 식탁용 식기들을 두드리며 기쁨과 환희의 노래를 연주하면서, 거리의 아이들처럼, 우리 아빠가 죽었어, 자유 만세, 라고 소리치는 걸 보았고, 그의 체제가 시작되었을 때부터 항상 모든 곳에 걸려 있던 공식 초상화들과 연감의 석판화를 불태우기 위해 무기 광장에 커다란 화톳불이 타오르는 것을 보았으며, 자기의 시체가 질질 끌려가면서 훈장과 견장을 거리에 흘리고, 긴 겉옷 단추들과 직금(織金)의 풀린 실오라기들과 장식 끈을 채우는 장식 단추들, 그리고 카드에 나오는 군도에 달린 술과 세계의 국왕을 상징하는 슬픈 열 개의 별이 거리에 떨어지는 것을 보았는데, 어머니, 저들이 나를 어떻게 했는지 보세요, 라고 말하면서, 그는 사람들이 뱉은 침을 맞을 때의 치욕과 자기가 지나갈 때 난간에서 병자들이 던지던 소형 변기를 맞을 때의 불명예를 직접 피부로 느꼈고, 내 몸은 토막 날 것이고, 개들과 독수리들은 미친 듯이 울부짖고, 내 죽음의 사육제를 축하하기 위해 천둥처럼 불꽃놀이 소리가 나는 가운데 그걸 뜯어 먹을 것이야, 라고 생각하면서 공포에 사로잡혔다. 대격변이 지나갔지만, 그는 계속해서 바람 불지 않는 오후에 멀리서 들려오는 음악 소리를 들었고, 또 계속해서 모기들을 죽였고, 모기들을 죽인 바로 그 손바닥으로 그의 생각을 방해하면서 귓속에서 윙윙거리던 매미들을 죽이려고 했으며, 계속해서 수평선에서 화재의 불꽃을 보았는데, 등대는 블라인드 틈으로 삼십 초마다 그를 초록색 호랑이 무늬로 물들였고, 그의 죽음이 과거의 수많은 죽음처럼 또 하나의 죽음이 되어 가면서, 그가 일상생활 속에서 자연스럽게 숨 쉬는 호흡도 다시 똑같이 되어 가고 있었으며, 끊임없이 분출되는 현실은 그를 동정과 망각이라는 주인 없는 땅으로 데려갔는데, 제기랄, 죽음은 저리 꺼지라고 해, 라고 외친 후 이미 자기의 위대한 시간이 됐다는 확신으로 흥분한 나머지 숨어 있던 곳에서 나왔고, 약탈당한 방들을 지나면서, 죽어 가는 꽃 냄새와 장례식 촛불 냄새를 풍기는 어둠 속에서 전생의 부스러기들 사이로 나타난 귀신과 같은 자신의 묵직한 발을 끌었고, 국무 회의실 문을 밀었고, 연기 자욱한 공기 사이로 긴 호두나무 테이블 주변에서 나는 맥 빠진 목소리들을 들었으며, 연기 속에서 그곳에 있었으면 했던 사람을 모두 보았는데, 이들은 연방 전쟁을 팔아먹은 자유당원들, 그걸 샀던 보수당원들, 최고 지휘권을 가진 장군들, 장관 세 명, 수석 대주교, 슈논트너 대사였으며, 모두 함께 모여 단 하나의 음모를 꾸미고 있었던바, 그것은 수세기 동안 이어진 독재에 맞서 모두가 단합하라고 요구하면서, 자기들끼리 그의 죽음으로 인한 노획물을 배분하려는 목적이었는데, 그들은 탐욕의 밑바닥에 너무나 몰두해 있느라, 묻히지 않은 대통령의 출현을 눈치채지 못했기에, 그는 테이블을 손바닥으로 한 번 내리고서, 여봐라! 하고 소리쳤고, 그 후에는 아무것도 할 필요가 없었는데, 그가 테이블에서 손을 들었을 때는 이미 공포에 사로잡혀 우르르 도망치는 행위가 끝나 있었고, 텅 빈 회의실에 남은 것은 꽁초가 수북이 쌓인 재떨이들과 커피잔들, 바닥에 쓰러진 의자들뿐이었고, 평생의 내 동료이자 작고 냉정한 로드리고 데 아길라르 장군은 전투복을 입고서 유일한 한 손을 휘저어 연기를 쫓아 버리면서 바닥에 엎드리라고 지시했고, 장군님, 이제 재미있는 일이 시작됩니다, 라고 말하고는 두 사람 모두 바닥에 엎드렸는데, 그 순간 관저 맞은편에서 기관총 사격이 개시되면서 죽음의 환희가 시작되었고, 대통령 경비대의 살육 잔치는 흡족하게, 그리고 대단히 영광스럽게 이루어졌습니다, 장군님, 반역의 음모를 꾀한 사람들은 그 누구도 목숨을 건져 도망쳐서는 안 된다는 엄한 명령은 완수되었습니다, 라고 보고했는데, 경비대는 정문으로 도망치려던 사람들을 기관총의 집중 사격으로 쓰러뜨렸고, 창문으로 밧줄을 타고 내려오던 사람들을 새처럼 사냥했으며, 포위망을 비웃고서 인근의 집으로 도망친 사람들을 인광 수류탄으로 형체를 알아볼 수 없게 만들었고, 모든 생존자는 평생 위험천만한 적군이라는 대통령의 판단에 따라 부상자들을 확인 사살했는데, 그런 동안 그는 로드리고 데 아길라르 장군과 겨우 50센티미터쯤 떨어진 바닥에 엎드려서, 폭탄이 터질 때마다 창문으로 유리와 회반죽이 우박처럼 들어오는 것을 참고 견뎠고, 기도하듯 쉴 새 없이 중얼댔는데, 이제 됐어, 친구, 이제 됐어, 이제 이 지랄 같은 건 모두 끝났어, 지금부터는 나 혼자 통치할 거야, 나한테 짖어 대는 개들 없이 통치하겠어, 이제는 내일 일찍 이 염병할 북새통 속에서 무엇이 소용 있고, 무엇이 소용없는지 보면 되는 거야, 그리고 앉아 있을 게 없으면 당분간 가장 싼 가죽으로 만든 걸상 여섯 개를 사고, 거적 몇 개를 사서 여기저기에 깔아 구멍을 덮고, 두세 개의 잡동사니를 더 사면 돼, 그럼 끝나는 거야, 접시나 숟가락이나 그 어떤 것도 필요하지 않아, 그런 건 모두 군대 막사에서 가져오면 돼, 병사나 장교는 더 데리고 있지 않을 테니, 젠장, 이놈들은 있어 봐야 우유만 축내, 그리고 이미 봤던 것처럼, 이런 빌어먹을 시간이 되면 그놈들은 자기들에게 먹을 걸 주었던 손에 침을 뱉지, 난 대통령 경비대와 함께 혼자 있겠어, 바르고 용감한 건 그들뿐이야, 더는 정부 각료들도 임명하지 않겠어, 젠장, 훌륭한 보건부 장관만 있으면 돼, 살아가는 데 필요한 건 보건부 장관뿐이야, 그리고 아마 글씨를 잘 쓰는 다른 장관도 필요하겠지, 그래야 내가 써야 할 것을 쓸 테니까, 그러면 정부 각 부처의 청사들과 군부대를 빌려줄 수 있을 것이고, 내 집을 관리하고 청소할 돈이 생길 거야, 여기서 부족한 건 사람이 아니라 돈이야, 일 잘하는 하녀 둘, 청소하고 밥하는 하녀 하나, 그리고 빨래하고 다림질하는 사람 하나를 구하고, 소와 새 들이 있으면, 내가 직접 그것들을 맡아서 돌보면 되는 거야, 그리고 변소에서 창녀들이, 장미밭에서 나병 환자들이, 그리고 모든 걸 아는 문학 박사들이나 모든 걸 보는 현명한 정치인들이 법석대는 건 이제 허용하지 않겠어, 어쨌거나 여기는 대통령 관저지, 파트리시오 아라고네스기 미국인들이 그랬다고 밀한 것처럼 흑인 갈봇십이 아니니까, 나 혼자서도 충분하고, 혜성이 다시 지나갈 때까지 나 혼자서도 계속 통치하고도 남아, 아니, 한 번이 아니라 열 번이 지나가도 마찬가지야, 그건 나라는 존재, 즉 나는 더 이상 죽지 않을 생각이기 때문인데, 젠장, 다른 사람이나 죽으라고 해, 라고 말했으며, 마치 외워서 읊는 것처럼 쉬지 않고 말하며 생각했는데, 이는 전쟁이 일어났을 때부터 혼자 중얼거리고 생각하면서 관저를 뒤흔들었던 다이너마이트 폭발에 대한 두려움을 떨쳐 버렸기 때문으로, 그렇게 내일 아침에 할 일을 계획하고 해넘이 무렵에는 다음 세기의 계획을 짰는데, 거리에서 마지막 일격을 가하는 총성이 울렸고, 로드리고 데 아길라르 장군은 몸을 끌고 기어가서 창문으로 쓰레기 수거 마차를 찾더니 시체들을 치우라고 명령하고는, 그 방에서 나가면서 안녕히 주무십시오, 장군님, 이라고 말했고, 그러자 그도 잘 자게, 친구, 고맙네, 라고 대답하고는, 국무 회의실의 장례식장 대리석에 엎드려 누워서, 오른팔을 구부려 베개로 삼았으며, 그 어느 때보다도 외롭게 바로 잠들면서, 슬프고 쓰라린 그의 가을에 떨어지는 노란 잎사귀의 바스락거림 소리를 자장가처럼 들었는데, 그의 쓰라린 가을은 바로 그날 밤 학살의 붉은 달이 웅덩이를 이루고 연기가 피어오르는 시체들 속에서 영원히 시작되었다. 그는 사전에 결정해 둔 조치들을 하나도 취할 필요가 없었는데, 그것은 군대가 저절로 무너져 버렸고, 시내와 국가의 다른 여섯 지역 군부대에서 마지막 순간까지 저항했던 몇 안 되는 장교들은 시민 의용대원들의 도움을 받은 대통령 경비대에 의해 몰살되었으며, 목숨을 구한 장관들은 날이 밝자 망명했고, 가장 충성스러운 두 명만 남았는데, 한 사람은 장관이자 그의 주치의였고, 다른 한 사람은 나라에서 가장 멋진 글자체를 자랑하는 사람이었지만, 정부 금고가 결혼반지들과 뜻밖의 열성 지지자들이 모은 금관들로 차고 넘쳤기 때문에 그는 어떤 외국 세력에게도 아부할 필요가 없었고, 창밖으로 내던져져서 부서지고 망가진 것들을 복구하기 위해 거적이나 가장 싼 가죽 걸상을 살 필요도 없었는데, 그것은 국가가 평정을 회복하기도 전에 접견실이 복구되었을 뿐만 아니라 전보다 더 화려해졌기 때문이고, 곳곳에 새장이 걸리고, 거기서 금강앵무들은 사나운 말버릇을 버리지 못하고 재잘거렸으며, 노란 머리 아마존앵무들은 처마 돌림띠에서 포르투갈이 아니라 스페인을 위해 노래했고, 얌전하고 친절한 여자들은 마치 전함처럼 관저를 깨끗하고 말끔하게 정돈했으며, 창문으로는 똑같은 영광의 음악과 똑같은 기쁨의 폭죽, 그리고 똑같은 기쁨의 종소리가 들어왔는데, 그의 죽음을 축하하면서 시작되었던 그 종소리는 계속되면서 그의 불멸을 축하했으며, 무기 광장에서는 시위대가 상주하며 영원한 지지를 소리 높여 외치면서, 주님, 사흗날에 죽은 이들 가운데서 부활하신 위대하신 분을 지켜 주소서, 라고 쓴 커다란 현수막을 늘었으며, 축제가 끝없이 이어지는 바람에 그는 과거처럼 비밀 공작으로 그것을 연장할 필요도 없었으며, 국가의 일은 저절로 해결되었고 국가는 알아서 굴러갔기 때문에, 그 혼자만이 정부였고, 어느 누구의 말이나 행동도 그의 뜻이 이루고자 하는 바를 방해하지 않았는데, 그것은 그가 영광 속에서 너무나 혼자 있었기에 이제는 적도 더 남아 있지 않았기 때문이었고, 그래서 그는 평생의 친구이자 동지였던 로드리고 데 아길라르 장군을 너무나 고맙게 생각했고, 더는 우유 비용 따위로 불안해하지 않았으며, 대신 용맹함과 의무감으로 두각을 나타냈던 병사들을 마당에 집합시켜서, 기분 내키는 대로 가리키면서 그들을 더 높은 계급으로 승진시켰고, 먹을 걸 주는 손에 침을 뱉던 군대를 다시 복구하고 있다는 사실을 잘 알면서도, 너는 대위, 너는 소령, 너는 대령, 음, 이제 무슨 말을 할까, 좋아, 너는 장군, 그리고 나머지 모든 사람은 중위로 승진한다, 제기랄, 친구, 여기에 자네 군대가 있네, 라고 말했고, 그의 죽음으로 인해 괴로워하며 고통스러워했던 사람들에게 너무나 감동한 나머지, 비밀 결사 단체의 경례를 했던 노인과 상복을 입고 그의 반지에 입을 맞추었던 사람을 불러와서 그들에게 평화 훈장을 수여했고, 생선 팔던 여자를 데려오게 해서 그녀가 가장 필요로 하는 것을 주었는데, 그것은 열네 명의 아이들과 함께 살 수 있는 집이었고, 꽃 한 송이를 시체 위에 놓았던 여학생을 불러오게 해서, 그녀에게 이 세상에서 내가 가장 원하는 걸 주마, 라고 약속했는데, 그녀는 선원과 결혼하는 것을 원했기에 그렇게 하게 해 주었고, 그렇게 고통과 공포를 덜어 줄 행동을 했지만, 너무나 놀란 그의 마음은 한순간도 편하지 않았으며, 그런 동안 산혜로니모 부대 연병장에서 관저로 들어와 약탈을 자행한 특공 부대원들이 손발이 묶여 있는 것과, 사람들이 그들에게 침 뱉는 장면을 보았으며, 그들 하나하나를 모두 알아보고는 사무치는 원한을 되새겼고, 죄의 강도에 따라 그들을 따로따로 분류하면서, 공격을 지휘한 너는 여기, 한없는 슬픔에 잠긴 여자 생선 장수를 바닥에 쓰러뜨린 너희들은 저기, 관에서 시체를 꺼내 계단과 진흙탕으로 질질 끌고 간 놈들은 여기, 그리고 이쪽에 있는 나머지 모든 놈들, 너희들은 개자식이야, 라고 말했는데, 사실 그는 그들을 처벌하는 데 관심이 있었던 것이 아니라, 시체를 모독하고 관저를 공격한 것은 민중의 자발적인 행위가 아닌, 용병들의 파렴치한 거래였다는 것을 자기 스스로에게 증명하고자 했던 것이며, 그래서 육성과 육체로 이루어진 포로들을 책임지고 심문했고, 그의 마음이 필요로 하는 가공의 진실을 말하게 하고 싶었지만, 그것이 뜻대로 되지 않자, 손발이 묶인 앵무새들처럼 수평으로 놓인 대들보에 머리를 아래로 향하게 하고서 여러 시간 동안 걸어 놓게 했지만, 여전히 자기의 목표를 이루지 못했고, 그러자 그들 중 한 명을 마당의 해자로 던지게 해서, 악어들이 그를 찢어발겨 먹어 치우는 것을 보게 했지만, 그래도 자기 뜻을 이루지 못하자, 주동자들 그룹에서 한 사람을 골라서 모든 사람이 지켜보는 가운데 산 채로 가죽을 벗기게 했고, 그러자 나머지 포로들은 모두 갓 태어난 아이의 태반처럼 노랗고 연한 피부를 보았으며, 마당의 돌 바닥 위에서 펄쩍펄쩍 뛰며 죽음으로 괴로워하는 사람을 보았고, 그의 살아 있는 육체의 피로 끓인 뜨거운 국물에 온몸이 흠뻑 젖은 것 같은 느낌을 받았으며, 그러자 그가 원하는 것을 자백했는데, 그들은 시체를 장터의 오물터로 끌고 가는 대가로 금화 400페소를 받았지만, 자기들은 그런 짓을 좋아하지도 않았고, 돈 때문에 하려고 하지도 않았으며, 그에게 어떤 악감정도 없었고, 그가 이미 죽어 있었기에 더욱 내키지 않았다고, 하지만 비밀 회합에서 그들은 최고 지휘부의 두 장군까지 만났고, 그들이 온갖 종류의 협박으로 위협하는 바람에 겁이 났다고 자백하고서, 장군님, 우리가 그런 짓을 한 것은 그 때문입니다, 목숨을 걸고 맹세합니다, 라고 말했고, 그러자 그는 안도의 한숨을 크게 내쉬고는, 그들에게 먹을 것을 주라고, 오늘 밤은 푹 쉬게 하고 다음 날 아침에 악어들에게 던져 주라고 지시하면서, 속아 버린 불쌍한 놈들, 이라며 한숨을 내쉬었고, 의심의 고통에서 해방되었다고 믿으며 대통령 관저로 돌아가면서, 이제 봤지, 이제 알았지, 이 사람들은 나를 사랑해, 라고 중얼거렸다. 파트리시오 아라고네스가 심어 놓았던 불안과 근심의 앙금까지 일소하겠다고 마음먹고서, 그는 자기 체제에서는 더 이상의 고문이 없게 하겠다고 다짐했고, 그래서 악어들을 죽였으며, 죽이지 않고도 몸의 모든 뼈를 하나하나 가루로 만들어 버릴 수 있는 고문실을 제거했고, 총사면을 선포했으며, 미래를 앞서 생각하더니, 이 나라의 문제는 사람들에게 시간이 너무 많이 남아돈다는 거야, 라는 기막힌 생각을 갑작스럽게 하면서, 사람들을 계속 바쁘게 만들 방법을 찾았고, 그렇게 3월의 시 축제와 매년 미의 여왕을 선출하는 대회를 부활시켰고, 카리브해에서 가장 큰 야구장을 세웠으며, 우리 선수단에게 승리냐 죽음이냐, 라는 좌우명을 통고했고, 지방마다무료 학교를 설립해서 청소하는 법을 가르쳐 주도록 지시했으며, 그 학교의 여학생들은 대통령의 격려에 열광해서, 집 안을 청소하고 근처의 길과 도로를 청소한 다음에도 계속해서 거리

를 청소했으며, 그렇게 수많은 쓰레기를 한 지방에서 다른 지
방으로 가져가고 가져왔는데 그것은, 주님, 국가의 청결함을
불철주야 살피시는 순수한 영혼을 지켜 주소서, 라고 쓴 커다
란 현수막과 국기를 들고 공식 행렬을 지어 나아가는 그 쓰레
기 더미들을 어떻게 처리해야 할지 아무도 몰랐기 때문인데,
그동안 그는 사색에 잠긴 짐승 같은 발을 천천히 끌고 다녔고,
일반 국민의 관심을 분산시킬 새로운 묘수를 찾으면서, 건강
의 소금을 달라고 애원하는 나병 환자들과 눈먼 사람들과 중
풍 환자들 사이로 길을 헤치며 나아갔고, 마당의 분수에서 뻔
뻔스러운 아첨꾼들에게 둘러싸여 대자들의 아이들에게 자기
이름으로 세례를 주었고, 그 아첨꾼들은 그를 유일무이한 존
재라고 공포했는데 그것은 당시에 그와 똑같이 생긴 사람을
선발할 수가 없었기 때문이고, 시장터에서는 자기 자신을 두
개의 몸으로 만들어야 했는데, 그 이유는 그의 어머니 벤디시
온 알바라도가 새 장수라는 직업을 가졌었다는 비밀이 새어
나가면서 매일 정말 보기 힘든 새들이 담긴 새장들이 수없이
도착했기 때문인데, 물론 그중에는 그에게 아부하기 위해 보
낸 새장들도 있었고, 그를 비웃기 위해 보낸 새장들도 있었는
데, 얼마 지나지 않아서 더는 새장을 걸어 놓을 공간이 없었
고, 그는 너무나 많은 공공 행사에 동시에 참석하려고 했기에,
마당과 사무실의 수많은 사람 속에서 누가 관리이고 누가 방
문객인지 구별할 수가 없었으며, 너무나 많은 벽을 부숴 방을
넓혔고, 너무나 많은 창문을 열어 바다를 보게 한 까닭에, 한
방에서 다른 방으로 가는 단순한 행위도 마치 역풍이 부는

가을에 표류하는 범선의 갑판으로 모험하는 것과 같았다. 항상 관저의 창문으로는 3월의 무역풍이 들어왔지만, 사람들은 이제 그에게, 그것은 평화의 바람입니다, 장군님, 이라고 말했으며, 오래전부터 그를 괴롭히던 윙윙거리는 귓속의 이명에 대해서조차 그의 주치의는, 장군님, 그건 평화의 이명입니다, 라고 말했는데, 그가 처음으로 죽은 채 발견되었을 때부터, 땅과 하늘의 모든 것이 평화의 행위가 되었습니다, 장군님, 이라고 사람들은 말했고, 그는 그것을 믿었는데, 너무나 철석같이 믿은 나머지 12월에 암초 꼭대기에 있는 집까지 올라가서 과거의 독재자들, 즉 자기 형제들의 불행 속에서 즐거움을 찾았고, 그 독재자들은 향수에 젖어 도미노 게임을 중단하고서 그에게 말하곤 했는데, 예를 들어 내가 더블식스(6-6)이고 교조적인 보수주의자들이 더블스리(3-3)라면, 나를 제외한 모두가 프리메이슨이나 성직자들이 비밀리에 연합했다는 사실을 알았지요, 젠장, 빌어먹을, 누가 그런 생각을 할 수 있겠어요, 라고 넋두리를 하면서 그릇에서 수프가 뭉쳐서 굳어지는 것을 걱정하지 않았는데, 그런 동안 다른 사람은, 가령 이 설탕 그릇이 대통령 관저이고 여기에 있으며, 적에게 남은 유일한 대포의 사정거리는 바람이 포탄이 날아가기 좋은 방향으로 부는 경우 400미터이고 여기에 있다고 설명했고, 그래서 만일 여러분이 지금 이런 상태의 나를 본다면, 그것은 말하자면 불과 82센티미터의 불운 때문이지요, 라고 말했고, 심지어 망명의 장애물로 단단하게 뒤덮인 사람들조차 수평선에 있는 자기 조국의 배를 자세히 살펴보면서 희망을 허비했는데, 그들은 연기 색깔과 녹슨 고동 소리로 그 배들을 알아보았고, 동틀 녘의 이슬비를 맞으며 항구로 내려가서 승무원들이 배에서 꺼낸 음식을 포장하는 데 사용했던 신문지를 찾았으며, 그것들을 쓰레기통에서 발견하여 마지막 줄까지 왼쪽에서 오른쪽으로, 그리고 그 반대로 하나도 빼놓지 않고 읽으면서 누가 죽었고 누가 결혼했으며 생일 파티에 누가 누구를 초대했고 누구를 초대하지 않았는지와 같은 소식을 통해 조국의 미래를 예측했고, 하느님의 섭리에 따른 시커먼 구름의 방향을 보고 자신들의 운명을 해석했는데, 그 폭우가 세상이 망할 정도로 계시록적인 폭풍을 일으키며 그들의 조국으로 몰려가서 강을 미쳐 날뛰게 하고, 둑을 터뜨려 들판을 황폐하게 만들며, 가난과 전염병을 도시에 퍼뜨릴 것이라고 여기면서, 그러면 여기로 와서 재앙과 무정부 상태에서 구해 달라고 내게 애원할 겁니다, 곧 보게 될 겁니다, 라고 말했지만, 그렇게 위대한 시간을 기다리는 동안, 가장 젊은 망명자를 따로 불러서, 이 바지를 수선해야 하니 바늘에 실 좀 꿰어 주게, 너무 추억이 서려 있는 것이라 쓰레기통에 버릴 수가 없네, 라고 말했으며, 숨어서 빨래했고, 갓 도착한 사람들이 사용했던 면도칼을 갈았으며, 방 안에 틀어박혀 먹었는데, 그것은 남은 찌꺼기로 살고 있다는 사실을 남들이 알지 못하도록, 그리고 늙어서 생긴 요실금 때문에 더러워진 바지를 남들이 보지 못하도록 하기 위해서였는데, 전혀 생각지도 않았던 어느 목요일에 우리는 그들 중 한 사람이 입은 마지막 셔츠에 핀으로 훈장을 달아 주었고, 그의 시체를 그 조국의 국기로 감쌌으며, 국가를 불러 주었고, 좀먹은 심장의 무게 외에는 그 어떤 것도 없이 해안 침식 절벽의 바다에서 잊힌 사람들을 통치하라고 보냈으며, 그렇게 수평선도 보이지 않는 난간의 비치 의자 외에는 그 어떤 빈 곳도 남겨 두지 않았는데, 만일 죽은 사람들이 무언가를 남겨 놓았다면, 우리는 바로 그 비치 의자에 앉아서 죽은 사람의 소유물을 제비뽑기로 나눠 가졌습니다, 장군님, 그토록 크나큰 영광을 누린 시민의 삶이란 참으로 비참한 것이었습니다. 어느 아득한 12월에, 그러니까 관저가 개관했을 때, 그는 꿈같은 서인도 제도의 섬들을 그 난간에서 보았는데, 누군가가 그 바다의 모형을 전시한 진열장에서 그에게 손가락으로 가리키면서, 저기 있습니다, 장군님, 이라고 알려 주어 마르티니크[13]의 향기나는 화산을 보았으며, 저기 있습니다, 장군님, 이라고 알려 주어서 폐결핵 전문 병원을 보았고, 레이스 달린 블라우스를 입은 덩치 좋은 흑인을 보았는데, 그 사람은 바실리카 입구에서 총독 부인들에게 치자꽃 다발을 팔고 있었으며, 저기 있습니다, 장군님, 이라고 알려 주어 파라마리보[14]의 지옥과 같은 장터와 변소로 나와 아이스크림 가게의 테이블로 기어오르는 바닷게들, 그리고 흑인 할머니들의 치아에 박힌 다이아몬드를 보았는데, 그 여자들은 억수같이 쏟아지는 비를 맞으며 전혀 상처 없는 엉덩이로 털퍼덕 앉아서 흙을 빚어 만든 원주민 머리와 생강을 팔고 있었고, 장군님, 보십시오, 라고 말한 덕분

---

13) 서인도 제도의 동부, 앤틸리스 제도에 있는 화산섬.
14) 수리남의 수도.

에 타나구아레나[15]의 해변에서 자고 있는 순금 소들과 줄이 하나뿐인 바이올린으로 불행한 죽음을 내쫓아 준다며 2레알을 받던 과이라[16]의 점쟁이 소경을 보았고, 트리니다드의 타는 듯한 8월과 거꾸로 가는 자동차, 초록색 진짜 실크 셔츠를 입고, 코끼리 어금니를 통째로 조각해서 만든 중국 인형을 파는 자기 가게 앞에서 똥을 싸는 힌두교도들을 보았으며, 아이티의 악몽과 악몽 속의 파란 개들, 해가 뜰 무렵에 거리에서 시체를 수거하는 소가 끄는 달구지를 보았고, 퀴라소[17]의 휘발유 통에서 다시 태어난 네덜란드의 튤립과 눈 내릴 때를 대비해 지붕이 설치된 풍차, 그리고 호텔 주방들 사이를 지나 도시 한가운데를 관통하는 불가사의한 대형 여객선을 보았으며, 서인도 제도 카르타헤나[18]의 돌 울타리와 쇠사슬로 닫아 버린 그곳의 만(灣), 그리고 난간에서 멈춘 햇빛과 아직도 부왕들을 생각하면서 하품하는 임대용 마차의 꾀죄죄한 말들을 보았고, 구린내가 납니다, 장군님, 정말 멋지지 않습니까? 말해 보십시오, 세계 전체는 정말로 크지 않습니까? 라고 말했는데, 정말로 그랬으며, 클 뿐만 아니라 음험하고 교활했으니, 12월에 그가 벼랑 위에 있는 집까지 올라간 것은 불행의 거울에서 자신의 모습을 보는 것 같아서 혐오했던 그 도망자들과 이야

---

15) 베네수엘라 카리브 해안에 있는 클럽.
16) 파라과이 남동부의 유서 깊은 지역.
17) 카리브해에 있는 네덜란드 구성국으로 수도는 빌렘스타트이다.
18) 콜롬비아 북부의 카리브해 연안에 있는 항구 도시. 스페인 식민지 시절에 남아메리카와 유럽을 오가는 주요 항구였다.

기를 나누면서 시간을 보내기 위해서가 아니라, 기적의 순간에 그곳에 있기 위해서였는데, 그 순간에 12월의 햇빛이 걷잡을 수 없이 쏟아져 바베이도스부터 베라크루스까지 다시 한번 서인도 제도 세상을 완전하게 볼 수 있었으며, 그러면 그는 누가 더블스리 패를 가졌는지 잊고서 전망대를 내다보았고 호수같이 잔잔한 바다에 잠든 악어처럼 늘어서 있는 미치광이 같은 섬들을 물끄러미 바라보았고, 그런 섬들을 보면서 다시 한번 10월의 역사적인 금요일을 떠올렸고, 또다시 그날을 되새겼는데, 그날 새벽에 그는 방에서 나갔고, 대통령 관저의 모든 사람이 빨간 사각모자를 썼다는 것을 알았고, 새로 들어온 첩들이 빨간 사각모자를 쓰고 거실을 쓸고 새장의 물을 갈아주는 것을 보았으며, 외양간의 젖 짜는 사람들과 초소의 보초들, 그리고 계단에 있는 중풍 환자들과 장미밭에 있는 나병 환자들도 사육제의 일요일처럼 빨간 사각모자를 쓰고 돌아다닌다는 사실을 알았는데, 그러자 그는 자기가 자는 동안 무슨 일이 일어난 것인지, 그러니까 왜 자기 집의 사람들과 도시의 주민들이 빨간 사각모자를 쓰고 다니고, 짤랑거리는 조그만 종들을 줄로 엮어서 사방으로 끌고 다니는지 알아보기 시작했고, 마침내 사실을 말해 줄 사람을 만났는데, 그는 장군님, 몇몇 이방인들이 도착해서 옛 스페인어로 떠들었는데, 바다라는 단어를 말할 때 남성형이 아닌 여성형으로 말했고, 금강앵무를 수다쟁이 앵무새라고 불렀으며, 카누를 통나무배라고 했고, 투창을 작살이라고 불렀습니다, 그리고 우리가 그들을 맞이하려고 배 주위로 헤엄치는 것을 보자 돛대로 기어 올라가

서로에게 소리치면서, 얼마나 훌륭한지 봐, 몸이 아름답고 얼굴도 아주 근사해, 머리카락은 두껍고 숱이 많고, 거의 말총처럼 부드러워, 라고 말했고, 우리가 햇빛에 피부가 벗겨지지 않도록 칠한 것을 보면서 물에 젖은 잉꼬처럼 난리치면서, 저것 좀 봐, 진한 회색으로 칠했어, 흰색도 아니고 검은색도 아닌 카나리아 색깔이야, 어떻게 저런 색이 나오지, 라고 소리쳤고, 우리는 도대체 왜 우리를 그토록 비웃는 것인지 이해하지 못했습니다, 장군님, 우리는 우리 어머니들이 낳아 주신 대로 너무나 자연 그대로였는데, 더운데도 그들은 '봉의 시종'[19]처럼 치렁치렁한 옷을 입고 있었고, 네덜란드 밀수꾼들처럼 더위를 남성형이 아닌 여성형으로 말하고, 모두 남자지만 머리카락을 여자처럼 꾸미고 있었습니다, 그들 중에서 여자는 한 사람도 보이지 않았습니다, 그리고 우리가 기독교인들의 말을 알아듣지 못한다고 소리쳤는데, 사실 우리의 외침을 알아듣지 못한 것은 그들이었습니다, 그러고서 우리가 말했던 것처럼 그들이 통나무배라고 부르는 카누를 타고 우리에게 접근했고, 우리의 작살 끝에 그들이 물고기 이빨이라고 부르는 청어 가시가 달린 것을 보고서 감탄을 금치 못했으며, 우리가 갖고 있던 모든 것들을 이 빨간 사각모자들과 줄에 꿴 유리알들과 바꿨는데, 우리는 이 유리알들을 목에 걸어 그들을 기쁘게 해 주었으며, 또한 전혀 값어치가 없는 이 양철 딸랑이들과 안경과 플

_____

19) '배턴의 잭' 또는 '배턴의 네이브'라고 불리며, 라틴 계열의 타로 카드에 사용된다.

랑드르의 다른 물건들, 그러니까 가장 값싼 종류의 물건들과 바꿨습니다, 장군님, 그런데 우리는 그들이 착한 사람들이고 훌륭한 정신을 갖고 있다는 것을 알았기 때문에, 그들을 해안 쪽으로 데려갔는데, 그들은 그런 사실을 몰랐습니다, 하지만 문제는 이것과 저것을 바꿉시다, 이것을 다른 것으로 바꿔 주겠어요, 라고 말하면서, 망할 놈의 물물 교환이 점점 커졌고, 얼마 후에는 너나없이 모든 사람이 앵무새, 담배, 초콜릿 뭉치, 도마뱀 알 등 하느님이 만든 모든 것을 바꾸었는데, 그들은 모든 것을 받았고, 자기들이 갖고 있던 것을 기꺼이 내주었으며, 심지어 벨벳으로 만든 조끼와 우리 중의 한 사람을 바꿔서 그를 자랑스럽게 유럽에 보여 주려고 했습니다, 장군님, 상상해 보십시오, 얼마나 황당하고 기가 막힌 일입니까! 하지만 그는 너무나 혼란스러워서 자기 정부가 그 미친 사람들과 거래해야 하는지 제대로 이해하지 못했고, 그래서 침실로 돌아가 바다 쪽으로 난 창문을 열어서, 자기가 들었던 그 혼란스러운 상태를 이해할 새로운 빛을 찾으려고 했는데, 그때 해병대가 부둣가에 버리고 떠나는 바람에 항상 그곳에 있던 전함을 보았고, 그 전함 너머로 어두운 바다에 닻을 내린 세 척의 범선을 보았다.

두 번째로 그가 같은 사무실에서 독수리들에게 뜯어 먹힌 채 똑같은 옷을 입고 같은 자세로 발견되었을 때, 우리 모두는 처음에 일어난 일을 기억할 수 있을 정도의 나이였지만, 그 어떤 증거도 그가 죽었다는 것을 결정적으로 입증하지 못한다는 사실을 알았는데, 그것은 진실 뒤에는 항상 또 다른 진실이 있기 때문이었다. 우리 중에서 가장 우둔한 사람조차 겉으로 드러난 것을 인정하거나 받아들이지 않았는데, 그가 간질로 발작을 일으켜 쓰러졌으며, 접견 도중에 경련으로 몸을 비틀고는 옥좌에서 굴러떨어져 입으로 담즙을 내뱉었고, 말을 너무 많이 하는 바람에 언어 능력을 상실했으며, 자기가 말하는 것처럼 보이기 위해 커튼 뒤에 복화술사를 배치했고, 변태적인 행동을 한 빌로 온몸에 정어 비늘이 돋아났으며, 12월의 시원한 공기 속에서 탈장되어 툭 불거진 그의 불알이 선원들의 뱃노래를 부르면 그는 불거진 그것을 넣은 조그만 정형외과용 카트의 도움을 받아 걸어 다녔고, 또 군용 트럭이 새빨간 리본을 매고 황금 에키누스[20]가 박힌 관을 싣고서 한밤중에 하인들이 사용하는 뒷문으로 들어왔으며, 레티시아 나사레노가 빗물 정화 정원에서 죽을 정도로 피눈물을 흘렸다는 등 수많은 이야기는 사실로 받아들였으면서도, 그가 죽었다는 소문이 틀림없는 것처럼 보일 때면 그는 전혀 생각하지 못했던 순간에 아주 활기차고 당당한 모습으로 나타나서 우리의 운명을 전혀 예측할 수 없는 방향으로 이끌었기 때문이다. 대통령 인장이 새겨진 반지나, 지칠 줄 모르고 다니는 엄청나게 큰 발, 또는 독수리들이 감히 쪼아 먹지 못했던 불거진 불알이라는 이상한 증거처럼 즉각적인 징조를 보고 확신했다면 훨씬 쉬웠을 테지만, 과거에 그보다 중요하지 않은 사람이 죽었을 때도 그와 비슷한 징조들이 있었다고 기억하는 사람은 항상 있었다. 또 관저를 철저하게 살펴보았지만, 그의 신분을 밝힐 만한 것을 전혀 찾아내지 못했기 때문이기도 했다. 벤디시온 알바라도에 대해서는 우리는 칙령에 따라 시성이 진행되었다는 정도만 알았는데, 그녀의 침실에서 새들의 작은 뼈가 세월이 흐르면서 돌멩이로 변해 버린 채로 남아 있는 부서진 새장들을 몇 개 보았고, 소들이 질겅질겅 씹어 댄 고리버들 안락의자도 보았으며, 수채화 물감 팔레트와 붓통도, 그러니까 고지의 새 장수들이 빛바랜 다른 새들을 황금 앵무로 속여서

---

20) 도리아식 건축 양식에서 사용되던 만두 모양의 기둥 머리.

팔아먹을 때 사용했던 도구와 욕조도 보았는데, 거기에는 서양 박하 나무 화분 하나가 있었고, 박하 나무는 모두의 망각 속에서 계속 자라나 가지들은 벽을 타고 올라갔으며, 초상화들의 눈을 지나 모습을 드러냈고, 창문으로 나가서 결국 뒷마당의 야생 관목들과 뒤엉켜 버렸지만, 우리는 그가 그 방에 있었다는 어떤 흔적도 발견하지 못했다. 우리는 레티시아 나사레노를 아주 선명하게 기억했는데, 가장 최근에 다스렸을 뿐만 아니라, 요란하게 공적인 활동을 벌였기 때문인데, 그녀의 신혼 침실에서 어떤 난폭한 사랑도 충분히 견뎌 낼 것 같은 훌륭한 침대를 보았고, 침대 위에 설치되었던 들었다 내렸다 할 수 있는 가리개는 암탉들이 둥지를 트는 장소가 되어 있었으며, 커다란 궤에서는 좀먹은 파란 여우 목도리와 치마의 철사 버팀대, 속치마의 얼음장처럼 차가운 가루, 레이스가 달린 브뤼셀제 브래지어, 집 안에서 사용하던 남자용 반장화와 손님을 맞을 때 사용하던 굽이 높고 가죽끈이 달린 벨벳 실내화를 보았고, 호화로운 영부인의 장례식에 어울리는 펠트 제비꽃과 호박단 리본이 달린 기다란 수의, 그리고 잿빛 양가죽처럼 거친 수련 수녀의 옷이 들어 있었는데, 그것은 대통령의 숨겨진 아내라는 자리에 앉히려고 파티 때 사용하는 커다란 유리 상자에 넣어 자메이카에서 납치해 왔을 때 입혔던 옷이지만, 우리는 그 방에서도 해적들이나 자행하는 납치가 적어도 사랑 때문에 이루어진 것이라고 확증할 만한 흔적을 발견하지 못했다. 그는 말년 대부분을 판서의 대통령 침실에서 보냈는데, 거기서 우리는 사용한 적이 없는 야전 침대 하나와

골동품 애호가들이 해병대가 버려둔 저택에서 꺼낸 것 같은 종류의 휴대용 변기 하나, 아흔두 개의 훈장이 들어 있던 철제 금고 하나, 그리고 시체가 입은 것과 똑같이 계급장이 달리지 않은 거친 능직 옷 한 벌만을 발견했는데, 옷에는 구경이 커다란 여섯 발의 총탄 구멍이 있었으며, 총탄은 등 쪽으로 들어가 가슴 쪽으로 나오면서 옷을 태워 엉망으로 만든 상태였고, 그래서 우리는 떠도는 전설이 사실이라고 생각하게 되었는데, 그 전설은 비겁하게 뒤에서 쏜 총탄은 옷을 꿰뚫지만, 그에게 아무런 상처도 입히지 않으며, 그의 앞에서 쏜 총알은 몸에 맞고 되튀어서 공격자에게 돌아간다고, 그는 그를 위해 죽을 수 있을 정도로 사랑하는 사람이 쏜 자비의 총알에만 상처를 입는다고 말하고 있었다. 두 벌의 군복 모두 시체가 입기에는 너무 작았지만, 우리는 그것들이 그의 것일지도 모른다는 가능성을 배제하지 않았는데, 그 이유는 그가 100살까지 계속 자랐고, 150살이 되자 세 번째로 이를 갈았다는 이야기가 한때 들려왔기 때문이지만, 사실 독수리들이 쪼아 먹은 그의 몸은 우리 시대의 평균 남자보다 크지 않았고, 치아 몇 개는 작고 건강하며 뭉툭해서 젖니처럼 보였으며, 피부는 상처 하나 없이, 하지만 과거에는 아주 뚱뚱했던 것처럼 사방에 물집이 있고 기미로 얼룩덜룩해진 쓸개 색깔을 띠었고, 과묵했던 눈은 없이 텅 빈 구멍만 겨우 남아 있었으며, 불거진 불알 외에 전혀 비율적으로 맞지 않는 것은 거대한 발뿐이었는데, 그것은 넓적하고 평평했으며, 발톱은 매처럼 굳은살이 박이고 뒤틀려 있었다. 옷과 달리, 역사가들은 그를 너무 크게 묘사했는데, 유치원 국정 교과서는 그를 엄청나게 커다란 족장으로 묘사하면서, 그는 문으로 지나갈 수 없어서 집에서 한 번도 나오지 않았고, 아이들과 제비를 사랑했으며, 몇몇 동물들의 말을 알아들었고, 자연의 생각을 예측하는 능력이 있었으며, 눈빛만 보고도 상대방의 생각을 알아챘고, 문둥이의 종기를 치료하고 중풍 환자들을 걷게 하는 효력을 지닌 소금의 비밀을 알고 있다고 말했다. 그의 출생에 관한 모든 흔적은 책에서 사라진 상태였지만, 사람들은 엄청난 권력욕과 그가 통치하는 정부의 특징, 그리고 음산하고 침울한 태도로 보아 그가 고원 지대 출신일 거라고 생각했는데, 그는 또한 마음이 형언할 수 없이 사악해서 어느 외국 세력에게 바다를 팔아먹었고, 우리에게 거친 달 먼지를 일으키는 끝없는 평원을 마주 보며 살아가는 형벌을 내렸는데, 그 평원의 헤아릴 수 없는 석양은 우리의 영혼을 아프게 했다. 사람들은 그가 살아오는 동안 사랑하지도 않는 헤아릴 수 없이 많은 첩과 5000명이 넘는 아이들을 거느렸을 것으로 추측했는데, 그들 모두는 칠삭둥이였고, 그 첩들은 그가 즐기고 싶은 마음이 생길 때까지 후궁에서 차례를 기다렸으며, 그 어떤 아이도 그의 성을 물려받지 않았지만, 레티시아 나사레노가 낳은 아이만은 예외여서, 그 아이는 태어나는 순간에 사법권과 지휘권을 가진 장군으로 임명되었으며, 그것은 그가 아이의 어머니, 오로지 그녀에게서 태어난 자식 외에는 누구도 어떤 사람의 아이도 아니라고 여겼기 때문이나. 이런 확신은 심지어 그에게도 유효했던 것 같은데, 그것은 역사에서 이름을 날린 독재자들처럼 그도 아버지 없는 사람이라는 것을 스스로도 잘 알았고, 그를 아는 유일한 친척이자, 아마도 그의 유일한 친척은 어머니, 내 영혼의 벤디시온 알바라도였는데, 학교 교과서들은 기적이 일어나 그녀가 남자와 전혀 상관없이 그를 잉태했으며, 꿈속에서 그가 메시아의 운명을 타고났다는 신비한 단서를 받았다고 여겼으며, 그는 어머니는 단 한 사람, 내 어머니밖에 없다고 주장하면서 그녀를 조국의 국모라고 선포했으나, 그녀는 출신이 불확실한 이상한 여자였으니, 단순하고 소박한 그 영혼을 보고 정권 초기에 대통령의 기품과 품위를 광적으로 중시하던 사람들은 난리를 피웠는데, 국가 원수의 어머니가 목에 작은 장뇌 주머니를 달고서 모든 전염병을 막으려고 했고, 포크로 철갑 상어 알을 찔러 먹으려고 했으며, 굽 낮은 에나멜 구두를 신고 뒤뚱뒤뚱 걷는다는 사실을 인정할 수 없었으며, 그녀가 음악당의 테라스에 벌통을 놓고 벌을 치거나 대통령 관저의 여러 사무실에 칠면조와 수채화 물감으로 칠한 새들을 기르며, 대통령이 연설하는 난간에 침대보를 내다 걸고 말린다는 사실을 받아들일 수 없었고, 외교관들이 모인 어느 파티에서 내 아들을 쓰러뜨려 달라고 하느님에게 기도하기도 지쳤어요, 대통령 관저에서 이렇게 사는 것은 온종일 불을 환하게 밝히고 있는 것과 마찬가지랍니다, 주님, 이라고 말했다는 사실을 참을 수 없었기 때문인데, 그녀는 너무나 자연스럽게 그렇게 말했고, 바로 그런 태도로 어느 국경일에 빈 병을 담은 바구니를 들고 의장대 사이를 지났고, 군가가 울려 퍼지며 꽃들이 폭우처럼 떨어지는 가운데 열렬한 환호를 받으며 사열을 시작하던 대통령 전용차로 가서, 그 가련한 어머니는 차창으로 바구니를 넣고는 자기 아들에게, 그쪽으로 지나가니까 가는 김에 이 병들을 길모퉁이 가게에 돌려줘라, 하고 소리쳤다. 이렇듯 부족한 역사의식은 우리가 함대 사령관 히긴슨이 지휘한 해병대 상륙을 축하하는 공식 만찬에서 절정에 달했는데, 거기서 벤디시온 알바라도는 자기 아들이 정복을 차려입고서 황금 훈장을 달고 그 이후 죽을 때까지 사용했던 벨벳 장갑 낀 모습을 보았고, 그러자 어머니로서 자랑스러운 마음을 억누르지 못하고 외교 사절단 앞에서 큰 소리로, 내 아들이 공화국 대통령이 될 줄 알았더라면 학교에 보냈을 거예요, 라고 외쳤지만, 너무나 창피하다고 생각했던지 그때부터 그녀는 교외 저택으로 쫓겨났는데, 그곳은 방이 열한 개나 있는 저택으로, 연방 전쟁의 장군들이 노름판을 벌이며 도망친 보수주의자들의 화려한 고급 주거 지역을 나눠 가졌던 어느 날 밤에, 그가 운이 좋아 주사위 노름에서 이겨 갖게 된 곳으로, 벤디시온 알바라도는 훌륭하고 장엄한 장식품을 우습게 여기면서, 마치 교황의 마누라가 된 느낌이군, 이라고 말하고는 자기에게 할당된 맨발의 하녀 여섯 명의 방 옆에 있던 하인들의 침실을 더 마음에 들어 했고, 자기 재봉틀과 더덕더덕 색칠한 새들이 든 새장을 들고서 잊혔던 뒷방에 거처를 정했는데, 그곳은 결코 덥지도 않고, 6시만 되면 몰려드는 모기들을 아주 쉽게 쫓아 버릴 수 있는 장소였기에, 그녀는 바느질하며 앉아서 큰 마당의 나른한 햇빛을 바라보고 타마린드 잎사귀 냄새가 나는 공기를 마셨는데, 그런 동안 암탉들은 거실이나 응접실을 어슬렁거리며 돌아다녔으며, 경비병들은 텅 빈 침실에 숨어 하녀들을 기다렸고, 그녀는 앉아서 수채화 물감으로 황금 앵무를 칠했고, 하녀들과 함께 불쌍한 우리 아들, 이라고 슬퍼하면서 해병대원들이 그를 어머니와 멀리 떨어진 대통령 관저에 옮겨 놓았다며 그의 불행을 탄식했고, 한밤중에 통증으로 잠에서 깨더라도 보살펴 줄 세심한 아내도 없어, 불쌍한 우리 아들, 공화국 대통령 일을 하면서 고생이란 고생은 다 하고, 월급이래야 고작 300페소를 받고 있어, 라고 넋두리를 했다. 그녀는 자기가 무슨 말을 하는지 잘 알았는데, 그것은 도시가 낮잠의 수렁에서 철벅거리는 동안 그가 매일 그녀가 너무나 좋아하는 설탕 바른 과일을 가지고 찾아왔으며, 그 기회를 이용해서 미국 해병대의 허수아비라는 쓰라린 상태에 관해 그녀에게 속마음을 털어놓았는데, 설탕을 바른 오렌지와 설탕물에 절인 무화과를 냅킨에 싸서 몰래 가지고 나와야만 했다고, 점령군 당국이 회계사들을 고용했는데, 그들은 점심 식사 때 먹고 남은 것까지 회계 장부에 모조리 기록하기 때문이라고 이야기했고, 언젠가는 전함 사령관이 몇몇 사람과 대통령 관저에 왔는데, 그들은 육지 천문학자처럼 모든 것을 쟀다고 투덜댔으며, 나한테 인사도 하지 않고 줄자로 내 머리를 재면서 영어로 계산했고, 통역사를 통해 당신, 거기서 멀어지라고 말하는 바람에 자기는 멀리 떨어졌다고, 그리고 햇빛을 막지 말고 나가라고 해서 나갔다고, 또 걸리적거리지 않는 곳에 있도록 해요, 제기랄, 이라고 말했지만, 그는 어디에 있어야 걸리적거리지 않는지 알 수 없었는데, 그것은 측량사들이 사방에서 난간으로 들어오는 빛의 크기까지 재고 있었기 때문이지만, 그는 그게 최악은 아니었어요, 어머니, 라고 말하면서, 그 때까지 남아 있던 말라깽이 첩 둘을 거리로 내쫓아 버렸다고 이야기했는데, 그건 제독이 그런 여자들은 대통령에게 어울리지 않는다고 말했기 때문이고, 그래서 정말로 여자가 궁했던 나머지, 어느 오후에 그는 교외 저택에서 나가는 척했지만, 그의 어머니는 어둠에 잠긴 침실에서 하녀들의 뒤를 쫓아다니는 소리를 들었고, 그러자 너무나 슬픈 마음에 새장의 새들을 휘저어 소란스럽게 만들어서 누구도 아들의 궁핍한 상태를 눈치채지 못하게 했고, 새들에게 억지로 노래를 부르게 하여 이웃 사람들이, 겁탈하는 소리와 저항하며 몸부림치는 수치스러운 소리, 또 제발 좀 가만히 있어요, 장군님, 아니면 당신 어머니에게 일러바치겠어요, 라고 숨죽여 말하는 위협을 듣지 못하게 했고, 찌르레기들의 낮잠을 방해하여 강제로 큰 소리로 노래를 부르게 하여, 아무도 다급한 남편처럼 영혼 없이 헐떡이는 소리, 옷 입은 연인의 불행한 소리, 그리고 그가 개처럼 내뱉는 애처로운 울음소리와 땅거미가 내리듯이, 그리고 애처롭게 썩어 가는 것 같은 고독한 눈물 소리를 듣지 못하게 했는데, 그럴 때면 녹아 버리는 물유리 공기 속에서, 그러니까 하느님께 버림받은 오후 3시의 8월에 급하게 해치우는 사랑 때문에 암탉들은 꼬꼬댁거리며 침실에서 난리를 피웠다. 그 궁핍한 상태는 점령군이 역병에 놀라 나라를 떠날 때까지 지속됐지만, 그 상륙군의 임무가 종식되려면 아직도 많은 시간이 남아 있었는데, 그들은 떠나면서 장교들의 거주지를 부수고

그 조각에 숫자를 적어 나무 궤짝에 넣었고, 파란색 잔디밭을
모조리 뜯어내서 마치 카펫인 양 둘둘 말아서 가져갔으며, 우
리 강물에 사는 물벌레가 몸속을 먹어 치우지 못하도록 자기
나라에서 보낸 소독수를 담아 놓던 고무 물탱크를 포장했고,
그들의 하얀 병원을 없애 버리고 막사들을 폭파하면서 아무
도 그것들이 어떻게 세워졌는지 알지 못하게 했으며, 부둣가
에 낡은 수륙 양용 전함을 버렸는데, 6월의 밤이 되면 그 전
함의 갑판으로는 폭풍 속에서 길을 잃은 제독의 유령이 서성
거렸지만, 날아다니는 기차로 그 휴대용 전쟁 천국을 가져가
기 전에 그들은 선린(善隣) 훈장을 수여했으며, 국가 원수에게
명예 훈장을 주었고, 모든 사람이 들을 수 있도록 큰 소리로
이제 우리는 검둥이 갈봇집과 함께 당신을 여기에 남겨 두고
서, 당신이 우리 없이 어떻게 나라를 만들어 가는지 보겠소,
라고 그에게 말했는데, 정말로 그들은 떠났어요, 어머니, 빌어
먹을, 정말로 떠나 버렸어요, 라고 말했다. 그리고 황소 같은
점령군에게 고개를 숙였던 시절 이후 처음으로 그는 계단을
올라가면서 투계를 복구해 달라는 빗발치는 요구를 듣고서
크고 씩씩한 목소리로 알았다고 직접 결정했고, 연도 다시 날
리고 해병대가 금지했던 다른 놀이도 허락하라고 명령했으며,
또 알았다면서 자기가 모든 권력의 주인임을 너무나 확신한
나머지, 국기의 색깔을 반대로 바꾸었고, 문장에 새겨진 프리
기아 모자[21]를 침략자의 패배한 용으로 바꾸어 놓았는데, 그

---

21) 머리에 꼭 눌러쓰는 원뿔형 모자.

건 어쨌든 우리는 우리 자신의 주인이기 때문이에요, 어머니, 전염병 만세!, 라고 말했다. 벤디시온 알바라도는 권력 때문에 생긴 그런 놀라운 일과 가난 때문에 생긴 더 오래되고 쓰라린 일들을 평생 기억할 테지만, 죽은 척해야만 했던 어처구니없는 사건이 일어난 다음 그토록 슬프게 그 기억을 떠올린 적은 없었는데, 그때 그는 번영의 늪에 빠져 허우적거렸고, 그녀는 자기의 말을 들어주는 사람이면 누구에게든, 대통령의 어머니가 되어도 소용없다고, 이 세상에 가진 것이라고는 이 가련한 재봉틀 하나밖에 없다고 계속해서 투덜댔고, 금실이 늘어진 저 영구 마차 안에 있는 내 불쌍한 아들은 조국을 위해 그토록 오랫동안 봉사했는데도 이 땅에 죽어서 묻힐 구멍 하나도 없다오, 주님, 이건 있을 수 없는 일이에요, 라고 탄식했지만, 이는 그녀가 습관적으로 또는 거짓으로 슬퍼한 것이 아니라, 그가 자기의 슬픔과 고통에 그녀를 참여시키지 않았고, 예전과 달리 권력이 주는 최고의 비밀을 서둘러 그녀와 함께 나누지 않은 데 원인이 있는데, 그는 해병대의 점령 이후부터 너무나 많이 변한 나머지, 벤디시온 알바라도는 그가 자기보다 더 늙은 것 같다고 느꼈는데, 그래서 자기 아들이 말을 더듬으며 현실 감각은 뒤엉켜 있으며 때때로 침을 질질 흘린다고 느꼈고, 그가 꾸러미를 잔뜩 짊어지고 교외 저택에 오는 것을 볼 때면 어머니가 아니라 딸이 느낄 법한 동정심이 밀려들었는데, 그럴 때면 그는 필사적으로 모든 꾸러미를 동시에 개봉하려고 했고, 이로 굵은 삼실을 끊었으며, 그녀가 바느질 바구니에서 가위를 찾기도 전에 꾸러미의 버팀 테에 손톱을 부러뜨렸고, 수북한 찌꺼기에서 아무것이나 손에 그득 끌어내고는 한껏 고양되었으면서도 초조한 감정에 사로잡혀, 이 멋진 것들을 보세요, 어머니, 라고 말했고, 어항에 살아 있는 인어가 있어요, 실제 크기의 태엽 천사가 침실들을 날아다니며 종으로 시간을 알려 줘요, 저 커다란 소라 안에서는 파도 소리나 바닷바람 소리가 아니라 애국가의 선율이 들려요, 정말 끝내주는 것들이에요, 어머니, 가난하지 않은 게 얼마나 좋은지 알겠죠, 라고 말했지만, 그녀는 아들의 감격스러운 말에 맞장구를 치는 대신 황금 앵무를 칠할 때 사용하던 붓을 질경질경 씹었고, 자기 마음이 슬픔을 이기지 못해 산산이 부서지고 있다는 것을 아들이 눈치채지 못하게 했고, 그가 앉아 있는 자리에 있는 게 얼마나 힘들었는지 기억하면서, 그때는 지금 이 시기와 달랐어요, 주님, 지금처럼 쉬운 시절이 아니었어요, 지금은 그가 말하듯이, 유일하게 권력을 잡고 있어서 권력이 실체적이고 현실적이며, 손바닥에 있는 유리 공과 같지만, 그가 도망치는 청어 같던 그 시절에는, 그러니까 하느님도 없고 법도 없이 이웃 나라 궁전에서 헤엄치면서, 내가 시인이자 장군인 라우타로 무뇨스를 무너뜨리도록 도와주었던 사람들, 즉 연방 전쟁에서 살아남은 마지막 두목들이자 탐욕스러운 무리에게 쫓기고 있었지요, 그 시인이자 장군은 많이 배운 박식한 독재자였는데, 아마도 하느님께서 그를 거룩한 영광의 왕국에 데리고 있을 거예요, 그 장군은 라틴어로 된 수에토니우스[22]

---

22) 가이우스 수에토니우스 트란킬루스(Gaius Suetonius Tranquillus,

의 미사 전서와 파란색 피를 가졌다는 마흔두 마리의 말을 갖고 있었거든요, 하지만 그들은 군사적 지원을 했다는 이유로 추방된 옛 영주들의 농장과 가축을 탈취했고, 나라를 자치적인 지방으로 분할시키고서, 이것이 연방주의입니다, 장군님, 그래서 우리는 우리 핏줄에서 피를 흘렸던 것입니다, 라고 그 누구도 반박하지 못할 주장을 펼쳤는데, 그들은 자기들의 영토 안에서 절대 군주여서, 자체적으로 법도 만들었고, 그들 개인의 이름을 딴 국경일도 제정했으며, 자기들이 서명한 지폐를 사용했고, 정복을 입을 때는 보석이 박힌 군도(軍刀)를 찼으며, 황금 장식 끈에 칼을 맨 경기병 재킷을 걸쳤고, 이전에 통치했던 조국의 부왕들을 새긴 옛날 판화를 베껴서 공작새 꼬리 깃털을 단 삼각모를 썼는데, 맙소사, 우악스러운 촌놈들이었으며 감정에 의해 좌우되는 그들은 누구의 허락도 받지 않고 정문으로 대통령 관저를 드나들었는데, 그건 이 국가가 모두의 나라였기 때문입니다, 장군님, 그래서 우리는 조국을 위해 아낌없이 희생했던 것입니다, 그리고 그들은 각자 첩들과 가축들을 데리고 연회장을 떠나지 않았는데, 그것들은 그들이 지나가는 곳마다 먹을 것이 절대 부족하지 않도록 평화의 공물로 요구한 가축이었고, 개인 경호원들도 데리고 다녔는데, 그 야만족 용병들은 군화를 신는 대신 발을 헝겊 쪼가리로 둘둘 말고 있었으며, 스페인어로 간신히 자기 뜻을 밝힐 정

69?~140?). 로마 제국 오현제 시대의 역사가이자 정치가. 로마 제국의 초창기 열한 명의 황제를 다룬『황제전』을 쓴 것으로 알려져 있다.

도였지만, 주사위 놀이의 속임수에 관해서는 슬기롭고 총명하며 아주 용맹했고, 전쟁용 무기를 다루는 데 일가견이 있는 작자들이었지요, 그래서 국가 최고 권력의 관저는 마치 집시 야영장 같았습니다, 각하, 불어난 강물에서 지독한 냄새가 났고, 참모 본부 장교들은 공화국의 가구들을 자기 농장으로 가져갔으며, 정부 요직을 두고 도미노 게임을 하면서 그의 어머니 벤디시온 알바라도의 간청 따위는 무시했는데, 그녀는 한순간도 쉬지 않고 장터의 수많은 쓰레기를 쓸어 내려 했으며, 난파된 배와 같은 상태를 조금이나마 정리하려고 했는데, 그것은 그녀만이 유일하게 자유당의 무훈과 공로가 피할 수 없이 몰락하는 것에 맞서 싸우려고 했던 사람이며, 카드놀이로 최고 사령관의 자리를 차지하려고 싸우는 더럽고 비열한 무뢰한들로 집이 망가져 버린 것을 보면서 그놈들을 빗자루로 내쫓으려고 애썼던 사람인데, 그녀는 그 자식들이 피아노 뒤에서 변태 성행위 사업을 벌이는 것을 보았으며, 설화 석고로 만든 암포라[23]에 똥을 싸는 것도 보았는데, 물론 그녀는 맙소사, 안 돼요, 그건 휴대용 변기가 아니라 판텔레리아[24] 바다에서 인양한 암포라예요, 라고 알려 주었지만, 맙소사, 그들은 부자들의 요강이라고 고집부려서, 사람의 힘으로는 절대 설득할 수 없었고, 하느님의 힘도 아드리아노 구스만 장군이 내 집권 십 주년을 기념하는 외교 사절 초청 축하연에 참석하지 못하

---

23) 고대 그리스의 도자기. 항아리 모양이며 양쪽에 손잡이가 있다.
24) 지중해 시칠리아 해협에 있는 섬.

게 막을 수 없었으며, 그 누구도 그 장군이 그 행사에 입기 위해 선택한 검소한 흰색의 리넨 군복 차림으로 연회장에 모습을 드러냈을 때 무엇이 우리를 기다리는지 상상할 수 없었는데, 그 장군은 군인의 명예를 걸고 내게 약속했던 것처럼, 무기를 휴대하지는 않았지만 개인 경호원들을 대동했고, 그들은 카옌[25]의 사탕을 잔뜩 짊어진 사복 차림의 프랑스 탈옥수들이었는데, 아드리아노 구스만 장군은 대사들과 장관들의 부인들에게 사탕을 하나씩 나누어 주기 전에 남편들에게 정중한 인사로 허락을 받았고, 그것은 그의 용병들이 그렇게 하는 것이 베르사유에서는 적절한 행동이라고 말했기 때문이며, 또 그 장군은 신사라면 좀처럼 보여 주지 않을 솜씨로 그렇게 했고, 그러고는 연회장의 한쪽 구석에 앉아 춤에서 눈을 떼지 않고 만족스럽게 고개를 끄덕이고서, 아주 훌륭해, 라고 말했고, 이 잘난 체하는 보고타 놈들은 춤을 아주 잘 추는군, 이라고 말했으며, 각자 자기 식대로 사는 법이지, 라고 말했는데, 안락의자에 앉아 있던 그 장군에게 누구도 관심을 보이지 않은 탓에 완전히 잊혔고, 그의 부관 중 하나가 그가 샴페인을 한 모금씩 마실 때마다 잔을 채우고 있다는 사실을 눈치챈 사람은 나뿐이었고, 시간이 흐르면서 그는 평소보다 더 긴장하여 얼굴을 붉혔으며, 억지로 트림을 참는 바람에 그 압력이 눈까지 올라왔고, 그럴 때마다 땀으로 흠뻑 젖은 군복 상의 단추를 하나씩 풀었고, 졸려서 끙끙대더니, 제기랄, 이라고 툴툴

25) 프랑스령 기아나의 수도이자 항구 도시.

대고는, 춤이 잠시 쉬는 틈을 이용해 이내 아주 힘들게 자리에서 일어났고, 군복 상의의 단추를 모조리 풀고 말았으며, 그러고는 바지 지퍼를 풀었고, 그렇게 지퍼를 활짝 열고서 대사들과 장관들의 부인들이 입은 깊이 패고 향긋한 냄새를 풍기던 드레스에 시커먼 까마귀의 망가진 호스로 물을 떨어뜨렸고, 전쟁에 취한 사람의 시큼한 오줌으로 모슬린 옷으로 덮은 부드러운 무릎과 황금으로 수를 놓은 코르셋, 타조 깃털로 만든 부채를 적셨으며, 야단법석 가운데서 의연하게 노래했고, 나는 당신의 화단에 물을 주는 볼품없는 연인, 아, 멋지고 훌륭한 장미여, 라고 노래를 불렀지만, 그 누구도 나서서 그를 제지하지 못했고, 심지어 그도 그러지 못했는데, 그건 그들 하나하나보다 내가 더 힘이 세지만, 둘이 공모하면 내 힘이 훨씬 약하다는 것을 익히 잘 알았기 때문이지, 또 나는 그가 다른 사람들을 있는 그대로 보고 있는지 그때까지도 알지 못했고, 그런 동안 다른 사람들 역시 완고한 노인네의 숨겨진 생각을 전혀 알 수 없었는데, 그는 차분할 뿐 아니라 사근사근하고 신중했으며 헤아릴 수 없이 잘 참고 기다리는 성향이었기에, 우리가 볼 수 있었던 것은 그저 애처롭고 가엾은 눈과 굳어진 입술과 정결한 소녀의 것 같은 손뿐이었고, 그 손은 그가 새로운 소식을 접했던 공포의 정오에 군도의 손잡이를 잡고도 떨지 않았는데, 그날 그가 들은 바에 따르면, 장군님, 대마초와 아니스 향내 나는 소주 때문에 정신이 없던 나르시소 로페스 사령관이 대통령 경호대의 말단 병사 한 명을 변소에 처넣고서 기운찬 여자의 수단과 방법으로 적당히 몸을 따뜻하게

만들고는 그에게 억지로 시키면서, 젠장, 나한테 전부 넣어, 이
건 명령이야, 완전히 넣으란 말이야, 아, 자기야, 네 황금 불알
까지 모두 말이야, 라고 말했고, 병사는 고통을 참지 못하고
울면서, 그리고 화가 치밀어 흐느끼다가, 마침내 정신을 차리
고는 머리를 변소의 구린내 나는 수증기 속에 처넣고서 수치
심을 이기지 못해 엎드려 토했으며, 그러자 장군은 마치 접견
실의 봄철 풍경을 그린 벽걸이 천의 나비처럼 그 말단 병사를
번쩍 들더니, 평원 지대에서 쓰는 창으로 찔러 버렸는데, 사흘
이 지나도록 아무도 그 병사를 창에서 떼어 낼 용기를 내지
못했습니다, 불쌍한 사람, 그는 자기의 옛 동료들이 합작 음모
를 꾸미지 못하도록 감시만 했을 뿐, 그들의 삶에 개입하지 않
았는데, 그것은 그들이 서로 싸우다가 죽을 거라고 확신했기
때문으로, 정말로 부하들은 새 소식을 갖고 그에게 달려와 장
군님, 헤수크리스토 산체스 장군이 고양이에 물려서 공수병
발작을 일으키는 바람에 그의 경호원들이 의자를 내리쳐 죽
여야만 했습니다, 라고 보고하자, 그는 불쌍한 사람, 이라고 중
얼거렸으며, 또 새로운 소식을 갖고 와서 귀엣말로 속삭였을
때 그는 도미노 게임에서 거의 눈을 떼지 않았는데, 장군님,
로타리오 세레노 장군이 익사했는데, 그의 말이 강을 건너다
가 갑자기 죽었습니다, 라는 보고를 받자, 불쌍한 사람, 이라고
중얼거렸고, 그에게 새 소식을 갖고 오자 그는 거의 눈을 깜빡
거리지 않았고, 장군님, 나르시소 로페스 장군이 억누를 수
없는 동성애를 창피하게 여겨 엉덩이에 다이너마이트 막대 하
나를 넣어 창자를 날려 버렸습니다, 라는 보고를 받자, 그는

자기는 그런 치욕스러운 죽음과는 아무런 관련도 없다는 듯이 불쌍한 사람, 이라고 말했고, 그들 모두에게 똑같이 추서(追敍)하는 법령을 공포했으며, 그들을 국가를 위해 봉사하다가 세상을 떠난 순교자들이라고 선언했고, 성대한 장례식을 치러 주면서 같은 높이와 크기로 국립 판테온에 매장했는데, 그러면서 영웅이 없는 나라는 대문이 없는 집과 같기 때문이야, 라고 말했으며, 전국에 전쟁에서 싸운 여섯 명의 장군만 남게 되자, 그들을 대통령궁에 초대해서 자신의 생일 파티를 하며 우정의 술잔치를 벌였고, 각하, 하신토 알가라비아 장군을 포함해 그들 모두가 모였습니다, 라는 보고를 받았는데, 그 장군은 가장 음흉하고 약삭빠른 장군이었고, 자기 어머니에게서 아들을 하나 얻었다고 자랑을 늘어놓았으며, 화약을 넣은 메틸알코올만 마시는 사람이었는데, 장군님, 좋았던 시절처럼 연회장에는 우리 말고는 아무도 없습니다, 모두가 아주 친한 친구들처럼 무기를 가지고 있지 않았지만, 옆의 대기실에는 경호원들이 가득하며, 그들 모두는 유일한 분께 드릴 멋진 선물을 가득 갖고 있는데, 사람들 말에 따르면, 그분은 우리 모두를 이해할 줄 아시는 분입니다, 다시 말하면, 그들을 어떻게 다뤄야 할지 유일하게 아시는 분이며, 전설적인 사투르노 산토스 장군을 고원 지대의 머나먼 은닉처에서 구해 낸 유일한 분이신데, 진짜 순혈 원주민이며 믿을 수 없는 그 장군은 나를 낳은 염병할 우리 어머니처럼 항상 맨발로 돌아다녔습니다, 장군님, 그건 힘세고 우악스러운 우리 같은 남자들은 흙을 느끼지 않으면 숨을 쉴 수 없기 때문입니다, 그 장군은 화려한 색깔의 이상한 동물들이 새겨진 담요를 둘둘 두르고서 도착했어요, 평소처럼 경호원 없이 혼자 왔고, 그의 뒤를 따라온 것은 음산한 기운뿐이었으며, 사탕수수 나무로 만든 마체테[26] 외에는 어떤 무기도 가져오지 않았는데, 그는 그것이 전쟁 무기가 아니라 농기구라는 이유로 허리춤에서 빼지 못하겠다고 거부했지만, 사람들과의 전쟁에서 싸울 수 있도록 내게 잘 조련된 독수리 한 마리를 선물했고 또 하프를 가져왔어요, 어머니, 그 성스러운 악기의 음색은 폭풍을 불러냈고, 수확 주기를 앞당겼는데, 사투르노 산토스 장군이 마음에서 우러나는 기술로 줄을 뜯자, 우리 모두에게 전쟁의 공포를 느꼈던 밤에 대한 향수를 일깨웠어요, 어머니, 전투견의 옴 냄새가 우리를 휘저었고, 우리를 데리고 떠날 황금 배가 부르는 전쟁 군가가 우리 영혼을 어지럽게 만들었는데, 정말 진심으로 그 노래를 합창했어요, 어머니, 나는 눈물에 젖어 함교에서 돌아왔어요, 그사이 그들은 노래를 불렀으며, 자두로 속을 채운 칠면조 한 마리와 아기 돼지 반 마리를 먹었고, 각자 자기 술병을, 그러니까 각자가 갖고 다니던 술을 마셨지만, 그와 사투르노 산토스는 예외였는데, 두 사람은 평생 술을 입에 대지도 않았고 담배를 피우지도 않았으며, 목숨을 부지하는 데 반드시 필요한 것 이상은 먹지 않았는데, 다윗 왕이 찬미했다는 「아름다운 아침」이라는 생일 축하곡을 노래하며 내 생일을 기렸고, 눈물을 흘리며 모든 생일 축하 노래를 불렀는데, 장군님, 그러

---

26) 날이 넓은 긴 칼처럼 생긴 낫.

고서 하네만 영사가 우리에게 소라고둥처럼 생긴 축음기라는 신기한 물건을 가져왔고, 그 원통에서 "해피 버스데이"가 흘러 나왔는데, 그러자 그들은 졸린 듯이, 혹은 술에 취해 반쯤 죽은 사람들처럼 노래했고, 입이 무거운 노인에 대해서는 하나도 걱정하지 않았는데, 그는 시계가 12시를 알리자 병영 생활의 습관에 따라 등불을 내려서 잠자리에 들기 전에 집을 점검하러 나갔고, 돌아오는 길에 연회장 바닥에 서로 포개져서 기운을 잃고 호젓하게 껴안고 있는 여섯 명의 장군을 마지막으로 보았으니, 다섯 명의 경호원들이 그들을 지키면서 서로 감시하고 있었고, 그들은 서로 껴안고 잠든 상태에서도 상대방을 두려워했으며, 그들 각자가 그를 무서워하는 것처럼, 그도 공모를 작당했던 두 사람을 무서워했기에, 그는 등잔을 문간에 걸어 놓고서, 침실의 자물쇠 세 개를 잠그고 빗장 세 개를 걸고 가로장 세 개를 지르고는 바닥에 엎드려 누웠고, 오른팔을 베개로 삼는 순간, 경호원들이 모든 무기를 일제히 발사하면서 강력한 폭음을 내자 관저의 받침돌이 흔들렸고, 그는 염병할, 이라고 중얼댔지만, 중간에 다른 소리도 나지 않고 신음도 없자, 또다시 제기랄, 이제 됐어, 이제 이건 끝났어, 라고 생각했는데, 세상이 침묵을 지키는 가운데 오로지 화약 냄새만 떠나지 않았고, 권력의 불안에서 영원히 벗어난 그의 목숨만이 남아 있었는데, 밝아 오는 새날의 연보라색 햇빛 속에서 공관병들이 연회장의 피 웅덩이에서 철벅거리며 청소하는 것을 보았고, 자기 어머니 벤디시온 알바라도가 아무리 벽을 생석회와 재로 닦아도 피가 질금질금 흘러나오는 것을 확인하고 공포에 사로잡혀 현기증을 느끼며 벌벌 떠는 것을 보았는데, 맙소사, 그녀가 아무리 짜도 카펫에서는 피가 계속 흘러내렸으며, 복도와 사무실로 더욱 많은 피가 콸콸 흘렀고, 그럴수록 필사적으로 피를 닦아서 우리 전쟁의 마지막 후계자들에 대한 학살이 어느 정도였는지 그 규모를 숨기려고 했는데, 공식 발표에 따르면, 그들은 데리고 다니던 미친 경호원에 의해 살해되었고, 조국의 국기로 덮인 그들의 시체는 주교와 같은 장례식을 치르고서 독립 영웅들이 묻힌 판테온을 가득 채웠는데, 그 발표는 그 어떤 경호원도 피비린내 나는 함정에서 살아서 도망치지 못했기 때문입니다, 장군님, 정말 단 한 명도 없습니다, 그러나 사투르노 산토스 장군은 예외인데, 그는 스카풀라로 방비했고 원주민들의 비밀을 알고 있어서 자기 뜻대로 둔갑할 수 있었습니다, 빌어먹을, 그래서 그는 아르마딜로[27]나 저수지로 모습을 바꿀 수 있었습니다, 장군님, 그는 천둥이 될 수도 있었습니다, 라는 보고를 받았고, 그는 그것이 사실이라는 것을 알았는데, 그 이유는 가장 똑똑하고 현명하고 노련한 안내자들도 지난 성탄절 이후 그 장군의 흔적을 찾을 수 없었고, 최고로 훈련된 사냥개도 반대 방향에서 그 장군을 찾았으며, 여자 점쟁이의 카드에서 스페이드의 왕 덕분에 사람의 형상을 부여받은 그 장군을 보았기 때문인데, 그는 목숨을 부지하면서 낮에는 자고 밤에는 좁은 육로와 수로로 다녔지만, 기

---

27) 등이 갑옷 모양의 골판으로 덮인 포유류. 북아메리카 남부와 중남미 아메리카에 분포한다.

도문의 흔적을 남기고 다니는 바람에 그를 쫓는 사람들의 판단을 흐리게 했고, 적들의 의지를 지치게 했지만, 그는 몇 년이 지날 때까지 한순간도 그를 찾는 일을 포기한 적이 없었고, 그렇게 오랜 세월이 지난 후 어느 순간 대통령 전용 기차의 차창으로 아이들과 가축들과 취사도구를 들고 가는 많은 남자와 여자를 보았는데, 그건 전쟁하는 군대 뒤에서 수없이 보았던 모습이었고, 또 비를 맞으며 병든 사람들을 작대기에 묶은 그물 침대에 눕히고서 줄지어 걸어가는 사람들도 보았는데, 그 행렬 앞에 삼베로 만든 긴 옷을 입은 아주 창백한 남자 한 명이 있었고, 장군님, 저 사람은 자기가 하느님의 사자라고 합니다, 그러자 그는 자기 이마를 손바닥으로 '탁' 치면서, 제기랄, 저기 있어, 라고 생각했고, 정말로 사투르노 산토스 장군은 거기에 있으면서 줄이 풀린 하프의 마법을 이용해 순례자들에게 구걸을 하고 있었는데, 그 장군은 불쌍하고 초라하며 어두웠고, 낡은 펠트 모자를 쓰고 너덜너덜한 판초를 걸치고 있었지만, 그런 측은하고 가엾은 상태에서도 그가 생각한 것과 달리 죽이기가 쉽지 않았는데, 거지 행색의 그 작자가 자신의 가장 훌륭한 부하 세 명의 목을 마체테로 자르고, 너무나 용감하고 솜씨 있게 가장 사납고 흉포한 군인들과 맞섰기 때문이고, 그 이유로 그는 그 사자가 설교하던 고원 지대의 슬픈 공동묘지 앞에 기차를 멈추라고 지시했고, 대통령 경호대 병사들이 무기에 발사 준비를 마치고서 국기 색깔로 칠한 객차에서 뛰어내리자, 모두가 질겁해서 사방으로 뿔뿔이 흩어졌고, 사투르노 산토스 장군을 제외하고는 아무도 눈에 띄지 않았는데, 장군 옆에는 신화적인 하프가 있었고, 장군은 손에 마체테 손잡이를 잡고 부들부들 떨고 있었는데, 숙적이 객차 의 디딤 판에 계급장도 없는 무명옷을 입고 무기도 없이 모습 을 드러내자 그 장군은 그 모습에 홀린 것 같았는데, 그의 모 습이 더 늙고 힘없고 희미하게 보인 탓인지, 장군님, 우리가 만난 지 100년은 지난 것 같습니다, 이제 지치고 외로워 보입 니다, 라고 말했는데, 그는 간이 나쁜 탓에 피부는 누렇게 떴 고, 눈에서는 뜬금없이 눈물이 흘렀지만, 그래도 창백한 광채 가 서려 있어서 그가 자기의 권력뿐만 아니라 그가 죽인 사람 들과 싸워서 얻은 권력의 주인이라는 것을 보여 주었고, 그래 서 나는 저항하지 않고 죽을 자세가 되어 있습니다, 라고 말 했는데, 그 장군이 보기에는 명령하고 지휘하겠다는 야만스러 운 욕망 외에 그 어떤 이유나 도움이 될 게 없는데도 그토록 멀리서 온 노인과 맞서는 것은 소용없는 일 같았기 때문이지 만, 그래도 그는 가오리 같은 손바닥을 보여 주고서 주님, 축 복을 내리소서, 사내여, 그대는 조국이 필요로 하는 사람입니 다, 나는 무적의 사나이에게는 우정을 나누는 것 외에 그 어 떤 무기도 소용없다는 것을 잘 압니다, 라고 말하면서, 사투르 노 산토스 장군은 그가 밟았던 땅에 입을 맞추었고, 장군님, 이 손이 마체테를 노래 부르게 만들 능력이 있는 동안 당신을 섬기고 당신의 명령을 따르게 해 주십시오, 라며 은총을 애원 했고, 그는 좋다, 라며 그 청을 수락했고, 그를 자기 경호원으 로 고용하면서 단 하나의 조건을 달았는데, 그건 절대로 내 뒤 에 있으면 안 된다, 라는 것이었으며, 그러고서 그를 도미노 게

임의 공범으로 삼았고, 두 사람은 짜고서 불행에 빠진 많은 독재자의 껍질을 벗겼으며, 그를 맨발로 대통령 전용 마차에 올라가게 해서 외교 모임에 데려갔는데, 그 장군이 내뱉는 호랑이 입 냄새에 개들은 마구 짖어 대며 난리를 피웠고 대사 부인들은 현기증을 느꼈고, 또 그는 그 장군이 자기 침실 문 지방을 가로지르고 누워 자게 했는데, 그렇게 삶이 너무나 호되고 모질어져서 꿈속의 사람들 사이에 자기가 혼자 있을 것으로 생각하면서 덜덜 떨 때 잠자는 두려움을 다소 떨쳐 버렸으며, 수많은 세월 동안 그를 열 뼘 거리에 두고 심복으로 삼았지만, 마침내 요산 때문에 마체테를 노래하게 만드는 능력을 제대로 발휘할 수 없게 되자, 장군님, 제발 장군님 손으로 저를 죽여 주십시오, 저를 죽일 권리가 없는 다른 사람에게 저를 죽이는 기쁨을 주고 싶지 않습니다, 라고 부탁했지만, 그는 사투르노 산토스 장군에게 푸짐한 퇴직 연금을 주고 감사의 훈장을 수여하고는 그가 태어났던 고원 지대에서, 그러니까 가축 도둑들이 들끓는 외딴 지역에서 죽으라고 명령했고, 사투르노 산토스 장군이 체면 따위는 생각하지 않고서 눈물로 목이 메어, 장군님, 가장 사내다운 사내도 결국은 계집애처럼 되는 시간이 오는 걸 보고 계십니다, 제기랄, 이라고 말하면서 눈물을 억누르지 못했다. 그래서 그가 힘든 시기를 벗어났을 때 왜 어린애처럼 기뻐했는지, 왜 권력으로 벌어들인 돈을 흥청망청 쓰면서 어렸을 때 갖지 못했던 것을 늙어서 가지려고 하는 의미 없는 행동을 했는지 벤디시온 알바라도만큼 잘 이해한 사람은 없었지만, 너무 때 이른 그의 순진함을 악용하여 그리 싸지도 않고 그다지 창의성도 필요하지 않은 미국인의 잡동사니들, 그러니까 그녀가 네 마리 이상 팔지 못했던 가짜 새와 같은 물건들을 그가 샀을 때는 분노를 참지 못했고, 그래, 네가 번 돈으로 즐기는 건 좋아, 하지만 미래를 생각하도록 해, 나는 네가 교회 문 앞에서 모자를 내밀며 구걸하는 꼴은 보고 싶지 않아, 내일이나 더 나중에라도 주님이 허락하지 않으면 네가 지금 앉아 있는 자리를 빼앗길 수 있어, 네가 노래라도 할 줄 안다면, 또 네가 대주교이거나 항해자라면 다행이겠지만 너는 그냥 장군일 뿐이야, 그러니 명령을 내리는 것 말고는 아무짝에도 쓸모가 없어, 라고 말했고, 네 정권이 쓰고 남은 돈을 안전한 장소에 묻어 두도록 해, 라고 충고했으며, 그곳은 그 말고는 누구도 찾아낼 수 없는 곳이어야 하는데, 벼랑 위의 집에서 망각을 뜯어 먹고 배들의 작별 인사를 구걸하는 시시하기 이를 데 없는 불쌍한 대통령들처럼 뺑소니를 쳐서 나와야 하는 경우를 대비하기 위해서라고 덧붙였으며, 저 거울을 쳐다봐, 라고 그에게 말했지만, 그는 자기 어머니의 말에 귀를 기울이지 않으면서, 걱정 마세요, 어머니, 이 사람들은 나를 사랑해요, 라는 마술적인 공식으로 그녀의 번민을 허물어뜨렸다. 벤디시온 알바라도는 오랜 세월 동안 가난하다고 불평하면서 살아가게 되는데, 시장에서 구입한 물건 가격 때문에 하녀들과 싸웠으며, 심지어 점심을 건너뛰면서 돈을 아끼기도 했지만, 그 누구도 감히 밝히지 못한 사실이 있는데, 그것은 그녀가 이 세상에서 가장 돈 많은 여자 중의 하나이며, 그가 정부 사업을 통해 축적한 모든 것을 그녀

의 이름으로 해 놓았고, 어마어마한 토지와 셀 수 없이 많은
가축의 주인일 뿐만 아니라, 지역 전차와 우편과 전신 업무,
그리고 국가에 있는 모든 물의 주인이었고, 따라서 아마존강
의 지류나 영해를 항해하는 모든 배는 그녀에게 사용료를 지
불해야 했지만, 그녀는 죽을 때까지 그런 사실을 몰랐는데, 마
찬가지로 수많은 세월 동안 그녀가 몰랐던 것이 있었으니, 그
녀는 그가 교외 저택에 와서 노년기의 장난감을 신기해하면
서 숨 막힐 정도로 그것에 파묻히는 것을 보고 아주 곤란하게
산다고 생각했지만, 그 정도는 아니라는 사실이었는데, 그것
은 그가 국내에서 도축되는 모든 가축에 대해서 인두세를 받
았고, 그의 호의에 대한 대가와 지지자들이 이권을 챙길 수
있다고 도와달라고 보내는 선물을 받았을 뿐만 아니라, 오래
전부터 복권에 당첨되는 확실한 방법을 구상했고 그것을 사
용했다는 것이다. 그가 거짓으로 죽은 직후의 시절이었는데,
아주 시끄러운 시절이었습니다, 주인님, 하지만 그 시절은 많
은 사람들이 믿었던 것처럼 지하의 꿀음 때문에, 그러니까 순
교자 성헤라클리오 축일 밤에 전국에서 느낄 수 있었고, 결코
분명하게 설명된 적이 없는 그 소리 때문에 그렇게 불린 것이
아니라, 시작할 때부터 세상에서 가장 크다고 떠들어 댔지만
결코 완성되지 않았던 공사 때문인데, 사실 그때는 평온하고
조용한 시절이었고, 그는 정부 자문 위원들을 소집해 놓고는
교외의 저택에서 낮잠을 잤고, 그물 침대에 누워 타미린드 나
무의 감미로운 가지 아래에서 모자로 부채질을 했으며, 눈을
감고서 말솜씨가 좋고 수염도 윤기나는 박사들의 말을 들었

는데, 그들은 그물 침대 주변에 자리를 잡고 앉아서 토론했으며, 두꺼운 모직 프록코트를 입고 일회용 셀룰로스 칼라를 단 셔츠를 입고서 너무 더워 창백한 얼굴을 하고 있었다. 민간인 장관들의 말도 들었는데, 그가 혐오했지만 편의상 다시 임명했던 그들은 거기서 국사를 논의했고, 그러는 동안 마당에서는 수탉들이 암탉들의 꽁무니를 시끄럽게 쫓아다녔고, 매미들은 쉬지 않고 울어 댔으며, 불면증에 걸린 축음기는 이웃 동네에서 수사나, 이리 와, 수사나, 라는 노래를 불러 댔는데, 갑자기 그것들은 조용해졌고, 조용히 하시오, 장군님께서 잠드셨습니다, 하지만 그는 눈도 뜨지 않고 코를 계속 골면서, 난 잠들지 않았어, 멍청이들아, 계속해, 계속하란 말이야, 라고 소리쳤고, 그러자 그들은 계속했으며, 그는 낮잠으로 멍해진 듯이 비틀거리며 나와 선언했는데, 수없이 멍청한 소리 가운데서 유일하게 옳은 소리를 하는 사람은 보건부 장관인 내 오랜 친구뿐이야, 빌어먹을, 이제 끝났어, 라고 말하면 그들은 말을 끝냈고, 그는 개인 보좌관들과 대화를 나누었으며, 그들을 이쪽저쪽으로 데리고 다니면서 한 손에는 그릇을 들고 다른 손에는 숟가락을 들고서 음식을 먹었고, 너희들 마음대로 해, 어쨌든 명령하는 사람은 나니까, 제기랄, 이라면서 무뚝뚝하고 차갑게 층계에서 그들을 쫓아 버렸고, 갑자기 거만하게, 그러고 싶으냐, 아니면 원치 않느냐, 젠장, 이라고 물었으며, 개막식 테이프를 잘랐고, 빌어먹을, 제기랄, 이라고 말하면서 가장 평온한 시절에도 하지 않았던 공개 석상에 직접 모습을 드러내면서 권력의 위험을 감수했고, 내 평생의 친구인 로드리고 데 아길라르 장군과 내 친구인 보건부 장관과 끝도 없는 도미노 게임을 했는데, 그들은 그와 상당히 마음을 터놓고 지내는 몇 안 되는 사람들로서, 어느 죄수를 석방해 달라고, 혹은 사형 선고를 받은 사람을 사면해 달라고 부탁할 수 있었고, 또 가난한 사람들의 미인 대회에서 선발된 미의 여왕을 특별 접견하는 걸 허락해 달라고 감히 부탁하기도 했는데, 그녀는 그 가난의 수렁에서 배출된 믿을 수 없이 아름다운 여자였고, 우리는 그녀가 사는 동네를 '개싸움 동네'라고 불렀는데, 그것은 아주 오래전부터 한순간의 휴전도 없이 개들이 거리에서 싸웠기 때문이며, 그 죽음의 소굴에는 국가 수비대의 순찰차가 들어가지 않았는데, 일단 들어가면 순찰대원들을 홀랑 벗겼고, 손을 스치기만 해도 순식간에 순찰차는 해체되어 원래 부속으로만 남아 버렸기 때문인데, 그곳에서는 길 잃은 불쌍한 당나귀들이 길 끝으로 들어갔다가 반대쪽 끝으로 자루에 뼈가 담긴 채 나왔고, 부자들의 아이들을 불에 구워서 먹어 치웠습니다, 장군님, 그 아이들을 순대로 만들어 팔았답니다, 상상이 되시나요, 내게 불행을 야기한 마누엘라 산체스는 그곳에서 태어나 그곳에서 살았습니다, 똥통의 금잔화인데, 형언할 수 없이 아름다운 그녀를 보자 이 나라 전체가 깜짝 놀랐습니다, 장군님, 그러자 그는 그 밖의 사실이 너무 궁금한 나머지, 여러분이 말하는 그 모든 것이 사실이라면 나는 그 여자를 특별 접견실에서 맞이할 뿐만 아니라 그녀와 첫 번째 왈츠를 추겠소, 제기랄, 신문에 대서특필하시오, 라고 명령했고, 가난한 사람들은 그런 걸 대단히 좋아한다고 말했다. 그러나 접견 다음 날 밤, 그들이 도미노 게임을 하는 동안, 그는 다소 쓸쓸한 표정을 지으면서 로드리고 데 아길라르 장군에게 가난한 사람들의 여왕은 자기가 그녀와 춤을 추는 수고를 할 필요도 없을 정도로 너무나 천박했고, 빈민굴의 다른 수많은 마누엘라 산체스처럼, 모슬린 속치마가 있는 여자 요정 드레스를 입고 있었고, 인조 보석이 박힌 왕관을 썼으며, 손에는 장미 한 송이를 들고 있었는데 어머니의 감시를 받고 있었고, 그 어머니는 그녀가 마치 황금으로 만들어지기라도 한 듯 보살폈다고 말했고, 그래서 자기는 그녀가 원하는 것을 모두 주었는데, 그건 개싸움 동네에 전깃불과 수도를 놔달라는 것뿐이었다고 설명했지만, 그는, 내가 청원 사절단을 맞이하는 건 이게 마지막이야, 라고 경고했고, 빌어먹을, 다시는 가난뱅이들과 말하지 않겠어, 라고 말했고, 시합이 끝나지 않았음에도 문을 쾅 닫아 버리고 그곳을 떠났는데, 그는 8시를 알리는 금속 종소리를 들었고, 외양간에서 소들에게 건초를 주었으며, 쇠똥을 올려 오게 했고, 관저를 속속들이 검검하면서, 손에 접시를 들고 걸어다니며 밥을 먹었고, 팥을 넣은 소고기 스튜와 흰 쌀밥, 그리고 튀긴 바나나를 먹었으며, 입구 현관부터 침실까지 보초들의 숫자를 세어 열네 명 모두가 한 사람도 빠짐없이 제자리에 있는 걸 확인했으며, 나머지 개인 경호원들이 첫번째 마당의 초소에서 도미노 게임을 하는 걸 보았고, 장미밭속에 누워 있는 나병 환자들과 계단에 앉아 있는 중풍 환자들을 보았는데, 그때가 9시였으며, 그래서 그는 장턱에 먹다 남은 그릇을 놓았고, 진흙으로 지은 엉성한 막사 안에서, 그러니까 첩들이 칠삭둥이 아이들을 데리고 세 명까지 한 침대에서 자는 공간의 공기를 손으로 만지작거리고 있다는 것을 알았으며, 하루 지난 스튜 냄새를 풍기는 덩어리 위에 올라타, 두 개의 머리를 이쪽으로, 여섯 개의 다리와 세 개의 팔을 저쪽으로 치우면서, 누가 누구인지, 잠에서 깨지도 않고 그를 꿈꾸지도 않은 채 그에게 젖을 준 여자가 누구인지, 잠든 채 다른 침대에서, 너무 서두르지 말아요, 장군님, 아이들이 놀라요, 라고 중얼거린 목소리가 누구의 것인지 언제나 알게 될지도 생각하지 않았으며, 집 안으로 돌아가서 스물세 개 창문의 걸쇠를 살펴보았고, 입구 현관부터 개인 침실들까지 5미터 간격으로 마른 쇠똥 더미에 불을 붙여 연기 냄새를 맡았고, 그러자 그의 어린 시절일 수도 있고 아닐 수도 있는 확실하지 않은 시절이 떠올랐는데, 연기가 시작되던 그 순간에만 떠올랐을 뿐, 영원히 잊어버렸고, 침실부터 입구 현관까지 반대로 불을 끄면서 새들이 잠든 새장을 천으로 덮었는데, 덮기 전에 리넨 조각으로 마흔여덟이라고 숫자를 셌으며, 다시 손에 등불을 들고서 집 안 전체를 돌아다녔고, 거울 하나하나에서 자기 모습을 보았고, 그렇게 열네 개의 거울에 비친 열네 장군에게서 불 켜진 등불을 들고 걸어 다니는 그의 모습을 보았는데, 그때가 10시였고, 모두 이상이 없자 그는 대통령 경호대 숙소로 돌아가 불을 끄면서, 잘 자게, 라고 인사했고, 아래층의 정부 집무실, 대기실, 화장실, 커튼 뒤, 테이블 아래를 점검했고, 아무도 없는 것을 확인하고는 열쇠 뭉치를 꺼냈으며, 촉각으로 열쇠를 일일이 구분하면서 사무실을 잠갔고, 2층으로 올라가서 방마다 하나씩 살펴보고서 열쇠로 문을 잠갔으며, 그럼 뒤에 숨겨 놓았던 꿀단지를 꺼내 두 숟가락을 먹은 뒤 잠자리에 들었고, 교외 저택에 있는 잠든 어머니를 생각했고, 벤디시온 알바라도가 황금 꾀꼬리를 칠하는 핏기 없는 새 장수의 손으로 레몬밤과 오레가노 사이에서 작별 인사를 하고는, 죽어서 옆으로 누워 있는 듯이 깊은 잠에 빠져 있는 모습을 생각하면서, 안녕히 주무세요, 어머니, 라고 말했고, 그러자 그래, 너도 아주 푹 자도록 해, 라고 벤디시온 알바라도는 교외의 저택에서 잠든 채 대답했으며, 그는 침실 앞의 고리에 등불을 걸었고, 그가 자는 동안 등불을 문에 걸어 놓고서, 절대로 이 등불을 끄지 마라, 이것은 긴급 사태가 발생하면 뛰어나가기 위해 사용할 불이다, 라고 단호하게 명령했는데, 그때 시계가 11시를 알렸고, 그는 어둠 속에서 마지막으로 집을 점검하면서, 그가 잠들었다고 생각하고 누군가가 몰래 침투하지 않았는지 살폈고, 그럴 때면 빙글빙글 돌아가는 등대의 초록 불빛만이 보이는 덧없는 새벽 속에 그의 황금 박차에 달린 별은 먼지의 흔적을 길게 남겼는데, 등대 불빛이 반짝거리는 순간, 그는 잠든 채 아무 방향도 없이 무작정 걸어 다니는 어느 나병 환자를 보았고, 그 환자의 길을 막고서 건드리지도 않고 어둠 속에서 불면증의 불빛으로 길을 밝혀서 장미밭에 데려다주었고, 다시 어둠 속에서 보초들의 숫자를 셌고, 침실로 돌아와 창문들 앞을 지나면서 각각의 창문에서 똑같은 바다, 그러니까 4월의 카리브해를 보았으며, 길음을 멈추지 않고 스물세 번 바다를 응시했고, 금빛 늪지처럼 4월의 바다는 항상 그랬듯이 똑같았는데, 그때 2시를 알리는 소리를 들었고, 대성당의 마지막 종소리와 함께 탈장된 불알에서 무섭기 그지없는 희미한 휘파람 소리가 휘감는 것을 들었는데, 그 혼자가 국가였기에 이 세상에서는 그 어떤 소리도 들려오지 않았고, 그는 침실의 빗장 세 개를 걸었고 자물쇠 세 개를 잠갔으며 가로장 세 개를 질렀고, 휴대용 변기에 앉아서 오줌을 쌌는데, 아주 힘들게 두 방울, 네 방울, 일곱 방울을 찔끔찔끔 쥐어짰고, 바닥에 엎드려 곧 잠들었지만 꿈을 꾸지는 않았는데, 땀에 흠뻑 젖어 잠에서 깼을 때는 새벽 2시 45분이었고, 그는 자기가 잘 때 누군가가 자기를 쳐다보았다는 확신을 갖고서 몸을 벌벌 떨었는데, 그 누군가는 빗장을 풀지도 않고서 침실 안으로 들어오는 능력을 발휘했고, 거기 누구지, 라고 물은 뒤, 아무도 없군, 이라고 중얼거리며 눈을 감았지만, 자기를 쳐다보는 느낌을 다시 받고 눈을 떠서 겁에 질린 채 쳐다보았고, 그러자 그때 보았는데, 제기랄, 그 사람은 마누엘라 산체스로, 그녀는 자기 뜻대로 벽을 가로질러 들어오고 나왔기 때문에 자물쇠를 열지도 않고 방을 지나다녔는데, 내게 불행을 가져다주는 마누엘라 산체스는 무명 모슬린 옷을 입고 손에는 붉은 장미를 든 채 숨을 내쉴 때마다 천연 감초 향내를 풍겼으니, 그는 마누엘라, 이건 망상이지 현실이 아니라고 말해 줘, 라고 말했고, 네가 아니라고 말해 줘, 죽을 것 같은 이 현기증은 네 숨에서 나는 썩은 감초 냄새가 아니라고 말해 줘, 라고 말했지만, 그건 그녀였고, 그녀의 장미였으며, 침실 공기를 향긋하게 만드는 그녀의 숨 냄새, 그러니까 바다의 거친 숨소리보다 더 지배적이며 더 오래되고 집요한 낮은 목소리와 같은 냄새였고, 내게 재앙을 선물하는 마누엘라 산체스였는데, 당신은 내 손바닥에 쓰여 있는 운명이 아니었고, 내 커피 찌꺼기에도 나타나지 않았으며, 심지어 질그릇 대야에 담긴 내 죽음의 물에도 모습을 보이지 않았으니, 내가 숨 쉬는 공기를 쓰지 말고, 내가 잠잘 때 꾸는 꿈을 없애지 말고, 이 방의 어두운 분위기를 함부로 사용하지 말아 줘, 이 방에는 어떤 여자도 들어온 적이 없고 앞으로도 그럴 거야, 부탁이니 그 새빨간 장미의 불꽃을 꺼 줘, 라고 그는 신음했고, 그러는 동안 전기 스위치를 찾느라고 벽을 더듬었지만, 나를 미치게 만드는 마누엘라 산체스와 만났어, 제기랄, 당신이 나를 잃어버린 게 아닌데 왜 내가 당신을 찾아야 하는 거지?, 당신이 원한다면 내 집을, 그러니까 국가의 용과 함께 우리 나라 전부를 가져가도록 해, 하지만 내게 불을 켜게 해 줘, 내 밤을 뜨겁게 만드는 전갈아, 내 불거진 불알 같은 마누엘라 산체스, 개 같은 년, 이라고 그는 소리치면서 불이 켜지면 마법에서 해방될 것이라고 믿었고, 저년을 끌어내, 내가 없는 곳으로 데려가, 목에 닻을 매달아 벼랑에서 던져 버려, 아무도 그녀의 장미 불꽃에서 나오는 빨간빛 때문에 고통받지 않도록, 이라고 소리쳤으며, 공포에 질려 울부짖으며 복도를 뛰어다녔고, 어둠 속에서 쇠똥 덩어리 사이를 절벅거리고 다녔으며, 당혹감 속에서 이 세상에 무슨 일이 벌어지고 있는지를 생각했으며, 곧 8시가 될 테고, 악당의 소굴인 이 집에서는 모두가 잠들어 있어, 일어나, 염병할 놈들아, 라고 소리치자 불이 켜졌고, 3시에 기상나팔이 울렸

으며, 그러자 항구의 요새와 산혜로니모 수비대, 그리고 전국
의 부대에서도 기상나팔이 반복되었고, 소스라치게 놀라서 무
기를 집어 드는 요란한 소리가 났고, 밤이슬이 내리려면 아직
두 시간이 남았는데도 장미가 꽃잎을 펼치는 소리가 들렸으
며, 첩들은 비몽사몽 중에 별빛 아래서 양탄자를 털고, 새들
이 잠들어 있는 새장의 천들을 벗겼으며, 꽃병에서 밤을 지새
운 꽃들을 지난 밤의 꽃들로 바꾸었고, 한 무리의 미장이들은
비상 벽을 설치했고, 창문 유리에 금박지로 만든 태양을 붙여
해바라기들이 방향 감각을 잃게 만들어, 하늘에서는 아직 밤
이고, 집에서는 25일 일요일이며, 바다에서는 4월이라는 것을
알지 못하게 했고, 중국인 세탁부들은 야단법석을 떨면서 마
지막까지 잠들어 있던 사람들을 침대에서 쫓아내고서 침대
시트를 가져갔으며, 눈먼 점쟁이들은 사랑이 없는 곳에서 사
랑, 사랑, 이라고 큰 소리로 알려 주었고, 부정한 관리들은 일
요일의 달걀이 아직도 문서 보관함의 서랍에 있는데 암탉들
이 월요일의 달걀을 낳는 것을 보았으며, 넋을 잃고 당황한 군
중은 소란을 피웠고, 긴급 소집된 국무 회의에서는 개들이 싸
워 댔는데, 그사이 그는 뻔뻔스러운 아부꾼들 사이로 갑작스
러운 대낮의 빛을 받으면서 길을 열었고, 그러자 아부꾼들은
그를 새벽 분해자, 시간 사령관, 그리고 빛의 저장고라고 선포
하며 외쳐 댔는데, 최고 사령부의 어느 장교가 용기를 내서 그
를 현관에 붙잡아 세우고는, 그의 앞에서 차렷 자세를 하고
소식을 전해 주었는데, 장군님, 이제 겨우 2시 5분입니다, 라
고 말했고, 다른 목소리는 새벽 3시 5분입니다, 장군님, 이라

고 말했는데, 그러자 그는 손등으로 모질게 얼굴을 후려치고 가슴을 있는 힘껏 펴고는 온 세상에 그의 목소리가 들리도록, 빌어먹을, 8시야, 내가 8시라고 말했고, 그건 하느님의 명령과 같아, 라고 고함쳤다. 벤디시온 알바라도는 그가 교외 저택으로 들어오는 것을 보자, 어디서 오기에 그런 얼굴이냐고 물으면서, 마치 모자라거나 아픈 사람 같아, 그 손은 왜 가슴에 대고 있어, 라고 말했지만, 그는 아무 대답도 하지 않고 버들 안락의자에 털썩 주저앉았고, 손이 있던 자리를 바꾸고서 어머니를 다시 까마득히 잊었는데, 그때 그의 어머니가 황금 앵무를 칠하는 붓으로 그를 가리키더니 화들짝 놀라서, 정말로 맥빠진 눈을 하고 손을 가슴에 얹은 예수의 성심을 믿느냐고 물었고, 그는 당황하면서 손을 숨겼고, 염병할 어머니, 라고 중얼거리면서 문을 쾅 닫고 그곳을 나갔고, 주머니에 손을 넣고 관저를 어슬렁거리면서, 손이 있지 말아야 할 곳에 멋대로 가지 않도록 했고, 창문으로 비가 내리는 광경을 뚫어지게 바라보았으며, 오후 3시가 밤 8시처럼 보이도록 창문에 붙여 놓았던 쿠키 종이로 만든 별들과 은박지로 만든 달 위로 빗물이 미끄러지는 것을 보았고, 마당에서 손발이 곱은 채 서 있는 경호대 병사들을 보았으며, 슬픈 바다, 그러니까 마누엘라 산체스가 없는 너의 도시에 내리는 그녀의 비를, 무섭도록 텅 빈 거실을, 테이블 위에 거꾸로 올려놓은 의자들을, 그녀 없는 또다른 밤, 그러니까 덧없는 토요일 밤에 첫 어둠이 드리울 때의 피할 수 없는 외로움을 보면서, 염병할, 내 가슴을 가장 아프게 만드는 기억, 그러니까 내가 춤추었던 기억을 떼어 버릴 수 있으면 좋으련만, 이라며 한숨을 내쉬었고, 자신의 상태를 창피하게 여겼고, 심장 외에는 있을 곳을 찾지 못한 자기 손을 놓을 만한 자리를 훑어보았으며, 마침내 그 손을 비로 인해 가라앉은 불거진 불알에 놓았는데, 그건 비 오기 전과 똑같았고, 똑같은 모습이었으며, 무게도 같았고, 아픔도 마찬가지였지만, 손바닥에 생살의 심장이 있는 것처럼 더 무서웠는데, 그제야 그는 다른 시절의 수많은 사람이 장군님, 심장은 세 번째 불알입니다, 라고 말했던 것을 이해하고서, 제기랄, 이라고 중얼거리며 창가에서 멀어졌고, 영혼에 생선 가시가 박힌 영원 무궁한 대통령처럼 해결할 수 없는 불안감을 느끼며 접견실을 빙빙 돌았고, 그러다가 자신이 국무 회의실에 있다는 것을 깨달았으며, 거기서 평소와 마찬가지로 국무 위원들의 말을 들었지만, 그들의 말을 듣지도 않고 이해하지도 않았으며, 재정 상황에 대한 지루하기 짝이 없는 보고를 억지로 참고 들었는데, 갑자기 공중에서 무슨 일이 벌어졌는지 재무부 장관이 입을 다물었고, 다른 장관들은 고통 때문에 생긴 갑옷의 틈 사이로 그를 보았는데, 그도 손을 가슴에 얹고 있는 종신 대통령의 처량한 상태가 백주에 발각되었다는 사실에 조바심 치는 표정을 지으며, 호두나무 테이블 한쪽 끝에서 무기력하고 외롭게 혼자 있는 자기 자신을 보았고, 내 친구 보건부 장관은 금세공사 같은 면밀한 눈, 그러니까 얼음장 같은 숯불이라고 할 수 있는 그런 눈초리로 나를 불사를 듯이 뚫어지게 쳐다보면서 내 몸 안을 살펴보는 것 같았는데, 그런 동안 그는 조끼에 넣는 조그만 황금 회중시계의 태엽을 감았고, 조심하십시오, 욱신거리는 통증일 겁니다, 라고 누군가가 말했지만, 이미 그는 분노로 굳어진 세이렌의 손을 호두나무 테이블에 놓은 상태였고, 혈색을 되찾았으며, 권위적인 말을 치명적인 기관총처럼 내뱉으면서, 개자식들, 당신들은 그게 찌르는 듯한 통증이기를 바랐겠지, 자, 계속해요, 라고 말하자, 그들은 회의를 계속했지만, 자신들이 무슨 말을 하는지도 모르고 주절거리면서, 그가 그토록 분노한 걸로 보아 아주 중대한 일이 일어난 게 틀림없다고 생각했고, 그 생각을 속삭였으며, 그 소문이 돌았고, 그를 가리키면서, 저것 좀 봐, 얼마나 슬프면 가슴을 움켜쥐겠어, 건강이 아주 나빠진 거야, 라고 중얼거렸으며, 그가 보건부 장관을 긴급 호출했고, 장관은 그의 오른팔이 호두나무 테이블 위에 어린양의 다리처럼 놓여 있는 것을 보았다는 소문이 파다하게 퍼졌으며, 그러자 그는 눈물을 질질 흘리는 대통령이라는 자기의 슬픈 상황을 창피하게 여기면서 장관에게, 이 팔을 잘라 주게, 친구, 라고 명령했지만, 장관은 그에게, 안 됩니다, 장군님, 내가 총살을 당하더라도 그 명령은 이행할 수 없습니다, 라고 말했고, 이것은 정당성의 문제입니다, 장군님, 저는 당신의 팔보다 가치가 없습니다, 라고 대답했다. 그의 상태에 관한 수많은 이야기는 갈수록 강도가 높아졌고, 그사이에 그는 외양간에서 군부대로 보낼 우유의 양을 재면서, 마누엘라 산체스의 재의 화요일이 하늘에서 어떻게 떠오르는지 지켜보았고, 장미밭에서 나병 환자들을 쫓아내 당신의 장미꽃에 악취가 나지 않도록 했으며, 관저에서 외딴곳들을 찾아 여왕인 당신과 처음 추었던 왈츠를 다른 사람

들이 듣지 못하도록 노래했는데, 나를 잊지 말아요, 라고 노래
했으며, 나를 잊는다면 당신은 죽고 싶어질 거야, 라고 노래했
고, 진창 같은 첩들의 방에 잠수하면서 고통과 고뇌에서 벗어
나 위안을 찾고자 했으며, 덧없는 애인으로 오랫동안 살아오
면서 처음으로 본능의 재갈을 풀어 버렸고, 세세한 것에서 시
간을 끌었으며, 가장 인색한 여자들에게 한 번이 아니라 여러
차례 한숨을 짓게 했고, 그 여자들은 어둠 속에서 소스라치게
놀라 웃으면서, 장군님, 나이를 생각하셔서 너무 무리하지 말
아요, 라고 말했지만, 그는 견디겠다는 그 의지가 자신을 속이
려는 것이고, 그것은 시간을 보내려는 것에 불과하다는 사실
을 익히 알았고, 고독 속에서 한 걸음 한 걸음 내디딜 때마다,
숨을 쉬면서 비틀거릴 때마다, 피할 수 없었던 어느 오후 2시
의 무더위가 무자비하게 떠올랐는데, 그날 그는 하느님의 사
랑에 기대어 마누엘라 산체스에게 사랑을 애걸하려고 쓰레기
장 같은 궁궐로, 그러니까 개싸움이 벌어지는 당신 동네, 즉
당신의 사납고 잔인한 왕국으로 갔고, 경호원 없이 사복을 입
고 택시를 탔는데, 그 차는 낮잠 때문에 혼수상태에 빠져 널
브러진 도시의 역한 매연 사이를 요리조리 빠져나갔고, 번화
가 뒷골목에서 시끄럽게 소리치는 아시아 사람들을 피했으니,
나는 수평선에 외롭게 있는 펠리컨 한 마리와 함께 나의 파멸
인 마누엘라 산체스의 커다란 바다를 보았고, 당신 집까지 가
는 낡아 빠진 전차를 보았으며, 그것을 반투명 유리가 달린
노란 전차로 바꾸고서 거기에 마누엘라 산체스가 앉을 벨벳
왕좌를 놓으라고 지시했고, 당신이 일요일마다 바다에서 보낼

때처럼 텅 빈 해수욕장을 보았으며, 마누엘라 산체스 전용 해변에 탈의실이 있는 조그만 집을 짓고, 날씨에 따라 다른 색깔의 깃발을 달고 철조망으로 울타리를 치라고 명령했으며, 내가 호의를 베풀어 부자로 만들어 준 열네 가족의 별장 대리석 테라스와 애수 어린 잔디밭을 바라보았으며, 그보다 더 커다란 별장 하나를 보았는데, 회전 스프링클러를 갖추고 난간에는 스테인드글라스 창문이 있었고, 나는 그 난간에서 당신이 나를 기다리며 사는 모습을 보고 싶어, 그 열네 명은 세상의 운명을 결정하면서 그 별장을 강제로 차지했는데, 그런 동안 그는 양철 쪼가리 자동차의 뒷좌석에 앉아서 눈을 뜬 채 꿈을 꾸었고, 그가 꿈에서 깨어나자 바다의 산들바람은 멈추었고, 도시는 사라졌으며, 창문 틈새로 네가 사는 개싸움 동네의 시끄러운 소리가 들려왔고, 그는 바로 거기에 자기가 있다는 것을 알았으며, 너무나 믿을 수 없었기에 어머니 벤디시온 알바라도여, 당신 없이 내가 혼자 어디에 있는지 보세요, 제발 내게 은혜를 베푸소서, 라고 생각했지만, 아무도 떠들썩함 속에서 그의 외롭고 우울한 눈과 연약한 입술과 가슴에 올려놓은 맥 빠진 손, 그리고 깨진 유리창 밖을 내다보던 증조할아버지처럼 졸린 목소리를 알아보지 못했는데, 그는 흰 리넨 양복을 입고 십장 모자를 쓰고서 나의 수치인 마누엘라 산체스가 어디에 살지요, 가난한 사람들의 여왕 말입니다, 부인, 손에 장미를 들고 있는 여자입니다, 라고 확인하며 다녔고, 놀란 나머지 마음속으로 생각하기를, 등을 꼿꼿이 세우고 피투성이 송곳니에 악마의 눈을 하고는 긴 울음소리를 내며, 꼬리를 양

다리 사이로 축 늘어뜨리고, 진흙탕에서 서로 물어뜯으며 죽이고, 개고깃집에 걸린 다리처럼 통통한 개들이 소란을 피우며 난리인데, 어떻게 당신은 그런 난리 통에서 살 수 있을까, 이 빌어먹을 년들이 확성기에 대고 말하는 것처럼, 끊임없이 울리는 천둥소리 속에서 당신의 감초 향 숨 냄새는 어디에 있을까, 당신은 술집이라는 도살장에서 걷어차여 쫓겨난 주정뱅이 같은 내 삶을 고통스럽게 하는 사람이 될 거야, 끝도 없는 난장판에서, 그러니까 과일 달인 물과 마약과 싸구려 럼주, 마리화나 싸는 종이와 끝내주는 불알들, 그리고 약간의 덤으로 「네그로 아담」과 「후안시토 트루쿠페이」 같은 신화가 된 천국의 노래가 끊임없이 울려 퍼지며 몽롱함이 넘쳐나는데 당신은 어디서 길을 잃었을까, 빌어먹을, 늙은 호박 같은 누런색의 벽들은 벗겨져 있고, 자줏빛 가장자리 장식은 주교의 제의에 달린 것과 같고, 창문은 초록 앵무 색깔이며, 기둥들은 당신이 손에 들고 있는 장밋빛이고 칸막이는 옥색인데, 이렇게 화려한 것들 가운데서 어떤 게 당신이 사는 집일까, 이 가치 없는 인간들이 지금은 어젯밤 8시가 아니라 3시라는 내 명령을, 지금 이 지옥에서는 그렇게 보인다는 것을 모르는데, 그렇다면 지금은 당신 삶에서 몇 시일까, 아무도 없는 거실의 흔들의자에 앉아 꾸벅꾸벅 졸면서 다리를 활짝 벌린 채 치마로 부채질하면서, 양다리 사이로 뜨거운 공기를 들이마시는 여자 중에서 누가 당신일까, 그렇게 생각하면서 그는 창에 난 구멍으로 나를 성질나게 하는 마누엘라 산체스는 어디에 살지, 라고 물었으며, 다이아몬드가 박힌 거품 같은 옷을 입고, 그녀의 대

관식 1주년을 기념하기 위해 그가 선물했던 순금 머리띠를 하고 다닌다고 설명했고, 그러자 아, 누군지 알겠어요, 라고 북새통 속에서 누군가가 말하면서, 젖통과 엉덩이가 큼직하고 자기가 고릴라의 엄마라고 생각하는 여자인데, 저기 살아요, 선생님, 저기 다른 모든 집과 마찬가지로 더덕더덕 칠한 집이에요, 라고 알려 주었는데, 모자이크 타일이 깔린 그곳 현관 입구에는 누군가가 물컹물컹한 개똥을 밟고 미끄러지면서 만들어 놓은, 생긴 지 얼마 안 된 얼룩이 있었는데, 가난뱅이의 집이라서 부왕들의 안락의자에 앉아 있던 마누엘라 산체스와는 너무도 달라서 그게 그녀라는 사실을 믿기가 힘들었지만, 그 여자가 바로 그녀였어요, 나를 속속들이 알고 있는 어머니 벤디시온 알바라도여, 이 집에 들어갈 힘을 내게 주소서, 어머니, 저 여자였어요, 그는 그 블록을 열 바퀴나 돌면서 숨을 가다듬었고, 마치 세 번의 애원인 양 손가락 마디로 세 번 문을 두드렸으며, 입구 차양 아래의 뜨거운 그늘에서 기다렸지만, 자기가 들이마시는 역겨운 공기가 이글거리는 태양 때문인지, 아니면 고통과 번민 때문인지 알지 못한 채, 자기의 상태도 생각하지 못하고 무작정 기다렸고, 마침내 마누엘라 산체스의 어머니는 그에게 썩은 생선 냄새가 나는 거실의 시원한 그늘로 들어오라고 했는데, 모두가 낮잠에 빠져 있던 그 집의 거실은 널찍하고 황량하고 삭막했으며, 바깥에서 보던 것보다 훨씬 넓었는데, 마누엘라 산체스의 어머니가 그녀를 낮잠에서 깨우는 동안 그는 가죽 의자에 앉아서 좌절감으로 가득한 그곳 분위기를 꼼꼼하게 살펴보았고, 전에 내린 빗방울이 흘러내려 얼룩진 벽을 보았고, 망가진 소파와 앉는 부분이 가죽으로 된 또 다른 의자 두 개를 보았으며, 한쪽 구석에서 줄이 없는 피아노를 보았고, 이게 전부야, 빌어먹을, 이따위 것을 가지려고 그토록 고생했군, 이라면서 한숨을 내쉬었는데, 그때 마누엘라 산체스의 어머니가 바느질 바구니를 들고 돌아와서 앉더니 레이스를 뜨기 시작했고, 그동안 마누엘라 산체스는 옷을 입고 머리를 빗었으며 가장 좋은 신발을 신고는 예기치 않게 찾아온 노인을 예의 바르고 품위 있게 접대하려고 했고, 그는 당혹스러워하면서 내 불행의 주인공인 마누엘라 산체스, 당신은 어디에 있는 거야, 라고 마음속으로 물으면서, 내가 당신을 찾으러 왔는데 이 거지들의 집에서 당신을 찾을 수 없어, 점심 찌꺼기 악취가 진동하는 이 집에서 당신의 감초 냄새는 어디에 있는 거야, 당신의 장미는 어디에 있지, 당신의 사랑은 어디에 있어, 나를 이 고약한 의심의 감옥에서 꺼내 줘, 라고 한숨을 내쉬는데, 그 순간 그녀가 복도로 난 문으로 나타나는 것을 보았으니, 그녀는 마치 다른 꿈속의 거울에 비친 영상처럼 1미터에 1센타보짜리 싸구려 거친 천으로 만든 옷을 입고 있었고, 머리카락은 장식용 빗으로 서둘러 고정했으며, 신발은 다 해진 것을 신고 있었지만, 손에 장미를 들고 있는 이 세상에서 가장 아름답고 도도한 여자였고, 그 모습이 너무나 눈부셔서 그는 간신히 정신을 차리고 고개를 숙였고, 그러자 그녀는 고개를 뻣뻣이 들고 그에게 인사를 하면서, 각하, 주님의 가호가 있기를, 이라고 말하고서 그의 맞은편 소파에 앉았고, 거기에서는 그의 몸에서 나는 고약한 냄새가 그녀에게 도달하지 않았는데, 그러자 나는 용기를 내서 처음으로 정면을 바라보면서 두 손가락으로 새빨간 장미를 돌렸는데, 그건 그가 내 두려움과 공포를 눈치채지 못하게 하기 위해서였어요, 나는 무자비하고 박쥐 같은 그의 입술과 저수지 밑바닥에서 나를 쳐다보는 것 같은 말 없는 두 눈을 뚫어지게 쳐다보았고, 쓸개 기름을 넣어 반죽한 흙덩어리처럼 털 없이 반들반들한 살가죽도 잘 살펴보면서, 무릎에 축 늘어져 있던 오른손, 그러니까 대통령 직인이 새겨진 반지를 낀 손의 가죽이 점점 더 팽팽하고 뜨거워지는 것을 알았으며, 또 안에 아무것도 없는 것처럼 헐렁한 리넨 양복과 죽은 사람이나 신을 것 같은 엄청나게 큰 신발을 비롯해 그의 보이지 않는 생각과 숨겨진 힘을 보았고, 지구상에서 가장 늙은 사람과 이 나라에서 가장 무섭고 가장 미움받으며 가장 동정을 받지 못하는 사람을 보았는데, 그는 십장들이 쓰는 모자를 부채처럼 부치면서 자기가 앉아 있는 쪽에서 아무 말도 없이 나를 지켜보고 있었어요, 하느님 맙소사, 너무나 슬픈 남자야, 라고 나는 놀라서 생각했어요, 그리고 그녀는 아무런 연민도 느끼지 않고서, 각하, 무엇을 도와드릴까요, 라고 물었고, 그는 엄숙한 표정으로, 나는 당신에게 부탁하러 왔소, 여왕님, 나의 방문을 받아 주시오, 라고 대답했다. 몇 달이 지나고 또 몇 달이 지났지만, 그는 꾸준하게 그녀를 찾아왔는데, 매일 더워서 모두가 쥐죽은 듯이 가만히 있는 시간에, 그러니까 그가 항상 자기 어머니를 찾아갔던 시간에 그녀를 찾아왔고, 그렇게 하면 경호 요원들이 자기가 교외 저택에 있다고 믿을 것이라 생각했지만, 사실 그는 자기만 빼고 모든 사람이 아는 사실이 있다는 것을 몰랐는데, 그 사실이란 로드리고 데 아길라르 장군의 명사수들이 옥상에 쭈그리고서 그를 보호했고, 부하들은 난리를 피우며 교통을 통제했으며, 개머리판을 휘두르면서 그가 지나가야 하는 거리를 비웠고, 또 길거리 통행을 금지하면서 난간에 모습을 드러내는 사람이 있으면 모두 사살하라는 명령을 내려 오후 2시부터 5시까지 개미 한 마리 움직이지 않는 것처럼 보이게 만들었지만, 심지어 전혀 궁금증을 느끼지 않는 사람들도 택시처럼 색칠한 대통령 전용 리무진이 쏜살같이 지나가는 것을 어떻게든 머리를 짜내서 보았으며, 그 안에서 몹시 더위를 타는 노인이 순결한 리넨 양복을 입고 민간인 행세를 하고 있는 모습과, 의지할 곳 없는 고아처럼 창백한 그의 얼굴을 보았는데, 그것은 이미 수많은 날이 밝아 온 것을 보았고, 수없이 숨어서 울었기 때문이지만, 이제는 가슴에 올려놓은 손을 사람들이 어떻게 생각할지 전혀 신경 쓰지 않는 얼굴이었고, 늙고 말 없는 얼굴의 동물이 꿈의 흔적을 남겨 놓으며 다니는 바람에 사람들은, 어떻게 다니는지 봐, 통행이 금지된 거리에서 차 안의 공기가 너무나 더워 유리처럼 녹아 버려 더는 견딜 수가 없을 거야, 라고 수군댔고, 심지어 그가 이상한 병에 걸렸을지도 모른다는 의심이 너무나 널리 퍼지고 자주 입에 오르내려서, 결국 사람들은 그가 자기 어머니의 집이 아니라, 마누엘라 산체스가 사는 비밀스럽고 조용한 집의 어둑한 거실에 있다는 사실과 마주하게 되었고, 그녀의 어머니가 한눈파는 법 없이 그와 딸을 감시하면서 숨을 쉴 때도 멈추지 않고 뜨개질한다는 것도 알게 되었는데, 그것은 그가 그녀에게 그 기가 막힌 재봉틀을 사 주었기 때문이고, 그래서 벤디시온 알바라도는 몹시 섭섭해했지만, 그래도 그는 나침반의 자침(磁針)들과 석영 서진(書鎭)에 감금된 1월의 눈보라, 그리고 천문학자들과 약제사들이 쓰는 도구들과 인두그림들,[28] 혈압계와 회전의(回轉儀) 등으로 그녀의 환심을 사려고 애썼고, 어머니의 충고를 듣지 않고서 오로지 마누엘라 산체스와 함께 즐기는 행운을 누리고자 그런 것들을 팔려는 사람이 있으면 계속 사들였는데, 그녀의 귀에 바다의 숨소리 대신 그의 체제를 찬양하는 군대 행진곡 소리가 나는 애국 소라고둥을 갖다 대거나, 온도계에 성냥불을 갖다 대면서, 난 아마도 괴롭고 쓰라린 수은이 내 안에 있으리라 생각하는데 그것이 오르내리는 것을 봐, 라고 말했고, 아무것도 요구하지 않고 자기의 의도도 말하지 않은 채 마누엘라 산체스를 바라보았지만, 침묵을 지키면서도 그 쓸모없는 선물들로 그녀를 압도했으니, 그런 선물로 자기가 말할 수 없었던 것을 말하고자 한 것은 엄청난 권력의 상징을 통해서만 자기의 은밀한 열망을 표현할 줄 알았기 때문으로, 가령 마누엘라 산체스의 생일에 그는 창문을 열라고 부탁했고, 그래서 그녀는 창문을 열었는데, 내 불쌍한 개싸움 동네가 어떻게 바뀌었는지 보면서 나는 너무나 섬뜩해서 꼼짝도 하지 못했어요, 나는 하얀 목조 주택들을 보았는데, 창문에는 차양이 드리워지고, 테라스에는 꽃이 만발했으

---

28) 종이나 실크 또는 가죽이나 나무의 표면에 인두로 지져서 그린 그림.

며, 파란 잔디에는 빙빙 돌아가는 스프링클러와 공작새들이 있었어요, 얼음장처럼 차가운 살충제 바람이 불어왔으며, 점령군 장교들이 사용했던 오래된 주택을 엉성하게 본떠서 만든 모조품들이 보였는데 그건 모두 밤에 소리 없이 이루어진 것이었어요, 또 목이 잘린 개들이 보였으며, 옛 주민들이 여왕의 이웃이 될 권리가 없다는 이유로 집에서 내쫓겨 썩어 문드러지도록 또 다른 똥통으로 보내졌다는 것을 알았는데, 그렇게 남모르게 많은 밤에 걸쳐 마누엘라 산체스라는 새 동네가 건설되었어요, 그건 모두 당신이 침실 창문에서 당신의 성명 축일에 당신 동네를 보도록 하기 위해서였어, 저기를 봐, 나의 여왕님, 당신이 오랫동안 행복하게 당신 축일을 맞이하도록 하기 위해서 한 일이야, 나는 이렇게 권력을 과시하면 당신의 예의 바르지만, 절대 함락되지 않는 행동을 조금이나마 누그러뜨릴 수 있는지 보고 싶었어, 너무 가까이 오지 말아요, 각하, 저기 어머니가 제 정조대를 들고 있어요, 그러면 그는 애간장이 녹아도 어쩔 수 없이 욕망을 참고 분노를 삼켰으며, 그녀의 어머니가 목마른 사람을 위해 자비롭게 준비한 시원한 가시번여지[29] 주스를 할아버지처럼 천천히 한 모금씩 마셨고, 관자놀이가 오한을 느낄 정도로 쑤시는 것을 참으면서, 나이로 인한 결점들이 발각되지 않도록 했는데, 그건 내 기운과 재산이 모두 떨어지더라도 나를 불쌍히 여겨 사랑하는 것이 아니라,

---

29) 열대 과일. 겉껍질은 가시로 단단하고 거칠게 덮여 있고 과육은 플레인 요구르트 맛이 난다.

사랑하기 때문에 사랑하도록 하기 위해서였어, 그녀는 그를 아주 외롭게 놔두었는데, 그래서 나는 당신과 함께 있을 때면 거기에 있을 기운조차 없어, 사람 크기만 한 대천사가 집 안을 날아다니며 내가 죽을 시간이라며 종을 치기 전에, 그러니까 마지막 숨이라도 붙어 있을 때 당신을 만지고 싶어 안달하기 때문이야, 그러고서 그는 방문용 음료의 마지막 한 방울을 마시면서, 장난감들을 원래 상자에 보관했고, 이건 바다 부패증 때문에 삭아서 가루가 되지 않게 하려는 거야, 잠깐이면 돼, 여왕님, 이라고 말하면서 자리에서 일어났고, 지금부터 내일까지 잘 있어, 제기랄, 이건 평생이 될지도 몰라, 그러고서 한순간이라도 시간이 남으면, 붙잡을 수 없는 아가씨를, 아마도 대천사가 지나가더라도 무릎에 죽은 장미를 놓고 꼼짝도 하지 않았을 그녀를 마지막으로 쳐다보고서 집을 나왔고, 세상을 막 덮기 시작하는 어둠 속으로 살그머니 빠져나가 모든 사람이 거리에서 수군거리는 공공의 수치를 감추고자 했지만, 작자 미상의 어느 노래가 그 사실을 폭로했는데, 그를 제외한 전 국민이 모두 그 노래를 알고 있었고, 심지어 앵무새들도 마당에서, 여인들이여, 길을 비켜요, 저기 장군님이 가슴에 손을 얹고 새파랗게 질린 얼굴로 울면서 오고 있어요, 어떻게 가는지 잘 봐요, 이제는 권력을 갖고도 쩔쩔매고 있어요, 자면서도 나라를 다스리지만 아물지 않는 상처가 있어요, 라고 노래 불렀는데, 야생 앵무새들은 길들인 앵무새들이 노래하는 것을 너무나 많이 들어서 그 노래를 배웠고, 새잘대는 직은 앵무새들과 어치들은 야생 앵무새들에게 배운 다음 떼를 지어 슬픔과 괴로움의 끝없는 왕국 너머로 가져갔고, 전국의 모든 하늘에서는 해넘이 무렵이 되면 새들이 무리를 지어 급히 날아가면서 이구동성으로, 저기 내가 사랑하는 장군님이 오세요, 입으로는 똥을 내뱉고, 뒷구멍으로는 법을 싸 버린대요, 라고 노래했는데, 이 끝없는 노래에 모두가, 심지어 앵무새들까지도 그 노래에 몇 소절을 덧붙였고, 그렇게 노래를 부르는 새들을 포획하려고 했던 국가안전부를 비웃었으며, 전쟁에 나가듯 완전 무장한 군 순찰병들이 갑자기 안마당의 문을 부수고 들어와 횃대에서 반란을 꾀하던 새들에게 총을 쏘아 댔고, 살아 있는 작은 잉꼬들을 한 움큼씩 개에게 던져 주었으며, 국가 비상사태를 선포하여 적군의 노래를 뿌리 뽑으려고 애쓰면서, 모든 사람이 아는 것을 아무도 알아내지 못하게 했는데, 그는 저 물녘의 도망자처럼 대통령 관저의 일꾼들이 사용하는 뒷문으로 몰래 들어와서 부엌을 가로지르고, 첩들이 있는 밀실들에서 솟아오르던 쇠똥의 김 사이로 모습을 감추었고, 내일 4시에 만나, 여왕님, 이라고 말한 약속을 지키듯이 매일 같은 시간에 유별난 선물들을 가득 들고서 마누엘라 산체스의 집에 도착했는데, 선물이 너무 많아서 옆집들을 빼앗고 점령하여 경계 벽을 허물고는 그것들을 놓아둘 장소를 확보해야 했고, 그래서 원래 거실로 썼던 곳은 거대하고 음침한 창고로 변하여, 거기에는 각 시대의 시계가 셀 수 없이 많았고, 초기 실린더가 달린 것부터 틴 포일[30]이 있는 것까지 온갖 종류의 축음

---

30) 양철 포일을 녹음 매체로 사용하는 축음기.

기가 있었으며, 손재봉틀과 발재봉틀과 전동 재봉틀이 있었고, 여러 개의 침실은 온통 검류계(檢流計), 동종 요법 약품, 장난감 악기인 오르골, 착시 기구, 박제된 나비 진열장, 아시아 식물 표본 상자, 물리 요법과 체육에 필요한 실험 기구들, 천문학과 정형 수술, 그리고 자연 과학에 쓰는 기계들이 가득 찼고, 인간의 특징을 숨겨진 기계 장치로 재현하는 온갖 인형들의 세상도 있었는데, 그 방들이 아무도 들어가지 않고, 심지어 청소하러 들어가는 사람도 없는 금지된 장소가 된 이유는 처음에 가져와서 놓았던 자리에 물건들이 그대로 있었기 때문인데, 사실 누구도 그 물건들에 대해 알려고 하지 않았고, 마누엘라 산체스는 누구보다도 그런 것들에 관심이 없었는데, 그 혐오스러운 토요일 이후의 삶에 대해 아무것도 알려고 하지 않았고, 그날 내가 여왕이 되는 불행이 일어났어요, 그날 오후 내게 세상은 끝난 것이나 다름없었어요, 라고 말했는데, 그녀의 옛 애인들은 그 누구에게도 죄를 물을 수 없는 건강 쇠약에 시달리거나 듣도 보도 못한 병에 걸려서 한 명씩 차례로 죽었고, 그녀의 여자 친구들은 흔적도 없이 실종되었으며, 그렇게 그녀는 집을 떠나지 않았지만 알지 못하는 사람들이 가득한 동네로 이사한 꼴이 되었고, 항상 혼자였으며, 가장 사소한 의도조차 감시를 받았고, 운명의 덫에 사로잡혀서 역겹기 그지없는 애인에게 아니라고 말할 용기도 내지 못했고, 그렇다고 좋다고 말할 용기도 없었는데, 그는 정신병자와 같은 사랑으로 그녀를 공격하면서 괴롭혔고, 존중하면서도 일종의 혼미한 상태로 응시하면서, 땀에 흠뻑 젖어 흰 모자로 부채를 부쳤으며, 너무나 정신 나간 사람 같아서 그녀는 그가 정말 자기를 보고 있는 것인지, 아니면 공포에 사로잡혀서 자기가 헛것을 보고 있는 것인지 의아스러울 정도였는데, 그녀는 이미 그가 대낮에 비틀거리는 것을 보았고, 멀건 과일 주스를 씹어 먹는 모습도 보았고, 매미들이 구리 그릇을 때리듯이 윙윙거리며 거실의 어둠을 더욱 짙게 만들 때면 손에 잔을 들고 고리버들 안락의자에 앉아 꾸벅대면서 조는 것도 보았으며, 그가 코 고는 것도 보면서, 조심하세요, 각하, 라고 말했고, 그러면 그는 자기가 자는 동안 그녀가 잔을 떨어뜨리지 않도록 그의 손에서 잔을 빼냈다는 사실도 깨닫지 못하고 화들짝 놀라며 잠에서 깨어나, 아니야, 여왕님, 잔 게 아니야, 눈만 감았던 거야, 라고 말했고, 그를 아주 현명하고 교묘하게 즐겁고 재미나게 해 주었기에, 심지어 어느 믿을 수 없는 오후에 그는 새로운 소식이 있다면서 헉헉 숨을 헐떡이며 도착해서, 오늘 세상에서 가장 커다란 선물을 가져왔어, 그건 하늘이 베풀어 주신 기적인데 오늘 밤 11시 6분에 지나갈 거야, 그러니 그걸 보도록 해, 여왕님, 오로지 당신이 보도록 지나가는 거야, 라고 말했는데, 바로 혜성이었다. 우리가 크게 실망한 날 중의 하나였는데, 그것은 다른 소문들이 그랬던 것처럼, 오래전부터 그의 수명 시간표는 인간의 시간 법칙에 종속된 것이 아니라, 혜성의 주기를 따르고 있다고, 그러니까 오로지 혜성을 한 번만 보도록, 아첨쟁이들이 아무리 호들갑을 떨며 예언하더라도 두 번 보지 못하도록 잉태되었다는 소문이 널리 퍼졌고, 그래서 우리는 태어날 날을 기다리는 사람처럼 한 세기에 한 번

오는 11월의 그 밤을 기다렸으며, 그날 들을 기쁘고 즐거운 음악을 준비했고 환희의 종소리를 울릴 채비를 했으며, 축제의 폭죽놀이도 마련했는데, 그것은 100년 만에 처음으로 하느님의 영광을 찬양하기 위해서가 아니라, 그의 생명이 끝났음을 가리킬 11시를 알리는 열한 번의 종소리를 기다리기 위해서였고, 또한 하느님이 내려 주신 사건을 기념하기 위해서였는데, 그는 마누엘라 산체스 집의 옥상에서 그녀와 그녀의 어머니 사이에 앉아서 혜성을 기다렸고, 힘껏 숨을 쉬면서 불길한 징조로 마비되어 버린 하늘 아래서 자신의 심장이 힘겹게 뛰고 있다는 사실을 감추려고 했으며, 처음으로 밤에 마누엘라 산체스가 내쉬는 숨과 그녀의 무지막지한 냉혹함, 그리고 그녀의 상큼한 공기를 들이마셨고, 수평선에서 재앙을 맞으러 나오던 마법의 북소리를 감지했으며, 멀리서 들려오는 희미한 비탄의 소리를 들었고, 군중이 내던 화산 진흙 소리를 들었는데, 그들이 자기들보다 먼저 태어났고 자기들이 살아온 세월을 뛰어넘을 것이 분명했으며, 자기들이 가진 힘과는 전혀 다른 피조물 앞에 공포에 질려 엎드려 있는 동안, 그는 시간의 무게를 느꼈고, 순간적으로 자기가 죽어야 할 인간이라고 생각하며 불행을 감당했는데 그때 그걸 보았고, 저기 있어, 라고 말했고, 실제로 저기에 있었는데, 그건 그가 그걸 알고 있었기에, 그것이 우주 반대편으로 지나갔을 때 본 적이 있었기 때문인데, 똑같았어, 여왕님, 이 세상보다 더 오래된 것이고 괴로워하는 해파리 같은데, 하늘만 한 크기의 빛으로 만들어진 거야, 궤도에서 손바닥만 한 거리는 100만 광년에 해당하지, 그

리고 그들은 찢어진 은박지가 와글거리는 소리를 들었고, 괴
로워하는 그의 얼굴과 눈물이 넘쳐흐르는 눈, 그리고 우주의
바람을 맞아 헝클어진 머리카락에서 차가운 독의 흔적을 보
았는데, 우주는 지나가면서 별 찌꺼기인 반짝이는 먼지 자국
을 세상에 남겼고, 달은 타르로 더럽혀지고 지구의 시간보다
앞선 바다 분화구의 재 때문에 동트는 것이 늦어졌고, 저기 있
어, 여왕님, 이라고 그는 중얼거렸으며, 잘 봐, 한 세기 안에는
다시 못 볼 거야, 그러자 그녀는 겁에 질려 성호를 그었는데,
혜성의 형광 빛을 받고, 별 찌꺼기와 하늘의 앙금이 부드러운
이슬비처럼 내려서 눈 덮인 것처럼 머리가 흰색을 띠자, 그 어
느 때보다 아름다웠는데 바로 그때, 아, 어머니 벤디시온 알바
라도여, 마누엘라 산체스가 하늘에서 영원의 나락을 보는 일
이 일어났고, 목숨을 부지하려고 애쓰면서 허공으로 손을 내
밀었지만, 그녀가 유일하게 잡을 수 있었던 것은 대통령 반지
를 끼고 있던 달갑지 않은 손, 그러니까 권력이라는 서서히 타
오르는 불의 잿불로 요리한 뜨겁고 굳어 있는 약탈자의 손뿐
이었다. 환하게 빛나는 해파리가 하늘의 사슴을 겁먹게 했고,
별 찌꺼기인 반짝이는 먼지 자국이 나라를 그을렸지만, 그런
대재앙이 지나가는 것을 보고 감동한 사람은 얼마 되지 않았
고, 가장 의심이 많았던 우리는 기독교 정신의 원칙을 파괴하
고서 제3 복음서의 기원을 수립할 그 엄청난 죽음을 애타게
기다렸는데, 그렇게 우리는 헛되이 새벽까지 기다렸고, 축제가
끝나고 여자들은 새벽녘에 혜성이 남긴 하늘의 쓰레기들을
치우던 길거리를 돌아다니다가, 잠을 자지 않아서라기보다는

기다림에 지쳐 집으로 돌아갔지만, 그때도 아무 일도 일어나지 않았을 뿐만 아니라, 오히려 우리가 역사적인 새로운 속임수의 희생자였다는 분명한 사실을 믿으려 하지도 않았는데, 그것은 공식 기관들이 혜성의 통과를 악의 힘과 맞서 현 정권이 승리한 것이라고 선포했으며, 그 기회를 이용해 권력자가 의심할 수 없이 정력적으로 활동하고 있음을 보여 주면서 그가 이상한 병에 걸렸다는 추측을 부인했고, 정치 구호를 새롭게 만들었으며, 그의 엄숙한 발표문이 공포되었는데, 거기서 그는, 나는 혜성이 다시 지나갈 때까지 조국을 위해 봉사하는 이 자리에 있을 것이라는 유일무이한 주권자로서의 결정을 밝힌다, 라고 말했지만, 마치 그의 정권 따위는 신경도 쓰지 않는 듯한 음악과 폭죽 소리를 들었고, 무기 광장에 모인 군중들이, 가장 훌륭하신 분에게 영원한 영광을 드려 그 영광을 말하게 하소서, 라고 적힌 커다란 현수막을 들고 애절하게 외치는 소리를 아무런 감동도 없이 들었으며, 정부의 문제에 아무런 관심을 보이지 않았고, 자기의 권한을 하급 관리들에게 위임하고서, 마누엘라 산체스의 손이 자기 손안에 있었을 때 숯불과 같았다는 기억으로 괴로워했고, 자연의 진로가 원래의 길에서 벗어나거나 우주가 손상되더라도 그 행복했던 순간을 다시 느껴 보기를 꿈꾸었으며, 그것을 너무나 강렬하게 욕망했던 탓에, 천문학자들에게 불꽃으로 혜성을 만들거나, 떨어지는 샛별이나 불 뿜는 용, 혹은 아름다운 여인을 영원히 혼란스럽게 만들 수 있을 정도로 아주 끔찍하고 무서운 기묘한 별을 만들어 달라고 애원했지만, 그들이 신중히 고려한 끝에 발견할 수 있었던 것은 태양이 완전히 가려지는 개기 일식 뿐이었고, 장군님, 다음 주 수요일입니다, 라고 알려 주자, 그는 알았다, 라고 말하며 수용했는데, 대낮인데도 정말 밤이었고, 그래서 별들은 반짝거리고 꽃들은 시들었으며 암탉들은 보금자리로 들어갔고 최고의 예언적 본능을 지닌 동물들은 무서워 벌벌 떨었는데, 그동안 그는 마누엘라 산체스의 석양녘 숨결을 들이마셨고, 어둠에 속은 장미가 그녀의 손에서 생기를 잃어 감에 따라 그녀의 숨결은 점점 짙은 밤이 되었는데, 여기 있어, 여왕님, 이라고 그는 말했고, 이게 당신의 일식이야, 라고 덧붙였지만, 마누엘라 산체스는 아무 대답도 하지 않았고, 그의 손을 건드리지도 않았으며 숨도 쉬지 않았고, 마치 너무나 비현실적인 사람 같아서 그는 갈망을 참지 못하고 어둠 속에서 손을 내밀어 그녀의 손을 만지려고 했지만 그 손을 찾지 못했고, 그래서 그녀의 체취가 있었던 곳에서 손가락 끝으로 그녀를 찾았지만 역시 찾지 못했고, 그러자 그는 계속해서 두 손을 내밀고 커다란 집 안을 돌아다니며 그녀를 찾았고, 어둠 속에서 몽유병자처럼 두 눈을 뜨고 양팔을 휘저었으며, 슬픔에 잠겨 혼잣말로 물으면서, 나를 불행하게 만드는 마누엘라 산체스, 당신은 어디에 있는 거야, 당신을 위해 일식이 일어난 이 불행한 밤에 나는 당신을 찾지만 찾을 수가 없어, 당신의 매정한 손은 어디에 있을까, 당신의 장미는 어디에 있는 거야, 그는 보이지 않는 물로 가득한 저수지에서 방향을 잃은 잠수부처럼 헤엄쳤고, 그곳에서 유사 이전의 가재처럼 생긴 검류계와 게처럼 생기고 음악 소리로 시간을 알리는 시계들, 그리고 사람 눈을 기만하는 당신의 기계들을 발견했지만, 반면에 당신의 감초 냄새 나는 숨결은 찾지 못했고, 덧없이 짧은 밤의 어둠이 흩어져 사라짐에 따라 그의 영혼에는 진실의 불빛이 밝혀졌고, 그러자 텅 빈 집의 저녁 6시에 드리운 새벽 어둠 속에서 그는 자기가 하느님보다 늙은 것처럼 생각됐고, 그 어느 때보다 슬픔을 느꼈으며, 나는 당신 없는 이 세상의 영원한 고독 속에서 그 어느 때보다 외롭고 혼자라고 느꼈어, 내 여왕님, 당신은 일식이라는 수수께끼 속으로 영원히 사라졌어, 두 번 다시 나타나지 않았어, 그것은 그가 권좌에 있던 나머지 기나긴 세월 동안, 아, 나를 파멸시킨 마누엘라 산체스, 그녀의 미궁 같은 집에서 그녀를 다시는 볼 수 없었기 때문인데, 그녀는 일식이 일어난 날 밤에 사라졌습니다, 장군님, 그런 다음 그에게 보고하기를, 푸에르토리코의 어느 플레나[31] 무도회에서 그녀를 보았다는 사람이 있습니다, 바로 엘레나의 목을 자른 곳입니다, 장군님, 하지만 그녀가 아니었고, 그녀를 개자식이자 교활한 춤꾼인 파파 몬테로[32]의 장례 때 있었던 춤 파티에서 보았다는 말도 있지만, 그 여자 역시 그녀가 아니었고, 그녀를 광산 위에 있는 바를로벤토의 싸구려 집단 가옥에서, 아라카타카의 쿰비아 춤 파티에서, 파나마의 탐보리토[33]

---

31) 푸에르토리코의 민속 음악이자 춤.
32) 시인과 극작가, 소설가를 비롯해 수많은 예술인에게 영감을 주었던 인물로, 쿠비 북쪽의 '이사벨라 데 사구아'라는 마을에서 전설적인 춤꾼으로 이름을 날렸다.
33) 파나마의 민속 음악이자 춤.

를 출 때 일어나는 예쁜 바람 속에서 보았다는 말도 있지만, 그 누구도 그녀가 아니었습니다, 장군님, 바람과 함께 사라졌습니다, 제기랄, 그때 죽음의 뜻에 굴복하지 않은 것은 죽을 정도로 분노가 치밀지 않아서가 아니라, 사랑 때문에 죽어야 하는 어쩔 수 없는 운명을 선고받지 않았다는 것을 알았기 때문인데, 그는 그 운명을 자기 제국 초반의 어느 날 오후에 무녀를 찾아갔을 때부터 알았으며, 그때 그녀에게 운명의 열쇠가 손바닥이나 카드의 점, 그리고 커피의 앙금이나 또 다른 조사 방법에서도 나타나지 않으니, 그것을 대야의 물에서 읽어 달라고 부탁했는데, 그 예언적인 그 물거울에서만 그는 자기가 접견실 옆에 있는 집무실에서 잠을 자다가 자연사한 모습을 보았고, 또 태어나서부터 평생 매일 밤 자던 모습 그대로 바닥에 엎드려 누운 자신을 보았는데, 계급장 없는 리넨 군복을 입고, 각반을 하고 황금 박차를 달고서, 오른팔을 구부려 머릿밑에 놓아 베개로 삼고 있었고, 나이는 불명확했지만 107세에서 232세 사이였다.

그는 그런 자세로 가을의 저녁 기도 시간에 발견되었지만, 사실 그것은 파트리시오 아라고네스의 시체였으며, 우리는 그런 자세의 그를 오랜 세월이 흐른 후 어느 저녁 무렵에 다시 발견했지만, 너무나 불확실한 시절이어서 독수리들이 파먹고 해저 기생충이 우굴거리는 노인의 시체가 그의 것이라고 단정할 수 없었다. 썩어서 흐늘흐늘해진 손에는 소란스럽던 시절에 있었을 성싶지 않은 아가씨에게 무시받아서 한때 가슴 위에 놓였던 징후 같은 건 아예 남아 있지 않았고, 그의 삶과 관련된 흔적도 전혀 보이지 않아서, 우리는 그의 신원을 확실하게 밝힐 수 없었다. 물론 우리는 우리 시대에 그런 일이 일어나는 것이 전혀 이상하다고 생각하지 않았는데, 그것은 그가 최고의 영광을 누리던 시절에도 그의 존재를 의심할 이유는 있었고, 또한 그를 살해하려는 청부업자들도 그의 나이를 정확하게 알지 못했는데, 그때는 아주 혼란스러운 시절이어서, 자선 복권 판매장에서는 여든 살처럼 보였고, 민사 재판소에서는 예순 살로 보였으며, 국경일 행사에서는 마흔 살도 안 돼 보였기 때문이다. 신임장을 제출한 마지막 외교관 중의 하나인 파머스턴 대사는 금지된 회고록에서 말하기를, 노년이라고 해도 그처럼 나이가 많으리라고는 상상하기 불가능했을 뿐만 아니라, 그 대통령 관저는 그 어느 곳과도 견줄 수 없을 정도로 무질서하고 버려진 상태였는데, 그곳에서는 찢어진 종이와 가축들이 싸 놓은 똥과 복도에서 잠든 개들이 먹다 남긴 음식 찌꺼기들로 가득한 쓰레기 사이로 지나다녀야만 했으며, 검문용 방책이나 사무실에서 그 누구도 내게 어떤 정보도 주지 않았고, 나는 관저 입구에 있던 개인 침실들을 이미 침범하고 있던 나병 환자들과 중풍 병자들에게 도움을 청해야 했는데, 그들은 접견실로 가는 길을 내게 알려 주었고, 그곳에는 암탉들이 태피스트리에 수놓인 가짜 밀밭을 쪼아 먹고 있었으며, 암소가 대주교의 초상화를 찢으면서 그림이 그려진 천을 먹어 치우려고 하는 동안, 나는 즉시 그가 완전히 귀가 먹어서 바보 멍청이 같다는 사실을 알았는데, 그것은 내가 그에게 무언가를 물으면, 완전히 엉뚱한 대답을 했기 때문이고, 또한 새들이 노래하지 않는다고 가슴 아파했지만, 사실 새벽녘에 산속을 지나가는 것처럼 새들이 난리를 피우며 울어 대는 소리로 숨쉬기조차 힘들었기 때문인데, 그래서 그는 신임장 제정 행사를 갑자기 중단하고, 눈을 반짝거리며 귀 뒤에 손으로 찻종 모양을 만들고는, 창문 너머로 한때 바다가 있었던 흙먼지 이

120

는 평원을 가리켰고, 졸다가 잠에서 깨어난 사람의 목소리로, 저쪽으로 가는 노새 떼의 소리를 들어 봐요, 잘 들어 봐요, 친애하는 스텟슨 대사, 저건 바다가 되돌아오는 소리예요, 라고 말했다. 그 돌이킬 수 없이 망가진 그 노인이 바로 구세주 같은 인물이었다고, 다시 말하면, 정권 초기에 경호원이라고는 맨발로 다니면서 사탕수수를 자르는 마체테를 들고 다니는 과히라 지방 출신의 원주민 한 명만을 데리고서 전혀 생각하지 못했던 시간에 이 마을 저 마을에 나타나던 사람이라는 사실을 좀처럼 받아들일 수 없었는데, 그는 경호원과 더불어 소화 기관의 충동에 따라 손가락으로 지명한 하원 의원들과 상원 의원들 몇 명만을 데리고 다녔고, 작물 수확과 가축들의 건강 상태, 그리고 사람들의 행동에 대해 보고를 받았으며, 광장의 망고 나무 그늘 아래 고리버들 흔들의자에 앉아서, 당시 사용했던 십장 모자로 부채질을 했는데, 더위 때문에 졸린 것처럼 보였지만, 자기 주변에 남자들과 여자들을 불러 모아 대화를 나눌 때면 사소한 것 하나도 분명히 하지 않고 넘어가는 법이 없었고, 주민들의 주민 등록 내용과 각종 통계 수치와 나라 전체의 문제들을 머릿속에 담고 있는 것처럼, 모인 주민들을 성과 이름으로 불렀으며, 그래서 언젠가 눈을 뜨지 않고 나를 불러서, 하신타 모랄레스, 이리 오게, 라고 말했고, 그 젊은이, 그러니까 자기가 지난해에 억지로 입을 벌려 아주까리 기름 한 통을 마시게 한 청년이 어떻게 되었느냐면서, 내게 말해 보게, 라고 부탁했고, 그리고 자네, 후안 프리에토, 라고 나를 불렀고, 자네 씨황소는 어떤가, 라고 물었는데, 그것은 그가 역병에 맞서 기도를 함으로써 구더기들이 귀에서 떨어지도록 했던 황소였으며, 또한 자네 마틸데 페랄타, 도망친 자네 남편을 고스란히 돌려보내 주는 대가로 내게 무엇을 주는지 한번 보겠어, 저기 있네, 라고 말했고, 그러자 그녀의 남편은 밧줄로 목이 묶인 채 끌려왔고, 다시 한번 본처를 버리려고 했다간 형틀을 채워 썩어 죽게 하겠다고 직접 경고했는데, 마찬가지로 즉각적인 다스림이라는 차원에서 그는 백정에게 만인이 보는 앞에서 국가 재산을 탕진한 재무관의 손을 자르라고 명령했고, 개인 과수원의 토마토를 따서 먹으며 농학자들 앞에서 전문가처럼 뽐내며, 이 땅에 필요한 것은 수탕나귀들이 싼 다량의 똥이라고 말했고, 정부가 비용을 부담해 그것들을 뿌리도록 하시오, 라고 명령했으며, 시민들과 함께 행진하다가 멈추고 자지러지게 웃으면서 창문으로 내게, 아하! 로렌사 로페스, 그 재봉틀은 어떻게 됐지, 라고 소리쳤는데, 그것은 그가 이십 년 전에 내게 선물한 것이었기에, 그 기계는 이미 하느님에게 영혼을 바쳤어요, 장군님, 생각해 보세요, 물건이나 사람이나 평생을 지속하도록 만들어지지는 않았어요, 라고 나는 대답했지만, 그는 반대야, 세상은 영원해, 라고 대답하고는 드라이버와 기름통을 들고 재봉틀을 분해하기 시작했고, 거리 한복판에서 그를 기다리는 공식 수행 행렬 따위는 신경도 쓰지 않았는데, 때때로 황소처럼 씩씩거리는 소리 속에서 그의 절망감이 드러났고, 심지어 얼굴까지 모터오일로 범벅이 됐지만, 거의 세 시간이 지나자 재봉틀은 마치 새것처럼 돌아갔는데, 그것은 당시에는 일상생활에서 아무리 하찮은 것이라도

외면할 수 있는 것은 하나도 없었기 때문인데, 그는 모든 것을 가장 중대한 국가의 일만큼 중요하게 여겼으며, 자신이 행복을 나누어 주고 군인의 교활한 간계로 죽음까지도 매수할 수 있다고 진심으로 믿었다. 구제불능의 그 노인이 그토록 굉장한 권력을 지녔던 사람의 유일한 유물이라는 사실은 매우 받아들이기 어려웠는데, 실제로 그의 권력은 너무나 대단해서 언젠가 그가 몇 시인가, 라고 묻자, 그러자 각하가 지시하는 시간입니다, 장군님, 이라는 대답이 들렸는데, 그것은 사실이었으니, 그는 자기 업무 처리에 가장 적절하게 하루의 시간을 바꾸었을 뿐만 아니라, 의무 축일[34]을 자신의 계획에 따라 바꾸기도 했는데, 그 계획이란 휴일마다 맨발의 원주민 경호원과 안쓰럽게 보이는 상원 의원들을 데리고서 전국을 순회하는 것이었으며, 또 그럴 때마다 화사한 수탉들을 넣은 나무틀을 가지고 다니면서 들르는 마을마다 광장에서 가장 용감한 수탉들과 맞서 싸우게 했는데, 그는 자기가 직접 돈을 거는 사람들의 이름을 기록했고, 웃음으로 투계장의 바닥을 벌벌 떨게 했는데, 그것은 그가 음악과 폭죽 소리보다 더 크게 울리는 북소리 비슷한 이상한 폭소를 터뜨릴 때면 우리는 모두 반드시 웃어야만 한다고 느꼈기 때문이고, 그가 침묵을 지킬 때면 우리는 괴로웠고, 그의 수탉들이 우리 수탉들을 번개처럼 공격하면 우리는 안도의 환호성을 터뜨렸는데, 사실 우리 수탉들

---

34) 의무적으로 미사에 참석하고 불필요한 일을 삼가는 가톨릭교회의 축일로, 라틴 아메리카에서는 대부분 공휴일이다.

은 경기에서 지도록 아주 잘 훈련되어 있어서 한 번도 실패한 적이 없었지만, 디오니시오 이구아란의 불행한 수탉은 예외로, 그 수탉이 권력자의 회색 수탉을 너무나도 깨끗하고 정확하게 번개처럼 공격하여 쓰러뜨리자, 그는 가장 먼저 투계장을 가로질러 와서 승자와 악수를 했고, 자네야말로 진정한 남자네, 라고 그에게 흐뭇한 표정으로 말하면서, 마침내 누군가가 전혀 악의 없는 패배를 안겨 주었다면서 고마움을 표했고, 그 붉은 닭을 갖고 싶은데 얼마를 주면 되겠나, 라고 물었고, 그러자 디오니시오 이구아란은 떨리는 목소리로, 이건 각하의 것입니다, 장군님, 제게는 크나큰 영광입니다, 라고 대답하고서 흥분해서 떠드는 국민의 박수를 받고, 음악과 폭죽이 요란하게 울려 퍼지는 가운데, 패배를 모르는 붉은 수탉을 받은 대가로 그가 선물한 여섯 마리의 순종 수탉을 모든 사람에게 보여 주면서 집으로 돌아갔지만, 그날 밤 디오니시오는 침실에 틀어박혀 사탕수수로 만든 럼주를 한 주발 마시고는 그물 침대의 노끈으로 목을 맸는데, 불쌍한 사람 같으니, 그는 자신의 환호하는 모습 때문에 다른 집안에 줄줄이 재앙이 일어났다는 사실을 알지 못했고, 자기가 발을 내딛는 곳에는 원하지 않는 죽음의 흔적이 새겨진다는 것도 알지 못했으며, 자기 동료들이 불행에 빠져 영원한 형벌을 받는다는 사실도 알지 못했는데, 그것은 그가 충성스러운 암살자 앞에서 그들의 이름을 잘못 불렀고, 암살자들이 그 실수를 의도적인 못마땅함의 징후로 해석했기에 일어난 일이었으며, 또 그는 아르마딜로 같은 이상한 걸음걸이로 지독한 땀내의 흔적을 남기고 제때 깎지 않은 수염을 하고서 전국을 걸어 다녔고, 아무 예고도 없이 쓸모없는 할아버지 분위기를 풍기면서 아무 집에나 들어가 부엌에 불쑥 나타나서 그 집 사람들을 공포에 떨게 했으며, 조롱박으로 물통에서 물을 떠서 마셨고, 음식 만드는 솥에서 손가락으로 고깃덩이를 꺼내 먹었으며, 너무나 쾌활하고 너무나 단순한 나머지, 그 집이 영원히 그가 방문했다는 낙인이 찍힐 것이라고는 전혀 의심하지 못했는데, 그가 그렇게 행동한 것은 다른 시절에 그랬던 것처럼 정치적 계산이나 사랑이 필요해서가 아니라, 그것이 바로 그의 자연스러운 존재 방식이었기 때문인데, 당시는 그의 권력이 아직 그의 가을이 절정에 도달한 끝없는 수렁일 때가 아니라, 뜨거운 격류, 그러니까 우리가 직접 눈으로 그의 시원(始原)에서 콸콸 솟구치는 것을 보았던 그 격류일 때였고, 그래서 그때는 그가 손가락으로 나무를 가리키면 나무들은 열매를 맺어야 했고, 동물들을 가리키면 동물들은 자라야 했으며, 사람들을 가리키면 사람들은 번영해야 했던 시절이었기에, 그는 추수에 걸림돌이 되는 비를 제거하여 그것을 메마른 땅에 갖다 놓으라고 지시했는데, 모두 그대로 이루어졌었습니다, 제가 두 눈으로 분명히 확인했습니다, 사실 그의 전설은 그가 자기 자신을 모든 권력의 주인이라고 믿기 훨씬 전부터 시작됐는데, 그가 아직 예언과 그의 나쁜 꿈을 해몽하는 사람들에게 의지하던 시기여서, 그는 자기 머리 위에서 노랑머리 카라카라라는 새가 지저귀는 소리를 들으면 막 시작한 여행을 중단했고, 자기 어머니 벤디시온 알바라도가 노른자가 두 개인 달걀을 발견하면 공개 석상에 나타나는 날짜를 바꾸었으며 수행원들, 그러니까 어디를 가든 그를 졸졸 따라다니고 그를 대신해서 그가 감히 말하지 못한 것을 말하는 세심하고 충성스러운 상원 의원들과 하원 의원들을 죽여 버렸고, 그렇게 그들 없이 혼자 남았는데, 그 이유는 언젠가 좋지 않은 꿈에서 크고 텅 빈 집에 있는 자신을 보았는데, 거기서 회색 프록코트를 입은 창백한 남자 몇 명에게 둘러싸여 있었고, 그들이 웃으면서 그를 푸줏간 주인의 칼로 찔러 댔는데, 너무나 분노해서 무자비하게 그를 몰아 댔기 때문에, 그가 어느 쪽으로 눈을 돌려도 그의 눈과 얼굴에 상처를 입힐 수 있는 칼날이 보여 거기서 벗어날 수 없었고, 그렇게 그는 맹수처럼 말없이 미소를 짓는 살인자들에게 포위된 자기 자신을 보았는데, 그들은 희생 의식에 참여하고 희생자의 피를 즐기는 특권을 차지하려고 서로 싸우고 있었지만, 그는 분노나 두려움을 느끼지 않았고, 오히려 생명이 조금씩 새어 나갈수록 더 깊어지는 엄청난 안도감을 느꼈으며, 자기가 무중력 상태이며 순수하다고 느꼈고, 그래서 그들이 그를 죽이는 동안 그도 미소를 머금었는데, 그것은 꿈속의 집 안에서 그들에게 짓는 미소였고, 또한 자기 자신을 위한 미소였으며, 생석회를 바른 그 집의 흰 벽은 내 피가 튀는 바람에 얼룩졌지, 그 살육 장면은 꿈속에서 그의 아들로 나타났던 어떤 사람이 그의 성기를 싹둑 잘라 버릴 때까지 계속되었으며, 그 잘린 곳으로 내게 남아 있던 마지막 공기가 빠져나갔고, 그제야 그는 자기 피로 흠뻑 젖어 있던 담요로 얼굴을 덮어서 아무도, 그러니까 그가 살아 있을 때 그를 알 수 없었던 사람들이 그가 죽었다는 것을 알지 못하도록 했으며, 임종 때의 가래 끓는 소리 때문에 몸을 떨면서 쓰러졌는데, 그 소리가 너무나 사실적이라서 그는 내 동료인 보건부 장관에게 급히 이야기하겠다는 생각을 억누를 수 없었고, 그 장관은, 장군님 그 죽음은 이미 인류 역사에서 한번 일어났습니다, 라고 밝히면서 그를 섬뜩하게 했으며, 그에게 라우타로 무뇨스 장군의 불타 버린 두꺼운 책 중 하나에 실린 일화를 읽어 주었고, 그러자 그는 빌어먹을, 똑같잖아, 라며 감탄을 금치 못했는데, 어찌나 똑같았는지 그 이야기를 듣는 동안 그는 잠에서 깨면서 잊고 있던 사실을 떠올렸는데, 그건 그가 죽어 가는 동안 바람이 불지도 않았는데 대통령 관저의 모든 창문이 갑자기 활짝 열렸으며, 실제로 창문의 숫자는 꿈속에서 입었던 상처의 수, 즉 스물세 개였다는 것이었고, 그 소름 끼치는 우연의 일치는 그 주에 해적들의 공습으로 절정에 달했는데, 그들은 군대가 거의 공범 수준으로 무관심하게 대처하자 상원과 대법원을 습격했고, 우리의 독립 영웅들이 살았던 위풍당당한 집들을 송두리째 불태우는 바람에 그 불길은 대통령 관저의 난간에서도 아주 밤늦은 시간까지 보였지만, 우리 장군님은 그들이 주춧돌 하나도 가만두지 않았다는 소식을 듣고도 얼굴색 하나 변하지 않았으며, 우리에게 공습을 자행한 장본인들을 본보기로 처벌하겠다고 약속했지만, 그들이 누구인지는 절대 밝혀지지 않았으며, 또 독립 영웅들의 집을 온전히 그대로 재건하겠다고 우리에게 약속했지만, 불난 산해들은 오늘날까지 그대로 남아 있었고, 불길한 꿈 때문에 겪은 끔찍하고 불쾌한 경험을 숨기려고 아무 노력도 하지 않았을 뿐만 아니라, 오히려 그 기회를 이용해 옛 공화국의 입법 조직과 사법 조직을 정리하여 해산시켰으며, 상원 의원들과 하원 의원들, 그리고 옛 공화국의 대법원 판사들을 명예와 돈으로 짓눌러 버렸고, 정권 초기와 달리 체면을 유지하기 위해 그들이 필요하지 않았기에, 멀리 떨어져 있어서 행복한 나라들의 대사관으로 그들을 내쫓았고, 그렇게 마체테를 들고 다니는 원주민의 외로운 그림자 외에는 그 어떤 수행원도 두지 않았는데, 그 원주민은 한순간도 그의 곁을 떠나지 않았으며, 그의 음식과 물을 맛보았고, 항상 일정한 거리를 유지했으며, 그가 내 집에 머무는 동안 대문을 감시하면서 그가 내 비밀 연인이라는 이야기에 불을 지폈지만, 사실 그는 한 달에 기껏해야 두 번 정도만 나를 찾아와 카드놀이에 관해 상담했고, 그것은 아주 오랫동안 지속됐는데, 그 기간에 그는 아직도 자기가 죽을 수밖에 없는 운명임을 믿었고, 의심과 불신의 감정을 갖고 있었으며, 실수할 줄 알았고, 거칠고 촌스러운 본능보다는 카드 패를 더 믿었으며, 처음과 마찬가지로 겁먹고 늙은 얼굴로 도착했으니, 나를 처음 찾아왔을 때 그는 내 앞에 앉아서 한마디도 하지 않고서 두 손을 내밀었는데, 그 손바닥은 두꺼비의 배처럼 매끄럽고 팽팽했고, 남의 운명을 자세히 살펴보며 그토록 오래 사는 내가 한 번도 보지 못했고 앞으로도 보지 못할 손금을 가지고 있던 그는 마치 절망에 빠진 사람이 말없이 애원하듯이 양손을 동시에 탁자 위에 올려놓았으며, 내가 보기에는 너무나 걱정에 사로잡혀서 환상조차 없는 것 같아서, 그의 밋밋

한 손바닥은 내게 별로 충격을 주지 않았고, 오히려 가라앉히고 숨길 수 없는 그의 우울함과 힘없는 입술, 그리고 불확실함 때문에 망가져 버린 노인의 가련한 마음에 깊은 인상을 받았는데, 그의 손에 나타난 운명은 굳게 감추어져 있었을 뿐만 아니라, 당시 우리가 알고 있던 모든 확인 수단을 동원해도 나타나지 않았는데, 그가 카드를 뗄 때면 카드는 더러운 물이 고인 웅덩이를 보여 주었고, 그가 마셨던 커피 잔 바닥에 있던 커피 찌꺼기는 뒤엉켰으며, 그의 개인적인 미래와 그의 행복과 그의 행위들의 운명과 관계가 있을 모든 단서나 열쇠 들은 흐려졌지만, 반면에 그와 연관될 사람은 누구든 간에 그 운명이 너무나 투명하게 나타났고, 그래서 우리는 그의 어머니 벤디시온 알바라도를 보았는데, 불쌍한 어머니, 그녀는 해로운 수증기 때문에 제대로 숨을 쉴 수도 없는 공기 속에서 색깔도 거의 구별할 수 없을 정도로 나이를 많이 먹고도 외국 이름을 가진 새들을 색칠하고 있었고, 또 너무나 끔찍해서 여자 이름으로 불릴 자격조차 없는 허리케인으로 쑥대밭이 되어 버린 우리 도시를 보았으며, 초록색 가면을 쓰고 손에 칼을 든 남자도 보았는데, 그는 괴로워하면서 세상의 어느 곳에 그 남자가 있느냐고 물었고, 카드가 주중의 다른 요일들보다 매주 화요일에 그와 더 가까이 있다고 대답하자, 그는 아, 그렇군, 이라고 말하고서, 자신의 눈이 무슨 색깔이냐고 물었고, 카드가 한쪽 눈은 역광에 비친 사탕수수 주스 색깔이며, 다른 한쪽은 어둠에 잠긴 색깔이라고 답하자, 아, 그렇군, 이라고 말하고서 그 사람의 의도가 무엇이냐고 물었는데, 나는 그때 마지막으로 카드 패의 진실을 속속들이 밝히면서, 초록색 가면은 배신과 배반의 가면이라고 대답했고, 그러자 그는 아, 그렇군, 이라고 말하고서, 승리를 강조하는 표정으로, 이제 누구인지 알겠어, 빌어먹을, 이라고 소리쳤는데, 그 사람은 나르시소 미라발 대령, 그러니까 그와 가장 가까운 부관 중의 하나였고, 이틀 후 그는 이유도 밝히지 않은 채 권총으로 자기 귀를 쏘아 자살했는데, 불쌍한 사람 같으니, 그렇게 국가의 운명이 정해졌고, 카드의 예언에 따라 국가의 역사를 예측할 수 있었으니, 그것은 그가 그 어느 곳에서도 찾아볼 수 없는 영험한 점쟁이에 대해 들을 때까지 지속됐는데, 그 점쟁이는 대야의 물에서 아주 확실하게 죽음을 읽고 알아내는 여자였고, 당연히 그는 마체테의 천사 외에는 어떤 증인도 없이, 그러니까 아무도 모르게 노새들이 다니는 좁은 산길로 그녀를 찾아 나섰고, 마침내 황무지의 어느 농가에 이르렀는데, 그곳에서 그녀는 아이 셋을 데리고 지난달에 죽은 남편의 아이를 출산하기 직전의 증손녀와 함께 살고 있었으며, 그는 거의 어둠에 잠겨 있던 어느 침실 안쪽에서 중풍에 걸려 앞도 거의 보지 못하는 그녀를 보았고, 그녀가 두 손을 대야 위에 놓으라고 청하자, 물은 대야 안에서 부드럽고 선명하고 환하게 빛났고, 그때 그는 자기 모습을 보았는데, 계급장 없는 리넨 군복을 입고, 황금 박차가 달린 각반을 차고서 바닥에 엎드려 누워 있는 모습이 그와 완전히 똑같았고, 그래서 그는 거기가 어디냐고 물었고, 여자는 잔잔해진 물을 자세히 살펴보고서 침실이라고, 여기보다 크지 않은 방으로, 무언가가 보이는데, 책상과 전기 선풍기, 그리고 바다가 내다보이는 창문, 말이 그려진 그림들이 걸린 하얀 벽과 용이 그려진 깃발인 것 같아요, 라고 말했고, 그러자 그는 다시 아, 그렇군, 이라고 되풀이했는데, 의심할 것도 없이 접견실 옆에 있는 집무실이라는 걸 알았기 때문에 나온 말이었으며, 또 그는 위험한 상태에 처해 그렇게 될 건지, 아니면 나쁜 병에 걸려서 그렇게 될 건지 물었고, 그녀는 아니라고, 자는 동안에 아무런 고통도 없이 그렇게 될 거라고 대답했으며, 그는 다시 아, 그렇군, 이라고 말했고, 몸을 부들부들 떨면서 그때가 언제냐고 물었고, 그녀는 자기가 107세라면서, 내 나이가 될 때까지는 아무 일 없을 것이며, 하지만 125세를 넘기지는 않을 것이니 마음 편히 자라고 대답했고, 그는 또다시 아, 그렇군, 이라고 되풀이하고는, 그 누구도 그가 어떤 상황에서 죽는지 알지 못하도록 그물 침대에 누워 있던 병든 노인네를 살해했는데, 마치 노련한 살인범처럼 박차에 달린 가죽끈으로 그녀의 목을 졸라서 아무런 고통도 없이, 그리고 탄식 소리도 없이 죽였지만, 불쌍하고 가련한 여자 같으니, 어쨌든 그녀는 평화로울 때나 전쟁을 할 때나, 혹은 사람이건 동물이건 간에 그가 자기 손으로 직접 죽이는 영광을 베풀어 준 유일한 존재였다. 인생의 가을에 밤마다 이런 수많은 파렴치한 행동을 떠올릴 때도 그는 전혀 양심의 가책을 느끼지 않았고, 오히려 이런 이야기는 마땅히 그랬어야만 했지만 그러지 못했던 것에 대한 대표적인 교훈으로 사용되었고, 특히 마누엘라 산체스가 일식의 어둠 속에서 사취를 감추었을 때 그랬는데, 그는 자신의 야만성이 다시 한번 꽃피는 것을 느끼면서 자기를 열 받게 하던 비웃음을 분노로 앙갚음해 주고 싶었고, 그래서 그물 침대에 누워 타마린드 나무의 바람 소리를 들으면서 마누엘라 산체스를 생각했지만, 너무 심하게 그녀를 증오하느라 제대로 잠을 이룰 수 없었는데, 그런 동안 육지와 바다와 하늘의 모든 군대가 샅샅이 뒤졌건만 아무런 흔적도 발견하지 못했고, 심지어 알려지지 않은 국경의 초석 사막에서도 아무 흔적을 찾지 못했는데, 빌어먹을, 도대체 어디에 숨은 거야, 라고 그는 혼자 생각했고, 제기랄, 도대체 어디에 숨겠다고 생각한 거야, 내 팔이 닿지 않을 곳이 있을 것 같아, 이제 명령을 내리는 사람이 누구인지 알게 해 주겠어, 라고 생각했는데, 그러면 심장이 마구 뛰는 바람에 가슴 위에 있는 모자는 흔들렸고, 분노로 어찌할 바 모르면서, 어머니의 집요한 질문에 관심을 기울이지 않았는데, 그녀는 왜 일식이 있었던 오후부터 아무 말도 하지 않는 거니, 왜 말없이 생각에 잠겨 있는 거니, 라고 물으면서 확인하려고 했지만, 그는 대답하지 않았고, 그곳을 떠나면서, 빌어먹을 어머니, 라고 중얼거리고는 고아처럼 발을 질질 끌면서, 회복할 수 없는 비통함 때문에 자존심에 상처를 입고는 쓰라린 담즙 같은 증오와 원한을 뚝뚝 흘렸고, 이런 염병할 일은 내가 멍청이 같아서 일어나는 거야, 옛날처럼 내 운명의 재판관이 되어야 하는데 그렇게 하지 못했기 때문이야, 그녀 어머니의 허락을 받고서 그 씨팔년 집에 들어갔기 때문이야. 그는 산토스 이게로네스 마을에 있는 프란시스카 리네로의 시원하고 조용한 별장 저택에는 그렇게 들어가지 않았는데, 당시 그는 진짜 그였지, 눈에 보이는 권력의 얼굴이었던 파트리시오 아라고네스가 아니었고, 심지어 문 두드리개도 건드리지 않고서 11시를 알리는 괘종시계 추의 리듬에 맞춰 자기 마음대로 들어갔는데, 나는 집 안 난간에서부터 황금 박차가 내는 쇳소리를 느꼈고, 바닥 벽돌에서 그토록 당당하고 권위 있게 공이처럼 소리 내는 그 발자국이 그의 것이 아닌 다른 사람의 것일 수 없다는 것을 깨달았고, 온몸으로 그걸 예감했으며, 집 안 난간으로 향하는 문간에서 그가 나타나는 것을 보았는데, 그곳에서는 알락해오라기가 황금빛 제라늄 속에서 11시를 노래했고, 찌르레기는 처마에 달린 바나나 다발의 향긋한 아세톤 냄새에 놀라서 지저귀었으며, 8월의 음산하고 불길한 화요일 햇빛은 마당에 있는 바나나 나무들의 새로 난 잎사귀와 어린 사슴의 사체 사이를 편안히 비추었는데, 어린 사슴은 내 남편 폰시오 다사가 새벽녘에 사냥한 것이었고, 속에서 나온 꿀로 거뭇거뭇해진 바나나 다발 옆에 다리를 묶어 피를 뽑으려고 매달아 놓은 것으로, 내가 꿈속에서 본 것보다 더 크고 어두워 보였는데, 그때 그는 진흙이 잔뜩 묻은 군화와 땀으로 범벅된 카키색 재킷을 입고 있었고, 허리띠에는 아무 무기도 없었지만, 마체테 손잡이에 손을 대고 그의 뒤에서 꼼짝하지 않던 맨발의 원주민 그림자의 보호를 받고 있었는데, 나는 피할 수 없는 그의 눈을 보았고, 그는 잠든 아가씨의 손으로 바나나 다발에서 바나나 하나를 뜯어서 불안하고 초조하게 먹었으며, 그런 다음 다시 하나를 먹었고, 또 하나를 더 먹었으며, 그것들을 불안하고 초조하게 씹으면서, 온 입으로 수렁의 질펀대는 소리를 냈지만, 선정적이고 도발적인 프란시스카 리네로에게서 눈을 떼지 않았고, 그녀 역시 그를 쳐다보았지만, 갓 결혼한 여자의 정숙함을 어떻게 관리해야 할지 몰랐는데, 그것은 그가 자기 의지를 만족시키려고 온 것이며, 그의 힘보다 더 큰 힘이 없어서 그의 뜻을 제지할 수 없었기 때문인데, 남편은 내 옆에 앉았지만 나는 두려움에 사로잡힌 그의 숨소리를 거의 느끼지 못했어요, 우리 두 사람은 손을 꼭 잡고서 꼼짝도 하지 않았어요, 우편엽서에나 나올 법한 순수한 두 개의 하트는 속을 알 수 없는 노인의 집요한 시선에 놀라 일제히 고동쳤고, 그는 문에서 두 발짝 떨어진 곳에서 계속 바나나를 하나씩 차례로 먹으면서, 껍데기를 어깨 너머 마당으로 던졌어요, 나를 쳐다보기 시작한 이후 단 한 번도 눈을 깜빡거리지 않았어요, 그렇게 한 다발을 모조리 먹어 치우고서, 죽은 사슴 옆에 있던 바나나 줄기에 아무것도 없게 되자, 비로소 맨발의 원주민에게 신호를 보냈어요, 그리고 폰시오 다사에게 내 친구인 마체테의 남자와 잠깐만 나가 있으라고 명령하면서, 그가 자네와 해결해야 할 일이 있네, 라고 말했어요, 나는 두려움에 떨며 괴로워했지만, 내가 목숨을 구할 수 있는 방법은 오로지 식탁 위에서 그가 내게 원하는 것을 모두 하도록 놔두는 것이라는 사실을 깨달을 정도의 정신은 있었어요, 거기에서 그친 게 아니었어요, 그가 풍기는 구린내에 나는 숨도 제대로 쉬지 못했는데, 그래도 나는 그가 속치마 레이스 사이로 내 것을 찾아내도록 도와주었고, 그는 단번에 내 속바지를 찢어 버리고서 손가락으로 내 보물을 찾았지만, 그것이 있는 곳을 제대로 찾지 못했어요. 그런 동안 나는 어찌할 바를 모른 채, 아 주님이시여, 너무나 부끄럽고 창피합니다, 왜 이런 불행을 내리십니까, 라고 속으로 되뇌었는데, 그날 아침에 사슴 때문에 너무 바빠서 제대로 씻을 시간이 없었거든요, 그렇게 그는 여러 달 동안 끈질기게 조른 끝에야 마침내 자기 뜻을 이룰 수 있었지만, 마치 실제보다 더 늙은 것처럼, 아니면 훨씬 더 젊은 것처럼 성급하고 서툴렀고, 너무나 당황하고 얼빠진 나머지, 언제 자기가 있는 힘을 다해서 의무를 마쳤는지도 거의 알지 못했어요, 그러고서는 울음을 터뜨리면서 다 크고 외로운 고아의 따뜻한 오줌과 같은 눈물을 흘렸어요, 너무나 괴로워하면서 슬피 울어서, 나는 그뿐 아니라 모든 남자가 가엾게 생각됐고, 손가락 끝으로 머리를 어루만지면서, 그럴 정도는 아니에요, 장군님, 인생은 길어요, 라고 위로했고, 그런 동안 마체테를 든 남자는 폰시오 다사를 바나나 나무들이 있는 곳으로 데려갔고, 그를 너무나 잘게 썰어 버린 나머지, 돼지들이 흩어 놓은 몸을 다시 맞출 수가 없었어요, 불쌍한 남자 같으니, 하지만 다른 방법이 없었네, 라고 그는 말했고, 살려 두었다면 평생 불구대천의 원수가 됐겠지, 라고 설명했다. 무신경에 가까운 이런 모습들이 바로 그의 권력을 보여 주었는데, 그가 권좌에 있으면서 흘리는 눈물이 약해질수록 그의 슬픔은 더해 갔고, 그것은 눈물이 일식이 일어날 때 사악한 마법을 작당하는 데도 도움이 되지 않았기 때문인데, 도미노 게임을 하다가 로드리고 데 아길라르 장군의 차가운 성격에서 한 줄기 우울함과 언짢음을 보면 몸을 떨었는데, 그 장군은 마체테를 들고 다닌 천사의 관절들이 요산으로 결정화되어 통풍을 일으킨 이후, 그가 평생을 신뢰했던 유일한 군인이지만, 단 한 사람만을 그토록 신임하고 많은 권한을 위임하는 것이 자기에게 불행을 가져오지 않을지 걱정했고, 혹시 내 평생의 친구가 원래 때깔을 벗기고 과거에 실행된 명령이 아닌 것은 생각조차 할 수 없는 무능력자로 만들려고 하다가 둔하고 꼴사나운 사람으로 만든 게 아닐까 생각했는데, 내 친구는 공개 석상에서 내 것이 아닌 다른 얼굴을 보여주자는 건전하지 않은 기발한 생각을 한 사람이기도 했는데, 좋았던 시절에는 맨발의 원주민만으로도 충분한 정도가 아니라 충분하고도 남아서, 잔뜩 모여 있는 사람들 사이로 마체테를 휘둘러 길을 열면서, 비켜라, 이 후레자식들아, 여기 명령하시는 분이 나가신단 말이다, 라고 소리쳤지만, 군중들의 환호성 속에서 누가 조국의 착한 애국자이고, 누가 배신자인지 구별할 수가 없었는데, 그때까지만 해도 우리는 진짜 남자 만세, 제기랄, 장군님 만세, 라고 가장 크게 소리치는 사람들이 가장 수상하고 의심스러운 놈들이라는 것을 깨닫지 못했지만, 반면에 지금은 군인으로서 그의 권위와 권능이 늙은이의 욕망이라는 꺾을 수 없는 울타리를 비웃었던 재수 없는 그 여왕을 찾아내지 못했으니, 빌어먹을, 그는 도미노 패들을 바닥에 던졌고, 뚜렷한 이유도 없이 도미노를 두다 말았으며, 모든 것이 이 세상에서 있어야 할 곳과, 그것들이 각각 그 자리에 있는 것을 확인했지만, 자기만 그렇지 못하다는 갑작스러운 진실을 깨닫고서 우울해졌고, 그토록 이른 시간에 셔츠가 땀에 흠뻑 젖었다는 것을 처음으로 깨달았으며, 해무와 함께 올라오는 썩은 고기의 악취가 지독하다는 것과 무더운 습기 때문에 뒤틀어지고 불거진 불알이 피리처럼 달콤한 휘파람 소리를 내는 것을 알게 되었고, 무더워 때문이야, 라고 아무런 확신도 없이 중얼거리고는, 꼼짝하지 않는 도시의 불빛이 이상한 상태라는 것을 창가에서 바라보면서 해독하려고 노력했는데, 그 도시에서 유일하게 살아 있는 존재들은 빈민 구제 병원의 처마에서 기겁하여 도망치던 독수리 떼와 무기 광장의 눈먼 사람뿐인 것 같았고, 그 눈먼 사람은 관저의 창가에서 떨고 있는 노인을 예감하면서, 그에게 지팡이로 다급한 신호를 보내며 뭐라고 소리쳤지만, 그는 무슨 소리인지 알아듣지 못했고, 무언가가 곧 일어날 찰나라는 그 답답한 감정에서 느껴지는 하찮은 신호라고 해석했고, 그 실의와 낙담의 기나긴 월요일이 끝날 무렵 두 번째로, 아니야, 무더위 때문이야, 라고 혼잣말로 되뇌었으며, 선잠 들게 하는 미약처럼 김 서린 창문을 두드리는 이슬비 소리를 자장가 삼아서 바로 잠이 들었지만 갑자기 놀라 잠에서 깨어나며, 거기 누구지, 라고 소리쳤는데, 그것은 새벽녘에 수탉들이 이상하게 침묵을 지키는 바람에 무겁고 답답해진 자신의 심장 소리였으며, 그러자 그는 자기가 자는 동안 우주의 배가 항구에 도착했고, 자기가 김이 무럭무럭 나는 수프 속을 떠다니고 있으며, 엉터리 예언이나 인간이 만든 가장 탄탄한 과학을 넘어 죽음을 볼 수 있는 능력을 지닌 하늘과 땅의 동물들은 두려움에 떨며 입을 다물고 있고, 공기도 없으며, 시간이 방향을 바꾸고 있다고 느꼈고, 잠자리에서 일어나면서 한 걸음 한 걸음 내디딜 때마다 심장이 부어

오르고, 고막이 터지고, 뜨거운 물체가 코에서 흘러나온다고 느꼈고, 그러자 피에 흠뻑 젖은 군복을 입은 채 이건 죽음이야, 라고 생각했지만, 그가 정신을 차리기도 전에, 아닙니다, 장군님, 허리케인입니다, 라는 보고를 받았는데, 그것은 옛날에는 하나로 꽉 짜여 있던 카리브해의 왕국을 잘게 부숴서 섬으로 만들어 띄엄띄엄 늘어뜨린 수많은 허리케인 중에서도 가장 강력하고 가장 파괴적인 것이었지만, 그 재앙은 너무나 은밀하게 다가왔기 때문에 개들과 암탉들이 공포에 질리기 한참 전에 그만이 자신의 예언적 본능으로 간파했으며, 너무나 갑작스러웠기에 여자 이름을 붙여 주지도 못할 뻔했고, 관리들은 공포에 질려 우왕좌왕하며 내게 와서는, 이제는 정말 그렇게 되었습니다, 장군님, 이 나라는 개판이 되었습니다, 라는 소식을 전했지만, 그는 문과 창문을 긴 들보로 단단히 고정하라고 지시했고, 부하들은 보초들을 복도 초소에 묶어 맸고, 암탉들과 암소들을 1층 사무실에 집어넣었으며, 무기 광장부터 공포에 질려 침울한 왕국의 맨 끝 경계석까지 모든 것을 제자리에 놓고서 못을 박았고, 그렇게 나라 전체가 제자리에 단단히 고정된 채 돌이킬 수 없는 절대적인 명령을 받았는데, 그건 첫 번째 공포의 증상이 나타나면 공중으로 두 번 공포를 쏘고, 세 번째 증상이 보이면 쏴서 죽이라는 것이었지만, 무시무시한 칼날 같은 회오리바람이 지나가자 아무것도 그 힘을 견디지 못했는데, 정문에 설치한 방폭 문들은 깨끗하게 잘려 쓰러졌고, 내 암소들은 공중으로 날아가 버렸지만, 그는 강한 충격의 마법에서 깨어나지 못한 채, 굉음을 내며 수평으로 내리치는 빗발이 도대체 어디서 왔기에 난간의 잔해를 격렬한 우박처럼 쏟아 내는지, 그리고 해저의 밀림에 사는 생물들을 어떻게 흩뜨리는지 알지 못했고, 이 대재앙이 얼마나 큰 것인지 생각할 정도로 정신이 그렇게 말짱하지도 않았으며, 폭우 속을 거닐면서 뒷맛이 사향 같은 원한을 품고는, 내 사악한 침과 같은 마누엘라 산체스, 넌 어디에 있는 거야, 도대체 어디에 처박혀 있기에, 내 복수심과 함께 이 재앙도 너에게 도달하지 못하는 거지, 라고 자기 자신에게 물었다. 허리케인이 지나가자 잔잔한 물웅덩이가 생겼으며, 거기서 그는 자기가 혼자이며, 접견실의 잔해가 떠다니는 수프 속에서 가장 가까운 부관들과 함께 거룻배를 타고 노를 젓고 있다는 것을 알았고, 그러자 그들은 마차 차고의 문으로 나갔고, 아무것과도 부딪치지 않은 채, 야자나무 그루터기들과 무기 광장의 쓰러지고 부서진 가로등 사이로 노를 저었으며, 죽은 늪과 같은 대성당으로 들어갔는데, 그는 순간적으로 자기가 모든 권력의 주인이 된 적이 한 번도 없었고, 앞으로도 그럴 일이 없으리라는 비상하고 번득이는 통찰력에 다시 고통을 받으면서, 그 쓸쓸한 확신의 서늘함에 괴로워했고, 그동안 거룻배는 순금 잎사귀들을 보여 주는 스테인드글라스의 바뀌는 빛색에 따라 농도가 달라지는 공간으로 들어갔고, 중앙 제단 위에 걸린 여러 덩어리의 에메랄드, 산 채로 매장된 부왕들과 환멸과 실망으로 죽은 대주교들의 비석들, 그가 자기 유해가 우리 사이에서 안식을 취하기를 바랄 경우에 대비해서 만들도록 지시한 영묘(靈廟), 그러니까 신대륙을 발견한 돛배 세 척의 옆모습을 새기고 대양(大洋)의 제독을 모신 텅 빈 영묘의 화강암 돌기와 부딪쳤고, 그러고는 사제관으로 향하는 수로로 나가 안마당으로 향했는데, 그곳은 반짝이는 수족관으로 변해 있었고, 그곳의 푸른색 타일 바닥에는 게레치 비슷한 물고기 떼가 감송(甘松)[35]과 해바라기 사이를 헤집고 다녀서, 우리는 비스카야 출신의 수녀들이 모여 있던 수녀원 금지 구역에 있는 음산한 물길을 노로 갈랐고, 버려진 독방들을 보았으며, 성가실의 은밀한 물웅덩이에서 떠다니는 하프시코드를 보았고, 수녀원 식당의 잔잔한 물 바닥에서 수녀원의 수녀 전부가 음식이 차려진 긴 식탁 앞에서 각자 자기 자리에 앉은 채 물에 빠져 죽은 모습을 보았으며, 난간으로 나오면서 그는 눈부신 하늘 아래로 예전에는 도시가 있던 곳에 광활한 호수 같은 공간이 생긴 것을 보았고, 그제야 비로소 장군님, 이라고 부르면서 전한 소식이 사실이라는 것을 알았고, 그러자 전 세계를 휩쓴 이 재앙은 마누엘라 산체스의 고통에서 나를 해방시켜 주려고 일어난 거야, 빌어먹을, 우리의 방법과 비교하면 하느님의 방법은 너무나 야만적이잖아, 라며 그는 흡족해했고, 예전에 도시가 있었지만 지금은 흙탕물이 가득한 수렁을 찬찬히 바라보았는데, 끝없이 펼쳐진 수렁의 수면에는 물에 빠져 죽은 무수한 암탉들이 둥둥 떠다녔으며, 수면 위로 고개를 내민 것이라고는 대성당의 첨탑들과 등대의 등, 석회와 돌로 단단하게 지은 부왕 동네의 저택에 설치된 옥상 테라스, 흩어진 섬들처럼

---

35) 향긋한 냄새가 나는 큰 뿌리를 가진 풀.

보이던 옛 흑인 노예 항구의 언덕이었는데, 그곳에는 허리케인 때문에 난민이 된 사람들, 그러니까 의심 많은 마지막 생존자들이 진을 치고 있었고, 우리는 바닷말처럼 축 늘어진 암탉 사체들 사이로 국기 색깔을 칠한 거룻배가 조용히 지나가는 모습을 보았으며, 슬픈 눈과 시든 입술과 생각에 잠긴 손을 보았는데, 그 손은 비가 그치고 햇살이 반짝이게 해 달라며 성호를 긋고 축복을 내렸는데, 그러자 물에 빠져 죽은 암탉들이 생명을 되찾았고, 물의 수위가 내려가라고 명령하자 수위가 내려갔다. 환희의 종소리가 울리고 축제의 폭죽이 터지는 가운데, 재건을 위한 첫 번째 돌을 기념하는 축하 음악이 울렸고, 무기 광장에 모인 군중들이 허리케인이라는 용을 쫓아 버린 최고의 인격자를 찬양하는 환호성을 지르는 가운데 누군가가 그의 팔을 붙잡아서 난간으로 데려갔는데, 그 어느 때보다 지금 국민에게는 힘과 용기를 주는 그의 말이 필요했기 때문이지만, 그는 그곳을 빠져나올 겨를도 없이 이구동성으로 외치는 소리를 느꼈고, 진짜 사나이 만세, 라는 소리는 거친 바다의 바람처럼 그의 배 속으로 파고들었는데, 집권 첫날부터 그는 모든 시민이 동시에 쳐다보는 존재가 얼마나 의지할 곳 없는 외로운 사람인지 알게 되었고, 혀는 돌처럼 굳어 말이 나오지 않았으며, 죽기 직전에 순간적으로 정신이 돌아오자, 자기 몸 전체를 드러내 아래에 있는 군중을 바라볼 용기를 내지 못했고, 앞으로도 그런 용기를 결코 내지 못하리란 것을 깨달았으며, 그래서 무기 광장에서 우리는 평소처럼 순간적으로 사라지는 모습만을 감지했는데, 그것은 파악하기 힘든 어느 노인의 유령과 같은 모습으로, 그는 리넨 옷을 입고 대통령 관저의 난간에서 말없이 축복을 나누어 주고 즉시 사라졌지만, 그 스쳐 지나가는 모습만으로도 우리는 그가 거기에 있으면서, 그러니까 교외 저택의 유서 깊은 타마린드 나무 아래에 있으면서 우리가 자는 것과 깨어 있는 것을 항상 살펴보고 있다는 믿음을 유지하고 확인하기에 모자람이 없었고, 그가 고리버들 흔들의자에서 골똘히 생각하고 있으며, 입에 대지도 않은 레모네이드 잔을 손에 들고서, 그의 어머니 벤디시온 알바라도가 말리려고 조롱박에 담아서 내놓은 옥수수 낱알의 소리를 들었고, 오후 3시의 끓어오르는 반사열 사이로 그녀를 보았는데, 그럴 때면 그녀는 회색 암탉 한 마리를 붙잡아 겨드랑이에 끼고서 다소 다정하게 목을 비틀었고, 그런 동안 내 눈을 바라보면서 내게 어머니의 목소리로, 제대로 먹지도 않고 너무 많이 생각하느라 폐병에 걸리겠어, 오늘 밤에는 여기에 남아 뭐라도 먹어라, 라고 애원하면서, 자기가 목을 비틀고 있는 암탉에 그가 마음을 빼앗기도록 유혹하려고 노력했고, 숨이 끊어지는 고통으로 발버둥 치는 암탉이 빠져나가지 못하도록 두 손으로 꼭 붙잡았는데, 그는 알았어요, 어머니, 여기 남아 있을게요, 라고 말하고서 저물녘까지 눈을 감고서 고리버들 흔들의자에 앉아 있었지만 잠을 잔 것은 아니었고, 솥에서 끓고 있는 암탉의 은은한 냄새를 자장가 삼아서, 우리 삶의 과정을 한시도 머릿속에서 지우지 않았는데, 이 땅에서 우리를 유일하게 안심시키는 것은 그가 그곳에 있다는 사실, 그가 역병과 허리케인의 공격을 받아도 버틸 수 있으며, 마누엘라 산체스의 비웃음에도 상처를 입지 않고, 시간도 견딜 수 있으며, 우리를 생각하는 메시아의 행복에 일생을 바치고 있는 것이 확실하다는 사실뿐이었으며, 또 그는 절대로 자기가 우리를 위해 우리의 한계를 뛰어넘는 결정을 하지 않으리라는 사실을 우리가 모두 안다는 것을 확실히 깨닫고 있었는데, 그것은 그가 상상을 초월하는 용기나 무한한 신중함이나 분별력 때문에 그 모든 걸 이겨 내고 살아남은 것이 아니라, 우리 중에서 그만이 운명의 실제 크기를 알고 있던 사람이고, 심지어 그 정도에 이르렀기 때문인데, 빌어먹을, 그는 험난한 여행이 끝날 무렵 머나먼 동부 국경선에 있던 역사적인 마지막 돌에, 그러니까 조국을 지키다가 숨진 마지막 병사의 이름과 사망 날짜가 새겨져 있던 돌에 앉아 휴식을 취했고, 이웃 나라의 음산하고 얼음 덮인 도시를 보았으며, 영원히 내리는 이슬비와 그을음 냄새가 나는 아침 안개, 그리고 정장을 입고서 전차를 탄 사람들과 머리에 깃털을 꽂은 흰 말이 끄는 교양 없는 마차를 탄 상류층의 장례식, 대성당 입구에서 신문지를 덮고 자는 아이들을 보면서, 빌어먹을, 정말 이상한 사람들이야, 라고 소리쳤고, 그러자 시인들처럼 보이지만 그렇지 않습니다, 장군님, 그늘은 권력을 쥔 보수당원들입니다, 라는 말이 들렸는데, 그는 그 말을 듣고 잔뜩 흥분하여 그 여행에서 돌아왔는데, 그 이유는 거기서 다음과 같은 것을 깨달았기 때문으로, 이 썩은 구아버 냄새의 바람과 시장터의 시끄러운 소리, 이 가난한 나라에서 해넘이 무렵이면 밀려드는 깊은 슬픔의 감정과 견줄 만한 것은 하나도 없다고, 그리고 그는 이 나라의 국경을 넘는 일이 결코 없을 것이며, 그건 적들이 말하는 것처럼 그가 앉아 있는 의자에서 움직이는 것을 두려워하기 때문이 아니라, 사람은 숲의 나무와 같으므로, 빌어먹을, 산속의 동물들처럼 먹을 것을 찾을 때를 제외하고는 보금자리에서 나가지 않기 때문이라고 말하면서, 낮에 선잠을 자다가 죽기 직전처럼 명민하게, 아주 오래전에 몹시도 무더웠던 8월의 목요일을 떠올렸는데, 그날 그는 용기를 내서 자기 야심의 한계를 안다고 고백했고, 그것을 다른 지역과 다른 시대의 전사에게 드러냈는데, 그는 그 전사를 집무실의 뜨거운 어둠 속에서 혼자 맞이했고, 그 전사는 겁 많고 소심했으며, 교만하고 거만한 사람들 때문에 쩔쩔맸고, 영원히 고독의 낙인이 찍힌 청년으로, 문 앞에서 꼼짝하지 않은 채로, 문지방을 넘어야 할지 결정하지 못했으며, 그렇게 시간을 보내는 바람에 마침내 그의 눈은 더위 속에서도 등나무 화톳불의 향내를 머금은 어둠에 익숙해졌고, 회전의자에 앉아서 아무것도 놓이지 않은 책상에서 꼼짝하지 않고 주먹을 올려놓은 그를 볼 수 있었는데, 그 모습은 너무나 평범하고 빛바래서, 공개적으로 알려진 그의 모습과는 너무나 거리가 멀었으며, 경호원도 없고 무기도 없었으며, 죽음을 앞둔 사람처럼 땀에 흠뻑 젖은 셔츠를 입고 있었고, 두통 때문에 관자놀이에 샐비어 잎사귀를 붙이고 있었는데, 그제야 나는 믿을 수 없는 진실, 다시 말해 이 녹슬고 빛바랜 노인이 바로 우리 어린 시절의 우상이며, 우리 영광의 꿈을 가장 순수하게 구체화한 모습이라는 것을 깨달았는데, 비로소 그때 그 전사는 집무실로 들어와 자기를 소개하면서 이름을 밝혔고, 행동으로 인정받기를 기대하는 사람처럼 또박 또박 정확한 발음으로 말했으며, 부드럽고 다정하며 메마른 손으로, 그러니까 주교의 손으로 내게 악수를 청했고, 나는 대의명분을 위해 무기와 단결을 원하는 외국인의 놀라운 꿈에 놀라울 정도의 관심을 보였는데, 전사는 이것은 당신의 명분이기도 합니다, 각하, 라고 말하면서 군수 물자 원조와 정치적 도움을 원했으며, 그 명분은 알래스카에서 파타고니아에 이르기까지 보수당 정권을 일망타진하기 위해 전면전을 벌여야 한다는 것이었는데, 그는 전사의 열정에 너무나 감동하여 젊은 전사에게 왜 자네는 이런 일을 하고 다니지, 젠장, 왜 죽고자 하는 거야, 라고 물었고, 이방인은 그에게 부끄러움이나 조심성을 드러내지 않으면서, 조국을 위해 목숨을 바치는 것보다 고귀한 영광은 없습니다, 각하, 라고 대답했고, 그러자 그는 가엾다는 듯 웃으면서, 멍청한 짓은 하지 말게, 청년, 조국은 살아 있어야 조국인 거야, 라고 대답했고, 조국은 바로 이거야, 라고 말하고서, 책상에 놓았던 주먹을 펼쳤고, 손바닥에서 무언가를 보여 주었는데, 이 작은 색 구슬은 이것을 가지고 있든 가지고 있지 않든 누구에게나 색 구슬이지, 하지만 이것을 가진 사람만이 이걸 갖는 거야, 청년, 이게 바로 조국이네, 라고 그는 말했고, 그동안 청년에게 아무것도 주지 않은 채, 심지어 한 가지만이라도 약속하면서 위안을 주지도 않고 젊은 전사의 등을 툭툭 두드리면서 작별했고, 그 전사가 나가자 문을 닫은 부관에게 고급 진에 나간 사람에게 나서는 신경쓰지 말라고, 그런 멍청이를 감시하는 데 시간을 낭비하지 말

게, 라고 지시하면서, 잘난 체하고 싶어 안달 난 놈이야, 아무
쓸모가 없어, 라고 지적했다. 우리는 허리케인이 불어와서야
비로소 그 말을 그에게서 다시 듣게 되었는데, 그때 그는 정치
범 사면을 공포하고 학자들을 제외한 모든 망명자의 귀국을
승인했는데, 물론 이들은 절대 안 돼, 라고 그는 말하면서, 이
들은 잘난 체하고 싶어 안달 난 작자들이야, 털갈이할 때의
순종 수탉과 같아서 아무짝에도 쓸모가 없어, 라고 덧붙였으
며, 소용이 있을 때는 정치하는 놈들보다도 나쁘고, 신부들보
다도 추악해, 알겠지, 하지만 나머지 사람들은 자유당이건 보
수당이건 모두 오라고 해서 모두가 조국 재건의 과업에 힘쓰
도록 하라고 지시했고, 그렇게 한 명의 예외도 없이 모두에게
다시 한번 자신이 모든 권력의 주인이며 군대의 강력한 지원
을 받고 있다는 사실을 확인시켰는데, 그가 최고 지휘부 군인
들에게 외국에서 원조받은 식량과 의약품과 난민 구제용 물
품들을 나누어 주면서부터 군대는 이미 과거의 군대로 돌아
가 있었고, 장관들의 가족은 일요일이면 해변으로 놀러 가서
적십자사의 이동 병원과 야전 천막에서 보냈으며, 구호품으로
들어온 혈장과 여러 톤에 달하는 분유를 보건부에 팔았고,
보건부는 그것을 다시 빈민 구제 병원에 팔았으며, 참모 본부
장교들은 자신들의 야망을 공공 토목 공사 계약과 긴급 차관
으로 시행된 복구 작업 계약과 맞바꾸었는데, 그 차관은 워런
대사가 자국 선박이 우리 영해에서 무제한 어업 활동을 할 수
있는 권리를 대가로 그에게 제공한 것이었으니, 이런 염병할,
가진 사람만이 비로소 가진 거야, 라고 그는 중얼대면서, 다시

는 소식을 듣지 못한 그 불쌍한 몽상가에게 보여 주었던 색구슬을 떠올렸지만, 재건 사업에 너무나 고무된 나머지, 집권 초기에 그랬던 것처럼 직접 큰 소리로 말하고 직접 모습을 드러내면서 아주 사소한 것까지 일일이 간섭하고 지시했고, 오리 사냥꾼 모자와 장화를 신고 물에 잠긴 거리를 철벅거리며 돌아다녔으며, 물에 빠져 죽은 고독한 남자의 꿈을 꾸었을 때 자기의 영광을 기리기 위해 구상했던 것과 다른 도시가 되지 않도록 하려고, 토목 기사들에게 여기서 이 집들을 빼내서 저쪽에, 그러니까 걸리적거리지 않는 곳에 놓도록 해, 라고 지시했고, 그러면 그들은 그 집들을 철거했으며, 저 탑을 2미터 더 높이 올려서 먼바다의 배들을 볼 수 있도록 해, 라고 지시하면, 기사들은 그 탑을 더 높이 올렸고, 이 강의 강물을 거꾸로 흐르게 해, 라고 지시하면, 기사들은 전혀 실수하는 법 없이, 전혀 낙담하는 기색도 없이 강물의 흐름을 거꾸로 바꾸었으며, 그는 열광적인 재건 작업을 보며 너무나 어리둥절했고, 자기 일에 너무나 몰두한 나머지, 중요하지 않은 다른 국사(國事)는 완전히 소홀히 했고, 그래서 정신을 팔고 있던 어느 부관이 실수로 아이들의 문제를 꺼내자, 갑자기 현실과 정면으로 부딪치게 되었는데, 그때 그는 몽롱한 상태에서 어떤 아이들이냐고 물었고, 그러자 부관은 장군님, 아이들 말입니다, 라고 대답했지만, 그는 어떤 아이들을 말하는 거야, 젠장, 이라고 말했는데, 그것은 그때까지 군대가 아이들을 비밀리에 보호하고 있다는 사실을 그에게 철저히 숨겼고, 복권 번호를 뽑던 아이들이 왜 대통령 복권이 항상 당첨되는지 발설할지도 모른다는 두려움 때문에 보호 조치를 했기 때문인데, 항의하는 아이들의 부모에게는 격리가 사실이 아니라고 대답했고, 그러면서 더 나은 대답을 구상해서, 그런 소문은 매국노들이 퍼뜨린 것이고 반대파의 중상모략이라고 말했으며, 부대 앞에 시위하고 난동을 부리는 사람들은 박격포를 쏘아 쫓아 버렸고, 공개 학살을 하기도 했지만, 우리는 그 사실 역시 그에게 숨겼는데, 그건 장군님을 걱정시키지 않기 위해서였습니다, 각하, 사실대로 말하자면, 아이들은 항구 요새의 지하 감옥에 갇혀 있지만, 최고의 상태에 있으며 아주 즐겁게 지내고 건강도 좋습니다, 하지만 문제는 우리가 지금 그 아이들을 어떻게 해야 할지 모른다는 겁니다, 장군님, 그리고 그런 아이들이 거의 2000명에 달한다는 것입니다, 단 한 번의 실수도 없이 복권에 당첨되는 방법을 일부러 고안하지 않으면서도 생각해 낸 사람은, 당구공에 금과 은으로 상감한 숫자를 유심히 바라보던 바로 그였고, 그 생각이 너무나 단순하면서도 훌륭해서, 발디딜 틈도 없이 무기 광장을 가득 메운 군중들을 보자 그 자신도 믿을 수가 없었는데, 그들은 점심때부터 이글거리는 태양 아래에서 기적이 일어나면 얼마나 받을 것인지 미리 계산하면서 고맙다고 외쳤고, 행복을 나누어 주는 관대한 분에게 영원한 영광을 돌린다는 글자를 쓴 플래카드를 들고 있었으며, 악사들과 곡예사들, 가벼운 먹거리와 튀김 요리들, 시대에 뒤떨어진 룰렛 게임 기구와 빛바랜 동물 복권들이 도착했고, 다른 세상과 다른 시대의 부서진 잔해들이 행운을 가져다준다는 말로 약탈을 자행하면서 수많은 환상의 부스러기들로 번창하여 성공하려고 애썼는데, 마침내 관저의 난간이 3시에 열렸고, 이 방법의 정직성이 의심받지 않도록 군중이 무작위로 선택한 일곱 살 미만의 아이 셋이 올라갔으며, 각각의 어린이가 자격 있는 증인 앞에서 자루마다 1부터 0까지 숫자가 새겨진 열 개의 당구공이 있다는 것을 확인하고서 서로 색깔이 다른 자루를 하나씩 받았고, 신사 숙녀 여러분, 주목하십시오, 그러자 군중은 숨을 죽였고, 눈을 가린 어린이들이 차례로 각각의 자루에서 공 하나를 꺼낼 겁니다, 맨 먼저 파란색 자루의 어린이가, 그다음엔 빨간색 자루의 어린이가, 마지막으로 노란색 자루의 어린이가 한 명씩 차례대로 손을 자루에 넣었고, 자루 바닥에서 아홉 개의 똑같은 감촉의 공과 하나의 아주 차가운 공을 느꼈고, 비밀리에 지시받은 대로, 차가운 공을 집어 군중들에게 보여 주고서 그 공의 숫자를 큰 소리로 외쳤고, 그렇게 그가 준비해 둔 세 개의 숫자와 함께 며칠 동안 얼음 속에 보관했던 세 개의 공을 꺼냈는데, 하지만 우리는 아이들이 그걸 이야기할 것이라고는 생각하지 못했습니다, 장군님, 너무나 늦게 깨닫는 바람에 그 아이들을 세 명씩, 그다음에는 다섯 명씩, 그런 다음에는 스무 명씩 숨기는 수밖에 다른 방법이 없었습니다, 상상되십니까, 장군님, 그래서 그 속임수의 실마리를 풀면서, 그는 육해공군 최고 지휘부의 모든 장교가 국민 복권의 기적과 같은 엄청난 당첨금과 연루되어 있다는 사실을 알게 되었고, 또한 처음 아이들은 부모의 동의를 받았고, 심지어 촉감으로 대리석 공에 아로새긴 숫자를 알아내는 속임수를 훈련받았지만, 이후에는 강제로 올려보내야만 했다는 사실도 알게 되었는데, 그렇게 해야 했던 이유는 일단 관저 난간으로 올라간 아이들이 다시는 내려오지 않았다는 소문이 퍼졌기 때문이며, 그래서 아이들의 부모들은 한밤중에 아이들을 잡으려는 경찰 불시 단속반이 지나가면 아이들을 부리나케 숨겼고, 산 채로 묻기도 했는데, 그가 들었던 것처럼 긴급 대응군은 무기 광장에 통제선을 쳐서 군중들의 흥분을 통제한 것이 아니라, 사살하겠다고 위협하면서 가축 떼처럼 몰려드는 군중을 막다른 곳으로 몰았고, 외교관들은 이런 충돌을 중재하려고 접견을 요청했지만, 그의 관리들이 늘어놓는 황당한 이야기만 들었는데, 그것은 그가 이상한 병에 걸린 것이 사실이며, 그의 배 속에서 두꺼비들이 번식하기 때문에, 혹은 그의 등뼈에서 이구아나의 볏이 자라나는데 그 볏에 상처를 입지 않으려면 서서 잠을 자는 수밖에 없기 때문에 그들을 접견할 수 없다는 등의 이야기를 늘어놓았고, 그에게 전 세계에서 도착한 항의와 청원의 메시지를 숨겼으며, 교황이 전보를 보내 죄 없는 사람들의 운명에 대해 우리 사도의 고뇌와 괴로움을 나타냈다는 사실도 숨겼고, 그래서 장군님, 감옥에는 반항하는 부모들을 가둘 공간이 더 이상 없습니다, 월요일 복권 추첨에 동원할 아이들이 더는 없습니다, 빌어먹을, 도대체 우리가 무슨 짓을 했는지 모르겠습니다. 이런 일들이 있었지만, 그는 항구 요새 안에 있던 안마당에서 마치 도살장으로 끌려온 소들처럼 아이들이 모여 있는 것을 보고서야 비로소 이 심연의 진정한 깊이를 제대로 측정하게 되었는데, 그는 지하 감옥의 아이들이 밤과 같은 암흑의 공포 속에서 오랜 시간을 보낸 후에 갑자기 햇빛을 보자, 눈이 부셔 제 대로 앞을 보지 못하고 우르르 몰려 나오는 산양들처럼 지하 감옥에서 나오는 것을 보았는데, 아이들은 햇빛 속에서 길을 찾지 못하고 방황했으며, 동시에 너무나 많은 숫자가 나와 그 는 2000명의 아이들을 하나하나가 아니라, 무정형의 거대한 동물로 보았는데, 그것은 인간이 아니라 햇볕에 그을린 가죽 에서 나는 악취를 풍겼고, 심해의 바닷물 소리를 냈으며, 너무 나 많고 다양했기에 죽임을 당하지 않았는데, 그것은 지구를 한 바퀴 돌고도 남을 만큼의 엄청나게 많은 생명을 공포의 흔 적을 전혀 남기지 않고 없애기란 불가능했기 때문이고, 그래 서 그는 빌어먹을, 할 수 있는 일이 하나도 없군, 이라고 투덜 댔고, 그런 확신을 가지고서 최고 지휘부를 소집했는데, 그러 자 열네 명의 사령관들은 부들부들 떨었고, 이전에는 경험하 지 못한 놀라움 속에서 두려움에 휩싸였는데, 그는 아주 천천 히 한 명씩 차례로 그들의 눈을 뚫어지게 바라보았으며, 그러 자 자기 혼자 그들과 맞서고 있다는 것을 깨달았고, 그래서 머 리를 꼿꼿하게 들고 목소리를 매섭게 하고서 그들에게 지금 군대의 명성과 명예를 지키기 위해 그 어느 때보다 단결하라 고 훈시했으며, 불안과 불확실함으로 떨고 있다는 사실이 드 러나지 않도록 주먹을 꽉 쥐고 책상을 내리치면서 그들의 죄 를 모두 사해 주었으며, 계속해서 각자 맡은 자리에서 항상 그 랬듯이 열성을 다해, 그리고 철저하게 임무를 수행하라고 명 령하면서, 나의 번복할 수 없는 최고의 결정은 여기에서 아무 일도 없었다는 것이다, 그러니 이 회의를 끝낸다, 내가 그에 대한 해결책을 주겠다, 라고 지시했다. 간단한 예방 조처로 그는 항구 요새에서 아이들을 꺼낸 뒤 야간 화물 열차에 태워 그 나라에서 가장 사람이 적게 사는 지역으로 보냈고, 그동안 그는 폭풍우처럼 쏟아진 비난과 맞서면서, 그건 사실이 아니라고, 아이들은 정부 당국의 손에 있지 않을 뿐만 아니라, 감옥에는 어떤 종류의 죄수도 없다고 공식적으로 엄숙하게 천명했고, 대량 납치라는 근거 없는 거짓말은 사람들의 마음을 동요시키기 위해 배신자들이 지어낸 파렴치한 거짓말이며, 국가의 문은 진실이 입증되도록 활짝 열려 있으니 모두 와서 진실을 찾아보라고 만천하에 밝혔는데, 그러자 사람들이 왔고, 국제 연맹에서 파견한 위원회가 도착해 나라에서 가장 눈에 띄지 않게 숨겨진 돌멩이들을 치웠으며, 자기들이 원하는 사람에게 원하는 것을 너무나 세세하게 물었던 나머지, 벤디시온 알바라도는 심령술사처럼 옷을 입은 그 침략자들이 누구냐고 물었는데, 그들은 그녀의 집으로 들어와 침대 밑과 바느질 바구니, 그리고 붓 통에서 2000명의 아이들을 찾느라 부산을 떨고는, 마침내 감옥들은 폐쇄되었고 나라는 평화로우며 모든 것이 정상이라고 공식적으로 밝히면서, 생각이나 행동으로 또는 태만으로 인권 원칙을 침해했다고 공개적으로 의심할 만한 징후를 전혀 발견하지 못했다고 증언했는데, 그러니 마음 놓으십시오, 장군님, 그들은 떠났습니다, 그러자 그는 테두리에 수를 놓은 손수건을 흔들며 그들과 작별했고, 무언가가 영원히 끝났다는 안도감을 느끼면서, 잘 가라, 멍청한 녀석들, 잔잔한 바다로 멋진 여행이 되길, 이제 이 염병할 것은 끝났어,

라며 한숨을 내쉬었지만, 로드리고 데 아길라르 장군은 그렇지 않다고 상기시키면서, 이 염병할 문제는 아직 끝나지 않았습니다, 아직 아이들이 남아 있기 때문입니다, 장군님, 그러자 그는 이마를 손바닥으로 '탁' 쳤고, 빌어먹을, 그는 그 사실을 까마득히 잊어버리고 있었고, 그래서 이제 아이들을 어떻게 해야 하나, 라고 되뇌었다. 그 불길한 생각에서 벗어나려고 노력하는 동안, 그는 과감하고 무지막지한 방법을 생각해 내려 애쓰고는, 먼저 임시방편으로 아이들을 밀림의 은신처에서 꺼내 그곳과 반대 방향에 있는 영원히 비가 내리는 지역으로 데려가게 했는데, 그곳은 아이들의 목소리를 널리 퍼뜨리는 배신의 바람도 없고, 땅 위의 동물들은 걸어 다니면서 썩어 버리고, 백합은 사람들의 말을 들으며 자라며, 낙지들은 나무 사이로 헤엄치는 곳이었는데, 그는 아이들을 영원히 안개가 걷히지 않는 안데스산맥의 동굴로 데려가라고, 그래서 아무도 그들이 어디에 있는지 모르게 하라고 지시했으며, 그리고 모든 게 썩는 개운치 않은 11월이 아니라 누워서 시간을 보내는 2월에 항상 있게 하라고, 그렇게 아무도 아이들이 언제 있었는지 알지 못하게 하라고 명령했으며, 적십자 비행기에 발견되지 않도록 아이들이 목까지 진흙에 잠긴 채 논에 숨어서 여러 날을 보내느라 고열로 몸을 떨고 있다는 것을 알고 키니네 알약과 담요를 보냈으며, 햇빛과 별빛을 빨갛게 칠해서 아이들의 성홍열을 치료하라고 지시했고, 공중에서 살충제 가루를 뿌려서 바나나나무의 커다란 벌레가 아이들을 먹어 치우지 못하게 했고, 크리스마스 선물을 가득 실은 비행기나 그것들을 매단 낙하산으로 비 오듯이 사탕과 눈 오듯이 아이스크림을 보내 아이들이 행복하게 지내게 하면서 그동안 기가 막힌 해결책을 궁리했고, 그렇게 그는 기억의 저주에서 점차 벗어났고, 아이들을 잊어버렸으며, 집에서 불면증으로 보낸 것과 똑같이 수많은 밤을 외롭고 쓸쓸한 수렁에 빠져 허우적거렸고, 9시를 알리는 쇳소리를 들었으며, 관저의 처마 언저리에서 잠자던 암탉들을 꺼내서 닭장으로 가져갔고, 아직 발판에서 잠든 가축들을 미처 세지 못했을 때, 흑인 시녀 한 명이 들어와 달걀을 주우려고 했는데, 밝은 햇살 같은 그녀의 나이와 그녀의 코르셋이 바스락거리는 소리를 느끼면서 그는 그녀를 덮쳤고, 그러자 조심하세요, 장군님, 달걀이 깨질지도 몰라요, 라고 그녀는 벌벌 떨면서 중얼댔고, 깨져도 괜찮아, 빌어먹을, 이라고 말하고서 그녀를 손바닥으로 후려쳐 쓰러뜨렸고, 잠든 동물들의 초록색 똥이 눈처럼 내렸던 이번 화요일의 움켜쥘 수 없는 영광에서 도망쳐야 한다는 열망 때문에 정신을 차리지 못하고서 그녀의 옷을 벗기지도 않고 자기 옷도 벗지 않은 채, 아래로 미끄러져 내려갔고, 핑계만 있으면 빠져나가려는 거무죽죽한 틈이 새겨진 절벽을 보자, 꿈처럼 현기증을 느끼며 그곳으로 굴러떨어졌고, 용감한 여자의 땀과 한숨, 그리고 자기를 잊으면 안 된다는 거짓된 위협이 마구 흘러나왔으며, 그는 넘어져 있던 여자 위에 애타게 딸랑거리는 별똥별 같은 황금 박차의 곡선 자국과 조급한 남편처럼 씩씩대는 초석의 흔적을 남겼고, 또한 개처럼 낑낑대며 눈물을 흘렸으며, 조용한 섬광과 천둥소리, 그러니까 죽음이라는 불꽃의 순간적인 폭발을 통해 자기가 살아남을 것인지 두려웠지만, 절벽 아래에는 또다시 그가 싸질러 놓은 쓰레기가 있었고, 암탉들은 자는 것 같으면서도 잠을 이루지 못했고, 흑인 여자아이는 괴롭고 걱정스러운 얼굴로 노란 당밀 같은 달걀 노른자로 더러워진 옷을 입고 일어나면서, 내가 말한 게 뭔지 알았죠, 장군님, 달걀이 부서졌어요, 라고 투덜댔고, 그는 중얼대면서 사랑 없이 행한 또다른 사랑에 대한 분노를 가라앉히려고 애썼으며, 몇 개인지 적어 놔, 네 월급에서 달걀 값을 제하겠어, 라고 말하고는 그곳을 떠났는데, 그때 시간은 10시였고, 외양간에 있는 암소들의 잇몸을 차례로 한 마리씩 살펴보았으며, 자기 여자 중의 하나가 움막 바닥에서 고통으로 몸부림치는 것을 보았고, 산파가 그녀의 배에서 목에 탯줄이 감긴, 김이 무럭무럭 나는 아기를 꺼내는 것을 보았으며, 남자아이예요, 어떤 이름을 붙일까요, 장군님, 이라고 묻자, 당신 마음에 드는 것으로 붙여, 라고 그는 대답했고, 그때 시간은 11시였고, 그래서 집권 기간에 밤마다 그랬던 것처럼, 그는 보초들의 숫자를 셌고, 자물쇠를 점검했으며, 새장을 덮었고, 불을 껐는데, 그때 시간은 12시였고, 국가는 편안히 휴식에 들어갔으며, 세상은 잠들었고, 그는 등대의 등이 돌면서 쏜살같이 비추는 길고 가는 새벽 불빛을 받으며 어둠에 잠긴 집을 지나 자기 침실로 향했고, 긴급한 일이 생기면 뛰어나갈 수 있도록 등불을 걸어 놓았으며, 빗장 세 개를 걸고 자물쇠 세 개를 잠갔으며 가로장 세 개를 지르고서 휴내용 변기에 앉았고, 나오지도 않는 오줌을 쥐어짜며 개구쟁이처럼 불거진 불알을 어루만지면서, 뒤틀려 있던 음낭을 똑바로 폈고, 그러자 그것은 그의 손안에서 잠들었고, 통증은 그쳤지만, 그 아픔은 번갯불 같은 갑작스러운 공포와 함께 곧 되돌아왔는데, 그때 창문으로 초석 사막 너머에서 불어온 세찬 바람이 들어와 침실에 어리고 순진한 사람들의 노래를 톱밥처럼 뿌렸는데, 그들은 전쟁터에 간 어느 기사에 관해 물었고, 너무나 고통스럽고 너무나 슬프다며 한숨을 쉬면서, 그가 올지도 모른다고 탑으로 올라갔는데, 그가 돌아오는 것을 보았지만, 그는 벨벳 덮인 상자에 고이 담겨 돌아왔다면서, 너무나 고통스럽고 너무나 슬픈 일이라고 말했는데, 그것은 아주 멀리서 들려오는 수많은 어린아이들의 목소리가 합창하는 노래였고, 그래서 그는 아마도 별들이 노래하고 있나 보다고 착각하며 잠이 든 것 같더니 화를 벌컥 내며 일어나서는, 이제 됐어, 빌어먹을, 이라고 소리쳤으며, 아이들이야, 아니면 나야, 라고 다시 소리쳤고, 결국 아이들이 선택되었는데, 날이 밝기 전에 그는 아이들을 시멘트를 실은 커다란 바지선에 처넣고, 노래 부르는 아이들을 영해 끝으로 데려가라고, 그리고 아이들이 노래를 계속하는 동안 고통받을 시간을 주지 말고 다이너마이트로 날려 버리라고 명령했고, 그 범죄를 실행한 세 장교가 그의 앞에 부동자세로 서서, 장군님, 장군님의 명령이 완수되었습니다, 라는 소식을 전하자, 그들을 두 계급 특진시켰고, 그들에게 충성 훈장을 달아 주었지만, 그런 다음 일반 범죄자처럼 가차 없이 총살했는데, 지시를 내릴 수는 있어도 수행해서는 안 되는 것들이 있기 때문이야, 젠장, 불쌍한 아이들, 이라고 말했다. 그처럼 모질고 호된 경험을 통해, 그는 아주 오랫동안 품고 있던 자기의 확신을 확인했는데, 그것은 가장 무섭고 두려운 적은 자기 안에 있다고, 즉 마음으로 굳게 신뢰하는 사람이자, 정권을 유지하도록 그가 무장시키고 출세시키는 사람들은 결국 자기들에게 먹을 것을 주던 손에 침을 뱉는다는 사실이었으며, 그래서 그는 일거에 그들을 제거했고, 전혀 가치 없는 다른 사람들을 선택했으며, 충동적인 기분에 따라 손가락으로 가리켜 가장 높은 계급으로 승진시키면서, 너는 대위, 너는 대령, 너는 장군, 제기랄, 나머지는 모두 중위다, 라고 임명했으며, 그들이 군복 안에서 커 가는 것을 보다가 솔기가 터져 버리면 그들을 모두 자기 눈앞에서 사라지게 했는데, 2000명의 아이들이 납치되었다는 것을 깨달은 우연한 사건 때문에, 그는 자기를 저버린 사람이 한 명이 아니라, 군부의 최고 지휘부 전체라는 사실을 알게 되었고, 이놈들은 나한테 우윳값만 더 많이 내게 만드는 작자들이야, 정작 필요할 때는 자기들이 먹은 음식 그릇에 똥을 싸는 놈들이야, 그런데 모두 내가 만들고 낳은 놈들이지, 빌어먹을, 내 갈비뼈에서 꺼낸 놈들이야, 이놈들을 키우려고 빵값을 벌고 존경을 받았단 말이야, 그러나 그는 한순간도 마음이 편하지 않은 채로, 그들의 야심에서 살아남으려고 애썼으며, 가장 위험한 사람들을 가장 가까이에 두면서 그들을 감시했고, 별로 대담하지 않은 인물들은 국경 수비대로 보냈으며, 그들 때문에 그는 해병대의 주둔을 수락했는데, 제기랄, 그건 톰슨 대사가 공식 성명서에 쓴 것처럼 황열병과 싸우기 위해서나, 방병한 정치인들이 말하는 것처럼 국민의 불만에서 그를 보호하기 위해서

가 아니라, 오로지 우리 군인들에게 버젓하고 품위 있는 사람이 되는 법을 가르쳐 주기 위해서였는데, 제기랄, 정말 각자에게 필요한 것이 있었고, 그래서 그들은 신발을 신고 걷는 법, 휴지로 밑을 닦는 법, 피임 기구 사용하는 법을 가르쳤고, 바로 그들이 유사 기관들을 유지하는 건 군인들에게 산발적으로 경쟁심을 유발하기 위해서라는 사실을 가르쳐 주었고, 국가안보실, 중앙수사국, 국가치안부를 고안해 냈는데, 그런 게 너무나 많아서 나는 제대로 기억조차 할 수 없었으며, 그는 똑같은 조직을 다른 듯이 보이게 만들어 폭풍 속에서도 최대한 마음 편히 통치하면서, 그들에게 서로가 서로를 감시하고 있다고 믿게 했고, 부대의 화약을 해변의 모래와 뒤섞었으며, 자기가 의도했던 진실을 반대의 진실처럼 보이게 하면서 혼란을 야기했지만, 국민은 봉기했고, 그는 갑자기 부대로 들이닥쳐서 짜증을 내며 입에 거품을 물었고, 저리 비키란 말이야, 개자식들아, 여기 지시를 하시는 분이 오셨단 말이다, 라고 소리쳤고, 그러면 내 사진을 놓고 조준 연습을 하던 장교들은 소스라치게 놀랐으며, 저들을 무장 해제시켜, 라고 그는 멈추지 않고 명령했지만, 목소리에 권위와 분노가 너무 들어 있어서 그들 스스로 무장을 해제했으며, 그러면 저 장교들이 입고 있는 군복을 벗겨, 라고 명령했고, 그러면 그들의 군복을 벗겼는데, 산헤로니모 기지가 반란을 일으켰습니다, 장군님, 이런 보고를 받으면, 그는 고통받는 노인네처럼 커다란 발을 질질 끌면서 정문으로 들어간 뒤 2열 횡대로 늘어선 반란군 경비병들 사이를 지나갔고, 그러면 병사들은 그에게 최고 총사령관에 걸맞은 경례를 했으며, 그는 경호원도 한 명 없이, 그리고 무기도 소지하지 않은 채 반란군 사령부의 회의실에 모습을 드러냈고, 권력을 폭발시키듯, 바닥에 모두 엎드려, 여기 무엇이든 할 수 있는 분이 도착하셨다, 모두 바닥에 엎드려, 개자식들아, 라고 고함을 질렀고, 그러자 열아홉 명의 참모 장교들이 바닥에 엎드렸으며, 그들에게 흙을 먹게 하면서 해안가의 마을들을 줄지어 돌아다니게 하면서, 군복을 벗은 군인이 얼마나 허접한지 국민이 직접 보게 해, 개자식들, 그리고 소란스러운 병영의 또 다른 외침들 속에서, 반란 주동자들을 뒤에서 쏴 죽여라, 라고 외치는 누구도 거역할 수 없는 자기의 명령을 들었고, 군인들은 뒤꿈치를 매달아 밤낮으로 시체를 전시해서, 누구도 예외 없이 하느님에게 침을 뱉는 배신자들이 어떻게 죽음을 맞는지 알렸지만, 이 빌어먹을 문제는 그런 피비린내 나는 숙청으로 끝나지 않았는데, 그것은 조금만 방심해도 자기가 근절했다고 믿었던 촉수 달린 기생충들의 위협과 또다시 마주쳤으며, 이것들은 강풍과 같은 그의 권력 속에서 다시 번식했고, 또 어쩔 수 없이 베풀어 준 특권과 약간의 권위, 그리고 이해관계에 따른 신임의 그늘 속에서 마구 자라났는데, 그가 가장 용감한 장교들에게 어쩔 수 없이 그런 것들을 용인해야만 했던 이유는 그들 없이는, 하지만 그들이 함께 있어도 자기 자리를 지킬 수 없었기 때문이고, 그렇게 영원히 그를 숨막히게 하는 바로 그 공기를 들이마시며 살아야 할 운명이었으니, 빌어먹을, 이건 있을 수 없는 일이야, 또 내 진구 로드리고 데 아길라르 장군의 순수함 때문에 계속 놀라면서 살아갈

수도 없는 일이었는데, 내 집무실에 들어와 있던 그는 내게 일
등상을 타게 해 준 2000명의 아이들에게 무슨 일이 일어났는
지 알고 싶어 죽겠다는 표정으로, 모든 사람이 우리가 그 아
이들을 바다에 빠뜨려 죽였다고 하는데 그게 사실이냐고 물
었지, 그러자 그는 얼굴색 하나 바꾸지 않고서 배신자들의 근
거 없는 소문을 믿지 말라고 말하면서, 여보게 친구, 아이들은
주님의 평화 속에서 자라고 있다네, 라고 말했고, 밤마다 나
는 저기서 아이들의 노랫소리를 듣고 있지, 라고 말하면서, 손
을 활짝 펴 원을 그리면서 우주의 막연한 장소를 가리켰고,
에번스 대사에게는 너무나 태연한 대답으로 반신반의의 느낌
에 사로잡히게 했는데, 그는, 도대체 어떤 아이들을 말하는 건
지 모르겠군요, 당신 나라의 대표단이 국제 연맹에 아이들이
한 명도 실종되지 않았으며, 모두 건강하게 학교에 다니고 있
다고 공개적으로 밝혔는데 도대체 무슨 소리인가요, 이제 그
문제는 더 언급하지 마십시오, 라고 말했지만, 한밤중에 부하
들이 새 소식을 전하는 것은 중지시킬 수 없었는데, 장군님,
우리 나라에서 가장 큰 수비대 두 곳이 반란을 일으켰고, 게
다가 관저에서 두 블록밖에 떨어지지 않은 콘데 부대도 봉기
했는데, 이것은 몹시 위험하고 두려운 반란 행위이며, 주동자
보니벤토 바르보사 장군은 무장이 잘된 1500명의 병사와 함
께 참호 속에서 버티고 있으며, 그들은 또한 야당 정치인들에
게 동조하는 영사들을 통해 밀수한 물자를 보급받고 있으므
로, 손가락이나 빨면서 마음 편하게 있을 상황이 아닙니다, 장
군님, 이제 우리는 정말 힘들게 되었습니다, 라고 보고했다. 다

른 시절이었다면 화산처럼 격렬하게 터져 버린 그 반란은 위험과 맞서려는 그의 열정을 자극하는 동기가 되었겠지만, 그는 누구보다 자기 나이에 젊어질 수 있는 것이 정말 어느 정도나 되는지와, 자기의 비밀 세상이 황폐해지는 것에 대항할 의지가 거의 없다는 것을 잘 알았고, 겨울이 되면 밤마다 사랑하는 내 아이야, 어서 잠들도록 하라는 다정한 자장가를 부르면서 고통스러운 휘파람 소리를 내는 어린애, 그러니까 탈장되어 불거진 불알을 손바닥으로 쥐고서 달래지 않으면 잠을 이룰 수 없었으며, 마치 수많은 밤에 외롭게 오줌을 누느라고 생긴 푸른 이끼에 막혀 버린 여과기를 통해 나오는 것처럼, 변기에 앉아 죽을힘을 다해 오줌을 한 방울 한 방울 쥐어짜면서 기운을 모두 써 버렸고, 기억이 한 올씩 풀어지고 있으며, 누가 누구인지, 그리고 누가 자기를 부르는지 정확히 알아차리지 못했고, 그 유감스러운 집에서는 피할 수 없는 운명을 벗어날 수 없었기에, 오래전부터 여기서 멀리 떨어진 곳, 다시 말하면, 원주민들이 사는 허접한 지역에 있는, 다시 말하면, 그가 자기 자신도 헤아리지 못할 정도로 오랫동안 국가의 유일한 대통령이라는 사실을 아무도 모르는 곳, 그러니까 원주민들이 모여 사는 허접한 외딴 지역에 있는 다른 집과 바꾸고자 했지만, 로드리고 데 아길라르 장군이 자발적으로 자기가 반란군과 점잖고 품위 있는 타협의 중재자로 나서겠다고 제안하자, 그는 접견 중에 잠드는 멍청하고 얼빠진 노인네가 아니라 들소와 같은 옛닐 성격을 되찾아서는, 한순간도 생각하거나 머뭇거리지 않고 즉시 그런 생각은 하지도 말게, 가지 말게, 라고 대답했고, 그러자 가거나 가지 않는 것이 아니라, 모두가 우리에게 반대하고 있다는 것이 문제입니다, 장군님, 심지어 교회도 그렇습니다, 라고 그에게 알려 주었지만, 그는 그렇지 않다고, 교회는 집권 세력의 편이네, 라고 말했고, 마흔여덟 시간 전부터 모인 최고 지휘부 장군들은 아직도 합의점에 이르지 못했다고 알려 주자, 그는 상관없네, 그들은 누가 자기들에게 돈을 더 많이 주는지 알면 결정할 테니 두고 보게나, 라고 말했고, 야당 시민 지도자들이 드디어 얼굴을 드러냈고 길 한복판에서 음모를 꾸미고 있다고 보고하자, 그는 잘됐어, 무기광장의 가로등마다 한 놈씩 목을 매달아서 사람들에게 누가 모든 것을 할 수 있는 사람인지 알려 주게, 라고 말했고, 그건 적절하지 않습니다, 장군님, 국민은 그들 편입니다, 라고 대답하자, 거짓말이네, 국민은 우리와 함께 있어, 따라서 내가 죽어야만 나를 여기서 끌어낼 수 있을 것이네, 라고 말하고는 마음을 굳히고서 최종 결정을 내릴 때면 으레 그랬듯이, 아가씨 같은 거친 손으로 책상을 내리쳤으며, 소 젖 짜는 시간이 될 때까지 잠을 잤고, 그 시간이 되자 그는 접견실이 쓰레기장이 되어 있는 것을 알았는데, 그것은 콘데 부대의 반란군들이 쇠뇌로 돌을 발사해서 동쪽 난간에 성한 창문이 하나도 남아 있지 않았기 때문이고, 또 불덩어리들이 깨진 창문으로 들어와 관저에 있던 거주자들을 밤새 공포에 떨게 했는데, 장군님, 보셨다면 놀라셨을 겁니다, 우리는 눈 한번 붙이지 못한 채 담요와 물통을 들고 이리저리 뛰어다니면서 전혀 예상치도 못했던 구석에서 타오르는 불덩이들을 껐습니다, 라고 말했지만, 그는 거의 관심도 보이지 않으면서, 내가 그들에게 신경 쓰지 말라고 하지 않았나, 라고 말하고는 재와 그을린 태피스트리와 카펫 조각으로 뒤덮인 복도에서 굼뜬 발을 질질 끌며, 하지만 그들은 계속할 거야, 라고 말했고, 그들은 그에게 알려 주기를, 불덩어리는 경고에 불과하다는 사실을 각하에게 말하라고 전했는데 나중에는 여기를 폭발시킬 겁니다, 장군님, 이라고 보고했지만, 그는 누구의 말에도 신경 쓰지 않고서 정원을 가로질렀고, 마지막 그늘에서 방금 태어난 장미의 소곤거리는 소리와 바닷바람 속에서 수탉들의 혼란스러운 소리를 들이마셨는데, 이제 어떻게 할까요, 장군님, 이라고 묻자, 그는 그들에게 신경 쓰지 말라고 말하지 않았나, 제기랄, 이라고 하고서 매일 그 시간이면 그랬듯이 젖 짜는 것을 지켜보러 갔고, 그래서 콘데 부대의 반란군들은 매일매일 그 시간에 그랬던 것처럼 노새가 끄는 수레가 대통령 외양간에서 짠 6톤의 우유를 싣고 나타나는 것을 보았는데, 마부석에는 평생 짐마차를 끌었던 바로 그 사람이 타고서 그의 메시지를 구두로 전했는데, 그것은 여기 우리 장군님께서 여러분에게 이 우유를 보냅니다, 여러분이 계속해서 여러분에게 먹을 것을 주는 손에 침을 뱉더라도 말입니다, 라는 말이었는데, 마차꾼이 너무나 순진하게 큰 소리로 말하자, 보니벤토 바르보사 장군은 우유에 독이 들어 있지 않다는 걸 확신할 수 있도록 마차꾼이 먼저 맛을 보는 조건으로 우유를 받으라고 지시했으며, 그러자 육중한 칠문이 열렸고, 연병장이 내다보이는 막사 건물 난간에 나와 있던 1500명의 반란군들은 짐마차가 돌이 깔린 연병장 한

가운데로 들어오는 것을 보았고, 마차꾼이 우유를 맛보도록 연락병이 주전자와 국자를 들고 마부석으로 올라가는 것을 보았으며, 그가 첫 번째 우유 통의 마개를 뽑는 것을 보았고, 눈이 멀 정도의 폭발로 인한 순간적인 여파 때문에 그가 공중으로 떠오르는 것을 보았고, 꽃 한 송이도 있어 본 적 없던 노란 회반죽의 음산한 건물이 화산 같은 열기를 내뿜음과 동시에 그들은 영원히 아무것도 보지 못했으며, 그 건물의 잔해들은 6톤에 달하는 다이너마이트의 엄청난 폭발 때문에 잠시 공중에 머물러 있었다. 이제 됐어, 그는 대통령 관저에서 안도의 한숨을 내쉬면서, 지진이 일어난 것 같은 엄청난 힘에 몸을 떨었는데, 그 괴력 때문에 부대 주변에 있던 집 네 채가 박살 났고, 도시 외곽에 있던 찬장의 혼수용 크리스털 그릇도 깨졌으며, 이제 됐어, 라고 말하자, 쓰레기 청소차가 항구 요새의 연병장에서 실탄을 절약하려고 2열 종대로 세워 놓고 총살한 장교 열여덟 명의 시체를 꺼냈고, 이제 됐어, 라고 한숨 지으며 말하자, 로드리고 데 아길라르 사령관이 그의 앞에 차려 자세로 서서, 장군님, 이제는 감옥에 정치범들을 수용할 공간이 남아 있지 않습니다, 라고 소식을 전했고, 알았네, 라고 그가 한숨을 내쉬며 말했을 때, 기쁨과 환희의 종소리가 울리기 시작했고, 축제의 폭죽이 터졌으며, 영광의 음악이 또다시 평화로운 100년의 도래를 알리자, 알았어, 빌어먹을, 이제 이 염병할 일은 끝났어, 라고 말했는데, 너무나 확신에 찬 나머지 자신을 소홀히 했고, 자신의 안전에 너무나 무관심했던 나머지 어느 날 아침 소젖을 짜고서 돌아오는 길에 마당을 가로질렀는데, 직감이 제대로 작용하지 않은 탓에 가짜 나병 환자를 제때에 보지 못했으니, 그 나병 환자는 장미 덤불 속에서 일어나 모습을 드러내고서 느릿느릿 내리는 10월의 이슬비 속에서 그의 앞을 가로막았고, 그제야 그는 뒤늦게 검푸른 권총에서 순간적으로 반짝이는 총신을 보았고, 방아쇠를 당기기 시작하던 둘째손가락이 떨리는 것을 보자 양팔을 활짝 벌리고 가슴을 내밀며, 쏠 테면 쏴, 개자식아, 쏴 보란 말이야, 라고 소리쳤고, 대야의 물이 너무나도 분명히 예언했던 것과 달리, 자기가 죽을 시간이 도래했다는 놀라움에 당혹감을 느끼면서, 불알 큰 놈이라면, 용기가 있다면 쏴란 말이야, 라고 소리쳤고, 느끼지 못할 정도로 주저하는 짧은 순간에, 하늘처럼 생긴 공격자의 눈동자에서 희미한 별이 반짝이며 입술은 시들고 굳은 의지는 흔들리는 것을 보았는데, 그때 그는 망치와 같은 두 주먹으로 공격자의 고막을 후려쳐서 단숨에 쓰러뜨렸고, 바닥에 쓰러진 그의 턱을 나무 공이 같은 발로 힘껏 차서 정신을 잃게 했으며, 또 다른 세계에 있는 것처럼 그의 외침을 듣고 경비병들이 소란스럽게 달려오는 소리를 들었고, 그 가짜 나병 환자가 대통령 경호실의 무시무시한 심문관들에게 생포되지 않으려고 권총에 장전된 나머지 다섯 발을 자기 배에 쏴서 천둥처럼 시퍼런 폭발음이 다섯 차례나 연속적으로 울리는 것을 들었으며, 그렇게 만들어진 피 웅덩이에서 그 가짜 나병 환자가 몸부림치는 것을 보았고, 소란스러운 관저의 다른 외침들보다 거스를 수 없는 자신의 명령을 들었는데, 그것은 그 시체를 토막 내 일벌백계로 삼으라는 것이었고, 그래서 경호부대원들은 그 시체를 얇게 썰었으며, 암염(巖鹽)에 절인 머리를 무기 광장에 걸어 놓았고, 오른쪽 다리는 동쪽 국경 지방인 산타마리아 델 알타르에, 왼쪽 다리는 서쪽에 끝도 없이 펼쳐진 초석 사막에, 팔 하나는 황량한 고원 지대에, 다른 팔은 밀림 지역에, 상체 조각들은 돼지기름에 튀겨 밤낮으로 걸어놓았고, 그렇게 이리 보고 저리 봐도 뼈에 살점이 하나도 붙어 있지 않게 되었는데, 검둥이들의 갈봇집 같은 이 나라는 이토록 힘들고 불확실해서, 아버지에게 반대해 손을 드는 자식이 어떻게 목숨을 마감하는지 모두가 알게 해야만 했고, 그는 아직도 분노로 시퍼레진 얼굴로 장미 덤불로 갔으며, 대통령 경호 부대원들은 그곳에서 총검 끝으로 나병 환자들을 자세히 살펴보았고, 그래, 이제는 얼굴 좀 보자, 더러운 개자식들, 이라고 중얼댔는데, 그는 아랑곳하지 않고 장미 덤불을 지나 위층으로 올라갔고, 발길로 중풍 환자들을 쫓아 버리면서, 좋아, 저놈들의 어미를 낳게 만든 염병할 장본인이 누구인지 한번 알아보자고, 개자식들아, 라고 말하고는 복도를 지나가면서, 제기랄, 여기서 꺼지란 말이야, 여기서 명령하는 사람은 나란 말이야, 라고 소리 지르자, 사무직원들은 공포에 사로잡혔고, 뻔뻔한 아부꾼들은 그를 영원하신 분으로 선포했는데, 그는 씩씩거리는 화덕처럼 냉혹한 흔적을 집 안 곳곳에 남겼고, 은밀한 침실로 도망치는 번갯불처럼 접견실로 모습을 감추었으며, 자기 침실로 들어가, 빗장 세 개를 걸고 자물쇠 세 개를 잠근 뒤 가로장 세 개를 질렀고, 손가락 끝으로 자기가 입고 다닌 똥으로 흠뻑 젖은 바지를 벗었다. 그는 한순간도 쉬지 않고 자기 주변을 쿵쿵거리고 다니면서, 가짜 나병 환자를 무장시킨 숨은 적을 찾아내려고 했는데, 그놈은 그가 손을 뻗으면 닿을 만한 거리에 있는 누군가라고, 자기의 삶과 너무나 가까운 곳에 있어서 자기가 벌꿀을 숨겨 두는 곳을 아는 사람이라고 느꼈기 때문인데, 내 초상화처럼 언제 어디서나 시간과 장소를 구애받지 않고 자물쇠에서 눈을 떼지 않고 벽에서 귀를 떼지 않는 사람이고, 1월의 무역풍 속에서 휘파람을 부는 수다스러운 존재라고 느꼈으며, 무더운 밤이면 재스민 풀의 깜부기불 속에서 그를 보고, 그가 불면증에 경악하면서 어둠에 잠긴 관저의 가장 깊숙이 숨겨진 방으로 귀신처럼 무시무시한 발을 끌고 다녔던 몇 달 내내 그를 뒤쫓던 작자라고 생각했는데, 그러던 어느 밤, 그러니까 도미노를 두었던 밤에 그는 더블파이브(5-5)로 놀이를 끝내 버린 생각 깊은 손에서 불길한 조짐이 실현되는 것을 보았는데, 그것은 마치 내면의 목소리가 그 손이 배신의 손이라고 밝힌 것 같아서, 빌어먹을, 이거야, 라고 그는 당황해서 머릿속으로 생각했고, 그러자 그는 테이블 한가운데에 걸어 놓은 등불의 빛줄기를 보며 눈을 들었고, 내 영혼의 친구인 포병 출신의 로드리고 데 아길라르 장군의 아름다운 눈과 마주치면서, 어떻게 이럴 수가, 라고 생각했고, 주모자가 자기의 오른팔이며 소중한 공범자라는 것을 알아차리자, 이건 있을 수 없는 일이야, 라고 생각했으며, 거짓 진실의 음모와 계략을 깊이 해독할수록 더욱 가슴이 아프고 고통이 심해지는 것을 느꼈는데, 사실 심복들은 거짓 진실로 오랫동안 그의 관심을 돌리면서, 내 평생의 동지가 돈만

좇는 정치인들을 위해 봉사하고 있다는 비정한 사실을 숨겼는데, 그 사실이란 그가 정략적으로 연방 전쟁에서 가장 눈에 띄지 않던 사람들을 선택해서 부자로 만들어 주었고 숨 막힐 정도의 엄청난 특권을 베풀었으며, 알면서도 그들에게 이용당하게 놔두었다는 것인데, 그는 그들이 자기를 이용해서 자유당이라는 거스를 수 없는 강풍에 휩쓸려 날아가 버린 옛 귀족 계층은 꿈도 꾸지 못했던 곳까지 높이 오르는 것을 참고 견뎠지만, 그놈들은 더 많은 것을 바라고 있어, 젠장, 이라고 투덜댔는데, 그들은 그가 자기 자신을 위해 마련해 둔 하느님이 선택한 사람의 자리를 원했고, 그놈들은 내가 되기를 원하고 있어, 빌어먹을 개자식들, 그의 도미노 게임 동료이자 체제의 공모자는 얼음처럼 차갑고 명석한 정신과 무한한 신중함으로 환하게 밝힌 길을 통해 그의 체제에서 가장 많은 신임과 가장 많은 권위를 축적했는데, 그것은 그가 오직 그에게서만 서명할 서류를 받았기 때문이고, 그럴 때 나는 오직 나만 처리할 수 있는 행정 명령과 각 부처의 법령을 그에게 큰 소리로 읽게 했고, 그에게 수정을 지시하고서, 엄지로 손도장을 찍어 서명했고, 서류 밑에 반지로 도장을 찍고는 그것을 금고에 보관했으며, 그를 제외하고는 그 누구도 금고 번호를 아는 사람은 없었는데, 친구, 건강을 위해, 라고 항상 그렇게 말하면서 그는 서명한 서류를 그의 동료에게 건넸고, 여기 있으니 그것으로 밑이나 닦게, 라고 웃으며 말했는데, 그렇게 로드리고 데 아길라르 장군은 내 것만큼 풍성하고 오래된 권력 속에서 또 다른 권력 체계를 설립하는 데 성공했지만, 그것으로 만족하지 않고 그의 그늘에서 노턴 대사와 공모하여 조건 없는 지원을 받으며 콘데 부대의 반란을 부추겼는데, 그 대사는 그와 함께 네덜란드 창녀들을 즐긴 작자였고, 그의 펜싱 선생이었으며, 외교관 무관세 특권의 보호를 받아 노르웨이 대구를 담는 통에 밀수 탄약을 넣어 통과시키면서, 향초를 피운 도미노 게임 탁자에서 내 정부보다 더 우호적이고 공정하며 모범적인 정부는 없다는 말로 나를 정신 나가게 했으며, 또한 가짜 나병 환자의 손에 권총을 쥐어 준 사람들도 바로 그들이었고, 우리는 그에게 주었던 지폐 5만 페소가 반으로 잘려서 그 가해자의 집에 묻혀 있는 것을 발견했고, 아마도 나머지 반은 그 범행이 끝난 다음 내 평생의 동지가 건네주기로 했을 거예요, 어머니, 정말 괴롭고 견디기 힘든 일이었어요, 하지만 그들은 그 실패에도 단념하지 않고, 한 방울의 피도, 장군님, 각하의 피 한 방울도 흘리지 않는 완벽한 쿠데타를 구상했고, 그것은 로드리고 데 아길라르 장군이 가장 신빙성 있는 증거와 증언을 축적했기에 가능한 일이었습니다, 그 자료란 바로 내가 잠을 자지 않고 밤을 지새우면서…… 악습을 버리지 못했다는 것인데, 그뿐만 아니라 천문학자들이 태양계를 혼란에 빠뜨려 그의 망상 속에서 환시로만 존재하는 미의 여왕을 즐겁게 하려고 했으며, 갑작스럽게 노인성 치매 증상을 일으켜 2000명의 아이들을 시멘트가 가득 실린 거룻배에 태워 바다에서 다이너마이트로 폭발시켰다는 것 등등인데, 염병할, 상상이 되냐, 개자식늘아, 하지만 그것은 철저하고 분명한 증거를 바탕으로 이루어진 일이었고, 그래서 로드리고 데 아길라르 장군과 대통령 경호 부대 최고 지휘자들은 그를 벼랑에 있는 유명한 노인 요양소에 강제 수용하기로 했고, 시간은 다음 3월 첫째 날 한밤중에 경호원들의 보호 성인인 수호천사의 연례 만찬이 치러지는 동안으로 정했는데, 그러니까 사흘 후입니다, 장군님, 이게 있을 수 있는 일입니까, 그러니 이런 음모가 실행될 날이 며칠 남지 않았고 그 규모도 컸지만, 그는 자기가 그 사실을 밝혀냈다는 의심을 자아낼 그 어떤 행동도 하지 않았고, 예정된 시간이 되자 매년 그랬듯이 초대 손님인 개인 경호원들을 맞이했고, 그들을 만찬 식탁에 앉게 하고서 로드리고 데 아길라르 장군이 기념 축배를 하기 위해 도착할 때까지 식전 술을 마시게 했으며, 그들과 함께 이야기를 나눴고, 그들과 함께, 그러니까 웃었으며, 방심한 틈을 타서 장교들은 한 사람씩 차례로 몰래 시계를 보았고, 시계를 귀에 갖다 댔으며, 태엽을 감아 밥을 주었고, 그렇게 11시 55분이 되었지만 로드리고 데 아길라르 장군은 도착하지 않았고, 꽃향내를 풍기는 배의 보일러실처럼 더웠으며, 글라디올러스와 튤립 냄새가 났고, 밀폐된 접견실에서는 싱싱한 장미 냄새가 났는데, 그러자 누군가가 창문 하나를 열어 비로소 우리는 숨을 쉴 수 있었고, 시계를 보았으며, 결혼 피로연 음식처럼 연한 스튜 냄새를 풍기는 부드러운 바닷바람을 느꼈고, 그를 제외한 모두가 땀을 뻘뻘 흘렸으며, 그 순간 우리는 모두 뜨거운 바람을 맞으며 괴로워했는데, 나이 든 동물은 세상이 다른 시절이었을 때 자기 자신을 위해 따로 준비해 둔 공간에서 눈을 깜빡거리며, 이글거리는 눈빛으로 우리를 바라보면서, 건배, 라고 말했고, 기운을 잃고 축 처진 백합처럼 아무 매력도 없는 손이 밤새워 마시지도 않고 건배만 외쳤던 그 잔을 다시 들었을 때, 최후의 심연 같은 침묵 속에서 시계가 돌아가면서 내는 노골적인 소리가 들렸고, 12시가 되었지만 로드리고 데 아길라르 장군이 그래도 도착하지 않자, 누군가가 자리에서 일어나려고 했고 그가, 잠깐 앉아 있으시오, 라고 말하면서 죽일 듯이 노려보자, 그 사람은 그의 눈을 보고 돌처럼 굳어 버렸고, 그의 그런 눈은 시계가 12시 종을 모두 칠 때까지 내 허락 없이는 아무도 움직이지 말라, 아무도 숨 쉬지 말라, 아무도 살지 말라, 라는 의미를 담고 있었는데, 종이 열두 번 모두 울리자 드디어 커튼이 열리고 로드리고 데 아길라르 사단의 저명한 장군이 은쟁반에 담겨 들어왔으니, 그는 콜리플라워와 월계수 잎으로 장식되어 있었고, 향신료에 절여져 있었으며, 오븐에 노릇노릇하게 구워져 있었고, 군복에는 엄숙한 행사 때처럼 다섯 개의 황금 편도 열매가 달려 있었으며, 소매에는 무한한 용맹을 나타내는 테가 둘려 있었고, 가슴에는 7킬로그램에 달하는 훈장이 달려 있었으며, 입에는 파슬리 가지 하나가 꽂혀 있었는데, 그것으로 동료들을 접대하기 위한 공식 토막 살인자들의 만찬 준비가 끝났고, 그것을 보자 초대 손님들은 공포에 질려 돌처럼 굳었으며, 우리는 숨도 쉬지 못한 채 훌륭한 토막 의식과 그것을 나누어 주는 의식을 지켜보면서 솔방울과 향초로 속을 채운 국방부 장관을 똑같은 분량으로 각자의 접시에 담아 받았는데, 그러자 그는, 그럼 마음껏 슬겁게 드시오, 라며 시작을 지시했다.

그는 지상의 무질서로 인한 너무나 많은 위험과 너무나 많은 불길한 일식, 그리고 하늘로 날아오는 너무나 많은 불덩이를 피했기에, 우리 시대의 누군가가 아직도 그의 운명을 언급한 카드의 예언을 믿는 건 있을 수 없는 일처럼 보였다. 그러나 시체를 정리하고 방부 처리하는 절차가 진행되는 동안, 가장 정직하지 않은 우리는 오래된 예언이 이루어지기를 기다리면서도 그 바람을 솔직하게 입 밖에 내지 않았는데, 가령 그 예언은 그가 죽는 날 늪지대의 진흙이 상류를 거슬러 수원지까지 올라갈 것이며, 피의 비가 내릴 것이고, 암탉들은 오각형 달걀을 낳을 것이며, 어둠과 침묵이 우주에 다시 자리를 잡을 텐데, 그것은 그가 창조의 끝이기 때문이라고 말하고 있었다. 사람들은 그 예언을 믿지 않을 수 없었는데, 아직도 발행되는 몇 안 되는 신문들은 계속해서 그가 영원한 존재임을 선포하고 보관된 문서 자료로 그의 훌륭함을 날조하는 데 온 힘을 쏟았고, 그가 고정된 시간 속에 존재하는 것처럼 매일 똑같이 신문 1면에 그의 사진을 게재했는데, 거기서 그는 영광의 시절을 보여 주듯이 처량한 다섯 개의 태양이 달린 군복을 줄기차게 입고 있었으며, 우리는 그의 나이가 몇 살인지 잊은 지 오래였지만, 그럼에도 그는 어느 때보다 당당하고 부지런하며 건강해 보였고, 매일 실리던 평소의 사진에서는 잘 알려진 기념탑의 제막식을 반복하거나 실제로 아무도 알지 못하는 공공 기관을 다시 개관하고 장엄한 의식을 주관했는데, 신문들은 그것이 어제였다고 말했지만, 사실은 이미 지난 세기에 있었던 일이었으며, 우리는 사실이 아니라는 것을, 레티시아 나사레노가 참혹하게 죽은 이후 그를 공개 석상에서 본 사람은 아무도 없다는 것을 알고 있었고, 그녀가 죽자 그는 아무도 없이 그 관저에 홀로 남았고, 그동안 일상적인 정부 업무들은 알아서 저절로 굴러갔는데, 이것은 오로지 그토록 오랜 세월 유지된 거대한 권력의 관성에 따른 것이었으며, 그렇게 그는 죽을 때까지 망가지고 뒤죽박죽된 궁전에 틀어박혔고, 그 궁전의 가장 높은 창문에서 우리는 답답하고 침울한 마음으로 그가 덧없는 권좌에서 수없이 보았을 바로 그 울적한 해넘이를 바라보았고, 폐허가 된 거실을 맥 빠진 푸른 바닷물 색으로 넘쳐흐르게 만드는 깜빡거리는 등대 불빛을 보았으며, 폐허가 된 건물 껍데기 안에서 가난한 사람들의 등불도 보았는데, 그곳은 예전에 산호초 위에 건설된 햇빛 차단 유리의 정부 청사로, 우리를 강타한 수많은 허리케인 중 하나가 항구의 언덕 위에 있던 색색의 오두막집들을 쓰러뜨렸을 때 가난한 사람들이 무리를 지어 쳐들어왔던 곳이었으며, 또 우리는 아래로 뿔뿔이 흩어지고 안개가 자욱한 도시와 팔아먹은 바다의 죽은 분화구로 떨어지는 힘없는 번개들 때문에 순간적으로 생긴 수평선을 보았으며, 그가 없는 첫 번째 밤과 해로운 말미잘로 가득한 호수처럼 광활한 제국, 진흙탕 강 하구의 삼각주에 있는 무더운 마을들, 태어나자마자 대통령의 낙인이 찍히는 새로운 종의 암소들이 끝도 없이 무한하게 증식하는 그의 개인 소유지 울타리를 에워싼 가시철조망도 보았다. 그래서 우리는 그가 세 번째 혜성이 지나갈 때까지 살아남으리라 마음먹었다는 것을 정말로 믿게 되었을 뿐만 아니라, 그런 믿음 때문에 우리는 안심하면서 편안한 마음을 갖게 되었고, 그런 마음을 숨기면서 늙음에 대한 온갖 조롱과 농담을 했다고 믿었고, 그가 나이 많은 거북이의 장점과 코끼리의 습관을 갖게 되었다고 생각했으며, 술집에서 누군가가 국무 회의에 그가 죽었다는 사실을 알렸다고 이야기했는데, 그러자 모든 장관이 너무나 놀라 겁에 질린 채로 서로를 쳐다보면서, 이제 그러면 그 사실을 누가 그에게 이야기하지, 라고 물어보았다면서 하하하 웃었지만, 사실대로 말하자면 그는 그런 걸 알려고 하지도 않았을 것이며, 그 자신도 거리에서 오가는 그런 농담이 사실인지 거짓인지 확신하지 못했을 텐데, 그건 당시 그의 기억 주머니에 남은 것이라고는 과거 흔적의 흩어진 조각 몇 개가 전부라는 사실을 아는 사람이 그 말고는 아무도 없었으며, 세상에 외롭게 혼자 남아서 거울처럼 귀가 먹은 채 무겁고 노쇠한 다리를 끌면서 컴컴한 사무실들을 돌아다녔는데, 거기서 풀 먹인 옷깃의 프록코트를 입은 사람이 그에게 흰 손수건으로 수수께끼 같은 신호를 보냈고, 그러자 그는 그 사람에게, 잘 있으시오, 라고 말했는데, 그 실수는 법이 되어 대통령 관저의 사무실 직원들은 그가 지나갈 때면 흰 손수건을 들고 일어나야 했으며, 복도의 보초들과 장미밭의 나병 환자들은 그가 지나갈 때면 흰 손수건을 흔들며, 잘 계십시오, 장군님, 잘 계세요, 라고 작별 인사를 했지만, 그는 그 말을 듣지 않았는데, 그는 해넘이 무렵에 치러진 레티시아 나사레노의 장례식 이후 아무것도 듣지 않았고, 그 장례식 때 새장의 새들이 너무 많이 노래를 불러서 목소리가 제대로 나오지 않는다고 생각하면서, 더 크게 노래 부르도록 새들에게 자기 벌꿀을 주었으며, 안약 점적기로 주둥이에 노래하게 만드는 물약 서너 방울을 떨어뜨렸고, 1월의 반짝이는 달이여, 라고 노래하며 새들에게 옛날 노래를 불러 주었는데, 그것은 새들이 목소리의 힘을 잃어버린 것이 아니라, 자기가 갈수록 듣지 못하고 있다는 사실을 깨닫지 못했기 때문인데, 어느 날 밤 귓속의 윙윙거림이 산산조각으로 부서지면서 모든 게 끝나 버렸고, 회반죽 안의 공기처럼 거의 아무것도 듣지 못하게 되었는데, 그곳으로는 기껏해야 권력의 그늘에 있는 유령선들이 작별하는 탄식 소리가 지나가는 게 고작이었고, 상상의 바람, 그러니까 귓속의 새들이 소란 피우는 소리가 지나갔는데, 그 소리는 현실의 새들이 침묵을 지키는 심연에서 그를 위로해 주었다. 당시 관저를 출입할 수 있었던 몇 안 되는 사람들은 그가 고리버들 흔들의자

에 앉아 부겐빌레아 그늘에서 오후 2시의 무더위를 참고 이겨
내는 모습을 보았는데, 그는 군복 상의 단추를 풀어 헤치고,
국기의 삼색을 넣은 허리띠와 군도를 벗어 놓았으며, 군화를
벗었지만, 교황이 자기 양말 제작자를 시켜 보내 주었던 열두
다스의 새빨간 양말 중 하나를 신고 있었고, 근처 학교의 여학
생들은 경비가 별로 철저하지 않았던 뒷담을 넘어 들어와 더
위 속에서 잠을 못 자 창백해진 얼굴의 그를 수없이 놀라게
했는데, 그럴 때의 그는 약초 잎을 관자놀이에 붙이고는 연못
바닥에 누운 쥐가오리처럼 황홀한 표정을 짓고 있었고, 얼굴
엔 나무 그늘로 쏟아지는 햇살 때문에 줄무늬가 그어져 있었
는데 여자아이들은 그에게, 늙다리 가시번여지야, 라고 소리쳤
고, 그는 뜨거운 복사열이 올라와 생긴 아지랑이 너머로 아이
들의 일그러진 모습을 보고는 그들에게 미소 지었고, 벨벳 장
갑을 끼지 않은 손을 흔들어 인사했지만, 그 아이들의 소리는
듣지 못했고, 부드러운 바닷바람에 실려 오는 새우 진흙탕의
썩은 냄새를 맡았으며, 발가락에서 암탉들이 쪼는 것을 느꼈
지만, 매미들의 번쩍거리는 천둥소리는 듣지 못했고, 여자아
이들의 떠드는 소리도 듣지 못했으며, 아무것도 듣지 못했다.
당시 그가 접촉하는 이 세상의 현실은 가장 위대한 기억의 흩
어진 조각뿐이었고, 국정에서 손을 떼고 권력에서 벗어나 순
수한 상태에서 살아가게 된 후에는 그 기억들만이 그를 살아
있게 해 주었으며, 그것들로 과도한 나이라는 강풍과 맞서면
서, 해가 질 무렵이면 아무도 없는 집 안을 어슬렁거렸고, 불
꺼진 사무실에 숨었으며, 문서의 가장자리를 찢어서 거기에

장식체 글씨로 그를 죽음에서 보호해 주던 마지막 기억의 남은 찌꺼기들을 적었고, 어느 밤에는 내 이름은 사카리아스, 라고 쓰고서 등대의 스쳐 지나가는 불빛 아래서 그 글을 다시 읽었고, 또다시 수없이 그것을 읽었으며, 그 이름을 너무나 많이 반복한 나머지 결국은 그 이름이 너무나 희미하고 너무나 생소하게 여겨져서, 염병할, 이라고 중얼거리면서 종이를 갈기갈기 찢었고, 나는 나야, 라고 혼자서 중얼거렸으며, 다른 종이 쪼가리에 혜성이 다시 지나갔을 때 이미 자기 나이가 100살이었다고 적었지만, 그 무렵에는 자기가 혜성이 지나가는 것을 몇 번이나 보았는지 확신하지 못했으며, 그가 생각하는 것과 아는 것을 모두 쓰던 시기에는 더 긴 종이 쪼가리에 기억을 더듬어 외국 세력의 손에 죽은 충성스러운 병사들을 기리고 부상자들도 기리는 글을 썼고, 또 화장실에서 더러운 짓을 금지한다고 마분지에 써서 화장실 문에 압정으로 고정했는데, 그렇게 한 것은 그가 실수로 그 화장실 문을 열었는데 고위급 장교 한 명이 변기 위에 쭈그리고 앉아서 자위하는 장면을 목격했기 때문이며, 또 절대로 잊지 않겠다고 확신하며 기억나는 것 몇 가지를 기록해 놓았는데, 가령 레티시아 나사레노, 나의 유일한 정식 아내, 라고 썼는데, 그녀는 한창 늘그막에 있던 그에게 읽고 쓰는 법을 가르쳐 주었고, 그는 국민에게 잘 알려진 그녀의 모습을 떠올리려고 안간힘을 썼으며, 삼색 국기의 색깔을 지닌 고운 평직물 양산을 들고 영부인의 은빛 여우 꼬리털이 달린 옷을 입은 그녀를 다시 보고 싶었지만, 오후 2시가 되면 모기장 안에서 밀가루를 뿌린 것 같은 몽롱한 햇

빛을 받고 있던 벌거벗은 모습만이 떠오를 뿐이었고, 전기 선
풍기가 윙윙거리며 돌아가는 가운데 부드럽고 창백한 당신의
육체가 천천히 눕는 모습만이 떠올랐으며, 당신의 탱탱한 젖
꼭지와 암캐 같은 체취, 모질고 잔인한 수련 수녀의 손에 묻었
던 해로운 부식성 체액을 기억했는데, 그 손은 우유를 썩게
하고 황금을 녹슬게 하며 꽃을 시들게 했지만, 사랑하기에는
너무나 좋은 손이어서, 그녀만이 그 누구도 상상할 수 없는
승리를 손에 넣었는데, 그녀가 군화를 벗어서 브라반트[36]제
내 침대 시트를 더럽히지 말아요, 라고 명령하면 그는 군화를
벗었으며, 그녀가 허리띠를 벗어요, 그 버클 때문에 내가 다칠
것 같아요, 라고 지시하면 그는 허리띠를 뺐으며, 그녀가 군도
를 빼요, 탈장대를 빼요, 각반을 풀어요, 모두 벗어요, 사랑하
는 당신, 그렇지 않으면 당신을 느낄 수 없어요, 라고 말하면,
그는 모두 벗으면서, 당신을 위해서야, 라고 말했지만, 레티시
아 나사레노 이후에는 그 어떤 여자와도 그러지 않았고, 그러
지도 않을 터였는데, 나의 유일한 정식 사랑이여, 라고 그는
한숨 지었고, 그 한숨을 누렇게 변해 버린 종이 쪼가리에 쓰
고는 담배처럼 둘둘 말아서 그 누구도 생각하지 못한 집 안의
틈 속에 숨기면서, 그가 어떤 것도 더는 기억할 수 없게 됐을
때, 그 틈에서 오직 그만이 그 쪽지를 찾아서 자기가 누구인
지 기억하고자 했고, 그래서 심지어 레티시아 나사레노의 모
습이 기억의 배수관을 통해 몰래 빠져나가게 되었을 때 그 누

---

36) 벨기에의 브라반트주.

구도 그 쪽지들을 찾아내지 못했으며, 저녁때면 교외 저택에서 잘 가라며 작별 인사를 하던 그의 어머니 벤디시온 알바라도의 파괴할 수 없는 기억에만 남아 있었는데, 죽음으로 신음하던 그의 어머니는 암탉들을 불러 모아 조롱박 바가지에 있던 옥수수 알들을 흔들어 소리를 내면서, 자기가 죽어 가고 있다는 사실을 그가 모르게 했고, 타마린드 나무 사이에 묶여 있던 그물 침대로 계속 과일 음료를 갖다주면서, 자기가 너무나 고통스럽고 아파서 제대로 숨을 쉴 수도 없다는 사실을 모르게 했는데, 그의 어머니는 혼자 그를 수태했고, 혼자 그를 낳았으며, 혼자 썩어 가고 있었고, 결국 혼자서 겪는 고통이 너무나 심해진 나머지 도저히 자존심만으로 이겨 낼 수 없게 되자 아들에게, 내 등을 좀 봐 줘, 왜 내가 살 수 없을 정도로 숯불처럼 뜨거운 열을 느끼는 것인지 알고 싶어, 라고 부탁하면서 셔츠를 벗고 등을 돌려야 했으며, 그는 한마디 말도 하지 못한 채 부글부글 끓는 종양으로 엉망이 되어 버린 등을 공포에 질려 뚫어지게 바라보았는데, 역병으로 구아버 과육처럼 물컹해진 등에서는 작은 거품들이 터지고 있었고, 그 거품에는 구더기 애벌레가 가득했다. 장군님, 민심이 흉흉했던 시절입니다, 국민이 국가의 비밀을 모르는 경우는 하나도 없었고, 로드리고 데 아길라르 장군의 맛있는 시체를 만찬 테이블에 올린 이후 그 어떤 명령도 제대로 수행되지 않았지만, 그는 전혀 개의치 않았고, 그 쓰라린 몇 달 동안 권력이 붕괴하든 말든 신경도 쓰시 않았으며, 그 기간에 그의 이머니는 그의 방 옆에 있는 침실에서 서서히 썩어서, 아시아의 두통거리이자 재앙을 가장 잘 알고 있던 의사들은 그녀의 병이 흑사병이나 옴 또는 피부병이나 동양의 그 어떤 심각한 질병이 아니라, 원주민의 저주 때문에 생긴 것이라 그 저주를 내린 사람만이 치료할 수 있다고 밝혔고, 그는 그것이 죽음이라는 것을 알고서 그 방에 틀어박혀 어머니가 헌신적 희생을 했듯이 그도 어머니를 돌보는 데 온 힘을 바쳤고, 아무도 그의 어머니가 구더기 수프 속에서 요리되는 것을 보지 못하도록 그곳에서 어머니와 함께 썩어 가기로 마음먹었으며, 어머니의 암탉들을 관저로 가져오라고 명령했고, 그의 부하들이 공작새들과 색칠한 새들도 가져오자 그것들이 마음대로 접견실과 사무실을 돌아다니도록 놔두어서, 어머니가 교외 저택에서 하던 농촌의 잡일을 그리워하지 않게 했고, 손수 침실에서 아나토 나무줄기를 태워서 죽어 가는 어머니가 내뿜는 죽음의 악취를 아무도 맡지 못하게 했으며, 머큐로크롬을 발라 빨갛고, 피크르산을 발라 노랗고, 메틸렌을 발라 파랗게 된 몸에 손수 살균 연고를 발라 주면서 위로했고, 자기 손으로 직접 부글부글 끓는 종양에 터키 향유를 발랐고, 그렇게 원주민의 저주를 끔찍하게 무서워하던 보건부 장관의 생각에 역행하면서, 빌어먹을, 어머니, 차라리 우리가 함께 죽는 게 낫겠어요, 라고 말했지만, 벤디시온 알바라도는 자기만이 곧 임종을 맞으리라는 걸 알았고, 그래서 아들에게 무덤으로 가져가고 싶지 않은 가족의 비밀을 알려 주려고 애썼고, 그의 태반이 어떻게 돼지들에게 던져졌는지 말해 주면서, 맙소사, 나는 마을에 사는 수많은 도망자 중에 누가 네 아버지였는지 전혀 알아낼 수가 없었어, 라면서 역사에 남도록 자기가 서서 그를 임신했지만, 술집 골방에서 발효한 당밀 가죽 부대 주위로 몰려든 금파리 떼 때문에 모자를 벗지는 않았다고 그에게 말하려고 애썼고, 어느 8월 새벽에 수도원 문간에서 그를 어렵고 힘들게 낳았으며, 제라늄이 꽂힌 하프의 빛 속에서 그를 보았는데, 오른쪽 음낭은 크기가 무화과만 했고, 풀무처럼 소리 내며 오줌을 쌌으며, 가죽 부대 피리 같은 한숨 소리를 내며 숨을 쉬었기에, 그녀는 수련 수녀들이 선물한 누더기로 그를 감싸 장터에서 사람들에게 보여 주었는데, 혹시라도 더 나은 치료법을, 특히 유일하게 그의 꼴사나움을 고치는 수단으로 추천받은 벌꿀보다 더 값싼 방법을 아는 사람을 만날까 해서였으며, 사람들은 상투적인 말로 그녀를 위로하면서, 섣불리 운명을 예단할 필요는 없어요, 라고 말했고, 어쨌든 아이는 관악기 연주하는 소리를 낸다는 것 빼고는 모두 괜찮아요, 라고 말했지만, 어느 서커스의 여자 점쟁이만 갓난아기에게 손금이 없다는 사실을 알아차리고서, 이건 왕이 될 운명이라는 뜻이에요, 라고 말했고, 실제로 그렇게 되었지만, 그는 어머니의 말에 귀를 기울이지 않았으며, 과거를 그만 휘젓고 주무시라고 애원했는데, 그것은 조국의 역사에 방해가 될 그런 것들이 고열로 인한 헛소리라고 여기는 게 훨씬 편했기 때문이고, 그래서 주무세요, 어머니, 라고 간청했으며, 어머니가 종기로 아프지 않도록 그가 제작하라고 지시한 많은 리넨 침대 시트를 머리부터 발끝까지 감싸 주었고, 한 손을 가슴에 올리고 옆으로 누워 자게 했으며, 슬픈 것은 떠올리지 말아요, 어머니, 어쨌든 나는 나거든요, 천천히 주무세요, 라고 그녀를 달랬다. 그는 정부 기관을 동원해서 국모가 산 채로 썩어 가고 있다는 소문을 잠재우려고 힘겹게 노력했지만 아무 소용이 없었고, 날조된 진단서를 공포했지만, 그렇게 발표한 신문들은 그들 자신이 부인한 것이 사실임을 확인했고, 임종이 임박한 여자의 침실에서 나는 부패의 냄새가 너무나 지독한 나머지 나병 환자들도 놀라서 겁을 먹었고, 숫양들을 도살해서 시뻘건 피로 그녀를 목욕시켰으며, 종기에서 흘러나온 무지갯빛 진물로 흠뻑 젖은 침대 시트를 수없이 빨았지만, 원래의 빛깔로 되돌릴 수 없었으며, 다시는 아무도 젖 짜는 외양간이나 최악의 시절에도 동틀 녘이면 항상 모습을 보이던 첩들의 처소에서도 그를 보지 못했고, 수석 대주교는 자발적으로 죽어 가는 여자에게 종부 성사를 집전해 주겠다고 제안했지만, 그는 대주교를 문가에 그대로 서 있게 하고는, 신부님, 죽어 가는 사람은 아무도 없습니다, 소문을 믿지 말아요, 라고 말했고, 방 안에서 들이마시는 공기가 흑사병 전문 병원의 공기와 같았지만, 자기 어머니의 접시에 담긴 음식을 같은 숟가락으로 같이 먹었으며 꼬리 흔드는 개를 닦아 주는 비누로 어머니를 잠재우기 전에 목욕시켰지만, 그동안 자기가 죽은 다음 가축들을 어떻게 돌봐야 하는지 마지막 남은 몇 가닥의 실 같은 목소리로 지시하는 소리를 들으면 슬픔으로 심장이 멎는 것 같았고, 또 모자를 만들려고 공작새들의 털을 뽑지 말라고 말하면, 예, 어머니, 잘 알았어요, 라고 대답하면서 그녀의 전신에 크레올린 방취제를 문질러 발라 주었으며, 파티 때는 새들을 억지로 노래 부르게 하지 마라, 라고 말하면, 예, 어머니, 라고 대답하면서 침대 시트로 감싸 주었고, 천둥이 치면 암탉들을 닭장에서 꺼내야 녹색 이구아나 알을 품지 않아, 라고 말하면, 예, 어머니, 라고 대답하면서, 한 손을 가슴에 올려놓고서 그녀를 눕혔고, 예, 알았어요, 어머니, 천천히 주무세요, 라고 말하고서 이마에 입을 맞추었고, 자기에게 남은 몇 시간 동안 침대 옆에 엎드려 잠을 자면서 그녀의 꿈이 어떻게 표류하는지 관심을 기울였는데, 그녀의 끝없는 헛소리는 죽음으로 다가갈수록 더 명료하며 제정신이 되는 바람에, 그는 그것을 소홀히 하지 않았으며, 매일 밤 화가 쌓이는 바람에 생긴 거대한 격노를 참는 법을 배우면서 슬픔의 월요일을 맞았고, 그날 새벽에 세상에서 가장 끔찍한 침묵 때문에 잠에서 깨어났고, 그의 어머니, 나의 생명과 다름없는 벤디시온 알바라도가 방금 숨을 멈추었다는 것을 알았으며, 그러자 토할 것 같은 그녀의 몸에서 침대 시트를 벗겼고, 첫닭이 우는 은은한 광채 속에서 그녀와 똑같은 시체가 한 손을 가슴에 얹고 옆으로 누운 모습으로 침대 시트에 그려져 있는 것을 보았고, 그려진 몸에는 역병으로 생긴 틈도 없고 늙으면서 생긴 황폐한 흔적도 없다는 것을 알았는데, 그 몸은 단단하고 팽팽해서 마치 수의 양쪽으로 유화를 그린 것 같았고, 부드러운 꽃처럼 자연 향을 내뿜어서 병원 분위기 같은 침실을 정화했으며, 아무리 초석으로 문지르고 잿물에 넣고 삶아도 침대 시트에서 그 그림을 지울 수 없었으니, 그것은 그 그림이 시트 앞뒤로 흡수되어 리넨 천 그 자체가 되었고, 그렇게 영원한 리넨 천이 되어 버렸기 때문인데, 그는 마음의 평정을 잃고서 그 기적적인 현상의 크기를 재어 보지 않은 채, 그 방을 나오면서 분노를 참지 못해 문을 쾅 닫았고, 그 소리는 관저 안에서 한 발의 총성처럼 울렸으며, 그러자 대성당에서 상(喪)을 알리는 조종이 울렸고, 그런 다음에는 수도의 모든 교회가 종을 울렸으며, 그러고는 전국에 있는 모든 교회가 100일 동안 끊임없이 종을 울렸는데, 종소리를 듣고 잠에서 깬 사람들은 그 어떤 착각도 없이 그가 또다시 모든 권력의 주인이며, 죽음에 대한 분노로 억눌린 수수께끼 같은 그의 심장이 변덕스러운 이성과 존엄과 관용에 맞서 그 어느 때보다도 힘차게 일어나고 있다는 것을 알았는데, 그것은 그의 어머니, 나의 생명과 다름없는 벤디시온 알바라도가 2월 23일 월요일 새벽에 숨을 거두었고, 혼돈과 수치의 새로운 세기가 시작되고 있었기 때문이다. 우리 중 그 죽음을 증언할 수 있는 나이에 있는 사람은 없지만, 그 장례식이 얼마나 요란했는지는 우리 시대까지 전해졌으며, 우리는 그가 평생 과거와 같은 사람으로 돌아가지 않았다는 믿을 만한 소식을 들었고, 그 누구도 공식 장례 기간인 100일이 지나서도 고아가 되어 버린 그의 불면증을 방해하지 못했으며, 크게 울리는 조종 소리로 넘쳐흐르는 고통과 슬픔의 집에서 그를 본 사람은 아무도 없었고, 그는 애도의 시간을 보내는 것 외에 다른 일에는 시간을 쓰지 않았으며, 한숨을 쉬며 중얼거렸고, 관저 경호원들은 그의 정권 초창기에 그랬던 것처럼 맨발로 걸어 다녔으며, 그 금지된 집에서는 암탉들만이 자기들이 원하는 것을 할 수 있었으며, 그 집의 군주는 그 누구의 눈에도 띄지 않은 채 고리버들 흔들의자에서 분노로 피를 흘렸고, 그런 동안 그의 어머니, 나의 영혼인 벤디시온 알바라도는 살아 있을 때보다 더 썩지 않도록 톱밥과 잘게 부순 얼음이 가득한 관 속에 누워 덥고 가난한 황무지를 돌아다녔으며, 아무도 그녀를 추도하고 기리는 특권을 누리지 못하는 일이 없도록 엄숙한 행진을 하면서 그녀의 시체를 그의 왕국에서 가장 먼 국경 지역까지 운반했으며, 상장(喪章)을 단 관악기로 국가를 연주하며 황무지의 역까지 데려갔는데, 그곳에서는 영광의 시절에 대통령 전용 열차의 어둠 속에 숨어 있는 권력자를 보기 위해 모여들었던 바로 그 말 없는 군중들이 구슬픈 장송곡으로 그녀의 시체를 맞이했으며, 어느 떠돌이 여자 새 장수가 태초에 누구의 아이인지는 모르지만, 나중에 왕이 된 아이를 힘들게 낳았던 자선 수도원에 그 시체를 전시했고, 100년 만에 처음으로 수도원 성소(聖所)의 커다란 문이 열렸으며, 말을 탄 병사들은 마을을 돌아다니며 원주민을 일제히 검거해 강제로 끌고 와서는, 개머리판으로 그들을 널찍한 성당 회중석으로 처넣었고, 스테인드글라스로 스며든 차가운 햇살을 받아 슬픔에 잠긴 그곳에는 제의를 입은 아홉 명의 주교들이 테네브레[37]를 노래로 불렀고, 그대의 영광 속에 편히 잠드소서, 라고 부제(副祭)들이 노래했으며, 복사들은 그대의 재에서 편히 쉬소서, 라고 노래했는데, 밖에서는 제라늄 위로 비가 내렸고, 수련 수녀들은 사탕수수 주스와 죽은 자들의 빵[38]을 나누어 주었으며, 장사꾼들은 마당의 석조 회랑 아래서 돼지갈비, 묵주, 성수를 담은

---

37) 수난 주간에 드리는 밤 기도.
38) 10월 31일부터 11월 2일까지 진행되는 '죽은 자들의 날'에 먹는 멕시코의 빵.

작은 병을 팔았고, 보도에 있는 술집에서는 음악이 울리고 폭죽이 터졌으며, 사람들은 관저 입구의 통로에서 춤을 추었으며, 이제와 항상 영원히 일요일이었고, 도주로와 안개 자욱한 고갯길에서는 몇 년에 걸쳐 축제가 열렸는데, 바로 그곳으로 그의 어머니이자 나의 죽음인 벤디시온 알바라도는 연방 주의의 돌풍을 일으키면서 즐거워하던 아들을 따라다니면서 평생을 보냈으며, 그렇게 그녀는 전쟁에서 아들을 보살폈고, 아들이 삼일열에 걸려 헛소리를 하면서 담요를 둘둘 말고 의식을 잃은 채 바닥으로 쓰러졌을 때 군부대의 노새들이 그를 밟고 지나가지 못하도록 막았으며, 음산한 해안 도시에 사는 고원 지대 사람들에게는 많은 위험이 도사리고 있는데, 자기는 그런 위험들이 두렵다면서, 선조 때부터 내려오는 그런 두려움을 그의 머리에 박아 놓으려고 애썼고, 부왕들과 석상들, 그리고 갓난아이들의 눈물을 먹어 치우는 게들을 무서워했으며, 공격을 감행했던 날 밤에 빗속에서 최고 권력자의 웅장한 집을 처음 보자 너무나 두렵고 놀라 몸을 벌벌 떨었지만, 당시에는 그것이 자기가 죽을 집이라는 사실을 상상도 하지 못했는데, 그것이 그가 있는 고독의 집이었고, 바로 거기서 그는 분노의 열기를 참지 못해 바닥에 엎드린 채, 도대체 어디에 있는 거예요, 어머니, 도대체 어떤 더러운 맹그로브 습지에 당신의 몸이 말려 들어갔나요, 누가 당신의 얼굴에서 나비들을 쫓아 주지요, 라고 혼잣말로 슬퍼하면서 엎드려 한숨을 쉬었고, 그런 동안 그의 어머니 벤디시온 알바라도는 바나나 잎사귀로 만든 닫집 아래로 늪지에서 솟아나는 메스꺼운 김 사이를 떠다니면서, 마을 공립 학교와 초석 사막의 부대, 그리고 원주민의 농장에 전시되었고, 주요 인사들의 집에서도 여리고 젊고 아름다웠을 때의 사진과 함께 전시되었는데, 사진을 찍었을 당시 그녀는 이마에 왕관을 쓰고, 그녀가 정말로 싫어하는 레이스 달린 목가리개를 두르고 있었으며, 평생 처음으로 얼굴에 분을 바르고 입술에는 립스틱을 칠했는데, 부하들은 그녀의 손에 실크로 만든 튤립을 쥐어 주면서, 그렇게 잡으십시오, 그게 아닙니다, 라고 말했지만, 아무렇게나 무릎에 올려놓았고, 유럽 군주들의 사진을 찍은 베네치아의 사진사는 그런 모습으로 국모의 공식 인물 사진을 찍었는데, 변조되었을지도 모른다는 그 어떤 의심도 하지 못하게 최후의 증거로 시체와 함께 그 사진을 보여 주었으니, 생각 없이 마구 한 것은 하나도 없었기에 그것들은 완전히 똑같았으며, 화장이 지워지고 쭈글쭈글한 피부에 칠해 놓은 파라핀이 열기에 녹아내리자 시체는 비밀 작업으로 복원되었고, 우기에는 눈꺼풀에서 곰팡이를 제거했으며, 군부대 여자 재봉사들은 죽은 여자의 옷을 마치 어제 입은 것처럼 유지시켰고, 그녀가 생전에 한 번도 써 보지 못했던 오렌지 꽃 화관과 입어 보지 못했던 처녀 신부의 면사포를 은총의 상태로 보존해서, 이교도들이 우글거리는 이 창녀촌에서 아무도 당신이 사진과 다르다고 절대로 말하지 못하게 했으며, 어머니, 또 그 누구도 영원히 다스리는 사람이 누구인지 절대 잊지 않도록 했는데, 심지어 수많은 세월 동안 잊혀 지낸 밀림의 퇴적지에 있는 가장 가난한 촌락 사람들도 마침내 한밤중에 나무 바퀴가 달린 낡은 하천용 배가 불을

환하게 켜고 돌아오는 것을 보았고, 축제용 북을 치며 그 배를
맞이하면서, 영광의 시절이 다시 돌아왔다고 믿었고, 진짜 남
자 만세, 라고 소리쳤으며, 진실의 이름으로 오시는 분이여, 축
복받으소서, 라고 외쳤고, 토실토실한 아르마딜로를 데리고,
그리고 황소만 한 크기의 늙은 호박을 갖고서 물속으로 뛰어
들었으며, 꽃무늬가 조각된 나무 난간을 타고 올라가 주사위
로 국가의 운명을 결정하던 눈에 보이지 않는 권력에게 복종
의 공물을 바쳤고, 잘게 부순 얼음과 암염이 가득 들어 있던
영구대를 보자 제대로 숨을 쉬지 못했는데, 그 영구대는 대통
령 전용 식당의 깜짝 놀란 거울들 속에서 반복되고, 낡은 유
람선의 천장 선풍기 아래에 일반인들이 보도록 전시되었는데,
그 유람선은 몇 달 동안 적도 지류 지역에 있는 자질구레한
섬들을 돌아다니다가 악몽의 시대로 길을 잘못 들었고, 그러
니까 치자나무가 이성적으로 판단하고 이구아나들이 어둠 속
에서 날아다니던 시대로 접어들었으며, 그러자 세상이 끝났
고, 나무 바퀴는 황금 모래밭에 좌초되어 부서졌으며, 얼음은
녹아 버렸고, 소금은 엉망이 되어 못 쓰게 되었으며, 퉁퉁 불
어 버린 시체는 톱밥 수프 속에서 둥둥 떠다녔지만 썩지는 않
았는데, 우리는 정반대입니다, 장군님, 이라고 말했고, 그때 우
리는 국모님이 눈을 뜨는 걸 보았고, 눈동자가 투명하고 밝으
며 1월의 아코니툼처럼 짙은 감색이고, 월장석과 똑같은 것을
보았으며, 심지어 우리 중에서 가장 의심이 많은 사람도 영구
대 유리 뚜껑이 그녀 입김으로 뿌예지는 걸 보았고, 그분의
땀구멍에서 향긋한 땀이 솟아나는 걸 보았으며, 그분이 웃는

모습을 보았습니다, 그 모습이 어땠는지 상상도 못 하실 겁니다, 장군님, 정말이지 기상천외했습니다, 우리는 노새가 새끼를 낳는 걸 보았고, 초석 사막에서 꽃이 자라는 걸 보았으며, 말하지 못하고 듣지 못하는 사람들이 기적이야, 기적이야, 기적이야, 라고 외치는 자기들의 목소리를 듣고 너무나 놀라서 얼빠진 모습을 보았고, 관의 유리를 산산이 부수는 걸 보았습니다, 장군님, 그들은 시신을 잘게 토막 내서 그 유물을 나누어 가지려고 했습니다, 그래서 우리는 특수 보병 일 개 대대를 동원해서 광적인 군중의 열기를 저지해야 했는데, 이들은 당신의 어머니 벤디시온 알바라도가 자연의 법칙을 거스를 수 있는 힘을 하느님에게서 부여받았다는 소식에 현혹되어 카리브해 섬 전역에서 몰려왔으며, 수의에서 빼낸 실을 팔았고, 스카풀라, 그분의 옆구리에서 나왔다는 물, 그분을 왕비로 그려 놓은 초상화를 팔았지만, 그 무리는 너무나 어처구니없이 거대하고 무모하며 분별이 없어서, 길들이지 않은 야생 황소 떼처럼 보였고, 그들의 발톱에 걸리는 건 모두 짓밟아 망가뜨렸으며, 그들이 지나갈 때마다 굉음이 울리며 땅이 흔들렸습니다, 장군님, 심지어 장군님도 귀를 기울이시면, 여기에서도 그 소리를 들으실 수 있습니다, 자, 들어 보십시오, 그러사 그는 손을 오므려 귀에 댔고, 윙윙거리는 소리가 덜해지자 그 소리를 주의 깊게 들어 보려고 했고, 그러자 마침내 들렸고, 맙소사, 어머니 벤디시온 알바라도여, 라고 속으로 되뇌었고, 끝없는 천둥소리를 들었으며, 바다 수평선까지 길게 늘어선 엄청난 군중 때문에 소란스럽고 복잡해진 늪지를 보았고, 봇물 터

지듯이 밀려오는 불 켜진 촛불들이 눈부시게 환한 정오였는
데도 그보다 더 환하고 눈부신 낮을 이루었는데, 그것은 그의
어머니, 내 영혼과도 다름없는 벤디시온 알바라도가 옛날에
그토록 무섭고 두려워했던 도시로 돌아오고 있었기 때문이었
고, 그래서 그녀가 전쟁에 이겨 환호하며 소리치는 사람들과
함께 전쟁의 날고기 냄새를 풍기면서 처음으로 도시에 도착했
을 때와 같았지만, 차이점이라면 세상의 위험에서 영원히 해
방되었다는 사실인데, 그것은 그가 부왕들에 대한 부분을 학
교 교과서에서 뜯어 내라고 지시해서 그들이 존재하지 못하게
만들었고, 그들의 동상을 세우는 것을 금지했기 때문인데, 어
머니, 그것들이 당신의 잠을 방해해요, 그래서 이제 그녀는 선
천적인 두려움 없이 평온하고 조용한 사람들의 어깨에 실려
돌아왔는데, 활짝 갠 하늘 아래로 관 속에 담기지 않은 채, 나
비들이 날지 못하도록 금지된 공기 속으로 돌아왔고, 밀림 국
경 지대부터 슬픔에 잠긴 넓은 격동의 영토를 지나온 끝없는
여행 동안 국민이 그녀에게 걸어 준 황금 봉헌물의 무게에 눌
려 묻혀 있었는데, 다시 걷게 된 중풍 환자들은 그녀에게 수
많은 황금 목발을 걸어 주었고, 난파된 선원들은 황금 별들을
걸어 주었으며, 너무나 급한 나머지 잡초 뒤에서 아이를 낳아
야 했던 의심 많은 불임 여자들은 황금으로 만든 아이들을
걸어 주었는데, 장군님, 마치 전쟁 때와 같았습니다, 당시는 성
경에 나오는 것처럼 전국의 모든 백성이 이주하는 것 같았고,
그의 어머니는 그런 격류의 한복판을 둥둥 떠다녔으며, 국민
은 부엌 가재도구들이나 가축들, 그리고 더는 구원의 희망이

없는 삶의 찌꺼기들을 가지고 나왔지만 놓을 곳이 없었고, 벤디시온 알바라도가 드리는 비밀 기도만이 그들에게는 유일한 구원의 희망이었지만, 전쟁 동안 그녀가 기도한 것은 자기 아들에게 향하는 총알의 방향을 돌려 달라는 것이었는데, 그것은 그가 전투에 참여했던 많은 사람과 뒤섞여 머리에 붉은 천을 동여매고 돌아왔기 때문으로, 고열로 인한 헛소리가 잠잠해질 때면, 빌어먹을, 자유당 만세, 승리한 연방군 만세, 개 같은 보수당 놈들, 이라고 소리쳤지만, 사실 그는 바다를 보고 싶다는 결정적인 호기심에 이끌렸던 것으로, 어쨌든 그의 어머니 시신을 가지고 도시로 몰려든 가난한 사람들은 연방 전쟁이 벌어지는 동안 나라를 황폐하게 했던 사람들보다도 더 난폭하고 광포했으며, 흥분한 혼돈의 무리보다 더 탐욕스러웠고, 광란의 무리보다 더 끔찍하고 무서웠는데, 헤아릴 수 없이 오랫동안 지속된 그의 정권에서 매일 내 눈으로 보았던 것 중 가장 엄청난 무리였습니다, 마치 세상 전체인 것 같았습니다, 장군님, 얼마나 놀라운지 한번 보십시오. 그 증거를 확신하고서 그는 마침내 안개처럼 모호한 슬픔과 애도의 기간에서 나왔는데, 얼굴은 창백했고 표정은 냉혹했으며, 팔에는 검은 상장(喪章)을 달고 있었고, 자기 권한 안에 있는 모든 수단과 방법을 이용하여 성녀의 자질을 보여 주는 엄청난 증거를 바탕으로 자기 어머니 벤디시온 알바라도가 시성을 받도록 하겠다고 굳게 결심했고, 그래서 문학과 문화와 관련된 장관들을 로마로 파견했으며, 부겐빌레아로 눌러싸이고 딜개 지붕이 달린 채광 공간에서 초콜릿을 마시며 과자를 먹자고 또다시 로마 교황청 대사를 초청해서, 아주 친하고 다정하게 맞이했는데, 그는 셔츠를 입지도 않고 침대에 누워 흰 모자로 부채를 부쳤고, 교황청 대사는 뜨거운 초콜릿 잔을 들고서 그의 앞에 앉아 있었으며, 라벤더 향기를 풍기는 일요일에 입는 검은색 평상복을 입고도 더위와 먼지에 끄덕하지 않았고, 열대의 무력감에도 아랑곳하지 않았으며, 닭개 지붕이 달린 채광정을 멋대로 날아다니며 똥을 싸는 돌아가신 어머니의 새들에게도 신경 쓰지 않으면서 바닐라 초콜릿 음료를 홀짝홀짝 마셨고, 새색시처럼 얌전하게 과자를 씹어 먹으며 마지막 남은 한 모금의 피할 수 없는 독약을 가능한 한 늦게 마시려고 애쓰면서, 그가 누구에게도 양보하지 않았던 고리버들 의자에 경직된 자세로 앉아 있었는데, 신부님, 오직 당신에게만 그 자리를 드리는 겁니다, 예전에, 그러니까 영광의 시절에 해가 뉘엿뉘엿 넘어갈 때면 늙고 솔직한 또 다른 교황청 대사가 와서 토마스 아퀴나스에게서 가져온 스콜라 철학의 수수께끼를 가지고 나를 그리스도교로 개종시키려고 애쓴 적이 있지만, 바로 지금은 내가 당신을 불러 개종시키려고 하고 있군요, 신부님, 세상은 돌고 도는 법이에요. 이제 나는 믿거든요, 라고 그는 말했고, 이제 나는 믿어요, 라고 또다시 그 말을 눈 깜짝하지 않고 반복했지만, 사실 그는 이 세상 어떤 것도 믿지 않았고 누구도 믿지 않았으며, 오로지 자기 목숨과도 같은 어머니가 그 누구보다도 희생을 소명으로 받들고 만인의 본보기가 될 정도로 겸손하게 살았다는 것만으로도 제단의 영광을 누릴 권리가 있다고 믿었으며, 그 믿음이 너무나 강해서 북극성이 장례 행렬이 가는 방향으로 움직였으며, 현악기들이 시체가 지나가는 것을 느끼면 장롱 안에서 저절로 연주했다는 일반 사람들의 과장된 말에 근거를 두어 청원한 것이 아니라, 이 침대 시트의 가치에 바탕을 두고는, 찬란한 8월의 환한 광채 속에서 아주 신속하게 침대 시트를 펼쳐서 교황청 대사가 실제로 리넨 천에 찍힌 것을 보게 했으며, 그도 자기 어머니 벤디시온 알바라도가 늙은 흔적도 없고 병으로 찌든 흔적도 없이 가슴에 손을 얹고 옆으로 누워 있는 모습을 보았고, 그녀의 손가락이 영원한 땀으로 축축해진 것을 느꼈으며, 그녀가 기적의 바람을 내뱉자 새들이 날아오르며 수선을 피우는 가운데 생화 향내를 들이마시고서, 얼마나 신기한 일인지 보셨죠, 신부님, 이라고 말했고, 침대 시트의 안쪽과 뒤쪽을 모두 보여 주면서, 심지어 새들도 내 어머니를 알아보지요, 라고 설명했지만, 교황청 대사는 리넨 천에 온 정신을 쏟으면서 예리한 눈으로 살펴보았는데, 그는 기독교 세계의 위대한 장인들이 작업한 천에서 화산재 같은 불순물을 찾아낼 수 있는 사람으로, 색깔의 강도로 새겨진 인물의 결함과 믿음에 대한 의심까지 알아냈으며, 시간이 흐르지 않고 둥둥 떠다니는 비현실적인 도시에 있는 고독한 예배당의 돔 천장 아래에 드러누운 채 시구가 둥글다는 사실에 황홀해했던 사람이었고, 그래서 침대 시트를 한참 동안 자세히 바라보고는 용기를 내어 거기서 시선을 거두고, 부드럽지만 돌이킬 수 없는 말투로 리넨 침대 시트에 새겨진 몸은 하느님이 당신의 무한한 자비를 보여 주려는 증거로 만든 작품이 아니라고 단언하고서, 전혀 그런 경우에 해

당하지 않습니다, 각하, 그것은 훌륭하거나 사악한 예술을 업으로 삼는 아주 노련하고 숙련된 화가의 작품으로, 각하의 위대하고 훌륭한 마음을 악용했던 것입니다, 그것은 유화로 그려진 것이 아니라 집을 칠하는, 예를 들면, 창문을 칠하는 싸구려 페인트로 그려졌습니다, 각하, 그 페인트에 녹아 있는 천연 송진 향내 속에는 아직도 가짜 테레빈유의 서늘함이 남아 있으며, 석고 부스러기도 있고, 축축한 기운도 끈덕지게 남아 있는데, 그것은 각하가 믿는 것처럼 각하의 어머니가 마지막 경련 때 흘린 땀이 아니라, 아마유(亞麻油)에 리넨 천을 담가서 알 수 없는 장소에 숨겨 억지로 축축하게 만든 것입니다, 정말 유감입니다, 제 말을 믿어 주십시오, 라고 교황청 대사는 당연하게도 슬픈 표정을 지으며 결론지었지만, 화강암처럼 완고한 노인을 보자 더는 말을 잇지 못했는데, 그 노인은 그물 침대에서 눈 한번 깜빡이지 않고 그를 뚫어지게 바라보았고, 아시아인처럼 끈끈하고 애처로운 침묵을 지키며 그의 말을 들었으며, 자기보다 침대 시트의 비밀스러운 기적에 관한 진실을 잘 아는 사람이 없었음에도 입을 움직여 그 말을 반박하지 않으면서, 내가 내 손으로 직접 당신을 감쌌어요, 어머니, 나는 당신이 죽어 아무 말도 못 한 첫 순간과 마주하자 몹시 두려웠어요, 마치 세상이 심해의 바다에서 새날을 맞은 것 같았어요, 나는 기적을 봤어요, 제기랄, 그렇게 그는 확신했지만 교황청 대사의 결정을 막지 않았고, 이구아나처럼 눈을 감지 않은 채 두어 번 깜빡거리기만 했으며, 억지로 미소 짓고는, 잘 알겠어요, 신부님, 이라고 말하면서 마침내 한숨을 내쉬었으며, 아마도 당신이 말한 그대로일지도 모르죠, 하지만 경고하는데 당신은 당신 말에 대해 책임을 져야 할 겁니다, 당신이 오래 살면서도 절대 잊지 못하도록 다시 글자 그대로 반복하는데, 당신은 당신 말에 대해 책임을 져야 할 겁니다, 신부님, 난 아무 책임이 없어요, 라고 말했다. 불길한 예감으로 가득했던 그 한 주일에 세상은 무기력 상태에 빠졌고, 그는 그물 침대에서 일어나지 않았으며, 밥을 먹을 때도 마찬가지였고, 자기 몸에 날아와 앉는 훈련받은 새들을 부채로 쫓아냈으며, 햇빛으로 얼룩진 부겐빌레아 잎사귀를 훈련받은 새들이라고 믿고서 놀랐으며, 그 누구의 방문도 받지 않았고 아무 지시도 내리지 않았지만, 군과 경찰은 아무 신경도 쓰지 않고 태평하게 있었는데, 그때 청부 광신도 무리가 교황청 대사관 건물을 습격해서 역사적 유물이 가득한 박물관을 약탈했고, 건물 안쪽에 있는 조용한 야외 정원에서 낮잠을 자던 교황청 대사를 급습하여 발가벗긴 뒤 거리로 끌고 나갔고, 그의 몸 위에 똥을 쌌습니다, 장군님, 어떻게 생각하십니까, 라고 보고했지만, 그는 그물 침대에서 움직이지 않았고, 장군님, 교황청 대사를 노새에 태워 시내 번화가로 끌고 다니고 있으며, 시민들이 설거지한 물을 난간에서 억수같이 쏟아부으면서, 계집애 같은 놈아, 미스 바티칸, 어린아이들이 내게 오도록 놔둬, 라고 소리치고 있다는 소식을 전해 주었지만, 그는 눈 하나 깜짝하지 않았고, 교황청 대사가 장터의 쓰레기장에 반쯤 죽어서 버려졌다는 것을 알고서야 비로소 손을 흔들어 새들을 내쫓으면서 그물 침대에서 몸을 일으켰고, 상장(喪章) 완장을 팔에 끼고서 손

을 흔들어 초상 기간에 생긴 거미줄을 치웠고, 제대로 못 자
퉁퉁 부은 눈으로 접견실에 나타났으며, 그제야 조난자들이
타는 뗏목에 사흘 치 식량을 싣고서 거기에 교황청 대사를
태우고는 커다란 여객선들이 오가는 유럽 항로로 떠내려 보
내라고, 그렇게 모든 사람이 국가 최고 권위자의 말에 반대해
손을 드는 외국인들이 어떻게 되는지 알게 하라고 지시했으
며, 교황도 이제와 항상 영원히 알아야 할 것이 있는데, 그것
은 자기가 로마에서는 손가락에 반지를 끼고 황금 의자에 앉
은 진짜 교황일 수 있지만, 제기랄, 여기서는 내가 제왕이며
그게 바로 나란 말이야, 빌어먹을 계집애 같은 것들, 이라고 그
는 말했다. 그건 아주 효과적인 방법이었고, 그해가 지나기 전
에 그의 어머니 벤디시온 알바라도의 시성 절차가 시작되었으
며, 썩지 않은 그녀의 몸은 온 국민이 경배할 수 있도록 대성
당의 본당 중앙에 전시되었고, 제단에서는 영광송이 불렸으
며, 교황청에 선포했던 전시 상태는 철회되었고, 무기 광장에
모인 군중들은 평화 만세와 하느님 만세를 외쳤는데, 그런 동
안 그는 예부성성[39] 감사이자 신앙을 장려하고 시성을 청원하
는 책임자인 데메트리오 알두스 몬시뇰을 엄숙하게 접견했으
며, 에리트레아[40] 사람으로 알려진 그 신부는 벤디시온 알바
라도의 신성성에 한 치의 의혹도 없도록 그녀의 삶을 자세히
조사하라는 임무를 부여받았는데, 얼마든지 그렇게 하십시

---

39) 전례와 시성을 담당하는 교황청의 부서로 현재의 시성성성(諡聖聖省)
을 말한다.
40) 에티오피아 북부, 홍해에 면한 나라.

오, 신부님, 이라고 그는 신부에게 말하면서, 그의 손을 두 손으로 꼭 잡은 것은 그 황록색 아비시니아[41] 사람을 만나자마자 믿을 수 있었기 때문인데, 그 신부는 무엇보다 삶을 사랑하고 이구아나 알을 먹습니다, 장군님, 또한 투계와 흑인 혼혈 여자들의 기질을 엄청나게 좋아하며, 쿰비아[42] 춤을 좋아합니다, 우리처럼 말입니다, 장군님, 우리와 똑같습니다, 라는 보고를 받자, 그의 명령에 따라 굳게 닫혀 있던 문들이 완전히 활짝 열려서 악마 같은 변호사가 그 어떤 종류의 방해도 받지 않고 조사할 수 있도록 했는데, 그의 어머니이자 나의 영혼인 벤디시온 알바라도가 제단의 영광을 누릴 운명이라는 반박할 수 없는 증거는 그의 거대한 슬픔의 왕국에 모두 드러나 있었고, 모두 눈에 띄기 때문이었는데, 이 나라는 당신 것입니다, 신부님, 여기 있습니다, 라고 그는 말했고, 정말로 그 신부는 그 나라를 갖게 되었으며, 무장한 군대는 교황청 대사관에게 질서를 준수할 것을 요구했는데, 몸이 깨끗해진 나병 환자들이 곪아 터진 곳 위에 갓 돋아난 새 살을 보여 주려고 몰려와 대사관 앞에 끝도 없는 줄을 지어 아침을 맞이했으며, 무도병(舞蹈病)[43]에 걸렸던 옛 환자들은 그곳으로 와서 의심의 눈초리를 보내는 사람들 앞에서 바늘에 실을 꿰었고, 벤디시온 알바라도가 꿈에 숫자를 알려 주어 룰렛 노름판에서 부자가 된 사람들은 그곳으로 와서 번 돈을 보여 주었으며, 잃어버린 친

---

41) 에티오피아의 옛 이름.
42) 콜롬비아를 상징하는 춤과 음악.
43) 얼굴이나 손, 발, 혀가 춤추듯 심하게 움직이는 신경병.

척들과 친구들에 관한 소식을 들은 사람들, 물에 빠져 죽은 사람들을 찾은 사람들, 빈털터리였다가 지금은 모든 것을 가진 사람들이 와서 펄펄 끓는 사무실을 끊임없이 지나갔는데, 그 사무실에는 월터 롤리[44]가 식인종과 선사 시대의 거북이들을 죽였던 화승총이 걸려 있었으며, 거기에서 지칠 줄 모르는 에리트레아 사람은 모든 사람의 말을 묻지도 않고 끊지도 않은 채 들으면서 땀에 흠뻑 젖었고, 그가 내뱉는 싸구려 담배 연기 때문에 숨쉬기조차 힘든 사무실에는 썩는 냄새가 쌓였지만, 그런 인류의 재앙은 아랑곳하지 않고 증인들의 진술을 하나도 빠짐없이 받아 적었고, 여기에 이름 전체를 적고 서명하라고, 아니면 그냥 십자 표시로, 아니면 장군님, 당신처럼 지문으로 도장을 찍거나, 아니면 다른 방법도 좋다고 했지만, 그들은 이름을 적고 서명했는데, 그러면 다음 사람이 들어왔고, 앞사람과 마찬가지로, 나는 폐병에 걸렸었어요, 신부님, 이라고 말했고, 그러면 나는 폐병에 걸렸었어요, 라고 에리트레아 사람은 적었으며, 이제 내가 얼마나 큰 소리로 말하는지 들어 보세요, 난 말 못 하는 사람이었어요, 신부님, 이라고 말하기도 했고, 또 이제 내가 온종일 어떻게 걸어 다니는지 보세요, 난 중풍 환자였어요, 라고 말하는 사람도 있었는데, 신부는 절대 지워지지 않는 잉크로 써서 자기가 꼼꼼하게 적은 글씨가 인류가 종말을 고할 때까지 정정되지 않도록 했으며, 내 배 속에는 살아 있는 동물이 한 마리 있었어요, 신부님, 그러

---

44) Walter Raleigh(1552~1618). 영국의 정치인이자 탐험가이며 해적.

면 무자비하게 그대로 기록했는데, 신부는 쓰디쓴 커피에 중독되고 고약한 담배에 찌들어, 조금 전에 피우던 담배꽁초로 새 담배에 불을 붙여 줄담배를 피웠고, 노 젓는 사람처럼 가슴을 풀어 헤쳤습니다, 장군님, 그래, 정말 사내다운 신부군, 맞아, 정말 사내다워, 각자 제멋에 사는 법이지, 라고 말했는데, 그 신부는 정말 한시도 쉬지 않고 일했고, 밤늦게까지 아무것도 먹지 않으면서 시간을 헛되이 쓰지 않으려고 했으며, 심지어 늦은 밤에도 쉬지 않고서 방금 샤워한 모습으로 사각형의 천 조각을 누덕누덕 기운 리넨 사제복을 입고 항구 선술집에 나타났는데, 배고파 죽겠다는 얼굴로 도착해서는 긴 널빤지 식탁에 앉아서 부두 노동자들과 도미 찌개를 함께 먹었고, 손가락으로 생선을 발라 먹었으며, 어둠 속에서 스스로 빛을 내는 악마의 이로 뼈까지 아삭아삭 깨물어 먹었고, 접시 가장자리로 국물을 후루룩 마셨는데, 아마도 그런 그의 모습을 보셨다면, 부두 노동자라고 생각하셨을 겁니다, 장군님, 원숭이들과 초록색 바나나를 가득 싣고서 닻을 올리고 출항하는 구질구질한 배의 인간쓰레기들과 뒤섞여 있었습니다, 아직 성숙하지 않은 창녀들이 가득 타고서 내부가 훤히 보이는 퀴라소의 유리 호텔로 향하는 배였는데, 그 여자들은 쿠바의 관타나모로 갈 수도 있고, 신부님, 도미니카의 산티아고[45]로 갈 수도 있는데, 거기는 배가 도착할 수 있는 바다도 없는 곳이지요, 신부님, 새벽의 여명이 밝아 올 때까지 우리가 계속 꿈꾸

---

45) 도미니카에서 산토도밍고 다음으로 큰 도시.

는 세상에서 가장 아름답고 또 가장 슬픈 섬들로 간답니다, 신부님, 범선들이 떠났을 때 우리가 지금과 얼마나 달랐는지 기억해 보십시오, 마틸데 아레날레스의 집에서 미래를 예언하던 앵무새를 떠올려 봐요, 수프 그릇에서 걸어 나오던 게를, 상어가 지나가면서 일으키는 바람을, 희미한 북소리를, 삶을 기억해 봐요, 신부님, 정말 빌어먹을 삶이지, 그대들은 그렇게 생각하지 않나, 장군님, 그건 신부님이 우리처럼 말하기 때문입니다, 마치 개싸움 동네에서 태어난 것처럼 바닷가에서 공놀이했고, 바예나토[46] 연주자들보다 아코디언 연주를 더 잘했으며, 그들보다 노래도 더 잘했고, 증기선 선원들의 멋 부린 말투를 배웠으며, 라틴어로 그들을 놀렸고, 장터의 싸구려 동성애자 술집에서 코가 삐뚤어지도록 술을 마셨으며, 하느님을 나쁘게 말했다는 이유로 그중 한 사람과 싸웠고, 두 사람은 주먹을 주고받았습니다, 장군님, 어떻게 할까요, 라고 우리가 묻자, 그는 아무도 두 사람을 말리지 말라고 지시했고, 그래서 사람들은 그들 주변에 둥글게 모였으며, 신부가 이겼습니다, 장군님, 이라고 보고하자, 난 그럴 줄 알았어, 그 신부는 진짜 사나이거든, 이라고 그는 기분 좋게 말했지만, 모든 사람이 상상한 것과 달리 신부는 경솔하거나 기분에 좌우되는 사람이 아니었는데, 그것은 소란스럽고 광포한 밤에도 그는 교황청 대사관에서 피곤하기 그지없는 낮 일정을 소화할 때처럼 수많

---

46) 콜롬비아 대중음악의 하나로, 단어 자체는 '골짜기에서 태어난 사람들'을 뜻한다.

은 진실을, 아니 교외의 그 음산한 저택에서보다 더 많은 진실을 확인했기 때문인데, 그는 폭우가 내리던 어느 날 오후 그 누구의 허락도 받지 않고 그곳을 살펴보았고, 잠자지 않는 대통령 경호 부대의 경호를 비웃었다고 생각하면서, 지붕의 낙수 홈통 안으로 들어온 비로 흠뻑 젖은 마지막 틈새 하나까지 빠짐없이 조사했으며, 카사바로 질척질척해진 땅과 화려한 침실의 해로운 동백꽃 냄새에 빠지기도 했는데, 그 침실들은 벤디시온 알바라도가 자기 하녀들의 행복을 위해 내어준 곳이었습니다, 그녀는 정말 좋은 분이었거든요, 신부님, 겸손한 여인이었지요, 하녀들은 옥양목 시트에서 자게 하면서 자기는 야전 침대의 조잡한 밀짚 매트리스 위에서 잤으며, 자기가 일요일에 입는 퍼스트레이디 외출복을 하녀들이 입도록 놔두었고, 하녀들은 그분의 목욕용 방향제 덕분에 향긋한 냄새를 풍겼으며, 사자 다리의 백랍 욕조에 들어가 여러 가지 빛깔의 거품 목욕을 하면서 잡역부들과 시시덕거리며 여왕처럼 살았지만, 그분은 새에게 칠을 하고, 장작 때는 휴대용 풍로에 채소죽을 끓이면서 세월을 보내거나, 약용 식물을 재배해 이웃 사람들이 위급해지는 때를 대비했는데, 그들이 위에 경련이 일어요, 부인, 이라고 호소하면서 한밤중에 깨우면 그분은 겨자씨앗을 주고 씹으라고 했으며, 대자(代子)가 사팔뜨기라고 하면 그분은 회충약으로 쓰이는 에파조테 구충제를 주었고, 죽을 것만 같아요, 부인, 이라고 말하더라도, 그들의 건강이 그분의 손에 달렸기 때문에 그들은 죽지 않았는데, 그분은 살아 있는 성녀입니다, 신부님, 그분은 그 쾌락의 저택에 있는 자기만의 순결한 공간을 걸어 다녔는데, 그분을 억지로 대통령 관저로 데려간 후부터 그곳에는 무지막지한 폭우가 쏟아졌고, 피아노에 있는 연꽃 위로 비가 내렸으며, 화려한 식당에 있던 설화 석고 식탁 위로도 비가 내렸으며, 그 식탁을 벤디시온 알바라도는 한 번도 사용하지 않았는데, 그건 마치 제단에서 밥을 먹는 것 같았기 때문이지요, 신부님, 멋지지 않나요, 정말 성녀다운 예감 아닌가요, 라고 주민들은 열렬하게 증언했지만, 악마의 변호사는 부스러기 속에서 겸손함보다 소심함의 흔적을 더 많이 보았고, 과거에는 무도장이었던 맹그로브 늪지에 둥둥 떠다니는 토속 악마들과 군인 천사들의 부서진 조각과 흑단 나무로 만든 바다의 신 넵투누스 사이에서 금욕보다는 가난한 정신의 증거를 더 많이 보았지만, 하나이며 삼위인 또 다른 어려운 신, 그러니까 아비시니아의 불타는 듯한 평원에서 그를 보내 절대로 존재하지 않았던 진실을 알아보게 했던 그 신의 흔적은 전혀 찾아내지 못했는데, 장군님, 아무것도 찾지 못했기 때문에 아무 말도 하지 않았던 것입니다, 빌어먹을. 그러나 데메트리오 알두스 몬시뇰은 도시를 샅샅이 살펴보는 것으로 만족하지 않고, 노새 등에 올라타고는 아무도 기억하지 않는 차가운 고원의 황무지를 돌아다니면서 벤디시온 알바라도의 성녀 자질, 그러니까 아직 찬란한 권력으로 왜곡되지 않은 그녀의 모습을 찾으려고 애썼고, 노상강도의 담요를 두르고 7리그 장화[47]처럼 커다란 구두를 신고는 악마 유

---

47) 한 걸음에 7리그(약 33킬로미터)를 간다는 유럽 옛이야기 속의 장화.

령처럼 안개 속에서 불쑥 모습을 드러냈고, 그래서 처음에는 두려움을, 그다음에는 놀라움을, 그리고 마지막으로는 그런 색깔의 사람을 한 번도 본 적이 없던 내륙 고원 지대 사람들의 호기심을 자아냈지만, 머리 잘 돌아가는 에리트레아 사람은 자기를 만져 보라고 그들을 부추기면서, 자기가 타르를 내뿜지 않는다는 것을 확인시켰고, 어둠 속에서 그들에게 치아를 보여 주었으며, 싸구려 치즈를 먹고 조롱박 바가지로 함께 옥수수 술을 퍼마시고 취하면서 뒷골목에 있는 음산한 가게에서 그들의 신임을 얻었는데, 그곳에서 그들은 과거 수백 년 동안 동틀 녘이 되면 나타나는 엄숙한 여자 새 장수를 보았는데, 그녀는 황당하게 커다란 새들 때문에 힘들어했고, 거기에는 나이팅게일이나 황금 큰부리새로 칠한 병아리들이나 공작새로 변장한 쏙독새들이 있었으니, 그것은 장례식을 치르듯 우울한 일요일에 고원 지대의 장터에서 그곳 사람들을 속이기 위한 것이었는데, 바로 거기 앉았어요, 신부님, 화톳불을 피워 따뜻한 그곳에 앉아 누군가가 자비를 베풀어 선술집 뒷방에서 당밀 가죽 부대 위에서 잠자리를 해 주기를 기다렸는데, 먹고살려고 하는 짓이었지요, 신부님, 그저 호구지책이었어요, 비만 맞아도 색깔이 벗겨지고, 걷기만 해도 변장한 것이 떨어져 나가는 조악하고 조잡한 싸구려 물건을 살 만큼 어수룩한 멍청이는 없었으니까요, 오로지 그 여자만이 너무나 순진했어요, 신부님, 새들의 거룩한 축복, 아니 고원 지대의 거룩한 축복이었시요, 뭐라고 불러도 좋아요, 당시 그녀의 이름이 무엇이었는지, 언제부터 벤디시온 알바라도라고 불리기 시작했는지 정확히 아는 사람은 아무도 없었거든요, 그녀의 원래 이름이 아니었던 것만은 분명해요, 그건 이쪽 지역의 이름이 아니라, 바닷가에 사는 사람들의 이름이거든요, 빌어먹을, 교활한 사탄의 검사는 그것까지 확인했고, 대통령 경호 부대의 청부업자들은 진실의 실을 꼬고 얽히게 하여 보이지 않는 장애물을 놓았지만, 모든 사실을 캐고 밝혀냈는데 어떻게 생각하십니까, 장군님, 경호대는 절벽에서 그를 죽일 수도 있었고, 그의 노새가 발을 헛디뎌 넘어지게 할 수도 있었지만, 그는 신부를 감시하되, 털끝 하나도 건드리지 말라고 직접 지시하면서 절대로 그렇게 하지 못하게 했는데, 그러니까 그의 몸에 절대 손대지 말고 상처 하나도 입히지 말며, 그가 임무를 완수할 때까지 절대적으로 자유롭게 행동하도록 모든 편의를 제공하라, 이것은 그 누구도 거부할 수 없는 최고 권력자의 명령이니 모두 복종하고 지키도록 하라, 내가 서명한다, 그러고서 재차 내가 직접 지시한다는 것을 강조했는데, 그는 그런 결정이 그의 어머니 벤디시온 알바라도의 금지된 가난, 그러니까 그녀가 아직 젊고 활력이 없으며, 누더기를 걸치고 맨발로 돌아다니며, 아랫도리를 사용해서 먹을 것을 구해야 했던 시절에 그녀의 진정한 모습을 알게 할 위험성이 다분하다는 사실을 잘 알았지만, 아름답고 예뻤습니다, 신부님, 그녀는 너무나 순진하고 순수해서, 가장 싼 앵무새에 가장 멋진 수탉 꼬리를 붙여서 금강앵무새로 위장했으며, 한쪽 다리를 못 쓰는 암탉들을 부채꼴의 칠면조 깃털로 수선해서 극락조로 팔았지만, 물론 그걸 믿는 사람도 없었고, 외로운 새 장수의 덫에 걸릴 정도로 천진한 사람도 없었지만, 그녀는 일요일 장터의 안개 속에서 재잘거리면서 누가 한 마리 달라고 하면서 자기를 공짜로 데려가는지 보려고 했고, 고지에 사는 모든 사람은 그녀가 순진하며 가난했다고 기억했지만, 신부가 그녀의 신분을 알아내기는 불가능한 것 같았는데, 그것은 그녀가 세례를 받은 수도원의 기록 보관실에서 그녀의 출생 증명서는 찾지 못했지만, 반면에 아들의 서로 다른 출생 증명서 세 개를 찾아냈는데, 증명서의 기록이 저마다 달랐고, 서로 다른 세 번에 걸쳐 잉태되었으며, 국가 역사가 교묘한 술책을 부린 덕분에 그는 세 번의 난산 끝에 태어났고, 그렇게 현실의 실마리를 얽히게 만들어 놓아 아무도 그의 기원에 대한 비밀을 알아내지 못하도록 했기 때문인데, 에리트레아 신부만이 켜켜이 뒤덮인 수많은 거짓을 떼어 내면서 그 숨겨진 신비를 밝히는 데 성공했고, 그것을 추측했습니다, 장군님, 거의 밝혀낼 찰나에 있었습니다, 그런데 그때 엄청나게 커다란 총성이 들렸고, 그것은 커다란 잿빛 산맥의 산등성이들과 깊은 계곡에서 계속 울려 퍼졌으며, 노새가 넘어지면서 공포에 질려 끝없이 울부짖는 소리가 들렸는데, 노새는 만년설이 덮인 산꼭대기부터 자연 과학의 총천연색 화보처럼 순간적으로 계속되는 여러 기후를 지나 머리가 펑펑 돌 정도로 바닥이 보이지 않는 곳으로 떨어지면서, 절벽을 지났고 배가 오갈 만큼 큰 강의 수원지인 졸졸 흐르는 샘물을 지났으며, 약초의 비밀을 아는 원주민에게 업혀서 박식한 식물 담힘 학자들이 기어올랐던 벼랑에 얼어붙어 삐져나온 눈 층도 지났고, 우리에게 다정하게 먹을 것을 주고 옷을

주며 훌륭한 본보기가 되는 따뜻한 양털의 양들이 풀을 뜯어
먹는 야생 목련이 가득한 고원 지대를 지났고, 커피 농장의 저
택을 지났는데, 그곳은 외로운 난간에 종이 화환이 걸리고 환
자들이 끝도 없이 늘어서고, 거친 강물이 고지대와 저지대의
자연 경계선을 이루며 영원히 굉음을 내뿜으며, 더위가 시작
되고, 저물녘이면 오래전에 죽은 사람, 배신하다가 죽은 사람,
카카오 농장에서 혼자 외롭게 죽은 사람의 지독한 냄새가 갑
자기 밀어닥치고, 그 카카오나무 잎사귀는 크고 질기고, 꽃은
연주황색이며, 열매는 초콜릿 원료로 사용되던 장과류이고,
태양이 꼼짝도 하지 않으며 먼지는 타는 듯한 곳이었으며, 반
경 200리그에 하나뿐인 자선 학교에 있는 멜론과 호박과 아
틀란티코주의 비쩍 마르고 슬픈 노새들을 지난 다음, 아직 살
아 있던 노새는 숨을 내쉬더니 바나나 나무와 심연의 밑바닥
에서 겁에 질린 작은 암탉 사이로 즙이 많은 가시번여지가 터
질 때처럼 엄청난 폭발음을 내면서 산산이 부서졌는데, 그 노
새를 매복해서 죽여 버렸습니다, 장군님, 내 권한으로 보호하
라고 했는데, 아니마 솔라[48] 고갯길에서 호랑이 사냥용 총으
로 잡았다는 말이군, 개자식들, 내가 단호한 내용으로 전보를
보냈는데 말이야, 빌어먹을, 하지만 이제는 내가 누구인지 알
게 될 거야, 라면서 그는 호통을 쳤고, 쓰디쓴 거품을 씹으며
생각에 잠겼는데, 부하들이 그의 말에 복종하지 않았기 때문
에 분노한 것이 아니라, 그토록 무섭고 두려운 그의 권력을 감

---

48) '외로운 영혼'이라는 의미.

히 거스를 정도라면 무언가 큰 걸 숨기고 있다는 확신이 들었기에, 진실을 아는 사람만이 자기에게 거짓말을 할 용기가 있는 것을 알고서 보고하는 부하들의 호흡을 주의 깊게 살폈고, 수뇌부의 비밀스러운 의도를 자세히 조사해서 그들 중에서 누가 배신자인지 알아내려고 했는데, 넌 내가 아무것도 없는 가난뱅이에서 구해 준 사람이야, 땅바닥에서 자던 너를 황금 침대에서 자게 해 주었어, 넌 내가 목숨을 구해 주었어, 넌 내가 누구보다도 많은 돈으로 매수했어, 너희들 모두, 빌어먹을 개자식들이야, 내 이름으로 서명하고 내가 권력의 주인임을 보여 주는 반지를 찍어 봉한 전보를 감히 무시할 수 있는 놈은 너희 중에서 단 한 사람이었어, 그래서 그는 직접 구조 작업을 지휘했고, 최대 마흔여덟 시간을 줄 테니 그 신부를 살아 있는 상태로 발견해서 내 앞으로 데려와, 죽은 상태로 발견하더라도 살려서 데려와, 그 신부를 발견하지 못하더라도 나한테 데려와, 라고 그 누구도 거역할 수 없는 명령을 내렸는데, 그건 너무나 명백하고 무시무시한 명령이라서, 예정된 시간이 되기도 전에 그에게 소식이 전해졌는데, 장군님, 절벽의 덤불 속에서 그 신부를 발견했습니다, 상처를 에스펠레티아[49]의 황금빛 꽃으로 뜸을 뜬 탓인지, 우리보다 더 기운이 넘칩니다, 장군님, 장군님의 어머니 벤디시온 알바라도의 능력 덕분에 아주 멀쩡합니다, 그렇게 국모님은 자기의 기억을 훼손하려고 했던 바로 그 사람에게 다시 한번 관대함과 힘의 증거

---

49) 안데스 지역의 황무지에서 자라는 식물.

를 보여 주셨습니다, 그들은 신부를 막대기에 매단 그물 침대에 실어 원주민들이 이용하는 좁은 산길로 내려왔는데, 척탄병들이 호위했고, 그 뒤를 마을 치안 행정관이 말을 타고서, 이것이 집권자가 지시한 사건이라는 것을 모두가 알도록 교중 미사 때 사용하는 종을 울리며 따라왔고, 보건부 장관이 즉시 책임지고 관리하라면서 신부를 대통령 관저의 내빈실에 두었는데, 그 상태에서 에리트레아의 신부는 자기가 직접 손으로 쓴 어마어마한 보고서를 마쳤으며, 그 보고서는 일곱 권이었고, 각 권은 350장의 전지로 구성되었으며, 그는 각각의 전지 오른쪽 여백에 자기 이름의 머리글자로 부서(副署)하면서, 내 이름을 적고 서명하면서, 우리 주님의 은총의 해인 올해 4월 14일에 내 인장을 찍어 확인하오니, 예부성성 감사이자 신앙 장려자이자 시성 청원자인 나 데메트리오 알두스는 교황 칙령에 따라, 그리고 땅에서는 사람들에게 정의의 빛을 주고 하늘에서는 주님의 위대한 영광을 기리기 위해 이것이 유일한 진실이고, 모든 진실이며, 진실 이외의 그 어느 것도 아니라는 사실을 단언하고 증명합니다, 라고 썼는데, 각하, 여기 있습니다, 정말로 거기에, 성경처럼 화려하게 장정된 일곱 권 안에 들어 있었는데, 절대로 피할 수 없고 잔인해서, 영광의 마력에 아랑곳하지 않고 그의 권력에 하등의 관심도 없는 사람만이 용기를 내서 냉정하고 무감각한 노인 앞에서 있는 그대로 밝힐 수 있었는데, 그 노인은 눈도 깜박거리지 않고 신부의 말을 들으면서, 고리버들 흔들의자에 앉아 부채질했고, 치명적인 사실이 드러날 때마다 한숨을 내쉬었으며, 진실의 빛

이 밝혀질 때마다 간신히 아하, 소리만 내뱉었고, 그런 다음에
도 아하, 소리를 되풀이했으며, 점심 음식 찌꺼기 때문에 난리
를 피우는 4월의 파리들을 모자로 쫓으면서, 쓰라린 진실 모
두를 삼켰고, 그 불덩이 같은 진실은 마음의 어둠 속에서 시
뻘겋게 타올랐는데, 그건 모두 어처구니없는 일이기 때문입니
다, 각하, 사실 그건 그가 별생각 없이 연출한 연극 장치였는
데, 그는 자기 어머니의 시체가 얼음이 가득한 관 속에 전시되
어 국민의 경배를 받을 때 그렇게 하겠다고 마음먹었고, 그때
만 하더라도 그 누구도 당신이 성녀의 자질이 있다고 생각하
지 않았어요, 당신이 죽기 전에 이미 썩은 상태였다는 못된
비방과 중상을 부인하기 위해서였어요, 장군님, 새로운 소식
이 도착했습니다, 라는 보고를 받자 그는 자기도 모르게 그런
곡마단의 속임수에 빠져 버렸는데, 그 소식은 그의 어머니 벤
디시온 알바라도가 기적을 행하고 있다는 것이었기에, 그는 광
활한 국가의 까마득히 잊힌 동상 하나 없는 구석구석까지 시
체를 가져가 장엄한 행렬을 이어 가라고 지시했는데, 그건 그
토록 오랫동안 아무런 결실도 없이 고생하고, 돈도 벌지 못한
채 그토록 많은 새에게 칠을 해 준 당신의 덕행에 대한 포상이
에요, 어머니, 또한 아무것도 받지 않고 사랑해 준 것에 대한
상이기도 해요, 하지만 난 가짜 수종병 환자들이 허풍을 떨고
거짓말하는 데 그 명령이 사용되리라고는 전혀 생각하지 못했
어요, 그들은 돈을 받고 사람들이 보는 앞에서 물을 뽑아냈고,
또 가짜로 죽은 어떤 사람은 200페소를 받고서 무덤에서 나
와 누더기가 된 수의를 걸치고 입에 흙을 잔뜩 넣고서 너무나

놀란 군중들 사이를 무릎으로 기어서 나타났으며, 80페소를
받은 어느 집시 여인은 길 한복판에서 기적은 정부가 만들어
낸 것이라고 말했다는 벌로 머리가 두 개 달린 아이를 낳는
척했는데, 그건 정말 사실이어서 돈을 받지 않은 증인은 단
한 명도 없었고 모든 게 비열한 책략이었지만, 데메트리오 알
두스 몬시뇰이 처음 조사했을 때 추측했던 것과 달리, 그에게
아부하는 사람들이 그의 기분을 좋게 해 주려는 순진한 의도
를 가지고 꾸민 것이 아니었으니 정말로 절대 아닙니다, 각하,
그것은 그의 추종자들이 꾸민 더러운 수작이었으며, 그 권력
의 그늘 아래서 번창한 모든 것 중에서 가장 괘씸하고 신성
모독적인 작태였는데, 그들이 바로 거짓으로 기적을 만들어
내고, 거짓 증언을 매수한 장본인들이었고, 정권의 열렬한 추
종자들로, 그의 어머니 벤디시온 알바라도가 죽고서 입은 신
부복을 유물이라고 조작하여 팔아먹은 자들이며, 아, 그래, 왕
비의 사진을 담은 카드를 찍어 내고 메달을 만들었던 바로 그
사람들이고, 아, 그렇군, 그녀의 곱슬곱슬한 머리카락으로 부
자가 된 사람들이고, 아, 그래, 그녀의 옆구리에서 뽑아낸 물
을 용기에 담아 팔아서 부자가 되었고, 아, 그렇군, 빗살무늬
수의에 문을 칠하는 데 사용하는 페인트로 손을 가슴에 얹고
잠든 아가씨의 부드러운 옆모습을 그려서 인도인들의 잡화점
뒷방에서 1미터씩 팔아 부자가 된 사람들인데, 이 근거 없는
엄청난 거짓말은 대성당 중앙 회중석으로 줄지어 참배하는
끝도 없는 인파의 열광적인 눈앞에서 시체가 여전히 썩지 않
고 있다는 상상으로 더욱 힘을 얻었지만, 사실은 그것과 아주

달랐습니다, 각하, 시체가 보존된 것은 그녀의 미덕이나 선행 또는 그가 과도한 효성으로 파라핀으로 수선하거나 화장이라는 속임수를 사용하라고 결정했기 때문이 아니라, 그가 직접 손으로 확인했던 과학사 박물관의 사후 동물들처럼 최악의 박제 기술로 박제했기 때문인데, 난 내 손으로 확인했어요, 어머니, 유리관을 열었는데, 그 관에 새겨진 장식 그림은 입으로 훅 불자 갈라졌어요, 난 곰팡내 나는 머리에서 오렌지꽃 화관을 벗겼어요, 그런데 암말의 갈기처럼 뻣뻣한 머리카락이 송두리째 뽑혀 있었어요, 유물로 팔기 위해 그렇게 한 것이었지요, 난 신부복의 썩고 해진 실뭉치와 메마른 찌꺼기, 그리고 좀처럼 초석 냄새가 가시지 않는 죽음의 땅거미에서 어머니를 꺼냈어요, 어머니는 햇볕에 말린 조롱박만큼이나 가벼웠고, 여행 가방 바닥에서처럼 쾨쾨한 냄새를 풍겼으며, 어머니 안에서는 몹시 불안해하는 것이 느껴졌는데, 그것은 마치 당신 영혼의 소리처럼 들렸어요, 그것은 좀이 당신의 내부를 갉아먹는 것처럼 가위 소리를 냈고, 내가 당신을 안으려고 하자, 당신의 손과 발은 저절로 떨어져 나갔는데, 그것은 손을 가슴에 얹고 잠든 행복한 어머니의 살아 있는 육체를 지탱하던 모든 내장이 비워졌기 때문이에요, 당신의 속은 아무짝에도 쓸모없는 넝마로 채워져 있었고, 그래서 당신의 것이었던 모든 것 중에서 남은 것이라고는 먼지투성이 밀쭤유 같은 껍데기가 전부였고, 그것은 당신 뼈에 반딧불이가 있는 것처럼 형광색을 띤 공기 중에서 들어 올리기만 해도 부서져 가루가 되었어요, 어스름한 성당의 묘지 안에 있는 유리 눈에서 벼룩이 뛰는 소리만 간신히 들렸어요, 정말 무의미한 존재가 되어 있었어요, 완전히 해체되고 파괴된 어머니의 잔해가 줄줄 흘러나왔고, 그래서 경찰들은 바닥에서 삽으로 그 부스러기들을 퍼올려 최선을 다해 다시 관 안에 넣었으며, 전혀 헤아릴 수 없는 족장의 준엄한 거석 같은 눈은 그것을 지켜보았는데, 이구아나 같은 그의 눈은 최소한의 감정도 비치지 않았으니, 그가 감히 자기를 진실의 거울 앞에 놓았던 이 세상의 유일한 사람과 단둘이 아무런 표시도 없는 사륜마차에 남아 있을 때도 마찬가지였고, 두 사람은 흐린 마차 창문의 커튼 사이로 여러 무리의 가난한 사람들을 지켜보았는데, 그들은 뜨거운 오후에 서늘한 문간에서 쉬고 있었고, 그곳은 예전에 잔인한 범죄와 비운의 사랑, 식인 식물과 우리의 의지를 위태롭게 만드는 믿기 어려운 꽃들에 대한 싸구려 소설을 팔았던 곳이지만, 이제는 그의 어머니 벤디시온 알바라도의 옷과 몸에서 나왔다는 싸구려 가짜 유물을 팔면서 귀가 먹먹할 정도로 질러 대는 큰 소리만 들렸는데, 그동안 그는 데메트리오 알두스 몬시뇰이 자기 생각을 읽었다는 인상을 선명하게 받자, 중풍 환자들의 무리에서 시선을 돌렸고, 결국 신부의 엄격하고 철저한 조사의 결과로 무언가 좋은 결실이 있었다고 혼잣말로 중얼댔는데, 그것은 이 가난한 사람들이 각하를 자신의 목숨처럼 사랑한다고 확신했기 때문이고, 또한 데메트리오 알두스 몬시뇰이 대통령 관저 안에서도 불신과 배신을 포착했으며, 아첨 속에서 탐욕을 보았고, 권력의 비호를 받아 출세한 사람들 속에서는 교활한 노예근성을 보았지만, 반면에 가난한 사람들

무리에서는 새로운 사랑의 모습을 알게 되었기 때문인데, 그들은 그에게 아무것도 기대하지 않았을 뿐만 아니라, 그 누구에게도 원하는 바가 없었기에 실제로 이 세상에서 보여 줄 수 있는 헌신을 맹세했고 우리가 하느님에게 바라는 거짓 없는 충성심을 밝혔습니다, 각하, 하지만 그는 다른 시절 같았으면 배 속이 뒤틀렸을 그 놀라운 사실 앞에서도 눈 하나 깜짝하지 않았고, 한숨도 내쉬지 않았으며, 초조한 마음을 숨기면서 속으로 생각하기를, 그게 바로 필요했던 겁니다, 신부님, 당신의 거짓 세상인 둥근 황금 지붕 아래서 내 불행의 영광을 즐기려고 떠나는 지금, 나는 그 누구도 나를 사랑하지 않기를 바라지요, 그런 동안 그는 진실이라는 부당한 짐을 떠맡았지만, 그의 짐을 거들어 줄 사랑스러운 어머니도 없었고, 이 나라에서 내 왼손보다 더 외로운 신세가 되었는데, 내가 내 의지로 이 나라를 선택한 것이 아니라, 이미 만들어진 상태로 내게 주어졌으며, 당신이 본 것처럼 이 나라는 태곳적부터 항상 비현실적인 느낌을 발산했고, 이런 구린내를 풍겼으며, 삶 외에는 아무것도 믿지 않는 이 역사 없는 사람들이 살고 있지요, 이게 바로 나한테 묻지도 않고 억지로 떠맡긴 조국이라오, 신부님, 40도까지 올라가는 무더위와 습도가 98퍼센트에 이르는, 대통령 전용 마차 덮개 아래에서 먼지를 들이마셔야 하고, 사람들을 접견할 때 커피포트에서 공기 새는 소리처럼 툭 불거진 불알의 배신 때문에 고통받는 나라랍니다, 도미노 게임에 져 줄 사람도 없고, 진실을 말한다고 믿을 만한 사람도 없지요, 내 입장이 되어 보시오, 신부님, 하지만 그는 이 말을 입 밖에 내지 않고, 그저 한숨을 한 번 쉰 뒤, 순간적으로 눈을 딱 한 번 깜빡거리면서 데메트리오 알두스 몬시뇰에게, 그날 오후의 모진 대화는 우리만 알고 있자고 청했으며, 당신은 나에게 아무 말도 하지 않았소, 신부님, 난 진실을 모른다오, 그러니 내게 약속하시오, 그러자 데메트리오 알두스 몬시뇰은, 물론 각하는 진실을 모릅니다, 남자로서 명예를 걸고 맹세합니다, 라고 약속했다. 벤디시온 알바라도의 시복 시성 추진은 증거 부족으로 보류되었고, 로마의 칙령은 정부의 허가를 받아 성당 설교대에서 공표되었으며, 동시에 모든 종류의 시위나 무질서를 초래하려는 시도는 진압될 것이라는 정부의 결정도 함께 알려졌지만, 성난 순례자들이 무기 광장에서 대주교좌 성당의 문에 불을 지르고, 돌을 던져서 교황청 대사관의 천사와 검투사들이 그려진 스테인드글라스를 깨뜨리고, 그곳의 모든 것을 파괴했을 때도 군대는 개입하지 않았는데, 모든 걸 부셨습니다, 장군님, 이라고 보고받았지만, 그는 그물 침대에서 움직이지 않았고, 그러자 그들은 비스카야 출신 수녀들이 사는 수녀원을 포위하고 봉쇄해서 그곳 수녀들이 먹을 것과 마실 것이 없어 죽게 두었고, 교회와 선교관을 약탈했으며, 신부와 관련된 것은 모두 부숴 버렸습니다, 장군님, 하지만 그는 부겐빌레아가 드리운 시원한 어둠 속의 그물 침대에 누워 꼼짝도 하지 않았고, 전체 참모들이 참석한 가운데 사령관들이 로마와 합의했던 대로 피를 흘리지 않고는 그들을 진정시키고 질서를 회복할 수 없다고 밝히자, 그제야 비로소 몸을 일으켜, 오랫동안 게으르게 보낸 후 집무실에 모습을 드러냈으며, 그곳에서 몸소 우렁찬 목소리로, 그리고 국민의 뜻을 이해해야 할 엄중한 의무를 수용하고는 스스로 영감을 받아 칙령을 구상했고, 군부에 알리지도 않고 장관들에게 묻지도 않은 채 혼자서 모든 위험을 감수하며 칙령을 공포했는데, 그 칙령의 1조에서 자유 자주 독립적인 국민의 최고 결정에 따라 벤디시온 알바라도가 민간 성녀의 지위를 획득했다고 선포했고, 그녀를 국가 수호 성모이자 병자들의 치료자이며 새들의 스승으로 명명했으며, 그녀가 태어난 날을 국가 기념일로 선언했고, 2조에서 이 칙령을 선포하는 즉시 이 나라와 교황청은 전시 상태에 돌입한다고 선포했으며, 모든 국제법과 현재 발효 중인 모든 국제 조약을 준수하며, 이런 경우에 발생하는 모든 결과를 수용할 것이라고 밝혔으며, 3조에서 대주교를 비롯하여 주교와 지목기장(知牧己長),[50] 신부와 수녀들, 그리고 영토뿐 아니라 영해 50리그 내에 있는 어떤 직책이건 어떤 조건이건 상관없이 하느님의 일과 관련된 모든 내국인과 외국인의 즉각적이고 공개적이며 공식적인 추방을 명령했고, 4조이자 마지막 항목에서는 교회 재산과 교회 건물, 수도원과 부속 학교들, 그리고 농기구와 가축 등의 재산을 포함한 경작지, 사탕수수 농장, 공장과 작업장뿐만 아니라 제삼자의 이름으로 등록되었지만 실제로 교회의 소유인 모든 것을 몰수하고, 이 재산은 새의 스승인 성녀 벤디시온 알바라도의 사후 유산 일부

---

50) 가톨릭 교구를 설치할 정도는 아닌 선교 지역의 관할 단위를 지목구(知牧區)라 하는데, 그곳을 이끄는 신부를 지목기장이라고 부른다.

를 이루어 현재의 칙령이 포고되는 날부터 그녀의 위대함을
추모하고 숭배하는 위업을 위해 사용하고, 이 칙령은 국가 최
고 수반이 직접 공포하고 반지의 인장으로 날인되니 즉시 이
명령을 따르고 완수하라고 지시했다. 축하의 폭죽이 터지고
영광의 종소리가 울리며 기쁨의 음악이 울리는 가운데서, 민
간이 수여하는 성인식 행사가 열렸으며, 그는 손수 바쁘게 돌
아다녔고, 자신의 칙령이 의심스러운 수작 없이 성실하게 지
켜지는 걸 보면서, 자기는 새로운 속임수나 책략의 희생물이
되지 않으리라 확신했고, 사람들이 계단에서 그의 길을 막고
거리에서 말 달리기 시합을 부활시켜 달라고 하면 그에 동의
하면서 명령했고, 자루 경주[51]를 부활시켜 달라고 하면 알았
다고 답하면서 자기가 모든 걸 지시했던 위대한 영광의 시절
처럼 벨벳 장갑을 낀 단호한 손으로 다시 현실의 고삐를 죄면
서, 가장 가난하고 초라한 농장에 나타나 암탉을 둥우리에 넣
는 방법과 송아지를 거세하는 방법을 설명해 주었는데, 그는
교회의 재산 목록을 세세히 기록한 장부를 개인적으로 확인
하는 데서 그치지 않고, 재산을 몰수하는 공식 행사를 직접
지휘하여 자기의 의지와 달성된 행위 사이에 조그마한 틈도
없도록 했으며, 서류에 적힌 사실과 실제 생활에서 나타나는
거짓 사실을 대조했고, 대형 공동체들의 추방을 감독했는데,
그것은 그들이 이중 바닥의 가방과 가짜 브래지어에 마지막
부왕이 남긴 비밀 보물들, 그러니까 연방주의자 두목들이 오

---

51) 자루에 양다리를 넣고 뛰는 경주.

랫동안 전쟁을 하면서 잔인무도하게 뒤지고 찾았지만, 가난한
사람들이 매장된 공동묘지에 묻혀 있던 바로 그 보물들을 숨
겨서 빼내려고 한다는 말을 들었기 때문이며, 그래서 교회의
모든 구성원은 갈아입을 옷 한 벌 이상의 짐은 가져갈 수 없
다고 지시했을 뿐만 아니라, 그들의 어머니가 낳았던 그대로
벌거벗고 배에 오르라는 돌이킬 수 없는 결정을 내렸고, 자신
들의 운명이 바뀌기만 한다면 옷을 입고 다니건 벌거벗고 다
니건 전혀 상관하지 않았던 거칠고 촌스러운 시골 신부들이
먼저 배를 타라고, 그다음은 말라리아에 걸려 몸이 엉망이 된
선교지의 지목기장들, 깨끗이 면도한 점잖은 주교들이 배에
오르라고, 그들 뒤에 따라오던 여자들, 소심한 애덕회 수녀들,
자연을 길들이고 사막에서 채소가 싹을 틔우게 하는 데 익숙
한 사납고 모진 선교 수녀들, 하프시코드를 연주하던 가냘픈
비스카야 출신 수녀들, 고운 손과 순수한 육체를 지닌 살레지
오 수녀회 수녀들에게 차례로 배를 타라고 명령했는데, 수녀
들은 세상에 던져졌을 때처럼 순수한 맨몸 상태였어도, 그들
사이에서 여러 계급과 혈통이 있으며, 살아온 조건도 다양하
고, 직책도 서로 다르다는 것을 구별할 수 있었으며, 세관의
커다란 창고에 있던 카카오 더미와 소금에 절인 메기가 담긴
자루 사이로 지나가면서, 떼를 지어 빙빙 도는 겁에 질린 양들
처럼 나아갔고, 양팔을 가슴에 엇갈려 올려놓고는 다른 여자
뒤에 숨어 자기의 부끄러운 부분을 감추려고 애썼는데, 천장
용 선풍기 아래에서 돌처럼 보이는 노인은 숨도 쉬시 않고 그
수녀들을 쳐다보았고, 벌거벗은 여자들이 줄을 지어 어쩔 수

없이 지나가야만 했던 일정한 공간에서 눈을 움직이지 않았으며, 눈도 깜빡거리지 않고 그 여자들을 무감각하게 응시했고 그렇게 전 국토에서 단 한 명의 수녀도 남지 않게 되었는데, 이 여자들이 마지막입니다, 장군님, 이라는 보고를 받았지만, 그는 단 한 여자, 그러니까 겁에 질린 수련 수녀 무리에서 첫눈에 가려냈던, 그러니까 다른 여자들과 그리 다르지 않은데도 그가 구별해 냈던 한 여자를 떠올렸는데, 그녀는 작고 튼튼했으며, 엉덩이는 푸짐했고, 가슴은 크고 절대적이었으며, 손은 세련되지 않았고, 성기는 불룩 솟아 있었으며, 머리카락은 원예용 가위로 자른 것처럼 보였고, 도끼처럼 단단한 이는 간격이 일정했으며, 코는 뾰족하지 않았고, 평발이었으며, 모든 수녀와 다르지 않은 평범한 수련 수녀였지만, 그는 그녀가 벌거벗은 여자 무리 중 유일한 여자라고, 그를 쳐다보지 않고 그의 앞을 지나가면서 내 생명의 공기를 가져가 버린 산짐승의 흔적을 모호하게 남겨 놓은 유일한 여자라고 느꼈고, 아무도 눈치채지 못하게 간신히 시선을 바꾸어 그녀를 다시 한번 보았고, 항상 영원히 보게 되었는데, 신원 확인 업무를 맡은 관리가 명단에서 알파벳 순서에 따라 그녀의 이름을 찾아내 레티시아 나사레노라고 큰 소리로 외치자, 그녀는 남자 목소리로, 예, 여기 있습니다, 라고 대답했다. 그렇게 그는 죽을 때까지 남은 생애 동안 그녀를 가지면서 여기에 있게 했으며, 마지막 추억이 기억의 틈새로 조금씩 새어 나갈 때도 그녀의 모습만은 종잇조각에 머물러 있었는데, 거기에 그는 내 영혼의 레티시아 나사레노, 당신이 없어지니 내가 어떻게 되었는지 한번 봐, 라고 썼고, 그것을 벌꿀을 보관하던 틈 속에 숨기고 서, 아무도 자기를 보지 않는다는 것을 알아차리고는 그것을 읽고 또 읽었으며, 쏜살같은 순간 동안 언제인지도 기억나지 않는 환하고 찬란한 비가 내렸던 어느 날 오후를 되살리는 쪽 지를 다시 둘둘 말아서 넣었는데, 그날 부하들은 새로운 소식 을 가지고 갑자기 그를 찾아와서, 장군님, 장군님의 명령을 이 행하기 위해 본국으로 송환했습니다, 라고 보고했지만, 그는 그런 명령을 내린 적이 없었고, 단지 레티시아 나사레노라고 중얼거리기만 하면서 수평선 속으로 가라앉던 마지막 잿빛 화물선을 바라보았을 뿐인데, 레티시아 나사레노, 라면서 그 이름을 잊지 않으려고 큰 목소리로 되뇌자, 그건 대통령실 경 호원들이 자메이카의 수녀원에서 그녀를 송환하는 작전을 수 행하게 하기에 충분했는데, 그렇게 그들은 그녀를 납치해서 재갈을 물리고 구속복을 입혀서 쇠테가 둘러진 소나무 상자 안에 집어넣어 밀랍으로 봉했는데, 그 상자에는 역청으로 파 손 주의, 떨어뜨리지 마시오, 이쪽이 위쪽, 이라는 글자가 쓰 여 있었으며, 대통령 포도주 창고용 순정 크리스털 샴페인 잔 2800개의 정식 수출 허가증과 그에 필요한 영사관 증명서가 첨부되어 있었으며, 돌아올 때는 석탄 수송선의 창고에 실어, 벌거벗기고 약으로 마취시킨 다음 내빈용 선실의 기둥 박힌 침대에 눕혔는데, 그것은 그가 기억하는 그대로 오후 3시에 밀가루처럼 희뿌연 모기장 아래에 있던 그녀의 모습과 일치했 고, 생기를 잃고 움직이지 않던 수많은 다른 여자들처럼 사언 스럽고 편안하게 잠들어 있었는데, 그 여자들은 그가 요청하지도 않았는데 그에게 봉사했으며, 그는 그 방에서 수면제에 취해, 그리고 버려지고 패배했다는 끔찍스러운 느낌에 괴로워하면서 잠들어 있던 그 여자들을 깨우지도 않고서 자기 여자로 만들었지만, 레티시아 나사레노만은 건드리지 않았고, 잠자는 그녀를 가만히 지켜보면서 항구의 창고에서 처음 보았던 이후 너무나 많이 변한 것을 보고는 어린아이처럼 소스라치게 놀랐는데, 그녀의 머리카락은 구불거렸고, 가장 은밀한 틈까지도 완전히 면도되어 있었으며, 손톱과 발톱은 빨간색이 칠해져 윤이 났고, 입술은 짙은 다홍색으로, 뺨은 붉은 연지로, 속눈썹은 사향 딸기 색깔로 칠해져 있었으며, 달콤한 향내를 내뿜고 있어서, 산짐승처럼 숨어 있는 네 흔적이 없어져 버렸어, 빌어먹을, 그의 부하들은 그녀를 수리한다며 엉망으로 만들었고 너무나 다르게 바꿔 놓는 바람에 그는 꼴사납게 화장된 모습 속에서 벌거벗은 그녀의 모습을 볼 수 없었기에, 수면제에 취해 환희의 상태에 빠져 있던 그녀를 찬찬히 바라보았는데, 그녀가 그런 상태를 이겨 내는 것을 보았고, 그녀가 잠에서 깨어나는 것을 보았으며, 그녀가 그를 보는 것을 보았는데, 젠장, 바로 그녀였어, 나를 혼란스럽게 만든 레티시아 나사레노, 그녀는 모기장의 은은한 수증기 사이로 자기를 인정사정없이 뚫어지게 쳐다보던 돌처럼 꿈쩍하지 않는 노인 앞에서 공포에 질려 화석처럼 굳었고, 그의 침묵이 뜻하는 예측할 수 없는 목적에 놀라 겁에 질렸는데, 그것은 그가 셀 수 없을 만큼 나이를 먹고 헤아릴 수 없는 권력을 지니고 있었지만, 그녀보다 더 놀라 있으며, 더 외로운 상태라는 걸 상상할 수 없었기 때문인데, 게다가 그는 어찌해야 할지 몰랐고, 마치 병사들을 따라다니는 여자와 처음으로 남자가 되었을 때처럼 무방비 상태로 어리둥절해 있었는데, 당시 그는 한밤중에 그 여자가 강물에서 벌거벗은 채 목욕하고 있을 때 덮쳤으며, 물속으로 잠수하고 나서 내뱉는 거센 콧바람으로 그녀의 몸집과 힘을 상상했고, 어둠 속에서 그녀의 어둡고 외로운 웃음소리를 들었으며, 어둠 속에서 그녀의 육체가 기뻐하는 것을 느끼면서도 두려워 옴짝달싹할 수 없었는데, 3차 내전에서 이미 포병 중위였지만 아직 동정을 잃지 않았기 때문이며, 심지어 그 기회를 잃을 수도 있다는 두려움이 공격해야 한다는 두려움보다 더 결정적이었기 때문이고, 그래서 완전 무장을 한 채, 그러니까 각반을 차고 배낭도 메고 탄띠도 두르고 마체테와 산탄총을 들고, 너무나 많은 거추장스러운 전쟁 장비를 갖추고 너무나 많은 말 못 할 공포에 정신이 멍해져서 물속으로 뛰어들었기 때문에, 처음에 여자는 누군가가 말을 탄 채 물속으로 들어왔다고 생각했지만, 곧 그가 겁에 질린 가련한 남자에 지나지 않는다는 것을 알아차렸고, 그래서 호수와 같은 자비와 동정으로 그를 맞아들였으며, 그가 그녀라는 호수의 어둠 속에서 길을 찾지 못했기 때문에 그녀는 어둠 속에서 놀라 어찌할 줄 모르던 그의 손을 잡아 이끌었고, 어둠 속에서 어머니 같은 목소리로 그에게 물살에 휩쓸려 가지 않도록 내 어깨를 단단히 잡아, 물속에 쭈그리고 앉지 말고, 바닥에 힘껏 무릎을 대고 앉아서 천천히 숨을 쉬어야 숨이 막히지 않아, 라고 일러 주었고, 그러자 그는 어린애처럼 고분고분하게 그녀가 시키는 대로 하면서, 나의 어머니 벤디시온 알바라도여, 여자들은 어떻게 하기에 마치 그런 일을 자기들이 만들어 내는 것처럼 자연스럽게 하는 거죠, 라고 생각했으며, 어떻게 하기에 그토록 남자답게 하는 거죠, 라고 생각하는 동안, 그녀는 목까지 물이 차오르며 외롭게 치르는 그 전쟁보다 덜 무섭고 덜 쓸쓸한 다른 전쟁에서 필요치도 않고 쓸모도 없는 것들을 벗겼고, 그는 솔향 비누 냄새를 풍기는 여자 몸의 보호를 받으며 두려워 죽을 지경이었지만, 그녀가 그의 허리띠 두 개의 버클을 풀었고, 내가 그의 바지 앞자락 단추를 풀었는데, 너무 소름이 끼쳐 기절할 뻔했어요, 나는 내가 찾던 것이 아니라, 어둠 속에서 두꺼비처럼 둥둥 떠다니는 거대한 불알을 보았어요, 그녀는 너무나 놀라 그걸 놓아 버리면서 그에게서 떨어졌고, 엄마한테 가서 다른 걸로 바꿔 달라고 해, 넌 안 되겠어, 라고 말했는데, 그는 그때 이미 조상부터 내려온 바로 그 두려움에 굴복했고, 그래서 레티시아 나사레노의 벌거벗은 몸을 보자 두려움에 사로잡혀 꼼짝하지 못했으며, 예측 불가능한 그녀의 강물 속으로 뛰어들지 못했고, 그녀가 자비를 베풀어 도와주지 않는다면 완전 무장을 하고서도 그렇게 할 수 없을 것이기에, 그는 손수 침대 시트로 그녀를 덮어 주었고, 아버지의 사랑으로 상처를 입은 불쌍한 「델가디나의 노래」[52]를 축음기의 실린더 음반이 끝날 때까지 틀어 주었고, 꽃병에 펠트

---

52) 스페인에서 유래한 멕시코 민요. 아가씨로 자란 딸에게 아버지가 아내가 되어 달라고 하자 딸이 이를 거부하고 비극적인 죽음을 맞는다는 내용이다. 가르시아 마르케스의 『내 슬픈 창녀들의 추억』에서 사용되기도 했다.

꽃을 꽂게 해서 그녀의 악덕한 손이 닿아도 생화처럼 시들지 않게 했으며, 그녀를 행복하게 해 주기 위해 생각나는 모든 것을 해 주었지만, 엄격한 포로 상태와 나체 처벌은 그대로 유지하면서, 그녀가 훌륭한 대접을 받고 많은 사랑을 받지만, 그 운명에서 피할 가능성은 전혀 없다는 것을 알게 했는데, 그녀는 그것을 너무나 잘 이해한 나머지, 처음으로 두려움에서 해방되자, 장군님, 부탁입니다, 라는 말을 하지도 않고 신선한 공기가 조금 들어오도록 창문을 열라고 그에게 지시했는데, 그러자 그는 창문을 열었고, 달이 얼굴에 빛을 비추니 다시 닫으라고 명령하자 그는 창문을 닫았으며, 마치 그것이 사랑의 명령인 듯 그대로 따랐고, 갈수록 고분고분해지고 자신감을 가지면서, 찬란한 비가 내릴 오후가 점점 가까워지고 있다는 사실을 알았는데, 그날 그는 모기장 안으로 슬그머니 기어서 들어가 그녀 옆에 누웠지만 그녀를 깨우지는 않았고, 며칠 밤 내내 그녀의 몸에서 나오는 비밀스러운 체취를 혼자 즐겼고, 몇 달이 흐르는 동안 갈수록 뜨거워지던 야생 암캐 같은 그녀의 몸내를 들이마셨으며, 그녀의 배에서는 이끼가 돋아났고, 그러자 그녀는 소스라치게 놀라 잠에서 깨어나면서, 여기서 나가요, 장군님, 이라고 소리쳤고, 그러자 그는 마지못해 어쩔 수 없이 일어났지만, 그녀가 자는 동안 다시 그녀 옆에 누웠고, 그렇게 그녀를 잡아 가둔 첫해 동안 그녀를 손대지 않고 누렸으며, 마침내 그녀는 그의 곁에서 잠을 깨는 데 익숙해졌지만, 권력의 기쁨과 세상의 내혹을 버리고 그녀를 찬찬히 바라보며 그녀에게 봉사하는, 도저히 속을 알 수 없는 노인의 숨겨진 강물이 어디로 가는지는 이해하지 못했고, 그가 가까이 올수록 더욱 당황했는데, 그는 자기가 익히 알던 찬란한 비가 내릴 오후가 되자, 그녀가 자는 동안 그녀 위에 누웠고, 완전 무장하고 강물에 들어갔을 때의 옷차림 그대로, 다시 말하면 계급장 없는 군복을 입고 검대(劍帶)를 매고 열쇠 꾸러미를 매달고 각반을 차고, 황금 박차가 달린 군화를 신고 있었는데, 그녀는 갑작스레 악몽을 꾸면서 겁에 질려 잠에서 깨어났고, 완전 무장한 그 말[馬]에서 벗어나려고 안간힘을 썼지만, 그의 결의가 너무 단호했기에, 그녀는 마지막 남은 수단을 이용하여 시간을 벌기로 마음먹고는, 장군님, 군복을 벗으세요, 쥠쇠가 내 가슴에 상처를 내고 있어요, 라고 명령했는데, 그러자 그는 군복을 벗었고, 장군님, 그 박차를 풀어 놓으세요, 박차 끝에 달린 황금별 모양의 톱니바퀴 때문에 발목에 상처가 나요, 허리띠에서 열쇠 꾸러미를 풀어 놓으세요, 제 엉치뼈와 자꾸 부딪치거든요, 그러자 그는 그녀가 명령하는 대로 모든 걸 했지만, 제가 제대로 숨을 쉴 수가 없어요, 라는 말에도 검대를 벗기까지는 석 달이 걸렸고, 그녀가 쥠쇠 때문에 미쳐 버릴 것 같아요, 라고 말했지만, 각반을 벗기까지 또 한 달이 걸렸는데, 그건 천천히 진행되면서도 힘든 전쟁이었고, 거기서 그녀는 그를 성마르게 하지 않으면서 시간을 끌었고, 그는 결국 모든 걸 양보하면서 그녀의 기분을 맞추었으며, 그렇게 두 사람 중에서 아무도 납치된 지 이 년이 되고 얼마 후에 어떻게 마지막 격변이 일어났는지 알지 못했는데, 그날 그의 따뜻하고 부드러운 손이 정처 없이 헤매다가 우연히 잠든 수련 수녀의 숨겨진 보물과 부딪쳤고, 그러자 그녀는 감격한 듯이 창백한 땀을 흘리고 죽을 것처럼 몸을 떨면서 잠에서 깨어났고, 자기 몸 위에 있던 거칠고 버릇없는 동물을 능숙하게든 서툴게든 떨쳐 버리려고 애쓰지 않았고, 대신 군화를 벗어요, 브라반트제 내 침대 시트를 더럽히지 말아요, 라고 애원하면서 그를 감동하게 하자, 그는 있는 힘을 다해서 그렇게 했고, 그녀는 계속해서 각반을 벗어요, 바지를 벗어요, 탈장대를 빼세요, 모두 다 벗어요, 그러지 않으면 당신을 느낄 수 없어요, 라고 했으니, 그렇게 그는 자신도 모르는 사이에 우울한 하프 같은 제라늄 사이로 들어온 햇빛 아래서 어머니만이 알았던 상태가 되었는데, 두려움에서 해방되어 자유의 몸이 된 그는 싸움소가 되어 돌격하자마자 자기 발길에 차이는 모든 것을 부수고 뒤엎어 버렸으며, 침묵의 심연에 얼굴을 파묻었는데, 그곳에서는 단지 레티시아 나사레노가 어금니를 악무는 바람에 목선(木船)의 목재가 삐걱거리는 소리만 들렸고, 그녀는 여기 있어요, 라고 말하며 깊이를 알 수 없는 현기증을 느끼고는 혼자 죽지 않으려는 듯, 모든 손가락으로 내 머리카락을 움켜쥐었는데, 같은 시간에 나는 그녀가 요구한 대로 현기증을 느끼며 죽어 가고 있었고, 그녀와 똑같은 충동으로 육체가 절박하게 요구하는 모든 것을 갈망했지만, 그는 그녀를 잊었고, 짜디짠 눈물과 함께 어둠 속에 혼자 남아 자기 자신을 찾으면서 장군이라 되뇌었고, 황소처럼 침을 질질 흘리며 장군이라 반복하면서 자기 자신을 찾았는데, 진에 없이 놀린 상태에서 나의 어머니 벤디시온 알바라도여, 이런 고통을 알지

못한 채 내가 어떻게 그토록 오랜 세월을 살았을까요, 라고 생
각하며 울었고, 불안한 콩팥 때문에 정신이 혼미해졌으며, 창
자는 연속적으로 폭발음을 냈고, 부드러운 촉수가 죽을 것처
럼 찢어지면서 그의 내장을 송두리째 뽑아냈으며, 그러자 그
는 마지막 순간에 다다른 목 잘린 짐승처럼 몸을 떨면서 뜨겁
고도 시큼한 액체를 새하얀 침대 시트에 흩뿌렸는데, 그의 기
억에 따르면 그것은 찬란한 비가 내리던 오후에 모기장 안에
서 물유리를 공기와 접촉하게 한 것이었으니, 예, 그것은 똥이
었습니다, 장군님, 장군님이 싸질러 놓은 똥이었습니다.

해가 저물기 조금 전에, 우리는 썩은 암소 가죽을 꺼냈고, 믿기 어려울 정도로 어질러진 난장판을 조금 정리했지만, 아직도 시체를 그의 전설적인 모습과 비슷하게 만들지는 못했다. 우리는 생선 비늘을 벗기는 칼로 문질러서 그에게서 해저 상어의 빨판을 떼어 냈고, 크레올린 탈취제와 암염으로 씻어서 썩은 상처를 수선했으며, 그의 얼굴에 풀을 바르고 분을 칠해서 삼베로 기운 부분과 똥거름을 먹고 사는 새들이 쪼아 먹은 얼굴을 복구하고서 우리가 파라핀으로 처리했던 구멍을 감추었고, 여자들의 볼연지와 입술에 칠하는 립스틱으로 생명의 색깔을 띠도록 돌려놓았지만, 빈 동공에 박아 넣은 유리 눈알로는 국민 앞에 전시하는 데 필요한 권위의 표정을 연출할 수 없었다. 그사이 우리는 국무 회의실에서 수세기 동안 지속한 독재와 맞서 모두가 힘을 합쳐 권력의 전리품을 공평하게 나누자고 호소했는데, 그것은 모두가 그의 죽음이라는, 비밀스럽지만 억누를 수 없는 소식에 완전히 홀려 있었고, 자유당원들과 보수당원들은 그토록 미루어 왔던 야심의 잔불을 지피며 서로 화해했으며, 권력을 잃어버린 최고 사령부의 장군들, 마지막 세 명의 민간인 장관들, 수석 대주교, 그러니까 그가 그곳에 모이기 원하지 않았을 모든 사람이 긴 호두나무 테이블에 둘러앉아서, 그의 죽음이라는 엄청난 소식을 어떤 방식으로 발표해야 군중들이 거리로 급히 밀려 나오지 않을지에 대해 합의점을 찾으려고 애썼는데, 우선 밤이 시작할 무렵 공보 1호를 통해 약간의 건강 문제가 생겨 각하께서 모든 공식 약속과 시민과 군인의 접견을 취소해야 했다고 발표하고, 이후 의료 관련 공보 2호를 통해 존엄하신 환자께서 나이로 인해 편찮으신 관계로 관저 침실에 머물러야만 했다고 발표하며, 마지막으로 아무 발표 없이 8월의 무더운 화요일의 찬란한 새벽에 대성당의 종을 쩌렁쩌렁하게 울려 공식적으로 그의 죽음을 알리기로 했지만, 아무도 그가 정말로 죽은 것인지 확실하게 알 수는 없을 터였다. 그 증거 앞에서 우리는 할 수 있는 게 하나도 없었고, 그 해로운 시체를 책임지고 처리해야 했지만, 우리 중에는 그를 대체할 사람이 아무도 없었는데, 그것은 그가 그렇게 나이가 들도록 자기가 죽은 후 국가의 운명이 어떻게 되어야 하는지를 결정하지 않았고, 그 누구도 꺾을 수 없는 노인의 고집으로 수많은 제안을 단호하게 거부했기 때문인데, 모든 정부 기관이 자외선 차단 유리로 지어진 정부 청사로 입주했을 때부터 그런 제안을 받았지만, 그는 자기가 절대 권력을 누리던 아무도 없는 집에서 혼자 살았고, 우리는 그가 자면서 걸어 다니고, 소들이 짓밟아 부셔 놓은 것 사이로 팔을 휘젓는 모습을 보았으며, 병들어서 죽는 게 아니라 잡초가 되어 버린 장미꽃밭에서 늙어서 죽어 가는 것 같은 눈먼 사람들과 나병 환자들, 그리고 중풍 환자들 외에는 자기 명령을 들을 사람이 한 명도 없는 것 같았지만, 너무나 의식이 명료하고 고집이 센 탓에, 우리가 그의 유산을 시급히 정리할 필요가 있다고 제안할 때마다 애매하게 둘러대거나 나중으로 미루자는 대답만 했는데, 그는 자기가 죽은 이후의 세상을 생각하는 것이 자신의 죽음처럼 재수 없다고 말하면서, 빌어먹을, 어쨌든 내가 죽으면 정치하는 놈들이 돌아와 보수당 놈들의 시절처럼 이걸 나눠 가질 거야, 두고 봐, 라고 말했고, 신부들, 미국 놈들, 그리고 부자들이 이 모든 걸 나눠 가질 거야, 물론 가난한 사람들에게는 하나도 주지 않겠지, 이들은 항상 너무나 멍청하고 바보 같아서, 똥도 돈이 되는 날이 되면 똥구멍 없이 태어날 인간들이야, 두고 봐, 라고 말하면서, 누군가에게 자기가 영광을 누리던 시절에 대해 말했고, 심지어 자기 자신을 비웃기도 했으며, 숨이 넘어갈 듯이 웃으면서 우리에게 자기가 사흘 동안 죽어 있더라도, 자기를 예루살렘으로 데려가 거룩한 무덤 성당에 묻으려고 할 필요는 없다고 말했고, 과거의 것이 사실이 되든 아니든 자기는 관심 없다면서, 염병할, 시간이 알려 줄 거야, 라며 모든 논쟁과 의견 차이에 종지부를 찍었다. 사실 그의 말은 옳았는데, 우리 시대에는 아무도 그의 역사가 정당하고 진실하다는 것을 의심하지 않았으며,

그의 시체가 누구의 것인지 신원을 밝힐 수도 없었던 판에, 그의 과거가 진실하다는 것을 드러내거나 부인할 사람은 없었고, 그가 자신의 모습과 똑같이 만든 국가 외의 다른 나라는 존재하지 않았으며, 그 자신도 제대로 기억할 수 없을 만큼 오래전부터 만든 그 나라는 그의 절대적 의지가 의도하는 계획에 따라 공간이 바뀌고 시간이 수정되었는데, 그렇게 혼자 남아 있는 동안, 그는 행복한 사람은 한 번도 잠을 잔 적이 없는 그 불명예스럽고 추잡한 집을 이리저리 돌아다니며 방황했고, 그물 침대 주변에서 짹짹거리던 암탉들에게 옥수수 알을 던져 주면서, 모순되는 명령으로 하인들을 짜증 나게 했는데, 레모네이드에 잘게 부순 얼음을 넣어 가져와, 라고 지시하고는, 손닿는 자리에 놔두고서 손도 대지 않았으며, 거기 있는 의자를 치우고 저기 갖다 놓으라고 지시하고는, 다시 제자리에 놓으라고 하는 등, 그런 사소한 방법으로 명령 내리기를 좋아하는 그의 커다란 악습에 따스한 잔불을 지피면서 만족했으며, 매일매일 권력을 잊은 한가한 시간에는 머나먼 어린 시절의 하찮은 순간들을 끈질기게 뒤쫓으면서 마당의 케이폭 나무 아래서 꾸벅꾸벅 졸다가, 갑자기 잠에서 깨어 그가 존재하기 이전의 조국이라는 무한히 커다란 조각 그림 맞추기의 한 조각인 양 기억을 붙잡았는데, 그것은 터무니없는 망상의 조국, 바다가 없는 조국, 뗏목이 천천히 떠다니고 그가 존재하기 전부터 존재했던 절벽으로 가득한 왕국이었고, 사람들이 너무나 용감해서 맨손으로 막대기를 악어의 입에 찔러서 잡던 시절이었다고, 그렇게 그는 입천장에 검지를 넣어 가며 설명했고, 어느 성금요일에 바람이 야단법석을 떨었는데, 그 바람에서 비듬 냄새를 맡았으며, 시커먼 구름 떼처럼 몰려오는 가재들을 보았고, 그것들이 정오의 하늘을 뿌옇게 뒤덮고는 발에 걸리는 것은 모두 가위질하면서 세상을 모두 싹둑 잘라 버리게 놔두었고, 세상 창조의 전날처럼 빛을 산산이 조각내 버렸다고 말하면서, 자기가 그 재앙을 직접 경험했다고, 어느 집의 처마에 머리가 없는 수탉들이 줄에 다리가 매달려 피를 뚝뚝 흘리는 장면을 보았으며, 그 집 앞의 크고 낡은 보도에서 방금 죽은 한 여자를 보았다고, 그러자 어머니의 손을 놓고 누더기를 걸친 그 시체 뒤를 따라갔으며, 사람들은 그 시체를 관에 넣지도 않고 화물용 들것 위에 들고 가서 묻으려고 했는데, 거기로 가재들이 눈보라 치듯이 달려들었으며, 당시 그의 나라는 그런 상태였기에, 우리는 죽은 사람을 넣을 관조차도 없었다고, 그는 마을 광장에 있는 어느 나무에서 어떤 사람이 목매달아 죽으려고 사용했던 밧줄로 다른 사람이 목매달아 죽으려고 하는 것을 보았는데, 숨이 끊어지기 전에 밧줄이 끊어지는 바람에, 그 가련한 남자는 광장에서 죽음의 고통으로 몸부림쳤으며, 미사에서 나오던 부인들은 너무나 놀라 겁을 먹었지만, 그 남자는 죽지 않았고, 그러자 사람들은 몽둥이로 때려서 그 남자의 숨을 되돌려 놓고서 그가 누구인지 확인도 하지 않았는데, 그건 그 당시에는 교회에서 알고 지내는 사람이 아니면 누가 누구인지 아무도 모르던 시절이었기 때문이라고, 그런 다음 차꼬의 두 나무토막 사이에 발복을 넣어 나른 벌 받는 동료들과 함께 밤낮으로 놔두었는데, 그건 정부보다

하느님이 더 많은 권력을 갖고 통치하던 보수당 시절이었고 조국이 힘들고 불행했던 시절이었기 때문인데, 그래서 그는 모든 마을 광장의 나무들을 베어 버려 일요일마다 목매달아 죽은 사람을 보는 끔찍한 장면이 일어나지 않게 하라고 지시했고, 공개적으로 차꼬를 사용하고 관 없이 매장하는 행위를 비롯해 그가 집권하기 이전에 존재했던 수치스러운 법을 기억에서 일깨울 수 있는 모든 행위를 금지했고, 고원 지대의 황무지를 통과하는 철도를 건설해서 노새들이 커피 농장 저택의 가면무도회에 쓸 그랜드 피아노를 등에 싣고 벼랑 가장자리에서 겁에 질려 말썽을 피우는 문제도 완벽하게 해결했는데, 그것도 그가 깊은 나락에서 서른 개의 그랜드 피아노가 박살 나는 재앙을 두 눈으로 목격했기 때문이며, 오직 그만이 그 일에 대해 참된 증언을 할 수 있었지만, 보지도 않았던 여러 사람이 그 사건에 대해 수없이 말하고 글을 썼으며, 심지어 해외에서도 그랬는데, 그는 맨 끝에 있던 노새가 미끄러지면서 그 노새와 줄로 연결되어 있던 나머지 노새들을 끌고 모두 깊은 계곡으로 떨어진 바로 그 순간 우연히 창문을 내다보았고, 그래서 그를 제외한 그 누구도 절벽에서 굴러떨어지는 노새 떼의 공포에 질린 울부짖음과 그 노새들과 함께 떨어지던 피아노들의 끝없는 화음을 듣지 못했고, 그 피아노들은 허공에서 스스로 연주하면서 국가의 심연을 향해 돌진했는데, 그 당시 국가는 그 이전에 있었던 모든 것과 마찬가지로 광대하고 불확실했으며, 오스트리아에서 수입한 피아노들이 산산이 부서진 깊은 골짜기는 후텁지근한 수증기 같은 안개로 가득했고, 일종의 땅거미 같은 것이 항상 껴 있어서 낮인지 밤인지조차 구별할 수 없었는데, 그는 그 머나먼 세상에서 그것을 비롯해 수많은 것들을 보았지만, 그조차도 그것이 정말로 자기의 기억인지, 아니면 전쟁의 분노로 제대로 잠을 이루지 못했던 밤에 누군가가 말한 것을 들은 것인지 확실하게 알 수 없었고, 또 여행 서적의 그림에서 보았는지도 확신할 수 없었는데, 그는 나라가 시끄럽지 않을 때면 여러 시간 동안 할 일이 없어 여행 서적 삽화 앞에 넋을 잃고 머물렀지만, 그런 것은 하나도 중요하지 않았고, 제기랄, 시간이 흐르면서 사실이라는 걸 알게 될 거야, 라고 말했는데, 그는 자기의 진짜 어린 시절이 시시하고 불확실한 추억이 아니라는 것, 그리고 쇠똥에서 연기가 솟아오르기 시작할 때만 그런 것을 기억했다가 영원히 잊어버린다는 사실을 알았을 뿐만 아니라, 실제로 그 어린 시절을 내 유일하고 합법적인 아내 레티시아 나사레노의 잔잔한 웅덩이에서 보냈다는 것을 알았는데, 그녀는 매일 오후 2시에서 4시까지 부겐빌레아가 드리운 정자에서 그를 학교 걸상에 앉히고는 읽고 쓰는 법을 가르쳤으니, 수련 수녀의 특징인 불굴의 정신과 끈기로 그 영웅적인 과업을 수행했으며, 그는 노인네답게 끔찍할 정도의 인내심과 무한한 권력으로부터 나오는 엄청난 의지로 화답했고, 내 모든 정성을 다했어, 그렇게 온 정성으로 깜박깜박 깜박이, 뻐끔뻐끔 뻐끔이, 라고 노래했지만, 죽은 어머니의 소란스러운 새들이 야단법석을 피우는 바람에 아무도 그의 목소리를 듣지 못했으며, 그는 자기 목소리노 듣시 못한 채 읊어 댔는데, 말똥구리가 말똥말똥 쳐다보고, 산들산들 바람 불고, 세실리아는 세 살에 세례받고 세수하고 세발뛰기 하고, 못하는 게 없네, 라면서 웃었고, 매미의 시끄러운 울음소리를 들으며 레티시아 나사레노는 수련 수녀 때 사용했던 메트로놈에 박자를 맞추어 노래하면서 읽기를 가르쳤으며, 그러다 보면 세상 방방곡곡이 당신 목소리에서 나온 동식물과 놀이로 가득 찼고, 그의 광활한 슬픔의 왕국에는 오로지 초보 스페인어책에 실린 모범적인 진실 외에는 그 어떤 것도 없었으며, 산들산들 바람 불고, 자장자장 아이 졸고, 방긋방긋 아이 웃고, 엘로이의 오이, 오틸리아의 티 없는 티셔츠, 이런 것 외에는 아무것도 존재하지 않았고, 그는 모든 곳에 있는 자기 초상화처럼 언제 어디서나 읽기책을 되풀이했고, 심지어 네덜란드 재무성 장관 앞에서도 그렇게 한 나머지, 장관은 공식 방문의 목표를 잊어버렸고, 우울하고 음침한 노인은 헤아릴 수 없는 권력의 어둠 속에서 벨벳 장갑을 낀 손을 들더니, 공식 접견 행사를 중지시키고서 나와 함께 노래하자고 그를 초대하고는, 싹트네, 싹터요, 오이밭의 오이는 날씬한 오이, 삐악삐악 병아리를 부르면서, 검지로 메트로놈의 박자를 맞추는 시늉을 했고, 화요일에 배운 것을 하나도 틀리지 않고 외워서 반복했으며, 전혀 사려 깊지 못한 기회에 한 일이지만, 그가 원했던 대로 사정이 좋아질 때까지 네덜란드 차관 지급을 연기하자는 말로 면담은 끝났고, 그러자 모든 건 때가 있는 법이야, 라고 결심하고는, 새벽에 하얗게 서리 내린 장미꽃밭에서 일어나 어둠 속에서 노인을 본 나병 환자들과 눈먼 사람들과 중풍 환자들이 소스라치게 놀라자, 그들에게 조용히 축복을 내리고는, 대미사의 노래 화음으로 나는 왕이요, 법을 사랑하노라, 라고 노래했고, 점쟁이는 술만 마시네, 라고 노래했으며, 등대는 아주 높은 탑, 밝은 불빛이 밤에 뱃사람에게 길을 알려 주네, 라고 노래하면서, 늘그막의 행복이라는 그늘에는, 그러니까 헐떡거리며 놀던 낮잠 시간의 뜨거운 새우찌개 속에는 내 인생인 레티시아 나사레노와의 시간만 있다는 것을 알았고, 사로잡힌 박쥐 같은 전기 선풍기 아래로 땀에 흠뻑 젖은 매트에서 당신과 함께 벌거벗고 있고자 하는 열망 외에는 그 어떤 소망도 없었으며, 레티시아, 당신 엉덩이의 빛 외에는 아무 빛도 없었고, 내가 숭배하는 당신의 젖꼭지, 당신의 평발, 약초인 당신의 운향풀[53] 가지가 나의 전부이며, 안티과[54]의 머나먼 섬에서의 답답한 1월, 늪지의 뜨거운 바람을 맞던 어느 고독한 새벽에 당신은 그 섬에서 태어났지, 라고 중얼거리면서, 그들 두 사람은 내빈 숙소에 틀어박혔으며, 나는 아무도 그 문에서 5미터 이내로 접근하지 말라고 직접 명령을 내렸고, 읽고 쓰기를 배우느라고 정신이 없을 거라고 설명했고, 그렇게 아무도 그를 방해하지 않았으며, 심지어 장군님, 황열병이 농촌을 완전히 망가뜨리고 있습니다, 라는 소식도 전하지 않았는데, 내 심장 박자는 산짐승 같은 당신 체취의 보이지 않는 힘 때문에 메트로놈보다 더 빨랐고, 난쟁이가 난장을 벌이네, 라고 노래하면서, 노새가 노쇠하네, 매미는 맴맴, 안개

53) 지중해 연안이 원산지로 향료나 약초로 사용한다.
54) 카리브해의 작은 섬.

가 뭉게뭉게, 빈 털털이는 빈 털터리로, 라고 읊조렸으며, 그런 동안 레티시아 나사레노는 툭 불거진 그의 불알을 한쪽으로 치우고서 조금 전에 끝낸 사랑의 오물 찌꺼기를 닦아 주었고, 사자 다리의 백랍 욕조를 성수로 가득 채워 그를 물에 담그고는 로이터 비누로 비누칠해 주었으며, 수세미로 때를 벗겼고, 끓인 약초 물로 헹궈 주면서, 그와 함께 깨끗이는 이로 쓰고 산뜻이도 기꺼이도 모두 이로 쓰고, 라고 노래했으며, 양다리 이음매에 카카오 버터를 발라서 탈장대 때문에 살갗이 벗겨져 쓰라린 아픔을 줄여 주려고 했고, 엉덩이에 피어난 별 모양의 곰팡이에 붕산 가루를 뿌렸으며, 네덜란드 장관에게 잘못 행동했다면서 다정한 어머니처럼 그의 볼기를 가볍게 찰싹찰싹 때렸으며, 보속(補贖)[55]으로 청빈 수녀 공동체가 이 나라로 다시 돌아오게 해 달라고, 그래서 보육원과 병원을 비롯해 다른 자선 기관들을 맡게 해 달라고 부탁했지만, 그는 억누를 수 없는 원한과 분노의 음산한 기운으로 그녀를 감싸면서, 그런 건 말도 꺼내지 마, 라고 말하고는 한숨을 내쉬었는데, 그가 우렁찬 목소리로 직접 결정했던 것을 철회하거나 반대하게 만들 힘은 이 세상이건 저세상이건 그 어디에도 없었으므로, 그녀는 오후 2시에 사랑의 천식 소리를 내는 동안, 내 사랑이시여, 내 소망 하나만, 정말 하나만 들어줘요, 경거망동한 권력에 관심을 보이지 않고 열심히 일하던 선교 지역 수녀 공동체들만 돌아오게 해 줘요, 라고 부탁했지만, 그는 다급한 남편처

---

55) 가톨릭에서 죄를 지은 사람의 속죄 행위.

럼 콧소리를 씩씩거리며 열망하면서, 내 사랑아, 그런 말은 하지도 마, 라고 대답했는데, 노새 대신 원주민을 타고 다니면서 황금 코걸이나 귀고리를 받고 색색의 유리구슬 목걸이를 나눠 주는 긴 치마 입은 여자들에게 치욕을 당하느니 차라리 죽음을 택하겠어, 그러니 그런 말은 하지도 마, 라고 투덜대면서, 나의 불행인 레티시아 나사레노의 애원에 귀를 기울이지 않았는데, 그녀는 발을 꼬고서 정부가 몰수한 종교 재단의 학교들을 반환하고, 양도 불능한 부동산의 소유권을 해제시켜 양도를 가능하게 하며, 제당 공장을 비롯해 군부대로 바꾸어 놓은 교회를 원상복구시켜 달라고 애원했지만, 그는 수백 년 동안 조국의 간을 파먹으며 살았던 하느님의 강도들에게 굴복하느니 차라리 채워지지 않는 당신의 차분하면서도 깊은 사랑을 포기하겠다는 심정으로 고개를 벽으로 돌리고서, 그건 죽어도 안 돼, 라고 마음을 다져 먹었지만, 장군님, 그들이 돌아왔습니다, 라는 보고를 받았는데, 청빈 수도회들은 아주 좁은 틈새를 통해 돌아왔으며, 그의 극비 명령에 따라 어떤 소리도 내지 않고 아무도 모르는 작은 만에 상륙했고, 엄청난 규모의 배상이 이루어졌으며, 몰수된 재산은 확실하게 상환되었고, 민사혼,[56] 이혼, 비종교 교육에 관한 최근 법령이 폐지되었을 뿐만 아니라, 그가 자기 어머니 벤디시온 알바라도를 주님의 거룩한 왕국에 있게 하는 시성 행사 축제에서 그런 것을 비웃자 분노를 참지 못해 크고 우렁찬 목소리로 공포했던 모

---

56) 종교 의식을 따르지 않고 이루어지는 혼인.

든 것이 철폐되었는데, 제기랄, 빌어먹을, 하지만 레티시아 나
사레노는 그 정도로 만족하지 않고 더 많이 요구했고, 그에게
내 아랫배에 귀를 대고 안에서 자라고 있는 아기가 노래하는
소리를 들어 봐요, 라고 부탁한 것은 낮고 굵은 그 목소리에
소스라치게 놀라서 그녀가 한밤중에 깼기 때문인데, 그 목소
리는 붉은 노을과 역청 색깔의 바람이 주름지게 만든 당신 창
자의 수중 천국을 그리고 있었고, 그 내면의 목소리는 당신
신장에 종기가 있고, 당신 창자가 연철(軟鐵) 같으며, 당신의
샘 속에 잠들어 있는 따스한 당신 오줌이 호박색이라고 말했
으니, 그는 이제 이명이 덜 울리는 귀를 그녀의 배에 대고서,
자기의 대죄가 만든 살아 있는 생명체가 비밀스럽게 부글거리
며 내는 소리를 들었고, 우리의 음탕한 배에서 아들을 낳으리
니 그 이름을 임마누엘이라 하리라, 그것이 바로 다른 신들이
하느님으로 알고 있는 이름이며, 아이의 이마에는 고귀하고
훌륭한 태생임을 보여 주는 하얀 샛별이 새겨질 것이고, 어머
니의 희생정신과 아버지의 위대한 정신, 그리고 눈에 보이지
않는 지도자의 운명을 물려받을 테지만, 그가 수십 년 동안
신성 모독적인 동거를 하는 동안 침대에서 천박하게 벌인 결
과물을 제단에 봉헌하지 않는 한, 그 아이는 하늘의 수치요
조국의 오점이 될 것을 알게 되자, 그는 거품처럼 보이던 오래
된 신혼 모기장을 걷고 걸어 나왔는데, 억눌린 끔찍한 분노의
밑바닥에서 솟아나는, 또는 배의 보일러 같은 씩씩거리는 소
리를 내면서, 그건 절대 안 돼, 결혼하느니 차라리 죽음을 택
하겠어, 라고 고함을 쳤고, 숨은 신랑처럼 커다란 발을 질질

끌며 낯선 집의 거실을 돌아다녔는데, 그 집이 지니고 있던 과거의 찬란함은 길고 어두웠던 초상 기간이 끝나자 복구되었고, 성주간의 썩어 버린 상장(喪章)은 쇠시리에서 뜯겼으며, 침실에는 바다의 빛이 들어오고 난간에는 꽃이 만발했으며, 군악 소리가 울렸는데, 그 모든 것이 그가 내리지 않았지만, 의심의 여지 없이 그가 내린 명령을 그대로 수행하기 위해 이루어진 것이었으니, 장군님, 각하의 차분하고도 단호한 목소리였으며, 각하의 권위에 담긴 거역할 수 없는 말투였습니다, 그러자 그는 알겠다며 인정했고, 그러자 닫힌 교회들이 다시 문을 열었고, 또 다른 그의 지시로 수도원들과 묘지들이 옛날 수도회에 반환되었는데, 그 지시 역시 그가 내린 것은 아니지만, 그가 알았다고 승인한 것이었으며, 과거의 종교 축일과 사순절을 지키는 관습도 되살아났고, 활짝 열린 난간으로 군중들이 부르는 기쁨의 찬가가 들어왔는데, 예전에는 그의 영광을 찬미하려고 불렀지만, 지금은 뜨거운 햇빛 아래 무릎을 꿇고 주님이 배를 타고 오셨다는 기쁜 소식을 축하하기 위해서였으니, 장군님, 정말입니다, 각하의 명령에 따라 주님을 모셔 왔습니다, 레티시아, 그것은 수많은 다른 법들처럼 그녀가 누구와도 상의하지 않고 비밀리에 공포하는 침실의 법에 따라 이루어졌으며, 그는 공개적으로 승인하면서, 그 누구의 눈앞에서도 자신의 위압적이고 당당한 말이 빛을 잃은 것처럼 보이지 않게 했고, 당신은 그 끝없는 행렬의 숨은 권력이야, 라면서 그가 자기 침실 창문에서 놀란 표정으로 지켜봤는데, 그 행렬은 저 멀리까지 이어졌으니, 그의 어머니 벤디시온 알바라도를 광적으로 추종하던 무리도 그 정도에 이른 적은 없었을 뿐만 아니라, 이제 그녀에 대한 기억은 사람들의 시간에서 완전히 사라져 버렸고, 웨딩드레스 조각들과 뼈를 붙인 풀은 바람 속으로 흩어졌기에, 그는 지하 납골당에 묘비를 돌려세워 글자를 안으로 향하게 했는데, 그렇게 영원한 안식을 취하는 금강앵무 화가인 새 장수로서의 이름이 시간이 끝날 때까지 지속하지 못하게 했으니, 그건 모두 당신의 지시에 따른 거야, 그걸 지시했던 사람은 바로 당신이고, 그렇게 그 어떤 여자의 기억도 당신의 기억에 어두운 그림자를 던지지 못하게 했어, 나를 불행하게 만든 레티시아 나사레노여, 개 같은 년. 그녀는 죽는 게 아니라면 그 누구도 변하지 않을 나이의 그를 변화시켰고, 침대라는 수단을 이용해, 죽어도 안 돼, 결혼하느니 차라리 죽어 버리겠어, 라면서 어린애처럼 투덜대는 그의 습관을 완전히 없애 버렸으며, 그에게 새로운 탈장대를 차세요, 라고 요구하면서, 어둠 속에서 길 잃은 양들의 방울처럼 소리가 나는지 들어 보라고 했고, 또 그에게 당신이 왕비와 첫 왈츠를 추었을 때 신었던 에나멜 군화와 큰 바다의 제독이 당신에게 가장 높은 권위의 표징으로 죽을 때까지 차고 다니라고 선물했던 황금 박차를 왼쪽 뒷굽에 차라고 강요했으며, 금실과 술 달린 띠로 장식되고 술이 길게 늘어진 견장을 단 당신의 전투복 상의, 그러니까 국민이 그의 슬픈 눈과 생각 깊은 턱과 벨벳 장갑을 낀 과묵한 손을 대통령 전용 마차의 작은 커튼 뒤로 흘낏 볼 수 있었던 시절 이후 그가 한 번도 입지 않았던 군복을 입으라고 지시했으며, 또 당신의 군도를 차고 남성용 향수를 뿌리고, 몰수했던 재산을 교회에 돌려준 것에 대해 교황님이 당신에게 보낸 성묘 기사 훈장을 장식끈과 같이 달고 다른 훈장들도 함께 달라고 지시했는데, 당신은 나를 축제일의 제단처럼 장식했고, 새벽에 나 스스로 두 발로 걸어서 어두운 접견실로 가게 했는데, 그곳에서는 창문에 걸어 놓은 오렌지 꽃다발 때문에 장례식 초 냄새가 났고, 벽에는 조국의 상징들이 걸려 있었으며, 일곱 달 동안 숨어서 방탕한 행위를 했다는 수치를 잠재우기 위해 그녀는 산들거리는 모슬린 아래로 리넨 속치마를 입었고, 그는 아무 증인도 없이 그런 수련 수녀의 멍에에 매여 끌려왔으며, 두 사람은 눈에 보이지 않는 바다의 나른함 속에서 땀을 흘렸고, 그 바다는 을씨년스러운 연회실 주변을 한시도 쉬지 않고 쿵쿵거리며 돌아다녔지만 창문은 벽으로 막혀 있었고, 관저 안에서 살아 있는 모든 흔적을 없애 버려서 아무도 숨겨진 엄청난 결혼에 관해 최소한의 소문도 듣지 못하게 했는데, 조숙한 남자아이가 당신 배 속의 사구를 뒤덮은 시커먼 이끼 사이로 헤엄치면서 조급하게 구는 바람에 당신은 더워서 제대로 숨도 쉬지 못했지만, 그는 사내아이여야 한다고 결정했고, 그러자 실제로 사내아이가 되었는데, 당신의 배 속 바닥에서 그 아이는 보이지 않는 샘물 같은 목소리로 노래했지만, 그것은 주교복을 입고서 수석 대주교가 높은 곳에 계신 주님에게 영광을 노래하면서 꾸벅꾸벅 조는 보초들조차 듣지 못하게 할 때의 목소리였고, 수석 대주교는 방향을 잃은 잠수부처럼 두려움과 공포에 사로잡혀 자신의 영혼을 주님께 맡기면서 헤아릴 수 없는 노인에게 그 당시까지, 아니 수백 년이 흐른 후에도 그 누구도 감히 묻지 못하던 질문, 그러니까 레티시아 메르세데스 마리아 나사레노를 아내로 받아들이느냐고 물었고, 그는 눈만 겨우 깜빡거리면서 그렇다고 대답했고, 심장이 남모르게 압박하는 바람에 가슴에서 훈장들이 소리를 냈을 뿐이지만, 그 목소리에서 너무나 위엄이 느껴져 당신 배 속에 있던 그 끔찍한 아이는 끈적끈적한 물의 분점(分點)에서 완전히 한 바퀴 돌더니 방향을 수정해서 빛의 방향을 찾아냈고, 그러자 레티시아 나사레노는 몸을 비틀면서, 아, 아버지시여, 주님, 이 보잘것없는 당신의 종을 불쌍히 여기소서, 저는 당신의 거룩한 계명을 지키지 않으면서 쾌락을 즐겼고, 그러니 이 끔찍한 벌을 달게 받겠습니다, 라고 말했지만, 탈구된 허리뼈 소리가 리넨 속치마가 누르고 있는 치욕과 망신을 드러내지 않도록 동시에 레이스 달린 벙어리 장갑을 깨물면서 웅크려 앉았으며, 그녀 자신의 양수로 무럭무럭 김이 나던 물웅덩이 속에 쓰러져 휘저었고, 뒤엉킨 모슬린 천 사이로 작은 칠삭둥이를 꺼냈는데, 그 아이가 미끈미끈한 액체로 범벅이 된 갓난 송아지와 똑같은 크기이며 똑같이 버림받고 쓸쓸한 표정을 짓자, 그는 그 갓난아이를 두 손으로 들어 올려, 급조한 제단에 놓인 희미한 촛불의 불빛 속에서 확인하려고 했고, 남자아이, 그러니까 장군님이 선포하신 그대로 사내아이라는 것을 알았으며, 금방이라도 부서질 것처럼 연약하고 소심한 그 사내아이는 그가 예상했던 것처럼 뻔뻔스럽게 임마누엘이라는 이름을 갖게 될 것을 알았고, 그래서 그가 희생 돌제단 위에 놓고서 군도로 탯줄을 자른 순간

부터 사법권과 실제 지휘권을 가진 소장으로 임명되었으며, 그
는 나의 유일하고 합법적인 아들이라 인정하고서, 신부님, 이
아이에게 세례를 주십시오, 라고 부탁했다. 전례 없는 그 결정
은 새로운 시대의 서막이자, 불행한 시절을 알리는 첫 번째 예
고였는데, 그런 시절에 군대는 동이 트기 전에 거리의 교통을
차단했으며, 난간의 창문을 모두 닫게 했고, 소총 개머리판으
로 장터를 비워서, 방탄 철판으로 제작되고 대통령 문장이 새
겨진 황금 핸들의 번쩍거리는 자동차가 도망치듯이 지나가는
것을 아무도 보지 못하게 했으며, 금지된 옥상에서 감히 엿보
던 사람들은 과거처럼 국기 색으로 테를 두른 차창 커튼 사이
로 벨벳 장갑을 낀 생각에 잠긴 손 위로 턱을 기댄 나이 많은
군인을 본 것이 아니라, 펠트로 만든 꽃이 꽂힌 밀짚모자를
쓰고 더운데도 목에 파란색 여우 목도리를 두른 과거의 통통
한 수련 수녀만을 보았는데, 우리는 매주 수요일 동이 틀 무렵
에 그녀가 군 순찰대의 호위를 받으며 세 살도 안 된 작은 사
단장의 손을 잡고 장터 앞에 내리는 모습을 보았고, 아이의
우아하고 기운 빠진 모습으로 미루어 금실을 얹은 군복을 입
혀 군인처럼 위장한 여자아이일지도 모른다고 추정하기도 했
으며, 레티시아 나사레노는 아이가 이도 나기 전부터 군복을
입혀 유모차에 태우고는 자기 아버지를 대신하여 공식 행사
를 주관하게 했으며, 군대를 사열할 때는 그녀가 팔에 안아 데
려갔고, 야구장에서는 아이를 자기 머리 위로 치켜올려서 관
중의 환호를 받게 했으며, 국경일 시가행진 동안에는 무개 사
동차에서 아이에게 젖을 먹이면서, 어미 잃은 송아지처럼 황

홀하게 자기 어머니의 젖꼭지에 매달린 오성(五星) 장군의 공개적인 광경이 어떤 조롱을 받을지 생각하지 않았고, 자기 용무를 스스로 해결할 나이가 되면서부터는 외교 사절 리셉션에 참석하게 했으며, 그러자 아이는 군복을 입는 것에 더해 자기 아버지가 갖고 놀라고 빌려준 훈장 상자에서 마음에 드는 훈장을 골라서 달았는데, 그는 진지하면서도 이상한 아이였고, 여섯 살 때부터 공개 석상에서 어떻게 행동해야 할지 알았으며, 그래서 샴페인 대신 과일 주스 컵을 손에 들고서, 아무에게도 물려받지 않은 올바른 예의와 자연스러운 품위를 갖추고는 어른들의 문제에 관해 말했지만, 그런 동안 검은 구름이 한 번 이상 연회장을 지나갔고, 그럴 때면 시간이 멈추면서, 최고 권력을 부여받은 해쓱한 왕세자는 깊은 잠에 빠졌고, 그러면 쉿, 조용히, 꼬마 장군님께서 잠드셨어, 라고 사람들은 귀엣말을 했으며, 이내 그가 접견하던 상류층 흉악범들과 정숙하고 얌전한 부인들의 대화가 끊어지고 몸동작이 굳어지면 부관들은 그를 안아서 데리고 나갔고, 피접견인들은 깃털 부채 뒤로 무안한 웃음을 억누르면서, 맙소사, 장군님이 이런 사실을 아신다면, 이라고 작은 소리로 중얼대는 게 고작이었는데, 그것은 이 세상에서 일어나는 일 중 자기의 위대함과 견줄 수준에 이르지 못하는 것은 모두 관심이 없다고 그스스로가 말하면서, 그 이야기가 널리 퍼져 나가는 것을 가만히 두었기 때문이고, 그런 이유로 자기가 낳았던 셀 수 없이 많은 아이 중에서 그가 유일하게 친자로 받아들인 아이가 공개적으로 무례를 범하는 것도 문제를 삼지 않았고, 내 유일한 정식 아내인 레티시아 나사레노의 엄청난 직책과 권리도 마찬가지였는데, 그녀는 매주 수요일 동이 틀 무렵 장난감 같은 장군의 손을 잡고 장터에 도착했고, 부대의 하녀들과 공격 부대 잡역부들의 요란스러운 경호를 받으며, 카리브해에 태양이 막 솟아오르기 직전에 자신들의 양심을 보여 주듯 보기 드물게 환한 광채를 받아 거룩해진 모습으로, 허리가 잠길 때까지 더럽고 해로운 바닷물에 들어가서, 돛을 누덕누덕 기운 채 마르티니크[57]의 꽃과 파라마리보[58]에서 생강 뿌리를 잔뜩 싣고서 과거의 흑인 노예를 들여왔던 항구에 정박한 돛배의 물건을 약탈했고, 전쟁에서 싸우는 것처럼 발에 차이는 산 생선을 모두 휩쓸어 버렸으며, 옛날에 노예의 무게를 재는 데 썼고 아직도 사용 중인 저울 주위에서 소총 개머리판을 휘두르며 돼지들과 싸웠는데, 그곳은 그가 집권하기 이전에, 그러니까 그가 집권하기 이전의 다른 시절이었던 어느 수요일에는 악몽 같은 미모로 몸무게보다 더 많은 금을 지급해야 했던 사로잡힌 어느 세네갈 여자가 경매로 팔렸던 곳인데, 모든 걸 휩쓸어 버렸습니다, 장군님, 가재 떼보다도 더했습니다, 허리케인보다도 더 심했습니다, 하지만 그는 갈수록 커지는 추문을 들으면서도 가만히 있었는데, 그것은 그도 감히 못 했을 행동을 레티시아 나사레노가 했기 때문이었으니, 그녀는 새와 채소를 파는 시장이 있는 지저분한 회랑으로 갑자기 들어갔고, 그러면 길거

---

57) 서인도 제도의 동부, 앤틸리스 제도에 있는 화산섬.
58) 남아메리카에 있는 수리남의 수도.

리의 개들이 파란 여우 목도리에 박힌 놀란 유리 눈알을 보고 겁먹고 짖어 대면서 난리를 치며 쫓아왔는데, 그녀는 자기가 권위자라도 되는 양 뻔뻔하고 오만하게 쇠로 주조한 나뭇가지 아래로 무늬를 새겨 넣은 가느다란 쇠기둥 사이를 돌아다녔으며, 그 나뭇가지는 노란 유리로 만든 커다란 잎사귀와 분홍빛 유리의 사과들, 그리고 환상적인 부를 자랑하는 풍요의 뿔을 달고서 빛이 환하게 들어오는 커다란 둥근 천장 아래에서 파란색 유리로 만든 식물들 사이에 있었는데, 거기서 그녀는 가장 먹음직스러운 과일들과 가장 부드러운 채소들을 골랐고, 그녀의 손이 닿자 그 채소들은 즉시 시들어 버렸지만, 자기의 손이 아직도 따뜻한 빵에 곰팡이를 자라게 하고, 자기의 결혼 금반지를 시커멓게 변색시키는 나쁜 힘이 있다는 것을 알지 못했고, 그래서 채소 파는 여자들에게 가장 좋은 물건은 숨겨 놓고 권력의 집에 이 거지 같은 싸구려 망고만 남겨 놓았다면서 욕을 퍼부었고, 이 도둑년들아, 이 늙은 호박에서는 악사들이 쓰는 조롱박 같은 소리가 나잖아, 빌어먹을 년들, 구더기가 우글대는 이 썩은 피가 묻은 쓰레기 같은 갈비뼈는 수십 킬로미터 밖에서 봐도 소가 아니라 전염병에 걸려 죽은 노새의 갈비라는 걸 훤히 알 수 있어, 이런 씨팔년들, 하고 목청이 터져라 소리쳤고, 그런 동안 바구니를 든 하녀들과 여물통을 든 잡역부들은 눈에 띄는 대로 먹을 것을 모두 휩쓸었고, 그들의 해적과 같은 외침은 그녀가 프린스에드워드아일랜드[59]에서 산

---

59) 캐나다의 대서양 연안에 있는 지역.

채로 가져오게 한 파란 여우의 하얗고 축축한 꼬리의 은밀한 부위에 미쳐 미친 듯이 짖어 대는 개들의 요란한 소리보다 더 쩌렁쩌렁했고, 입버릇이 고약한 금강앵무의 잔인하고 살벌한 대답보다 더 해롭고 지독했는데, 금강앵무의 여주인들은 아무도 모르게 그들 자신이 외치고 싶었어도 그렇게 할 수 없었던 말을, 그러니까 도둑년 레티시아, 씨팔년 수녀, 라는 말을 자기 새에게 가르쳤고, 금강앵무들은 장터의 둥근 천장을 장식한 먼지투성이 색유리 나뭇잎들이 달린 철제 나뭇가지에 올라앉아 그 말을 소리 높여 외쳤는데, 장터 사람들은 모든 것을 휩쓸어 버리는 바람과 같은 해적과 싸울 때면, 그러니까 가짜 꼬마 장군의 떠들썩한 어린 시절 내내 매주 수요일 해가 뜰 무렵 나타났던 해적과 싸울 때면, 목숨이 위험하지 않다는 것을 알았는데, 카드에 나오는 왕처럼 아직도 걸을 때면 바닥에 질질 끌리는 칼을 들고서 남자처럼 보이려고 애를 쓸수록, 꼬마 장군의 목소리는 더 다정했고 태도는 더 부드럽고 나긋나긋했으며, 노략질을 전혀 개의치 않는 듯 침착했고, 그의 어머니가 단단히 주입한 것처럼, 강직하고 확고하고 예의 바르고 조용하고 도도한 태도를 유지하면서 가문의 꽃이 되도록 했지만, 정작 그 어머니 자신은 성난 암캐처럼 시장 안을 충동적으로 돌아다니면서 터키 사람처럼 욕설을 퍼부었는데, 알록달록한 터번을 쓴 늙은 흑인 여자들은 꾸밈없는 눈으로 지켜보면서 욕을 참고 들었으며, 앉아 있는 우상들처럼 심연의 침묵을 지키며 눈도 깜빡하지 않고서 약탈을 지켜보았고, 숨도 안 쉬면서 수많은 치욕을 참았고, 목숨을 부지하게 해 주는

극빈자들의 약과 같은 담배 덩어리와 코카 잎 덩어리를 되새
김질했으며, 모든 것을 파괴하는 잔인무도한 공격이 지나가고,
미친 듯 등을 곧추세운 개들 사이로 레티시아 나사레노가 가
짜 군인과 함께 길을 열면서 평소처럼 문에서, 청구서는 정부
에게 보내, 라고 소리치면 한숨을 내쉬면서, 하느님 맙소사, 장
군님이 이걸 아신다면, 장군님에게 이걸 이야기할 사람이 있
다면, 이라고 생각했고, 그가 죽을 때까지 모든 사람이 알았
던 것을 계속 모를 것이라고 착각했는데, 그것은 그의 기억 중
에서도 가장 커다란 추문이었으니, 나의 유일한 정식 아내 레
티시아 나사레노는 인도인 특가 매장에서 그들이 파는 끔찍
한 유리 백조와 자개 틀의 거울과 산호 재떨이를 못 쓰게 만
들었으며, 시리아인 가게에서 장례용 호박단을 빼앗았고, 가게
들이 늘어선 거리에서 떠돌이 은 장수들이 팔던, 줄줄이 꿰인
작은 황금 물고기들과 건강을 지켜 주는 부적 목걸이들을 한
움큼씩 집어 갔고, 그러면 떠돌이 은 장수들은 그녀 앞에서,
목에 걸고 다니는 파란 여우보다 더 여우 같은 빌어먹을 년,
이라고 소리쳤지만, 그녀는 아랑곳하지 않고 지나가면서 눈에
띄는 것은 모두 쓸어 갔는데, 그것은 과거 수련 수녀였을 때의
유일한 버릇, 그러니까 필요 없는데도 달라고 요구하는 어린
애 같은 악취미이자 악습 때문이었는데, 이제는 부왕들이 살
던 부자 동네의 재스민 향내 풍기는 대문에서 하느님의 사랑
을 이야기하며 동냥하는 대신, 자기 마음에 드는 것은 뭐든
군용 트럭에 실어서 가져갔고, 더는 자기를 희생할 필요 없이
거만하고 독단적으로 계산서는 정부에 보내라고 지시하는 것

으로 충분했다. 그건 하느님에게 받으라는 말과 같았는데, 그 이유는 그때부터 그가 존재하는지 확실하게 아는 사람은 아무도 없었기 때문으로, 그는 보이지 않는 투명 인간이 되어 있었고, 우리는 무기 광장의 언덕에서 요새 같은 벽들과 전설적인 연설을 했던 난간과 레이스 달린 커튼이 쳐진 창문, 그리고 처마 돌림띠에 화분들이 있는 권력자의 집을 보았는데, 그것은 밤이면 하늘을 항해하는 증기선처럼 보였고, 널리 알려진 시인 루벤 다리오의 방문을 축하하기 위해 도시를 온통 흰색으로 칠하고 유리 공 같은 전등으로 환하게 밝힌 이후부터는 도시의 모든 지역에서뿐만 아니라, 바다에서 7리그 떨어진 곳에서도 그렇게 보였지만, 그가 그곳에 있음을 확실하게 보여주는 신호는 하나도 없었으니, 오히려 우리는 당연히 그런 식의 허세 부리는 삶이 널리 알려진 이야기를 부인하고 반증하려는 군부의 계략이라고 생각했는데, 떠도는 말에 따르면, 그는 노년의 신비주의라는 위기에 굴복했으며, 권력의 허세와 허영을 버렸고, 스스로 참회와 속죄를 하면서 영혼이 완전히 박탈된 고행복을 입고, 육체에 온갖 종류의 고행용 쇠못을 달고서 바닥에 엎드린 끔찍한 상태로 여생을 보내고 있으며, 호밀빵만 먹고 우물물만 마시면서, 비스카야 지방의 수녀들이 있는 봉쇄 수도원 독실 맨바닥 타일 위에서 아무것도 덮지 않고 자고, 심지어 금지된 여자, 그러니까 하느님만이 위대하다고 미처 종신 서원을 하지 못한 여자를 억지로 소유하여, 그녀에게 남자아이를 잉태시킨 끔찍한 죄를 씻으려 하고 있나고들 말했지만, 슬프고 괴로운 그의 광활한 왕국에서 바뀐 것은 하

나도 없었는데, 그것은 권력의 열쇠가 레티시아 나사레노에게
있었고, 그녀는 그가 정부에게 계산서를 청구하라고 지시했다
고 말하는 것만으로 충분했기 때문인데, 처음에 그것은 문제
를 아주 쉽게 피할 수 있는 옛날 공식처럼 보였지만, 날이 갈
수록 걷잡을 수 없어져 걱정스러울 정도에 이르렀고, 마침내
오랜 세월이 지난 뒤 빚쟁이들이 단단히 마음을 먹고 용기를
내서 무리를 지어 미납된 청구서를 가방에 가득 담아 대통령
관저 검문소에 나타났고, 그러자 우리는 소스라치게 놀랐는
데, 그것은 아무도 그렇다거나 아니라고 말하지 않았고, 그저
근무 중인 병사 한 명과 함께 우리를 은밀한 대기실로 보냈
고, 거기서 아주 다정하고 젊은 해병대 장교가 우리를 맞이했
는데, 목소리가 차분하고 얼굴에 미소를 머금은 그는 우리에
게 대통령 직속 농장에서 수확한 부드럽고 향긋한 커피를 대
접했으며, 하얗고 햇빛이 잘 드는 사무실들을 보여 주었는데,
그곳의 창문에는 철망이 쳐 있었고, 천장에는 선풍기가 달려
있었으며, 모든 게 너무나 맑고 투명하며 인간적이라서, 도대
체 이렇게 향긋한 약 냄새를 풍기는 공기 같은 권력자는 어디
에 있는지, 실크 셔츠를 입고서 서두르지 않고 조용히 운영하
고 다스리는 관리자들의 의식 속에 인색함과 무자비함은 어디
에 있는지 모두가 의아해하는 동안, 그 장교는 우리에게 작은
안마당을 보여 주었는데, 그곳의 장미밭은 레티시아 나사레노
의 명에 따라 모두 베어져 있었고, 그렇게 그녀는 새벽 이슬을
깨끗이 하고, 나병 환자와 눈먼 이들과 중풍 환자들의 기분
나쁜 기억을 떨쳐 버리려고 그들을 자선 수용소로 보내 완전

히 잊힌 채 죽어 가도록 했는데, 거기서 그치지 않고 젊은 장교는 우리에게 첩들이 거처했던 과거의 헛간과 녹슨 재봉틀, 후궁의 여자 노예들이 자던 야전 침대들을 보여 주면서, 그들이 형편없는 골방에서 심지어 세 명씩 무리를 지어 한 침대에서 자기도 했으며, 그 골방들을 허물고 대신 개인 예배당을 지을 것이라고 알려 주었고, 또 실내에서 창문을 내다보면서 관저의 가장 은밀한 난간을 가리켰는데, 그곳은 4시의 햇빛 때문에 초록색 줄무늬의 격자 방풍 문이 황금색이 된 부겐빌레아로 뒤덮인 초당(草堂)이었으며 또한 예외적으로 그와, 그곳 식탁에 앉을 수 있는 인물인 레티시아 나사레노와 아이가 조금 전에 점심 식사를 끝마친 장소이기도 했는데, 또 장교는 우리에게 전설의 케이폭 나무를 보여 주었는데, 그 나무 그늘에는 그가 몹시 더운 날이면 오후에 낮잠을 자던 국기 색깔의 리넨 그물 침대가 걸려 있었고, 또 우리에게 소젖을 짜는 외양간과 치즈 만드는 커다란 통과 벌통을 보여 주고는, 새벽에 우유 짜는 작업을 감독하려고 지나다녔던 오솔길로 돌아오다가 갑자기 계시의 번갯불을 맞은 듯이, 우리에게 손가락으로 진흙 속에서 군화의 흔적을 가리키면서, 저걸 보십시오, 저것이 그분의 발자국입니다, 라고 말했고, 우리는 커다란 군화 밑창이 새겨 놓은 그 자국을 물끄러미 바라보면서 돌처럼 굳어 버렸는데, 그것만으로도 그가 훌륭하며 차분하게 통치하고 있고, 고독에 익숙한 호랑이 발자국에서 나는 오래된 옴의 악취를 풍기고 있다는 것을 알아차리기 충분했기에, 그 발자국 속에서 우리는 권력을 보았고, 그의 신비스러움과 접촉하고 있다고 느꼈고, 그 느낌은 우리 중 한 사람이 선택되어 직접 그의 옥체를 알현하는 것보다 훨씬 강력했으니, 그것은 군대 고위층들이 최고 사령부보다, 정부보다, 아니 그보다 더 많은 권력을 축적한 벼락 출세주의자들에게 반발하면서 시작됐는데, 레티시아 나사레노는 왕비 행세를 하면서 너무나 멀리 나아갔기에, 대통령 경호대는 길을 열어 주는 위험을 감수하면서, 여러분 중 한 사람, 단 한 사람만 들어갈 수 있게 해 주었는데, 그것은 그 사람이 장군님 뒤에서 조국이 어떻게 돌아가고 있는지 조금이나마 알게 하기 위해서입니다, 라고 말했고, 그렇게 나는 그를 만나게 되었는데, 그는 영국의 말들을 새긴 판화가 흰 벽에 걸린 후텁지근한 사무실에 혼자 있었고, 천장 선풍기 아래의 스프링 달린 안락의자에 등을 뒤로 뻗고 앉아서 구리 단추가 달리고 그 어떤 계급장도 없는 꾸깃꾸깃한 흰색 무명 군복을 입고 있었으며, 오른손은 벨벳 장갑을 끼고서 나무 책상 위에 올려놓고 있었는데, 거기에는 똑같이 생긴 아주 작은 금테 안경 세 개 말고는 아무것도 없었으며, 그의 뒤에는 유리 진열장이 있었고, 거기에는 먼지가 수북이 쌓인 책들이 있었는데 흡사 사람 가죽으로 장정한 회계 장부처럼 보였으며, 그의 오른쪽으로는 마찬가지로 철망이 쳐진 커다란 창문이 열려 있었고, 그곳으로 도시 전체와 구름 한 점 없고 새 한 마리 없는 하늘과 바다 건너편이 보였고, 그러자 나는 커다란 안도감을 느꼈는데, 그것은 그가 어떤 부하보다도 권력을 의식하지 않는 것 같았고, 사진에서 보던 것보다 더 가정적이고 스스럼없으며, 그의 모든 것이 늙고 힘들어 보였고, 탐욕에서

기인한 만족할 줄 모르는 질병으로 기력이 완전히 쇠한 듯이
보이는 바람에 더 동정심을 일으켰기 때문인데, 그는 말할 기
운도 없는 사람처럼, 벨벳 장갑 낀 손으로 의자를 가리키면서
슬프게 앉으라고 신호를 보내고서, 나를 쳐다보지도 않고 내
가 찾아온 이유를 들었고, 가늘고 힘들게 씩씩거리며 숨을 쉬
었으며, 깊숙이 숨겨진 그 소리 때문에, 방 안에는 크레오소트
방부제 방울이 맺혔는데, 그는 정신을 집중해서 계산서들을
꼼꼼하게 살펴보았고, 그가 추상적인 개념을 파악하지 못했기
에 나는 예를 들어 설명했으며, 그렇게 나는 레티시아 나사레
노가 우리에게 엄청난 양의 호박단을 빚지고 있다는 사실을
보여 주었고, 그 양은 산타마리아 델 알타르까지 가는 뱃길의
두 곱절과 같다고, 그러니까 190리그에 달한다고 말했으며, 그
는 마치 혼잣말을 하듯이, 아, 그렇군, 이라고 말했고, 나는 각
하에게 특별 할인을 해 주더라도 총부채가 10년 동안 복권 일
등 당첨액의 여섯 배와 같다고 설명하면서 말을 끝맺었고, 그
는 다시 아, 그렇군, 이라고 말하면서, 그제야 비로소 안경을
쓰지 않고서 나를 정면으로 쳐다보았고, 나는 수줍고 엄하지
않은 그의 눈을 볼 수 있었는데, 그제야 그는 내게 오르간 같
은 이상한 목소리로 우리의 요구와 설명은 분명하고 합당하다
고 말하면서, 각자 나름의 방식이 있는 법이지, 그러니 그 계
산서를 정부에 제출하게, 라고 말했다. 실제로 그 시절에는 그
렇게 했는데, 그것은 레티시아 나사레노가 그의 어머니 벤디
시온 알바라도라는 촌스럽고 거친 빙해물 없이 그를 치음부
터 개조하기 시작하던 시절이어서, 그녀는 그가 한 손에는 접

시를 들고 다른 한 손에는 숟가락을 들고 걸어 다니면서 식사하는 버릇을 고쳤고, 세 사람은 부겐빌레아가 드리운 정자 아래서 작은 비치 테이블을 놓고 식사했는데, 그는 아이 맞은편에 앉았고, 레티시아 나사레노는 두 사람 사이에 앉아 품위와 예의범절을 비롯해 건강하게 먹는 법을 가르쳤으며, 의자 등받이에 등을 대고 허리를 쭉 펴서 앉아 있도록 가르쳤고, 왼손으로는 포크를 쥐고 오른손으로는 나이프를 들고서 입에 넣은 음식은 입을 다문 채 머리를 똑바로 세우고서 한쪽으로 열다섯 번 씹고 다른 쪽으로 열다섯 번 씹어야 한다고 가르쳤고, 그들이 너무 요구 사항이 많아서 마치 군대에서 하는 일 같다고 불평해도 들은 척하지 않았으며, 점심 식사를 끝낸 후 그에게 그가 후원자이자 명예 편집인으로 있는 정부 기관지를 읽도록 가르쳤고, 그가 안마당에 있는 거대한 케이폭 나무 아래서 그물 침대에 누워 있는 것을 볼 때면 그의 손에 신문을 쥐여 주면서, 명실상부 국가 원수가 세상에서 일어나는 일을 제때 모른다는 것은 있을 수 없는 일이라며 그에게 금테 안경을 끼워 주었고, 그러면 그는 신문을 뒤적이면서 자신의 소식을 읽었고, 그녀는 아이에게 고무공을 던져서 되돌아오게 하는 수련 수녀들의 운동을 훈련했고, 그런 동안 그는 신문 속 사진에서 자기 모습을 보았는데, 너무나 옛날 것들이라서 많은 사진은 그가 아니라, 그 때문에 죽은 과거에 그의 대역을 했던 사람의 것이었지만, 그 대역의 이름조차 기억하지 못했는데, 거기서 그는 화요일에 열리는 국무 회의, 그러니까 혜성이 지나간 시절부터 그가 참석하지 않았던 회의를 주재하고 있었고, 학식 있는 장관들이 그의 말이라고 여기던 역사적인 구절들을 읽었는데, 8월의 오후에 떠다니던 시커먼 뭉게구름 때문에 찌는 것 같은 더위 속에서 꾸벅꾸벅 졸면서 읽었고, 옥수수죽 같은 땀 속으로 조금씩 빠져들면서, 빌어먹을 신문 같으니, 제기랄, 사람들은 이런 걸 어떻게 참고 읽는지 이해할 수가 없어, 라고 중얼댔지만, 재미없고 불쾌한 그 신문 읽기에서 무언가를 얻은 게 분명했는데, 그것은 그가 뉴스에서 영감을 받아 새로운 착상을 하면서 짧은 선잠에서 깨어났고, 레티시아 나사레노를 통해 장관들에게 지시를 내렸기 때문인데, 그러자 각료들은 그녀를 통해 답하면서, 그녀의 생각으로 그의 생각을 짐작해 보려고 애썼으며, 그것은 내가 원했던 것, 즉 당신이 나의 가장 중요한 계획과 복안을 이해하고 판단하는 사람이었기 때문이고, 당신이 나의 목소리이자 내 생각이며 내 힘이었기 때문이야, 그녀는 그를 에워싼 접근할 수 없는 세상에서 솟아나는 영원한 용암 같은 소리를 가장 충실하고 주의 깊게 듣는 귀였지만, 사실 그의 운명을 지배한 최후의 예언들은 하인들의 변소 벽에 쓰여 있던 익명의 낙서들이었고, 그 낙서 속에서 그는 아무도, 레티시아, 심지어 당신도 감히 드러내지 못했던 숨겨진 진실을 알아냈는데, 소젖을 짜고 돌아오던 새벽에, 그러니까 청소부들이 지워 버리기 전에 그 낙서를 읽었고, 매일 화장실 벽을 회반죽으로 칠하라고 명령해서, 아무도 숨겨진 원한과 증오를 털어놓고자 하는 유혹을 참지 않도록 했으며, 거기서 최고 지휘부의 슬픔과 괴로움을 알았고, 그의 그림자 아래서 재산을 불리고 그의 등 뒤에서는

족장의 가을

255

그를 거부했던 사람들이 꾹 참고 있던 의도도 알게 되었으며, 이런 천박한 망나니들의 역할을 보여 주는 거울에서 인간 마음의 수수께끼를 꿰뚫어 보면서 자기가 모든 권력의 주인이 되었다고 느꼈고, 수십 년 만에 다시 노래를 부르면서, 안개 같은 모기장 사이로 바닷가에 올라온 고래처럼 아침잠을 자는 자신의 유일한 정식 아내인 레티시아 나사레노를 물끄러미 바라보았는데, 일어나요, 지금 내 마음은 6시라오, 바닷물은 제자리에 있고, 인생은 계속된다오, 레티시아, 라고 노래했는데, 그의 수많은 여자 중에서 유일한 그녀의 삶은 참으로 예측할 수 없었으니, 그녀는 그의 모든 것을 얻었지만, 그와 침대에서 함께 일어나는 너무도 간단한 특권만은 손에 넣지 못했는데, 그는 마지막 사랑을 끝낸 후에는 그 방을 떠났고, 사랑했던 방에서 급히 빠져나와 늙은 독신자의 침실 문간에 등불을 걸고는, 빗장 세 개를 걸었고 자물쇠 세 개를 잠갔으며 가로장 세 개를 지르고서, 당신이 오기 전까지 그는 또한 외롭게 물에 빠져 죽은 남자를 꿈꾸었듯이, 당신이 오기 이전에 매일 밤 그랬듯이 옷을 입은 채 혼자 바닥에 엎드려 누웠고, 소젖을 짠 다음 어둠의 야수 냄새를 풍기는 당신 방으로 돌아왔고, 당신이 원하는 모든 것을 계속해서 주었기에, 그것은 그의 어머니 벤디시온 알바라도의 헤아리지 못할 만큼의 유산보다도 훨씬 많았으며 지구상의 어떤 이가 꿈꾸었던 것보다 훨씬 많았고, 그녀뿐만 아니라 그녀의 무진장 많은 친척에게도 수없이 베풀어 주었는데, 그 친척들은 서인도 제도의 이름 모를 작은 산호초 섬에서 왔으며, 가진 것이라고는 몸뚱이를 덮은 살가죽밖에 없었고, 나사레노의 집안이라는 것 외에는 그 어떤 직책도 없었는데, 그들은 대담하고 용감한 남자들과 탐욕의 열병에 불타는 여자들로 구성된 가족으로, 소금과 담배와 식수 판매점을 모조리 빼앗았고, 그가 다른 야망에서 멀어지도록 육해공군 사령관들에게 특별한 호의로 베풀었던 과거의 특권도 탈취했고, 레티시아 나사레노는 그가 직접 명령하지는 않았지만, 알았어, 라고 승인한 그의 명령을 이용해 조금씩 그들의 특권을 빼앗았는데, 그렇게 그는 사지를 말에 묶어 찢어 죽이는 야만적인 처형 제도를 폐지했으며, 그 대신 우리가 더욱 문명화된 방법을 즐기도록 점령군 사령관이 선물한 전기의 자를 놓으려고 시도했고, 항구 요새에 있는 공포 실험실을 찾아가서 가장 병약한 정치범들을 골라 죽음의 의자를 조작하는 훈련을 시켰는데, 그 의자에 전기를 넣으면 시내의 전력이 모두 흡수되는 바람에, 우리는 치명적인 죽음의 실험이 언제 이루어지는지 정확한 시간을 알 수 있었는데, 그럴 때면 잠시 우리는 어둠 속에서 공포에 떨며 숨을 죽였고, 항구의 매음굴에서 침묵의 시간을 보냈으며, 처형된 사람의 영혼을 위해 술 한 잔을 마셨고, 아니 한 번이 아니라 여러 번 마셨는데, 그것은 희생자 대부분의 검푸른 순대 같은 몸이 의자 가죽끈에 매달려 있으면서 불에 구운 고기처럼 연기를 냈지만, 아직도 고통스러운 숨을 헉헉 내쉬었고, 그런 상태는 몇 번의 시도가 실패한 끝에 누군가가 총으로 쏴서 목숨을 끊어 주는 자비를 베풀 때까지 계속되었으니, 이 모든 게 당신을 기쁘게 해 주기 위해서야, 레티시아, 당신을 위해 지하 감옥을 모두 비웠어, 그리고 그는 자기 적들이 본국으로 돌아오는 것을 다시 승인했으며, 사순절 포고령을 내려 아무도 견해 차이로 처벌받거나 양심 문제로 핍박받지 않게 하고는, 자기의 가을이 절정에 달했다는 것을 마음속으로 확신했고, 그래서 그의 가장 사납고 잔인한 적들은 그가 1월의 밤을 유일한 여자와 함께 평온하게 즐길 권리가 충분하다고 여겼는데, 그녀는 셔츠를 입지 않고 긴 팬티만 걸친 채, 대통령 관저의 난간 위로 떠오른 달빛을 받아 황금색을 띠는, 탈장된 거대한 불알을 드러낸 그를 볼 수 있는 영광을 누리는 유일한 여자였으며, 두 사람은 그 크리스마스 시절에 바빌로니아의 왕들이 빗물 모음 장치가 있는 정원에 심으라고 보낸 신비스러운 버드나무를 함께 바라보았고, 영원한 물에 비친 부서져 버린 태양을 즐겼으며, 무성한 나뭇가지 속에 뒤엉킨 북극성을 보며 기뻐했고, 찍찍거리는 야유 소리를 내며 별똥별들의 간섭을 받은 진공관 라디오의 숫자판 속에서 우주를 자세히 살펴보았으며, 산티아고 데 쿠바에서 방송되는 연속극을 매일 함께 들으면서, 내일 우리가 살아남아 이 불행이 어떻게 해결되는지 알 수 있을까 하는 괴로움과 불안을 마음 깊이 느꼈고, 아이를 재우기 전에 아이와 놀면서 전쟁 무기의 사용과 정비에 관해 알 수 있는 모든 것을 가르쳤는데, 그것은 그가 누구보다도 잘 알았던 인간의 학문이지만, 아이에게 주었던 유일한 조언은 명령을 이행할 것이라는 확신이 없으면 명령을 내리지 말라, 라는 것이었고, 아이에게 그 말을 필요하다고 생각한 만큼 수없이 반복하게 만들어서, 아이가 권위와 권력을 지닌 사람이 평생 한 번이라도 실수를 범해서는 안 되는 것은 명령이 이행되리라는 확신이 없으면 명령을 내리면 안 된다는 사실을 절대로 잊지 않게 했는데, 그것은 현명한 아버지의 충고라기보다는 실망하여 자중하는 할아버지의 충고와 같았으니, 아이는 그와 마찬가지로 오랫동안 산다 하더라도 그 충고를 절대로 잊지 않을 것이었는데, 그것은 그 충고를 가르쳐 주었던 때가 아이가 여섯 살 때 처음으로 반동포를 쏘도록 교육하는 동안이었기 때문으로, 우리는 땅이 흔들리는 그 엄청난 포성을 화산이 폭발할 때의 천둥과 번개와 코모도로 리바다비아[60]의 남극 바람을 동반한 무섭고 끔찍한 먼지 폭풍이라고 여겼는데, 그 바람은 바다의 배 속을 거꾸로 뒤집었고, 과거의 흑인 노예 매매 광장에 친 텐트 안에 있던 동물 곡마단을 공중으로 날려 보냈으며, 그래서 우리는 투망 속에서 코끼리를 꺼냈고, 물에 빠져 죽은 어릿광대들과 성난 비바람 때문에 공중그네에 매달려 있던 기린들을 꺼냈지만, 몇 시간 후에 루벤 다리오라는 이름으로 유명해질 젊은 시인 펠릭스 루벤 가르시아 사르미엔토가 타고 도착했던 바나나 운반선은 기적적으로 침몰하지 않았으며, 다행히도 바다는 4시경에 잔잔해졌고, 깨끗이 씻긴 대기는 날개미들로 가득 찼으며, 그는 침실 창문을 내다보았고, 바람이 불어오는 항구 언덕에서 우현으로 기울고 돛대는 부서진 하얀 작은 배가 폭풍의 유황으로 맑아진 오후의 물웅덩이를 전혀 위험하지 않게 항해하는 것을 보았으며, 선장이 검은색의 긴 모

---

60) 파타고니아에서 가장 중요한 도시 중 하나.

직 외투와 체크무늬 조끼를 입은 유명한 손님을 모시느라고 선미 갑판에서 힘든 조작을 지시하는 것을 보았는데, 그는 다음 일요일 밤이 되어서야 그의 이름을 들었으며, 그것도 레티시아 나사레노가 국립 극장에서 열리는 시의 밤 행사에 자기와 함께 가 달라는 상상도 할 수 없는 부탁을 했기 때문인데, 그는 눈도 깜빡거리지 않고 좋아, 라면서 그 부탁을 받아 주었다. 우리는 김을 푹푹 내뿜는 오케스트라석의 분위기 속에서 세 시간을 서서 기다렸고, 마지막 순간에 우리에게 정장을 입을 것을 요구하는 바람에 숨이 막힐 것 같았는데, 드디어 국가가 연주되기 시작했고, 우리가 조국의 문장으로 표시된 특별석을 향해 손뼉을 치자 거기서 호박단 원피스 위에 여우 꼬리를 두르고 꼬불꼬불한 깃털이 달린 모자를 쓴 뚱뚱한 수련 수녀가 모습을 드러내더니, 인사도 하지 않고서 야회용 정복을 입고 있던 어린 왕자 옆에 앉았는데, 왕자는 그의 어머니가 과거의 왕자들이 그렇게 했다고 말해 주었던 대로, 벨벳 장갑을 손에 꼭 쥐고서 붓꽃처럼 생긴 텅 빈 장갑 손가락으로 박수갈채에 화답했으며, 우리는 대통령 전용 특별석에서 두 사람 외에는 아무도 보지 못했지만, 시 낭송을 하는 두 시간 동안, 그가 그곳에 있다고 확신하고서 참고 견뎠으며, 혼란스러운 시 때문에 우리의 운명이 변하지 않도록 눈에 보이지 않는 존재가 지켜보고 있다고 느꼈는데, 그렇게 그는 사랑을 통제했고, 어둠에 잠긴 특별석의 한쪽 구석에서 죽음의 강도와 조건을 결정했으며, 그 구석에서 자기 모습을 드러내지 않은 기름진 미노타우로스를 보았는데, 바다 번갯불 같은 그 목소리를 들자 자기가 있던 장소와 순간에서 붕 떠올랐고, 수많은 마르스와 미네르바가 새겨진 개선문에서, 장군님, 각하의 영광이 아닌 다른 영광을 기리는 깨끗한 나팔의 황금 천둥소리 속에서 둥둥 떠다녔는데, 깃발을 나부끼는 씩씩한 운동선수들과 검은 사냥개들, 그리고 쇠발굽의 강인한 군마들, 조잡한 깃털을 머리에 달고 있는 용사들의 미늘창과 긴 창을 보았는데, 그들은 이상한 깃발을 들고서 그의 군대가 아닌 다른 군대에게 경의를 표하며 기리고 있었고, 또 사납고 용맹스러운 젊은 부대도 보았는데, 그들은 시뻘건 여름의 태양과 밤이건 서리 내리는 새벽이건 얼음장 같은 겨울의 눈보라에 도전했으며, 증오와 죽음에 맞섰고, 그렇게 그가 맨발의 전사로 싸우는 동안 열병으로 오랫동안 헛소리하고 허황한 생각을 하면서 꿈꾸었던 수많은 나라 중에서 가장 크고 가장 영광스러운 불멸의 조국을 영원히 빛나게 했으며, 또 그는 땅이 흔들리는 엄청난 박수갈채의 굉음을 듣자 자기 자신이 초라하고 왜소하다고 느꼈는데, 어둠 속에서 그 박수를 승인하면서, 나의 어머니 벤디시온 알바라도여, 이게 진짜 열병식이에요, 이 사람들이 내게 준비해 준 엿 같은 행사가 아니에요, 라고 생각했고, 자기가 왜소하고 혼자라고 느끼면서, 찌는 듯한 더위와 모기들, 그리고 황금색 싸구려 페인트로 칠하고 특별석의 빛바랜 벨벳으로 두른 기둥 때문에 답답했기에, 빌어먹을, 저놈은 밑 닦는 바로 그 손으로 어떻게 이 아름다운 글을 쓸 수 있지, 라고 생각하면서, 글의 아름다움을 발견했다는 사실에 너무나 기쁜 나머지, 케틀드럼의 군가 박자에 맞추어, 사로잡힌 코끼리처럼 커다란 발을 질질 끌었고, 아름다운 선율의 노래를 뜨겁게 부르는 합창단의 영광스러운 목소리에 맞춰 꾸벅꾸벅 고개를 떨구며 졸았는데, 레티시아 나사레노는 그 노래를 개선문처럼 생긴 마당의 케이폭 나무 그늘에서 그에게 불러 주었고, 그는 변소 벽에 시구를 썼으며, 우유 짜는 외양간, 그러니까 쇠똥으로 가득한 따스한 올림포스에서 그 시를 완전히 외워서 읊으려고 애썼는데, 바로 그때 마차 차고에 세워 둔 대통령 전용 자동차의 트렁크에 있던 다이너마이트가 시간이 되기 전에 폭발하면서 땅이 흔들렸으니, 정말 무섭고 끔찍한 일이었습니다, 장군님, 너무나 강력한 폭발이어서 몇 달이 지난 후에도 우리는 레티시아 나사레노와 아이가 수요일 장터로 나가기 위해 한 시간 후에 사용했을 방탄차의 일그러진 조각들을 온 도시에서 발견할 수 있었는데, 그 공격은 그녀를 살해하기 위한 것이었기 때문입니다, 장군님, 의심의 여지가 없습니다, 그러자 그는 자기 이마를 손바닥으로 '탁' 치더니, 빌어먹을, 그런데 어떻게 그런 테러를 예측하지 못했을 수 있지, 그의 전설적인 통찰력이 어떻게 되어 버린 것일까, 벌써 한참 전부터 변소의 낙서는 항상 그랬던 것처럼 그에게 반대하거나, 아니면 그의 민간인 장관 중 한 사람을 겨냥하지 않았고, 최고 사령부를 위해 마련해 놓은 특전이나 돈까지 조금씩 갉아먹을 정도에 이른 나사레노 가족의 뻔뻔함 혹은 임시 권력자에게 엄청나고도 영원한 혜택을 받는 교회 성직자들의 야심을 비난하고 있었으며, 그는 자기 어머니 벤디시온 알바라도에 대한 무고한 비난이 금강앵무들의 욕설로 나타나고, 숨겨진 원한을 담은 벽보가 처벌받지 않는 따뜻한 변소에서 무르익어 결국 거리로 흘러 나가는 것을 목격했는데, 그가 직접 책임지고 퍼뜨린 다른 사소한 추문의 경우에는 수없이 그런 일이 일어났지만, 그는 그 작자들이, 그 죽일 놈들이 관저 울타리 안에 다이너마이트 200킬로그램을 놓을 정도로 잔학무도하다고는 생각하지 않았고 그렇게 생각할 수도 없었는데, 승리의 청동 나팔이 불어 대는 환희의 절정에 온 정신을 빼앗기고 다니느라 게걸스러운 호랑이 같은 그의 훌륭한 후각이 케케묵고 달콤한 위험의 냄새를 제때 알아내지 못했던 것이었으니, 제기랄, 그는 이렇게 중얼대면서 최고 사령부를 긴급 소집했고, 그러자 열네 명의 군인들은 벌벌 떨었는데, 그토록 오랫동안 일상적인 행동만 하고 이인자의 명령만 받다가 우리는 불과 3미터 떨어진 곳에서 확인할 수 없는 노인, 그러니까 실제 존재는 가장 단순하고 간단한 수수께끼에 불과한 노인을 다시 보았는데, 그는 접견실의 옥좌처럼 생긴 의자에 앉아서 우리를 맞았으며, 스컹크 오줌 냄새를 풍기는 말단 병사의 군복을 입고 있었고, 우리가 본 적이 없고 가장 최근의 초상화에서도 보지 못했던 순금 테의 작은 안경을 쓰고 있었으며, 아무도 상상할 수 없을 정도로 아주 많이 늙고 멀게 느껴졌지만, 벨벳 장갑을 끼지 않은 힘 없는 손은 그렇지 않았는데, 그것은 군인의 자연스러운 손이 아니라, 훨씬 젊고 자비로운 사람의 손처럼 보였지만, 다른 모든 것은 어둡고 음울했고, 우리가 그를 알아볼수록, 그에게는 생명의 마지막 생기만이 남아 있는 것이 더 분명했으며, 그것은 아무도 거스를 수 없고 압도적인 권위의 숨결이었지만, 한시도 쉬지 않고 움직이는 야생마와 달리 줄 곧 유지하기는 몹시 힘들어 보였는데, 우리가 그에게 최고 사 령관에 걸맞은 경의를 표하는 동안, 그는 한마디도 하지 않았 고 고개조차 움직이지 않았지만, 우리는 그의 앞에 둥그렇게 둘러놓은 안락의자에 앉았고, 그러자 그는 비로소 안경을 벗 고서 족제비의 은신처 같은 우리의 속마음을 훤히 알고 있다 는 듯 빈틈없는 눈으로 우리를 꼼꼼하게 바라보기 시작했고, 한 사람 한 사람씩 가차 없이 살펴보았으며, 기억이 안개처럼 희미해진 어느 날 오후, 그러니까 그가 머릿속에 떠오르는 대 로 손가락으로 그들을 지적하면서 가장 높은 계급으로 승진 시켰던 그 오후 이후 우리 각자가 얼마나 변했는지 충분히 시 간을 갖고서 정확하게 확인했고, 그들을 철저하게 조사함에 따라, 그는 정체를 감춘 그 열네 명의 적 가운데에 테러의 장 본인이 있다는 확신을 점차 키웠지만, 동시에 그들 앞에서 자 기가 혼자이며 무력하다는 느낌을 받았고, 그래서 간신히 눈 만 깜빡거렸고, 힘들게 고개를 들어서 그들에게 그 어느 때보 다도 조국의 안녕과 군의 명예를 위해 단결하라고 권고했고, 그들에게 씩씩하면서도 신중히 행동해야 한다고 충고했으며, 사정 보지 말고 테러 장본인들을 찾아 군법 회의에 넘겨서 엄 하게 다스리라는 영광스러운 임무를 부여하면서, 여러분, 이게 전부라오, 라고 말을 맺었지만, 그는 테러의 주범이 그들 중 하 나, 혹은 그들 모두라는 사실을 알았기에, 레티시아 나사레노 의 목숨은 이제 하느님의 뜻이 아니라, 그가 지혜를 발휘해서 위협에서 보호할 수 있느냐에 달려 있으며, 그 위협이 빌어먹게도 조만간 반드시 성취될 것을 확신하고는 죽을 것처럼 마음이 아팠다. 그는 그녀의 공식 행사와 약속을 모두 취소시켰고, 가장 탐욕스러운 그녀의 친척들에게 군과 충돌할 수 있는 모든 특권을 내려놓게 했으며, 이해력이 높고 똑똑한 사람들을 전적인 자유 재량권이 보장된 영사로 임명했고, 우리는 가장 지독하고 잔인한 사람들이 장터 옆 개천의 맹그로브 늪지대에 둥둥 떠다니는 것을 보았는데, 그는 아무 예고도 없이 오랫동안 비워 놓았던 국무 회의실의 자기 의자에 모습을 드러내더니 국가 관련 사업에 종교인들의 침입을 제한시켰지만, 레티시아, 이건 모두 당신의 적들에게서 당신을 지키기 위해서야, 그러나 과감하고 철저하게 처음 몇 가지 결정을 내리고서 다시 최고 사령부를 깊이 조사하고 관찰했으며, 거기서 자기의 가장 오랜 동지인 참모 총장을 비롯해 사령관 일곱 명은 전적으로 그에게 충성을 다하고 있음을 확신했지만, 아직도 다른 여섯 명의 수수께끼를 해결할 힘이 없었고, 그래서 레티시아 나사레노가 살해 대상으로 지목되었다는 피할 수 없는 인상을 받고는 제대로 잠을 이루지 못했고, 자기가 그녀를 보호하는데도 그들이 그녀를 죽이고 있다는 느낌을 받았으며, 그래서 빵에서 생선 가시 하나가 발견된 이후 그녀의 음식을 철저히 검사했고, 플리트 분무기로 공기 중에 독을 뿜어 놓았을까 걱정되고 두려워서 그녀가 들이마시는 공기가 맑고 깨끗한지 확인시켰지만, 식탁에 앉아 있는 그녀가 창백한 것을 보았고, 사랑하는 중간에 그녀가 아무 소리노 내시 않는 것을 느꼈으며, 그녀가 마시는 물에 토혈(吐血) 병균을 넣을 수도

있고 그녀의 안약에 황산염을 넣을 수도 있다는 생각에 괴로
워했는데, 이렇게 교활하고 음흉하게 죽이는 독창적인 방법들
을 떠올리자, 그는 그즈음 매 순간 고통을 느꼈고, 레티시아
나사레노가 원주민의 저주를 받아 자는 도중에 피를 흘리는
생생한 악몽을 꾸다가 한밤중에 갑자기 잠에서 깨어났으며,
상상 속의 위험과 진짜 위협이 너무나 많은 것에 당황하고 놀
란 나머지, 이유를 불문하고 무엇이든 죽이라고 훈련받은 대
통령 경호대의 사납고 잔인한 경호원들을 대동하지 않으면 외
출하지 못하도록 했지만, 외출하셨습니다, 장군님, 아이를 데
리고 나가셨습니다, 그러면 그는 불길한 징조를 이겨 내면서
그들이 새 방탄차에 오르는 것을 보았고, 관저 난간 안쪽에서
주문을 외우는 것 같은 신호로 그들에게 작별 인사를 하면서,
나의 어머니 벤디시온 알바라도여, 저들을 지켜 주소서, 총알
이 그녀의 브래지어에서 튕겨 나가게 해 주소서, 아편 진통제
의 약효를 줄여 주소서, 어머니, 비뚤어진 생각을 바로잡아 주
소서, 라고 기도했고, 한순간도 마음 편히 있지 못하면서 무기
광장에서 경호 차량의 사이렌 소리가 다시 울리기를 기다렸
고, 그러면 레티시아 나사레노와 아이가 막 켜지기 시작하던
가로등 불빛을 받으며 마당을 지나오는 것을 보았는데, 그녀
는 용사들의 경호를 받으며 행복하고도 흥분한 모습으로 나
타났고, 용사들은 살아 있는 칠면조들과 엔비가도[61]의 야생
난초, 그리고 크리스마스 시즌의 밤에 사용될 색색의 소형 장

---

61) 콜롬비아 메데인 시의 외곽 지역.

식 전구를 들고 있었고, 거리에서는 그가 불안을 감추려고 지시한 대로 반짝이는 별들이 달린 간판이 이미 크리스마스를 알렸는데, 그는 계단에서 그녀를 맞이했고, 파란 여우 꼬리에 달린 나프탈렌 같은 이슬방울 속에서, 앓는 사람의 것과 같은 당신의 머릿단에 맺힌 시큼한 땀방울에서 아직도 살아 있는 당신을 느끼면서, 당신을 도와 선물들을 당신의 침실로 가져갔고, 저주받은 기쁨의 마지막 부스러기를 먹어 치우고 있다는 이상한 확신이 들었지만, 그건 내가 차라리 알고 싶지 않았을 기쁨이었어, 그는 쓸쓸하고 외로울수록, 견딜 수 없는 그 불안을 완화하려고 생각한 모든 방법과 그런 불안을 떨쳐 버리려고 내딛는 발걸음이, 내게 불행을 선사한 경악스러운 수요일로 무자비하게 가깝게 이끌고 있음을 더욱 확신했는데, 그 수요일에 그는 엄청난 결심을 하고서, 이제 됐어, 빌어먹을, 일어날 일이면 빨리 일어나라고 해, 라고 결정했고, 그것은 돌발적이면서 전격적인 명령과 같았기에, 그가 생각을 마치기도 전에, 부관 두 명이 사무실로 달려 들어왔고, 레티시아 나사레노와 아이가 갈기갈기 찢겼고, 장터의 떠돌이 개들이 그들의 살덩이를 먹어 치웠다는 소식을 전하면서, 개들이 그들을 산 채로 잡아먹었습니다, 장군님, 그것들은 평소에 장터에 있던 주인 없는 개들이 아니라, 눈은 노랗고 겁에 질려 있었으며, 피부는 상어처럼 반들반들한 사냥용 짐승으로, 누군가가 파란 여우를 잡기 위해 풀어놓은 것들로, 똑같이 생긴 예순 마리의 개들이 난데없이 채소 파는 노점 사이로 뛰쳐나와 레티시아 나사레노와 아이를 덮쳤고, 우리는 잘못하면 두 사람을 죽일 수도 있다는 두려움에 총을 쏠 겨를도 없었는데, 마치 지옥의 소용돌이 안에 있는 것처럼 개 옆에서 질식해 죽는 것 같았으며, 순간적으로 나타났다가 사라지는 유령처럼 우리에게 뻗었다가 사라진 손들을 얼핏 보는 동안, 그들의 나머지 몸은 갈기갈기 찢겨 사라졌으며, 또 우리는 두 사람의 표정도 보았는데, 그것은 쏜살같아서 제대로 포착할 수 없었지만, 공포에 질린 것 같기도 하고 유감스러워하는 것 같기도 했으며, 심지어는 기뻐하는 것 같기도 했는데, 마침내 둘은 싸움의 소용돌이 속으로 가라앉았고, 펠트로 만든 제비꽃이 꽂혀 있던 레티시아 나사레노의 모자만이 피 웅덩이에서 둥둥 떠다녔고, 그것을 보던 토템 신앙을 가진 여자 채소 장수들은 뜨거운 피가 튀었지만, 전혀 감정 없이 공포에 질린 표정으로, 하느님 맙소사, 장군님이 원하시지 않았는데 어떻게 이런 일이 일어날 수 있나요, 아니면 적어도 이런 일을 모르셨을 겁니다, 라고 기도했으며, 대통령 경호대에 영원한 불명예의 오점으로 남도록, 그들은 총 한 발 쏘지 못한 채 단지 피 묻은 채소 사이에 흩어져 있던 살점 하나 붙지 않은 뼈만을 건질 수 있었습니다, 그 외에는 아무것도 할 수 없었습니다, 장군님, 우리가 발견한 것 중에는 자제분이 걸고 다니던 훈장과 술 장식이 떨어져 나간 군도를 비롯해 레티시아 나사레노의 양가죽 신발이 있었는데, 왜 그것이 장터에서 1리그나 떨어진 바닷가에 둥둥 떠다니며 나타났는지는 아무도 모르며, 색유리 목걸이와 머리띠도 찾아냈는데, 장군님, 당신의 손에 이것들을 직접 건네드리며, 더불어 이 세 개의 열쇠와 거무스름한 결혼 금반지, 그리고 10센타보 동전 다섯 개, 그러니까 50센타보를 건네드립니다, 라면서 그들은 맞는지 세어 보라고 그 동전들을 책상 위에 놓았으며, 더는 없습니다, 이것이 그들이 남긴 전부입니다, 라고 보고했다. 그는 아마도 더 많이 남았건, 아니면 덜 남았건 아무 상관이 없었을 것이고, 그 불가피했던 수요일에 대한 기억의 마지막 흔적을 완전히 없애는 데 많은 세월이 필요하지도 않고 힘들지도 않으리란 것을 그 당시엔 알지도 못했을 테지만, 분노를 참지 못해 울었고, 쇠사슬에 묶여 마당에서 밤을 보내는 개들의 짖는 소리에 괴로워하면서 화가 치밀어 소리 지르며 잠에서 깼고, 그럼 저 개들을 어떻게 할까요, 장군님, 이라는 물음에 대한 답을 결정하면서, 개들을 죽이는 것이 그 개들 배 속에 있는 레티시아 나사레노와 아이를 또다시 죽이는 게 아닌지 혼란스러워했고, 철재로 제작된 채소 시장의 둥근 천장을 허물고서 그 자리에다 목련과 메추라기가 가득한 정원을 만들어 대리석 십자가를 설치하고, 등대보다 높고 환하게 불빛을 밝혀 세상이 끝날 때까지 후세들의 기억 속에 역사에 남을 여인을 영원히 기리게 하라고 지시했는데, 정작 그는 그 기념물이 허물어지기 훨씬 전에 이미 그 여자를 잊었으며, 밤에 폭파된 그 기념물에 대해 그 누구도 책임을 지지 않았고, 목련은 돼지들이 먹어 치웠으며, 잊을 수 없는 그 정원은 악취 풍기는 진흙 쓰레기장이 되었지만, 그는 이런 사실을 알지 못했는데, 그것은 그가 대통령 전용 운전수에게 자네가 온 세상을 한 바퀴 도는 한이 있어도 옛 채소 시장으로 가는 길은 피하라고 명령했을 뿐만 아니라, 정부의 모든 부처가 입주해 있

는 햇빛 차단 유리의 정부 청사로 사무실들을 보낸 후 다시는
거리로 나가지 않았기 때문인데, 그는 페인트가 벗겨진 관저
에 사는 데 필요한 최소한의 인원만 남겼고, 당시 관저에는 그
의 지시에 따라 레티시아, 그러니까 왕비다운 당신의 충동적
인 행위의 흔적이 전혀 눈에 띄지 않았고, 그는 빈 관저 안을
이리저리 돌아다니면서 익히 알려진 일만 했는데, 그것은 최
고 지휘부에게 최종 자문을 하거나 국무 회의의 어려운 안건
에 대한 최종 결정, 또는 윌슨 대사의 해롭기 그지없는 방문
을 받는 것 정도였는데, 윌슨 대사는 케이폭 나무의 무성한
나뭇잎 아래서 오후 늦게까지 항상 그와 함께 있었고, 그에게
볼티모어 사탕을 갖다주었으며, 벌거벗은 여자들이 총천연색
으로 인쇄된 잡지도 가져다주면서 외채로 생긴 엄청난 이자
를 반환하려면 영해를 내놓는 편이 낫다고 그를 설득하려 했
는데, 그러면 그는 그 대사가 실컷 말하게 놔두었고, 편의에
따라 실제로 들을 수 있는 것보다 더 많이 혹은 더 조금 듣는
척했으며, 대사의 수다로부터 자신을 방어하면서, 근처 여학교
의 초록색 라임 나무에 올라앉은 색칠한 새들의 합창 소리를
들었고, 어둠이 지기 시작할 무렵이면 층계까지 그와 함께 가
서 모든 걸 가져가도 좋지만, 내 창문에서 바라보이는 바다는
안 돼요, 생각해 봐요, 이 시간이면 불타는 늪지처럼 보이는
바다를 이제 평소처럼 볼 수 없다면, 이 커다란 집에서 나 혼
자 어떻게 살겠소, 깨진 창문으로 짖는 소리를 내면서 몰래
들어오는 12월의 바람이 없다면 내가 무슨 재미로 살겠소, 등
대의 초록색 섬광 같은 불빛을 보지 못한다면 내가 어떻게 살

겠소, 나는 안개 자욱한 내 고지의 불모지를 떠났고, 군에 입
대해 연방주의 전쟁 통 속에서 열병에 걸려 죽음으로 신음했
소, 사전에 적힌 것처럼 내가 애국심에 불타서 그랬다고는 믿
지 마시오, 그건 모험 정신 때문도 아니었고 연방주의자들의
원칙에 쥐뿔만큼이라도 관심이 있어서는 더욱 아니었소. 그런
건 하느님이 자기의 성스러운 왕국에서나 갖고 있을 것이오,
절대 그런 게 아니오, 친애하는 윌슨 대사, 나는 바다를 보고
싶어서 그 모든 일을 했던 것이오, 그러니 다른 걸 생각하는
편이 나을 거요, 라고 말했고, 대사의 어깨를 손바닥으로 툭
툭 치면서 작별했고, 돌아가면서 옛 사무실 건물의 텅 빈 방
들에 걸려 있던 램프에 불을 켰는데, 그런 어느 날 오후 그는
길 잃은 암소 한 마리를 발견했고, 그 암소를 층계 쪽으로 쫓
아 버렸더니, 그 동물은 카펫을 수선한 부분에 발이 걸려 벌
렁 자빠져서 굴러떨어졌고, 층계에서 목이 부러지면서 나병
환자들의 영광과 먹이가 되었고, 그러자 그들은 급히 달려들
어 토막 냈는데, 그것은 레티시아 나사레노가 죽은 이후 그들
이 다시 그곳으로 돌아와 눈먼 사람들과 중풍 환자들과 함께
마당의 야생 장미밭에 머물면서 그의 손이 건강의 소금을 내
려 주기를 기다렸기 때문인데, 그는 별이 총총한 밤에 그들의
노랫소리를 들었고, 그들과 함께 수산나, 이리 와요, 영광의 시
간을 누리는 정결한 수산나여, 라고 노래했으며, 오후 5시에
는 곡물 창고의 채광창을 내다보면서 학교에서 나오는 여학생
들을 쳐다보았고, 여학생들의 파란색 앞치마와 무릎까지 오는
긴 양말, 그들의 땋아 내린 머리카락을 보면서 넋을 잃었고,

그러면 맙소사, 우리는 유령 같은 폐병 환자의 눈에 놀라 뛰어서 후다닥 도망쳤고, 그 사람은 쇠창살 사이로 너덜너덜하게 찢어진 손가락 장갑을 흔들며 애들아, 애들아, 하고 우리를 불렀고, 이리 와, 내가 너를 더듬고 싶어, 라고 말했으며, 기겁해서 도망치는 여자애들을 보면서, 나의 어머니 벤디시온 알바라도여, 요즘 젊은 여자애들은 너무 어려요, 라고 생각했고, 혼자 씩 웃었지만, 이내 그런 음탕한 마음을 버리고 스스로 단념했는데, 그것은 주치의를 점심 식사에 초대할 때마다 주치의인 보건부 장관이 돋보기로 그의 망막을 검사했고 그의 맥박을 쟀으며 세레겐 강장제를 여러 숟가락 먹게 했기 때문인데, 그건 내 기억의 배수구를 막기 위해서로, 기가 막힐 일이야, 평생을 살면서 전쟁에서 삼일열을 앓은 것 외에는 어떤 병치레도 하지 않았던 나에게 강장제를 몇 숟가락씩이나 먹이다니, 빌어먹을 의사 놈, 이라고 생각했고, 아는 것이 많은 메릴랜드 대사가 알려 준 모로코 왕들의 식사법에 따라, 세상에 등을 돌리고 식탁만 덜렁 놓인 식당에서 혼자 식사를 했고, 이미 잊어버린 여선생의 엄격한 법칙에 따라 나이프와 포크를 들고서 머리를 꼿꼿이 세우고 식사했으며, 집 안 전체를 돌아다니면서, 숨겨 놓은 지 몇 시간만 지나면 잊어버리는 꿀단지를 찾아다녔고, 실수로 수첩 가장자리에서 빨대를 찾아내기도 했는데, 그 수첩은 아무것도 기억할 수 없게 되자 옛날에 잊지 않으려고 써 놓았던 것으로, 어느 메모에서는 내일은 화요일이라고 적어 놓은 것을 읽었고, 또 당신의 하얀 손수건에 머리글자가 있는데 그건 내 주인인 당신이 아닌 다른 사람의 머리글자라는 메모를 읽었으며, 내 영혼의 레티시아 나사레노여, 당신이 없어서 내가 어떻게 되었는지 봐, 라는 메모를 왜 썼는지 궁금해하며 읽었고, 곳곳에서 레티시아 나사레노라는 이름을 읽었으며, 누군가가 줄줄이 그 한숨을 글로 써 놓을 정도로 불행에 빠질 수 있다는 것을 이해할 수 없었지만, 그건 내 글씨였어, 내가 왼손으로 쓴 독특한 글씨체였고, 당시 변소 벽에서 볼 수 있었던 글씨체로, 장군님 만세, 라고 자기 자신을 위로하려고 썼던 필체였는데, 만세, 라니 빌어먹을, 수도원의 봉쇄 생활에서 도망친 여자 때문에 땅과 바다와 하늘의 군인 중에서 가장 허약한 존재가 되어 버렸다는 분노를 송두리째 뽑아 버리면서 치료받았지만, 그 여자에게서 남은 것이라고는 종이 쪼가리에 연필로 쓴 이름밖에 없었으니, 그건 그가 그렇게 결정했던 사항이기 때문으로, 부관들이 책상에 그녀의 물건들을 올려놓았지만, 그는 그것들을 건드리려고도, 쳐다보려고도 하지 않고서, 저 신발, 저 열쇠들을 치워 버려, 라고 명령했고, 그들의 죽은 모습을 생각나게 하는 모든 것을 치워 버리고, 그들의 것을 요란하고 엄청난 낮잠을 잤던 방 안에 모두 넣고 방문과 창문을 막아 버리라고 지시하면서, 제기랄, 내가 명령을 내려도 그 방에는 아무도 들어가게 하지 말라, 라는 최후의 명령을 내렸고, 그 개들을 해치는 그 어떤 행위도 죽은 자기 가족의 마음을 아프게 할 것으로 생각해서 마당에 몇 달 동안이나 쇠사슬에 묶어 놓았던 개들이 공포에 질려 울부짖는 살 떨리는 오싹한 밤도 이겨 냈고, 또 그물 침대에 몸을 내맡기면서, 자기 핏줄을 살해한 작자들이 누구인지 알면서도, 그 당시 그들과 맞서 싸울 힘이 없어 그들을 자기 관저에서 봐야 하는 치욕을 참느라 분노로 몸을 떨었으며, 사후에 부여하는 그 어떤 종류의 명예도 반대했고, 조의와 문상을 금지했으며, 수호 나무와 같은 케이폭 나무의 그늘에 있는 그물 침대에 누워 분노를 이기지 못하고 몸을 이리저리 비틀면서 결정적인 순간이 오기만을 기다렸는데, 그 그늘에서 나의 마지막 동지는 국민이 차분하고 질서 있게 그 비극을 참고 견뎌 냈다는 사실에 최고 지휘부가 자랑스러워한다고 말해 주었고, 그러자 그는 보일 듯 말 듯한 미소를 지으면서, 이보게 친구, 멍청한 소리는 이제 그만하게, 차분하다느니 질서 있다느니 하는 말은 모두 개소리야, 그건 사람들이 그 비극에 눈곱만큼도 관심이 없었다는 말이야, 라고 지적하고는 신문의 앞과 뒤를 빠짐없이 살피면서, 언론을 담당한 홍보 부서가 만들어 낸 소식 외에 무엇이 또 있는지 찾았고, 소형 진공관 라디오를 자기가 손 뻗으면 닿을 곳에 갖다 놓게 하고는 베라크루스[62]부터 리오밤바[63]까지 치안군이 테러 주동자들의 행방을 확실하게 뒤쫓고 있다는 똑같은 소식이 방송되는 것을 듣자, 그는 당연하지, 독거미 같은 놈들, 이라고 중얼거렸고, 의심의 여지 없이 그 주동자들의 신원을 확인했다는 소식을 듣자, 물론이지, 당연한 일이야, 라고 중얼거렸으며, 외곽에 있는 관용의 집, 그러니까 사창굴에 박격포를 퍼부으며 그들을 포

---

62) 멕시코 중동부에 있는 항구 도시.
63) 에콰도르 중부에 있는 도시.

위했다는 소식을 듣자, 이제 됐어, 불쌍한 녀석들, 이라고 한숨을 지었지만, 그물 침대에 누워 악의의 빛을 전혀 내비치지 않으면서, 나의 어머니 벤디시온 알바라도여, 보복을 할 수 있도록 제게 힘을 주소서, 당신의 손에서 저를 놓지 마소서, 어머니, 제게 명안이 떠오르게 하소서, 라고 간청했고, 탄원이 효력을 발휘할 것이라고 너무나 확신한 나머지, 우리는 그가 고통에서 완전히 회복했다고 여겼으며, 그러자 치안과 국가 안보를 책임진 참모 본부 사령관들인 우리가 범인 중에서 세 명은 군인과 경찰과 교전 중에 사망했고, 다른 두 명은 산헤로니모 지하 감옥에서 장군님의 처분만 기다리고 있습니다, 라고 소식을 전했고, 그는 아, 그렇군, 이라고 말하고서, 과일 주스가 들어 있는 단지를 들고 그물 침대에 앉아서, 우리에게 일일이 한 잔씩 따라 주었는데, 명사수답게 손을 전혀 떨지 않았고, 그 어느 때보다 현명하고 정중했으며, 심지어 담배에 불을 붙이고 싶어서 초조해하는 내 마음마저 알아맞혔고, 그때까지 복무 중인 그 어떤 군인에게도 허락하지 않았던 것, 그러니까 담배를 피워도 좋다고 허락하면서, 이 나무 아래서는 우리가 모두 평등해, 라고 말했고, 아무 원한이나 앙심도 드러내지 않고 시장에서 일어난 범죄에 대해 자세히 보고를 늘었는데, 우리는 범인들이 스코틀랜드에서 갓 태어난 여든두 마리의 불도그를 따로따로 선적해서 데려왔고, 기르는 도중에 스물두 마리가 죽었으며, 예순 마리는 동물이나 사람을 죽이노록 스코틀랜드 조련사에게 포익한 훈련을 받았는데, 그 조련사는 그 개들에게 파란 여우뿐만 아니라 레티시아 나사레노와 아이에 대해서도 지독한 증오심을 심어 주었고, 그렇게 하려고 관저의 세탁실에서 조금씩 훔쳤던 이 옷가지들을 이용했다고 설명하면서, 그의 앞에 레티시아 나사레노의 브래지어와 손수건, 그리고 긴 양말들과 아이의 군복을 보여 주었고, 그가 그들의 것임을 확인하라고 했지만, 그는 그것들을 쳐다보지도 않은 채, 아 그렇군, 이라고만 말했고, 그러자 우리는 그에게 예순 마리의 개들이 어떻게 훈련을 받았는지, 심지어 짖지 말아야 할 때는 짖지 않도록 훈련까지 받았다고 설명하면서, 개들은 인간의 살을 좋아하도록 교육받았으며, 고된 훈련 기간에 세상과 그 어떤 접촉도 하지 못하게 가두어져 있었고, 이 수도에서 7리그 떨어진 옛 중국인 농장이 훈련 장소였으며, 그곳에 레티시아 나사레노와 아이의 옷을 입힌 실제 사람 크기의 모형이 있었고, 그것 이외에도 개들은 이 원본 사진들과 신문 스크랩을 통해 그들의 얼굴을 익혔다고 보고하면서, 장군님, 각자 취향이 있다고는 하지만 그 개자식들이 얼마나 완벽하게 일을 꾸몄는지 보십시오, 라며 우리는 사진첩에 붙어 있는 사진들을 그에게 보여 주었지만, 그는 그것들을 쳐다보지도 않고서, 아 그렇군, 이라고만 말했고, 그래서 우리는 마지막으로 그 조직원들이 자기들 생각대로 일을 벌인 것이 아니라, 틀림없이 해외에 본거지를 두고 있는 반란군 형제단 단원들이 있을 것이며, 칼 위에 교차시켜 놓은 이 거위 깃털이 그 조직의 상징입니다, 라고 설명했고, 그는 다시, 아 그렇군, 이라고 말했으며, 우리는 그들 모두가 국가보안법 위반죄를 저질렀으며 군법 재판을 받지 않도록 도주한 자들이며, 이 세 명은 사살된 자들입니다, 라면서 사진첩에서 각자 목에 죄수 번호를 걸고 있던 그들의 사진을 보여 주었고, 이 두 작자는 생포되어 갇혀 있으며, 장군님의 최종심이자 최후 판결을 기다리고 있습니다, 이들은 형제이며, 스물여덟 살의 마우리시오와 스물세 살의 구마로 폰세 데 레온이며, 마우리시오는 탈영병이자 무직이고 주거가 일정하지 않으며, 구마로는 직업 예술 학교 도자기 교사인데, 그들 앞에 있게 되자 개들은 잘 안다는 듯 흥분한 표정을 지었는데, 장군님, 이것은 그들에게 죄가 있다는 증거로 충분합니다, 라고 우리는 보고했고, 그는, 아 그렇군, 이라고만 말했지만, 오늘의 지시 사항에서 수사를 종결지은 세 장교를 훌륭한 예로써 언급했고, 엄숙한 행사 중간에 조국에 대한 봉사로 군사 훈장을 수여했으며, 그 행사에서 약식 군사 재판부를 구성하여 마우리시오와 구마로 폰세 데 레온 형제에 대한 재판을 열었고, 그들에게 마흔여덟 시간 이내로 총살을 집행하라는 선고를 내렸지만, 장군님, 각하가 사면의 은혜를 베푸시면 달라집니다, 각하께서 결정하십시오, 라고 우리는 건의했다. 그는 그물 침대에서 혼자 깊은 생각에 빠졌고, 그들을 사면하라는 전 세계의 청원을 못 들은 척했으며, 소형 진공관 라디오에서 국제 연맹의 내용 없는 토론을 들었고, 이웃 국가들의 욕과 멀리 떨어진 국가들의 지지 성명을 들었으며, 자비를 베풀자는 장관들의 소심한 이유와 처벌해야 한다는 강경파의 이유를 똑같은 관심 속에서 들었고, 목자로서 길 잃은 두 어린 양의 운명이 걱정된다고 밝힌 교황의 진서를 전하겠다는 교황청 대사의 접견을 거부했으며, 그의 침묵 때문에 전국의 치안이 동요했다는 보고를 들었고, 멀리서 들리는 총소리를 들었으며, 만에 정박한 전함의 원인을 알 수 없는 폭발로 땅이 진동하는 것을 느꼈는데, 장군님, 열한 명이 사망했고 여든두 명이 부상당했으며, 배는 도저히 사용할 수 없게 되었습니다, 그러자 그는 알았다고 하면서 침실 창문으로 항구 한쪽 구석에서 크게 피어오른 밤의 모닥불을 바라보았고, 그런 동안 사형 선고를 받은 두 사람은 산헤로니모 기지의 불타는 것 같은 소성당에서 죽기 전날 밤을 보내기 시작했는데, 그는 그 시간에 사진에서 본 것처럼 그들이 같은 어머니에게서 진한 눈썹을 물려받은 것을 기억했으며, 죽음의 고뇌로 죄수들을 힘들게 만드는 감방에서 항상 켜져 있는 전등 아래로 일련의 숫자가 적힌 널빤지를 목에 걸고서, 단둘이 벌벌 떠는 모습을 떠올렸고, 자기가 그들을 생각하고 있다고 느꼈으며, 그들이 자기를 필요로 하며 요구하고 있다는 것을 알았지만, 자기 의지가 어떤 방향으로 향하는지를 드러낼 최소한의 동작이나 움직임도 보이지 않은 채, 일생에서 그다지 특별하지 않은 하루인 것처럼 일상적인 행동을 반복했고, 첫닭이 울기 전에 그가 결정하면 어느 순간에라도 즉시 그 지시를 전하기 위해 침실 앞에서 잠을 자지 않고 대기할 부관과 작별 인사를 했는데, 그 부관 앞을 지나가면서 쳐다보지도 않고서, 오늘 밤 편안히 잘 보내게, 대위, 라고 말하고 헤어지면서, 등불을 문간에 걸었고, 빗장 세 개를 걸었으며 자물쇠 세 개를 잠갔고 가로장 세 개를 지르고서, 정신을 바짝 차린 채 엎드려서 잠에 빠져들었지만, 마당에서 개들이 괴롭게 울부짖는 소리는 무르고 망가질 것 같은 허름한 벽으로 스며들었고, 구급차의 사이렌 소리, 폭죽 소리, 가혹한 처형 선고로 무서워 벌벌 떠는 도시의 격앙된 밤에 정체를 알 수 없는 축제의 음악 소리를 계속 들었으며, 자정을 알리는 대성당의 종소리에 잠을 깼고, 2시에 다시 잠을 깼으며, 이슬비가 창문의 격자 철망을 탁탁 때리는 소리에 3시가 되기 전에 다시 잠에서 깨어났고, 그제야 그는 황소처럼 크고 힘들고 굼뜬 동작으로 바닥에서 일어났는데, 먼저 궁둥이를, 그러고는 두 팔을 마지막으로 입술에 침 한 줄기를 흘리며 멍한 머리를 들더니, 우선 경비를 서고 있던 부관에게 그 개들을 자기가 짖는 소리를 들을 수 없는 곳으로 데려가서 자연사할 때까지 정부의 보호 아래 있게 하라고 지시했고, 그러고는 레티시아 나사레노와 아이의 경호를 맡았던 병사들을 조건 없이 석방하라고 명령했으며, 마지막으로 폰세 데 레온 가족의 두 형제인 마우리시오와 구마로를, 번복할 수 없는 내 최고 결정이 알려지는 즉시 처형하라고, 하지만 이미 예견된 것처럼 처형 벽 앞에 세워 총살하지 말고, 이제는 사용하지 않는 방식으로, 그러니까 말에 사지를 매고 찢어서 처형하라고, 그런 다음 그들의 사지를 그 광활한 슬픔의 왕국에서 가장 눈에 잘 띄는 장소에 전시하여 국민의 분노와 공포를 일으키라고 지시하고서, 불쌍한 젊은이들, 이라고 혀를 끌끌 차고서, 심한 상처를 입은 코끼리 같은 커다란 발을 질질 끌면서 분노를 참지 못하고, 나의 어머니 벤디시온 알바라도여, 나를 도와주소서, 내게서 당신의 손을 거두지 마소서, 어머니, 내가 이 죄 없는 피를 복수하도록 도와 줄 사람을 찾게 해 주소서, 라고 애원했는데, 그는 원한과 분노로 이성을 잃고서 하늘이 내려 줄 그 사람을 상상했고, 만나는 사람마다 그들의 눈 깊은 곳에서 거스를 수 없이 초조한 마음으로 그 사람을 찾았으며, 가장 미묘한 목소리의 음역 안에, 쿵쿵 뛰는 심장의 고동 속에, 거의 사용되지 않은 기억의 틈에 숨어 있는 그를 찾아내려고 애썼고, 그 사람을 찾을 수 있다는 환상을 완전히 잃어버리자, 그는 자기가 가장 눈부시고 거만하고 당당한 남자에게 매료되어 있다는 것을 깨달았는데, 내가 두 눈으로 본 사람 중에서 가장 멋지고 당당했어요, 어머니, 그 남자는 과거의 보수당 사람들처럼 영국 왕족이 즐겨 입는 헨리 풀[64]의 재킷을 입고 단춧구멍에 치자꽃을 꽂은 채, 페코버 바지와 은빛의 아름다운 무늬를 수놓은 조끼를 입고, 타고난 우아함 덕분에 아주 까다롭기로 유명한 유럽 명사들의 사교 클럽에서도 눈에 띄었는데, 인간의 눈을 한 송아지 크기의 말 없는 도베르만의 가죽 목줄을 붙잡고서, 호세 이그나시오 사엔스 델라 바라입니다, 각하, 언제든지 각하를 모시겠습니다, 라고 자기 자신을 소개했는데, 연방주의자 호족들의 회오리바람에 파괴되어 위대한 조국을 만들겠다는 불모의 꿈과 그들의 넓고 우울한 저택, 그리고 그들의 프랑스식 억양과 함께 이 나라의 땅에서 사라져 버린 우리 귀족 사회의 마지막 흩어진 자손이었고, 서른두 살이었으며 일곱 개의 언어를 구사하고, 도빌에서 열린 트랩 사격에서 네 개의 기록을

---

64) 영국 명품 클래식 수트 전문점.

갖고 있다는 것 외에는 다른 재산이 없는 그런 화려한 혈통의 마지막 후손으로, 튼튼하고 날씬했고, 피부는 쇠 빛깔이었으며, 혼혈인처럼 어두운 색깔의 머리카락은 가운데 가르마를 타고, 머리 타래는 흰색으로 물들였으며, 직선 모양의 입술은 영원한 의지를 보여 주었고, 하느님이 내려 준 사람이라는 단호한 시선을 지니고서 벚나무 스틱으로 크리켓 경기를 하는 척했고, 그것은 연회실의 태피스트리에 새겨진 전원의 봄을 배경으로 컬러 사진을 찍기 위한 것이었는데, 그 남자를 본 순간, 그는 안도의 한숨을 쉬었고, 혼잣말로, 이 사람이야, 이 사람이었어, 라고 중얼거렸다. 그 사람은 그에게 간단한 약속을 받고서 일하기 시작했는데 그 약속은, 제게 8억 5000만 페소의 예산을 주십시오, 그리고 각하 외에는 제 위에 아무도 없고, 그 누구에게도 회계 보고를 하지 않고, 그 누구의 지시도 받지 않게 해 주십시오, 그러면 이 년 이내로 레티시아 나사레노와 아이를 살해한 진짜 범인들의 머리를 대령하겠습니다, 라는 것이었으며, 그는 그 제안을, 좋다, 동의한다, 라는 말로 수락했고, 많은 어려운 시험 끝에 그의 충성심과 능력을 확신했는데, 자기가 지닌 권력의 열쇠를 그 사람의 손에 쥐여 주기 전에 그런 시험을 통해 그 사람에게 있는 영혼의 뒤안길을 자세히 살펴보면서, 의지의 한계가 어디까지인지 알아보고자 했으며, 그의 성격에 어떤 흠이 있는지도 알아냈으며, 마지막 시험으로 무자비한 도미노 게임을 치르도록 했고, 거기서 호세 이그나시오 사엔스 델라 바라는 그의 허락도 받지 않고 이기려는 만용을 부려 결국 이기고 말았는데, 그건 내 두 눈으로 본 사람 중에서 그가 가장 용감했기 때문이에요, 어머니, 전혀 모나지 않았고 끝도 없이 인내할 줄 알았으며, 모든 걸 알았고, 커피 만드는 방법을 일흔두 가지나 알았으며, 해산물의 암수도 구분했고, 악보와 시각 장애인용 점자도 읽을 줄 알았으며, 아무 말도 하지 않고 내 눈을 쳐다보며 그대로 있었고, 그러면 나는 그 불멸의 얼굴 앞에서, 약지에 샘물 같은 보석 반지를 끼고 벚나무 스틱 손잡이에 올려놓은 늘쩍지근한 손 앞에서 어떻게 해야 할지 몰랐어요, 그의 발치에는 살아 있는 벨벳, 그러니까 잠든 가죽으로 덮인 채 한시도 시선을 떼지 않는 사납고 커다란 개가 엎드려 있었고, 그 남자의 몸에서는 목욕 소금 향내가 났는데, 내 눈이 보았던 사람 중에서 가장 아름답고 가장 자제력이 뛰어난 사람으로 사랑과 죽음과는 아무 관련도 없어 보였어요, 그 사람은 용기를 내서 내가 본질적으로 군인이 아니라, 편의상 그런 거라면서, 장군님, 군인은 각하와 정반대입니다, 그들은 손에 쉽게 넣을 수 있는 눈앞의 야망을 꿈꾸는 사람들입니다, 그들은 권력보다 지휘하거나 명령하는 데에 더 관심이 많고, 무언가가 아니라 누군가에게 봉사합니다, 그래서 그들을 이용하기는 식은 죽 먹기보다 쉽습니다, 무엇보다 서로를 적으로 만들어 견제하게 만들기는 전혀 어렵지 않습니다, 라고 말했고, 나는 미소를 지어야겠다는 생각 말고는 아무 생각도 떠오르지 않았는데, 그것은 그 명석하고 훌륭한 사람에게, 하느님이 성스러운 당신의 오른쪽에 데리고 있을 내 동지 로드리고 데 아길라르 장군 다음으로 그의 정권에서는 그 누구도 갖지 못한 최대의 권력을 부여했던 바로 그 사람에게, 그의 생각을 숨길 수 없으리라고 믿었기 때문이고, 그렇게 그는 그 사람을 자신이 소유한 제국 안에서 비밀의 제국을 통치하는 절대적인 주인으로 만들었는데, 탄압과 학살로 점철된 눈에 보이지 않는 그 사람의 업무는 공식적인 정체가 없을 뿐만 아니라, 심지어 실제로 존재하는지조차 믿기 어려웠는데, 그것은 아무도 그 기관의 행위를 책임지지 않았고, 그 기관은 이름도 없었으며, 세상 어디에 있는지도 알 수 없었기 때문이지만, 그래도 경악할 만한 진실 하나는 그 기관이 공포라는 방식으로 국가의 다른 탄압 기관들 위에 군림했으며, 분명히 그런 현상은 최고 권력자가 그 기관을 탄생시키고 파악할 수 없는 성격을 부여하기 훨씬 이전부터 존재했는데, 장군님, 각하조차 그 공포 기관이 어느 정도에 이를 것인지 예측하지 못하셨습니다, 심지어 저도 각하가 협정을 수락한 순간, 황태자처럼 옷 입은 그 야만인의 거스를 수 없는 매력과 거침없는 충동에 좌우되었다는 사실을 의심하지 못했습니다, 그는 제게, 그러니까 대통령 관저로 코코넛이 들어 있는 것 같은 마대 하나를 보냈고, 그것을 걸리적거리지 않게 저쪽에 놓으라고, 벽 안에 내장형으로 설치된 서류 보관용 캐비닛에 놓으라고 지시하고는 까맣게 잊어버렸고, 사흘이 지난 후 시체 썩는 악취가 벽을 지나 거울 유리를 고약한 냄새의 수증기로 뒤덮는 바람에 도저히 숨을 쉴 수가 없었기에, 우리는 부엌에서 악취의 원인을 찾기 시작했고, 결국 그것을 외양간에서 찾아내고는, 향을 피워 사무실에서 악취를 몰아냈지만, 그들은 접견실에서 다시 그 냄새와 만났고, 전염병에 오염된 더러운 밤공기의 가장 미세한 기운이 다른 냄새 속에 숨어서도 들어가지 못했던 가장 깊은 틈새까지 썩은 장미꽃의 역겨운 악취가 흠뻑 배어 있었지만, 정작 그 원인은 우리가 코코넛 같은 것이 가득 담겨 있다고 여겨서 찾아볼 생각조차 하지 않았던 마대 속에 있었으니, 그것은 거기에 호세 이그나시오 사엔스 델라 바라가 협약의 첫 번째 성과로 각각 사망 확인서를 첨부하여 보낸 여섯 개의 잘린 머리가 담겨 있었기 때문인데, 첫 번째는 석기 시대를 살았던 사람 같은 아흔네 살의 노령이며 눈먼 창립자이자 내전의 마지막 퇴역 군인이고 급진당의 설립자이며, 첨부된 서류에 따르면 노령으로 인한 건강 쇠약으로 5월 14일에 사망한 네포무세노 에스타라다의 머리였고, 두 번째는 네포무세노 에스트라다 델라 푸엔테의 머리였는데, 그는 앞서 죽은 사람의 아들로 쉰일곱 살이었고, 동종 요법 의사이며, 첨부된 증명서에 따르면 관상 동맥 혈전으로 자기 아버지와 같은 날 사망했고, 세 번째는 문학을 공부하는 스물한 살의 학생인 엘리에세르 카스토르의 머리로, 첨부된 증명서에 따르면 술집에서 싸움을 벌이다가 날카로운 무기에 여러 개의 상처를 입어 사망했으며, 네 번째는 서른두 살이며 비밀 행동대원인 리디세 산티아고의 머리로, 첨부된 증명서에 따르면, 유도 유산[65] 때문에 사망했고, 다섯 번째는 서른여덟 살이며 '투명 인간 하신토'라는 별명이 붙은 로케 핀손의 머리였는데, 그는 색 풍선 생산업자로 에틸알코올 중독으로 앞서

---

65) 약품이나 기계적인 방법을 통해 의도적으로 유발시키는 유산.

언급한 여자 비밀 행동대원과 같은 날 사망했으며, 마지막은 '10월 17일 지하 운동'의 비서로 서른 살인 나탈리시오 루이스의 머리로, 첨부된 서류에 따르면 그는 실연을 당해 환멸을 느낀 나머지 입천장에 권총을 쏴서 사망했으니, 이렇게 총 여섯 개였고, 해당 수령증에 악취와 공포가 뒤섞여 언짢은 기분으로 서명하면서, 나의 어머니 벤디시온 알바라도여, 이놈은 짐승이에요, 몸가짐이 신비로운 데다가, 단춧구멍에 치자꽃을 꽂고 다니는 작자가 그런 짓을 하리라고 누가 상상이나 했겠어요, 그는 그자에게, 더는 내게 잘라 낸 머리를 보내지 말게, 나초,[66] 자네 말만으로도 충분하네, 라고 지시했지만, 사엔스 델라 바라는, 그건 사내들의 문제입니다, 장군님, 진실을 직시할 배짱도 없으시다면 각하가 주신 돈을 돌려드리겠습니다, 그리고 예전처럼 친한 친구로 지내는 겁니다, 빌어먹을, 그는 그것보다 훨씬 사소한 일로도 그의 어머니를 총살하라고 지시할 수 있는 사람이었지만, 입술을 깨물고서 그 정도는 아니네, 나초, 자네가 해야 할 일을 하도록 하게, 라고 말했고, 그렇게 잘린 머리들은 코코넛이 담긴 것 같은 그 재수 없는 마대에 담겨 계속 도착했고, 그는 배 속이 온통 뒤틀려 토할 것 같은 얼굴로 그것들을 여기서 먼 곳으로 가져가라, 라고 지시하면서, 사망 증명서의 세세한 내용을 읽고는 좋아, 라면서 수령증에 서명했고, 그렇게 어느 날 밤에는 그의 정적 918명의 머리를 받았다고 서명했는데, 그날 밤 그는 자기가 발가락 하나만

---

66) 이그나시오의 애칭.

있는 짐승이 되어 시멘트가 발라진 지 얼마 되지 않은 평원에 발가락 지문의 흔적을 남기며 가는 꿈을 꾸었고, 차가운 밤이 슬을 맞은 것처럼 언짢은 기분으로 잠에서 깨어났으며, 젖 짜는 외양간에서 쓰레기 더미처럼 못마땅하고 더러운 기억을 떠올리면서 머리가 몇 개였는지 세어 보았고, 그렇게 새벽의 불쾌한 감정을 피했는데, 노인네답게 너무나 깊은 생각에 빠진 나머지, 귓속에서 울리는 이명을 썩은 퇴비 속의 벌레 소리와 혼동하면서, 나의 어머니 벤디시온 알바라도여, 그토록 많은 머리를 잘랐는데도 정말로 죄가 있는 놈들이 아직도 이곳에 도착하지 않을 수가 있나요, 라고 생각했지만, 사엔스 델라 바라는 그에게 머리 여섯 개마다 60명의 적이 생기고, 머리 60개마다 600명의 적이, 그런 다음에는 6000명, 그러고는 600만 명의 적이 생긴다는 것을 알려 주었는데, 그가 전국이 적이 되겠군, 빌어먹을, 우리는 절대로 끝내지 못하겠어, 라고 투덜대자, 사엔스 델라 바라는 태평스럽게, 걱정하지 말고 주무십시오, 장군님, 그들이 모두 죽으면 우리의 이 작업도 끝날 것입니다, 라고 대답했고, 그는 정말 야만스럽다고 생각했다. 그자는 한순간도 머뭇거리거나 불안해하는 법 없이, 작은 허점도 보이지 않아서 그 어떤 대안도 사용할 필요가 없게 했으며, 두 사람의 만남을 유일하게 지켜본 존재로서, 웅크린 채로 영원히 그의 지시를 기다리던 도베르만의 숨겨진 힘에 기댔는데, 그는 호세 이그나시오 사엔스 델라 바라가 민첩하고 날쌘 그 동물의 고삐를 잡고서 도착하는 걸 처음 보았을 때부터 그렇게 하지 못하게 하려고 애썼고, 그 개는 내 눈이 지금까지 본 적 없는 가장 비호감이면서도 가장 근사한 남자의 감지되지 않는 병술(兵術)에만 복종했기에, 이 개를 밖에 놔두고 들어오게, 라고 명령했지만, 사엔스 델라 바라는, 안 됩니다, 장군님, 쾨헬 경이 들어가지 못하는 곳에는 저도 들어갈 수 없습니다, 라고 대답했고, 그렇게 그 개는 들어왔고, 그들이 잘린 머리의 숫자를 기계적으로 세는 동안 주인의 발치에 잠들어 있었지만, 서로 계산이 맞지 않아 목소리가 높아질 때면 무언가를 예감한 듯 씩씩대면서 일어났고, 그 개의 여성스러운 눈을 볼 때면 나는 제대로 생각을 할 수가 없었으며, 그 개가 사람처럼 숨 쉬는 것을 보면 무서워서 몸을 떨었고, 실제로 냄비의 물이 부글부글 끓을 때처럼 그 개가 콧김을 푹푹 내뿜으며 갑자기 몸을 일으키는 것을 보았는데, 그것은 그가 머리가 담긴 마대에서 자기의 옛 부관 중 하나였을 뿐만 아니라, 오랫동안 도미노 게임을 함께 했던 동료의 머리를 보고는 분노를 참지 못해 책상을 주먹으로 내리쳤기 때문인데, 염병할, 이제 이따위 짓은 그만해, 라고 소리쳤지만, 사엔스 델라 바라는 항상 논증이 아니라 맹견 조련사의 달콤한 냉혹함으로 그를 이해시켰고, 그는 감히 자기를 신하처럼 다루려고 하는 유일한 인간에게 복종하는 자기 자신을 탓했으며, 그 사람의 제국에 맞서 혼자 반항했고, 자기가 권위를 유지하던 공간에 조금씩 스며들던 그 굴레에서 벗어나기로 마음먹으면서, 지금부터 이따위 것은 끝이야, 빌어먹을, 어쨌든 벤디시온 알바라도는 명령을 받으라고 나를 낳은 것이 아니라 명령을 하라고 낳았단 말이야, 라고 말했지만, 밤중에 굳힌 결심은 사엔스 델라 바라가 집무실에 들어오는 순간 산산조각이 나고 말았고, 나는 내 눈이 여태껏 보았던 사람 중에서 가장 매력적이고 가장 참을 수 없는 사람의 눈부신 모습과 진지한 아름다움, 그리고 천연 치자꽃처럼 부드러운 태도, 향긋한 꽃소금처럼 순수한 목소리, 에메랄드 소매 단추, 파라핀 왁스가 칠해지고 전혀 서두르는 법 없는 지팡이 손잡이에 굴복하면서, 그 정도는 아니네, 나초, 자네의 의무를 다하게, 라고 거듭 말했고, 계속 머리로 가득한 마대를 받으면서, 그것들을 쳐다보지도 않고 수령증에 서명했으며, 아무런 근거도 없이 자기 권력을 위험천만한 상태에 빠지게 했고, 각각의 바다가 각각의 아침마다 각각 어떻게 진행되는지 궁금해하면서, 곧 11시가 될 텐데 이 시멘트 집에는 사람이 하나도 없으니, 도대체 세상에 무슨 일이 있는 것일까, 도대체 누가 사는 것일까, 라고 물었고, 오로지 그만 살고 있다고, 그런데 도대체 내가 어디에 있기에 내가 나를 찾지 못하는 것일까, 라고 나 자신에게 물었으며, 복도에서 당나귀가 싣고 온 채소와 닭장을 내리던 맨발의 잡역부들은 어디에 있고, 또 꽃병에 있던 지난 밤의 꽃들을 새 꽃으로 바꾸고, 새장을 청소하며, 난간에서 카펫을 흔들어 먼지를 털고, 마른 나뭇가지로 만든 빗자루로 쓸면서 그 박자에 맞춰 수사나, 이리 와 수사나, 난 당신의 사랑을 즐기고 싶어, 라고 노래하던 입이 험한 내 여자들이 버린 구정물 웅덩이들은 어디에 있지, 문 뒤에 똥을 싸고 접견실 벽에 오줌으로 낙타를 그리던 비쩍 마른 칠삭둥이들은 어디에 있지, 책상 서랍에 알을 낳는 암탉들을 발견하고서 호들갑을 떨던 관리들은 어떻게 됐고, 변소에서 이루어지던 창녀들과 병사들의 거래는 어떻게 됐지, 외교관들을 보면 마구 짖어 대고 쫓아다니며 미쳐 날뛰던 내 거리의 개들은 어떻게 됐지, 도대체 누가 계단에서 중풍 걸린 사람들을, 그리고 장미밭에서 나병 환자들을 쫓아냈으며, 내 뻔뻔스러운 아첨꾼들을 모든 곳에서 몰아낸 것이지, 라고 생각했지만, 그는 자기 경호를 받은 새로운 책임자들의 촘촘한 울타리 뒤로 최고 사령부의 마지막 동료들을 슬쩍 쳐다보기만 했을 뿐, 그가 아닌 누군가의 제안으로 새로 임명된 국무 위원들로 구성된 국무 회의에 참석할 기회를 거의 얻지 못했으며, 장례식에서 입는 프록코트를 입고 윙 옷깃을 세운 여섯 명의 박식한 문인들은 그가 무슨 생각을 할 것인지 미리 내다보았고, 국사(國事)를 결정하면서도 어쨌든 내가 정부 그 자체인데도 나와 상의하지 않았는데, 사엔스 델라 바라는 냉정하게 당신은 정부가 아니라 권력입니다, 라고 그에게 설명했으며, 도미노 게임을 하는 밤이면 아주 노련하고 똑똑한 일꾼들과 게임을 해도 지겹고 따분해했는데, 그것은 그들이 아주 교묘하고 훌륭한 함정을 파 놓으려고 아무리 노력했어도 그는 한 게임도 져 본 적이 없었기 때문이며, 또 그는 그가 먹기 한 시간 전에 검사자들이 그가 먹을 음식 일부를 떼어서 검사해야 한다는 기가 막힌 생각을 그대로 따라야 했고, 항상 숨겨 놓은 장소에서 벌꿀을 찾아내지 못하고는, 염병할, 이건 내가 원했던 권력이 아니야, 라고 투덜댔고, 사엔스 델라 바라는 다른 권력은 없습니다, 장군님, 이라고 내답했으며, 실제로 죽음만이 기다리는 무기력한 상태에서는 그것이 유일하게 가능한 권력이었는

데, 과거에 권력이란 일요 시장에서 마음껏 누릴 수 있는 천
국이었고, 당시에는 4시가 되기를 기다리는 것밖에는 할 일이
없었고, 그 시간이 되면 라디오를 틀어서 지역 방송국에서 방
송하는 불행한 사랑에 대한 일일 연속극을 들었는데, 그는 그
물 침대에 누워 입도 대지 않은 과일 주스 잔을 손에 들고 그
방송을 들으면서, 너무나 긴장하고 가슴 졸인 나머지 허공에
서 흔들거리면서, 그토록 젊은 여자아이가 죽을 것인지 알고
싶은 초조한 마음에 눈물이 그렁그렁했고, 사엔스 델라 바라
는 확인해 보고서, 그렇습니다, 장군님, 그 여자아이는 죽습니
다, 라고 대답했고, 그럼 죽지 않게 해, 빌어먹을, 끝까지 살아
서 결혼하고 아이들을 낳고 늙으라고 해, 모든 사람처럼 말이
야, 라고 그는 명령했으며, 사엔스 델라 바라는 대본을 수정하
도록 지시해서 그의 명령이 그대로 실현된다는 환상으로 그
를 즐겁게 해 주었으며, 그래서 그의 명령에 따라 다시는 아무
도 죽지 않았고, 서로 사랑하지 않는 연인들이 결혼했으며, 지
난 회에 무덤에 묻혔던 인물이 되살아났고, 죽을 시간이 되기
도 전에 악당들은 희생되었는데, 이게 모두 장군님을 기쁘게
해 드리기 위해서입니다, 그렇게 그의 명령에 따라 모두가 행
복했고, 그러면 그는 자기의 삶이 그나마 소용이 있다고 여겼
는데, 8시를 알리는 종소리가 들리면 집 안을 점검했고, 그럴
때면 그는 누군가가 자기보다 먼저 소들에게 사료를 바꿔 주
었으며, 대통령 경호대 막사의 불을 껐다는 것을 알았고, 당직
근무자는 자고 있었고, 부엌은 정돈되어 있었으며, 바닥은 깨
끗했고, 도축할 때 사용하는 긴 테이블은 크레올린 소독제로

문질러 피의 흔적 하나 없이 병원 냄새를 풍겼으며, 그만이 열
쇠 꾸러미를 가진 유일한 사람이었는데도 누군가가 창문에
빗장을 질렀고, 사무실에 자물쇠를 채웠으며, 그가 현관부터
자기 침실로 가는 동안 스위치에 손을 대기도 전에 불이 하나
씩 꺼졌고, 어둠 속에서 포로로 잡힌 군주처럼 둔한 발을 질
질 끌면서, 아무도 황금 대팻밥 같은 그의 항적을 몰래 따라
오지 못하도록 하나뿐인 박차를 벨벳으로 감싸고서 시커먼
거울들 사이를 걸었고, 그렇게 지나가면서 창문으로 항상 똑
같은 바다를, 그러니까 1월의 카리브해를 바라보았으며, 발걸
음을 멈추지 않고 스물세 번을 응시했는데, 그 카리브해는 매
년 1월이면 그랬던 것처럼 꽃이 활짝 핀 늪지 같았으며, 또 벤
디시온 알바라도의 방을 쳐다보면서 어머니가 유물로 남겼던
레몬밤과 죽은 새들이 있던 새장들, 조국의 어머니가 썩어 가
던 노년을 참고 견뎠던 고통의 침대가 아직도 제자리에 있는
지 확인하고서, 평소와 다름없이, 안녕히 주무세요, 라고 중얼
거렸지만, 그 누구도, 너도 잘 자라, 하느님이 보살펴 주길, 이
라고 대답하지 않은 지 이미 오래였고, 그는 긴급 사태가 벌어
지는 경우 급히 달려 나오기 위해 사용하는 등불을 들고 침실
로 향했는데, 그때 어둠 속에서 쾨헬 경의 숯불처럼 새빨갛고
놀란 눈동자가 덜덜 떠는 것을 느꼈고, 사람 냄새와 대단한 통
솔력, 그리고 오만의 광채를 감지하고서, 누가 있느냐, 라고 물
었지만, 사실은 그 사람이 누구인지 이미 알고 있었고, 정장을
입은 호세 이그나시오 사엔스 델라 바라는 그에게 다가와 그
날이 역사적인 밤이라는 사실을 상기시키면서, 8월 12일입니

다, 장군님, 각하의 집권 100주년을 축하하는 매우 중요한 날
이며, 아무리 오래 사는 사람이라도 평생 단 한 번만 참석할
수 있는 이 경사가 알려지자, 이 소식에 매료된 손님들이 전
세계에서 찾아왔다고 알려 주었고, 전국이, 그러니까 그를 제
외한 전 국민이 축제 분위기였는데, 호세 이그나시오 사엔스
델라 바라는 역사에 남을 그 뜻깊은 날을 국민의 환호와 열광
가운데서 보내라고 간청했지만, 그는 지하 감방 같은 그의 침
실에 어느 때보다도 일찍 빗장 세 개를 걸었고 자물쇠 세 개
를 잠갔으며 가로장 세 개를 지르고서, 계급장 없는 거친 천의
군복을 입었고, 각반과 황금 박차를 찬 채로, 아무것도 깔리
지 않은 벽돌 바닥에 엎드려 누워, 오른팔을 구부린 채로 머
리 아래에 놓아 베개로 삼았는데, 그것은 바로 우리가 독수리
들에게 뜯어 먹히고 해저 동식물에 뒤덮인 그를 발견했을 때
의 자세로, 그렇게 그는 비몽사몽 여과되어 안개처럼 몽롱한
상태에서 자기 없이 멀리서 치러지는 축하 행사의 폭죽 소리
를 들었고, 기쁨과 환희의 음악과 희열의 종소리를 느꼈으며,
수많은 군중이 흙탕물 급류처럼 몰려들어 그들과는 전혀 상관
없는 영광을 찬양하는 소리를 들으면서, 슬프다기보다는 열중
해서, 나의 어머니이며 나의 운명이신 벤디시온 알바라도여, 벌
써 100년이 되었답니다, 제기랄, 벌써 100년이래요, 시간이 정
말 빨리 흘러가네요, 라고 중얼거렸다.

그는 그가 아니었지만 마치 그인 것처럼 그곳에 있었고, 연회실의 만찬 테이블에 누워, 죽은 교황처럼 꽃 속에서 여성적인 광채를 풍겼으며, 바로 그런 이유로 자기의 첫 번째 죽은 모습을 전시한 행사에서 자기 자신을 알아보지 못했는데, 그 모습은 살았을 때보다 죽었을 때 더 무서웠고, 손은 솜을 가득 채운 벨벳 장갑을 끼고서 불굴의 아부꾼들이 꾸며 낸 초콜릿 전쟁에서 상상의 전승 훈장으로 뒤덮은 가슴 위에 놓여 있었으며, 요란하고 으리으리한 군복을 입고 에나멜 각반과 우리가 집에서 보았던 황금 박차 하나만을 차고 있었고, 온 세상의 장군이 죽기 전 마지막 순간에 그에 걸맞게 열 개의 태양을 달아 주어 죽음보다 더 높은 계급을 부여했는데, 그는 바로 그 견장을 달고 있었고, 그래서 죽은 다음의 새로운 신분이 너무나 즉각적이고 눈에 띄어서, 처음으로 그의 실제 존재를 의심 없이 믿을 수 있었지만, 사실 그와 비슷하지 않게 생긴 사람은 한 명도 없었고, 유리 진열장에 있는 시체처럼 그의 대역과 너무나 비슷하게 보이는 사람도 없었는데 한밤중에 계속 촛불이 타고 있던 작은 방의 좁은 공간에서 그 시체가 서서히 약한 불에 익어 가는 동안, 옆에 있는 국무 회의실에서 우리는 아무도 감히 믿으려 하지 않을 소식이 담긴 공식 기관지 최종판의 단어 하나하나에 대해 논의하다가, 완전 무장한 병력을 실은 트럭 소리에 정신을 차렸는데, 그 비밀 무장 정찰대는 새벽부터 공공 기관의 건물들을 점령했으며, 시내 번화가에 엎드려 사격 자세를 취했고, 문간에 몸을 숨겼으며, 나는 새벽녘에 우리 집 난간 문을 열어서 방금 마당에서 꺾은 축축한 카네이션 한 다발을 놓을 자리를 찾다가, 부왕들이 살았던 동네의 옥상과 지붕에 삼각 받침대를 놓고서 기관총을 설치하는 것을 보았고, 난간 아래서 어느 중위가 이끄는 군인 순찰대도 보았는데, 그는 가게마다 일일이 찾아다니면서 중심가에서 문을 열기 시작하던 몇몇 상점의 문을 닫으라고 명령하면서, 상부의 명령에 따라 오늘은 국경일입니다, 라고 소리쳤고, 나는 베란다에서 그들에게 카네이션 하나를 던지면서 도대체 무슨 일이 있기에 사방에 이렇게 군인이 많이 깔리고 무기 소리가 진동하느냐고 물었고, 그러자 장교는 공중에서 카네이션을 받고서 대답하기를, 아가씨가 잘 생각해 봐요, 우리도 모르거든요, 죽은 사람이 부활한 게 분명해요, 라고 말하면서 자지러지게 웃었는데, 아무도 그토록 엄청난 일이 일어났으리라고는 감히 생각조차 하지 못했고, 오히려 정반대로 우리는 그가 오랫동안 국정을 게을리하다가 다시 권위의 고삐를 당기기 시작했고, 그 어느 때보다 기운이 넘쳐서 다시 전등이 켜진 권력의 집에서 꿈에서나 존재할 것 같은 군주의 커다란 발을 질질 끌고 다니고 있다고 생각했고, 무기 광장 보도타일의 틈에서 시끄럽게 발을 구르며 걷던 황소들을 내쫓은 장본인이며, 그 광장에서 죽어 가던 종려나무 그늘에 앉아 있던 눈먼 사람은 소 발굽 소리를 군화 소리로 오인하고서, 죽음을 극복하고 멀리서 오던 행복한 기사를 기리는 시를 목청껏 낭송하고는 소들 쪽으로 손을 내밀었는데, 계단을 오르내리며 먹는 버릇 때문에 연주대를 기어오르면서 그곳에 있는 쓰디쓴 여주 화환을 먹으려고 했던 소들은 야생 동백꽃 화관을 쓴 여신들의 잔해와 국립 극장의 깨진 수금 돌조각에 매달린 원숭이들 사이에서 살았고, 죽을 것 같은 갈증으로 감송 화분을 짓밟아 요란한 소리를 내면서 부왕 동네에 있는 저택 현관의 시원한 어둠으로 들어가서, 불에 탄 것 같은 주둥이를 안마당의 물웅덩이에 처박았지만, 아무도 못살게 굴거나 귀찮게 하지 않았는데, 그것은 암소들은 궁둥이에, 수소들은 목덜미에 태어날 때부터 대통령의 소유라는 낙인이 찍혀 있었으니, 우리가 알기로 그 소들은 손을 대서는 안 되는 존재들이었고, 그래서 군인들은 번화가의 모퉁이에서 소들에게 길을 터 주었는데, 그 거리는 지옥의 장터 같은 옛날의 시끄러운 소리가 사라진 상태였고, 악취로 진동하는 펄펄 끓는 웅덩이에는 부서진 선체의 파편 더미와 망가진 돛대만이 남아 있었으며, 바다가 우리의 것이었을 때는 바로 장터가 있던 자리였지만, 이제는 범선들이 채소 판매대 사이에 좌초되어 있었고, 영광의 시절에 인도 상인들의 잡화점이 있던 곳은 인도 상인들이 떠나는 바람에 텅 비어 있었는데, 고맙다는 말조차 하지 않았습니다, 장군님, 그러자 그는 최근에 자기 몸에서 나는 노인 냄새에 놀라, 빌어먹을, 이라고 소리치더니, 여기서 꺼져서 영국 놈들 똥이나 닦으라고 해, 라고 고함을 질렀는데, 그러자 그들은 모두 떠나고, 그곳에 원주민의 부적과 뱀에 물렸을 때의 해독제를 파는 행상들이 나타나, 뒷방에서는 침대를 빌려주고 앞쪽 가판대에서는 자동 전축이 미친 듯이 울리는 가게들이 차지했는데, 군인들이 개머리판을 휘두르며 두들겨 부수는 동안 대성당의 무쇠 종이 애도를 알렸지만, 그가 죽기 전에 이미 모든 게 끝나 있었기에, 다시 말하면, 수없이 되풀이되면서도 항상 거짓으로 판명된 소문, 그러니까 그가 마침내 국왕들이 걸리는 수많은 질병 중 하나에 걸려 쓰러졌다는 말이 언젠가는 사실이 될 것이라는 우리의 마지막 희망 없는 기다림의 순간까지도 사라지고 말았기 때문에, 지금 우리는 그것이 사실이라고 믿지 않았고, 그것은 실제로 그 사실을 믿지 않아서가 아니라, 그것이 사실임을 바라지 않았기 때문인데, 그가 없는 우리가 어떻게 될 것인지, 그가 죽은 다음에 우리의 삶은 어떻게 될 것인지 결국 이해할 수 없었으며, 나는 열두 살 때 나를 행복하게 해 주었던 그 사람이 없는 세상을 생각할 수 없었는데, 아주 오래전의 오후 이후 누구도 나를 그렇게 행복하게 만들어 주지 못했으니, 그 당시 우리는 오후 5시에 학교에서 나왔고, 그는 외양간 채광창을 통해 머리카락을 한 가닥으로 땋고서 수병복 옷깃의 파란색 교복을 입은 여학생들을 노리고 있었으며, 내 어머니 벤디시온 알바라도여, 내 또래의 여자아이들이 너무나 아름다워요, 라고 생각하면서 우리를 불렀고, 우리는 떨고 있는 그의 눈을 보았는데, 그는 손가락이 찢어진 장갑을 끼고 손을 흔들면서 포브스 대사에게 받은 사탕 딸랑이로 우리를 유혹하려고 애썼고, 모두가, 그러니까 나를 제외한 모두가 겁에 질려 도망치는 바람에 혼자 학교길에 남게 되자, 나는 아무도 나를 쳐다보지 않는다는 것을 알고 사탕을 잡으려고 했고, 그는 호랑이가 부드럽게 앞발로 할퀴듯이 내 손목을 움켜잡았고, 조금도 아프지 않게 나를 공중으로 들어 올렸고, 교복 주름이 하나도 망가지지 않도록 채광창으로 아주 조심스럽게 들여보내고는 오래된 오줌 지린내가 나는 건초에 나를 눕히고서 내게 무슨 말을 하려고 했지만, 그가 나보다 더 놀라서 바싹 마른 입에서 차마 그 말을 내보내지 못한 채 벌벌 떨었고, 그래서 웃옷에서 심장이 마구 뛰는 것이 보였으며, 얼굴은 창백하고 눈에는 눈물이 가득했는데, 내가 망명 생활을 하는 내내 그 어떤 남자도 나를 위해 그렇게 눈물을 흘린 적이 없었으며, 또 그는 나를 아무 말 없이 만지면서, 헐떡거림 없이 숨을 쉬었고, 남자의 부드러움으로 나를 유혹했는데, 나는 이후 그런 남자를 다시는 만날 수 없었고, 또 내 가슴의 봉오리를 솟아오르게 했고, 내 팬티 언저리로 손가락을 넣고서 그 손가락 냄새를 맡았으며, 내게 그 냄새를 맡아 보라고 하면서, 느껴 봐, 이게 네 냄새야, 라고 말했고, 이후 그는 발드리치 대사의 사탕을 더는 필요로 하지 않았는데, 그것이 없어도 내가 외양간의 채광창으로 기어서 들어가 마음이 건전하고 슬픈 그 남자와 내 사춘기의 행복한 시간을 즐겼기 때문이고, 그럴 때마다 그는 먹을 것을 담은 봉지를 들고 건초에 앉아 나를 기다렸고, 빵으로 사춘기 소녀인 나의 첫 소스를 닦았고, 먹을 것을 먹기 전에 거기에 집어 넣었고, 내게 그것들을 주고 먹게 했으며, 내 몸 안에 아스파라거스 줄기를 넣고는 짭짜름한 내 은밀한 체액에 절여 먹으면서, 기가 막히게 맛있어, 항구 맛이 나, 라고 말했고, 내 콩팥을 암모니아 냄새 나는 스튜에 끓여 먹는 꿈을 꾸었으며, 네 겨드랑이의 소금과 네 따스한 오줌으로 간 맞추고 싶어, 라고 중얼거리며, 머리부터 발끝까지 토막토막 자른 다음 암염과 매운 고추, 그리고 월계수 잎을 넣어 맛을 냈고, 덧없이 흘러가는 해넘이 무렵에 미래 없는 우리의 사랑을 뜨거운 접시 꽃 속에 담아 약한 불로 나를 서서히 달아오르게 했으며, 노인의 간절한 욕망과 인자함을 가지고 나를 머리부터 발끝까지 먹어 치웠는데, 그 없이 보낸 나머지 평생에 나는 수많은 남자를 알았지만, 다시는 그와 같은 사람을 만날 수 없었으니, 그것은 그 남자들은 서두르면서 인색하게 나를 사랑하려고 했지만 그러지 못했기 때문인데, 우리가 우리를 핥으려고 하는 소들의 주둥이를 밀쳐 버리는 동안, 그는 사랑을 천천히 소화하면서 자기 자신에 대해 말했으며, 자기도 자기가 누구인지 모른다고 말했고, 장군님이란 말이 지겨워 죽을 정도라고 아무 이유도 없이 아무렇지도 않게 말했으며, 마치 혼잣말을 하는 것처럼, 소리를 질러야만 깰 수 있는 내면의 침묵이 쉬지 않고 윙윙거리는 소리 속에서 떠다녔으며, 아무도 그 사람보다 더 친절하거나 현명하지 않았고, 아무도 그 사람보다 남자답지 않았으며, 그렇게 그는 열네 살 때 내 삶의 유일한 존재 이유가 되었는데, 그때 최고위급 군인 두 명이 순금 금화를 가득 넣은 여행 가방 하나를 들고서 우리 부모님의 집에 모습을 드러냈고, 한밤에 온 가족과 함께 외국 배에 처넣고서 영원히, 이제와 항상 영원히 이 나라에 돌아오지 말라고 명령했고, 내가 그 사람 때문에 죽어 가면서 나머지 평생을 보냈다는 사실을 알지도 못한 채 그가 죽었다는 소식이 세상에 터져 나왔는데, 나는 거리에서 만난 낯선 남자들과 잠자리를 하면서 그 사람보다 나은 사내를 만날 수 있는지 알아보았고, 서로 다른 아버지에게서 낳은 아이들 한 무리를 이끌고는 그들 모두가 그의 아들이라는 환상에 젖어 늙고 저주받은 몸으로 돌아왔지만, 그는 그녀가 젖 짜는 외양간의 채광창으로 기어들어 오는 것을 보지 못하자, 다음 날로 그녀를 까맣게 잊었고, 그녀 대신 매일 오후 다른 여자아이로 대체한 것은 그 무렵 똑같은 교복을 입은 여학생 무리에서 누가 누구인지 제대로 구별하지 못했기 때문인데, 그가 럼펠마이에 대사의 사탕으로 여학생들을 꾀려고 하면, 여학생들은 그에게 혓바닥을 내밀고, 늙은 멍청이야, 라고 소리쳤고, 그는 전혀 구별하지 못한 채 그녀들을 불렀고, 오늘의 여학생이 어제의 여학생이었는지 한 번도 생각하지 않고서 모두를 똑같이 맞았으며, 모두가 한 명의 여학생인 것처럼 생각하는 동안, 그물 침대에서 자는 둥 마는 둥 하면서 스트라임버그 대사가 항상 똑같이 주

장하는 소리를 들었는데, 그 대사는 그에게 '주인의 목소리'[67]
선전에 나오는 개와 같은 모양이자 전기 확성 장치가 달린 보
청기를 선물하여, 그가 외채 이자에 대한 담보로 우리 영해를
가져가겠다는 끈질긴 소망을 다시 한번 더 들을 수 있게 했지
만, 그는 평소와 똑같이, 어림도 없는 소리 하지 말아요, 친애
하는 스티븐슨, 다른 것은 다 돼도 바다만은 안 돼요, 라는 말
을 반복하고는 전기 보청기의 전원을 꺼서 음반을 뒤집는 것
같은 그 금속 로봇의 껄끄러운 목소리가 설명을 되풀이하는
것을 듣지 않으려고 했는데, 그것은 내 전문 자문관들이 전혀
어렵지 않게 수없이 말해 준 것이었으니, 장군님, 우리는 이제
진짜 알거지가 됐습니다, 우리의 마지막 남은 자원도 모두 써
버렸고, 독립 전쟁 이후 지난 100년간 외채 이자를 갚기 위해
차관을 들여와야 했고, 그러고는 밀린 이자에 대한 이자를 갚
기 위해 또 다른 차관을 들여왔습니다, 장군님, 항상 그 대가
로 무언가를 주어야만 했습니다, 처음에는 영국인들에게 키니
네와 담배 전매권을, 다음에는 네덜란드 사람들에게 고무와
카카오 전매권을, 그러고는 독일인에게 황무지 횡단 철도와 하
천 항해권을 양도했으며, 비밀 협정을 통해 미국인들에게는
모든 것을 넘겨주었는데, 그는 이 사실을 몰랐다가 호세 이그
나시오 델라 바라가 요란하게 몰락하고 공개적으로 처형된 후
에야 알게 되었으니, 하느님, 당신의 깊은 지옥에 있는 큰 솥에
서 센 불로 그를 요리하소서, 장군님, 이제 우리에게는 남은

---

67) 1930년대에 영국에서 제작된 휴대용 축음기.

것이 하나도 없습니다, 라는 보고를 받았지만, 그는 이미 고난의 시절부터 모든 재정부 장관들이 똑같이 말하는 걸 들었는데, 그 시절에 그는 함부르크 은행가들과 체결한 채무 지급을 유예하겠다고 선포했고, 그러자 독일 함대가 항구를 봉쇄했으며, 영국 전함은 경고 발포를 해서 대성당의 탑을 금가게 만들었지만, 그는 영국 왕에게 엿 먹으라고 해, 라고 소리쳤고, 항복의 수모를 당하느니 차라리 죽음을 택하겠다, 그러니 독일 황제여, 당신이 죽어라, 라고 고함을 질렀지만, 그의 도미노 게임 친구인 찰스 W. 트랙슬러 대사의 멋진 솜씨와 수완 덕분에 마지막 순간에 구제받았는데, 그 대사의 정부는 우리 심토(心土)를 평생 채굴할 권리를 부여받는 대가로 유럽과의 협정에 보증을 섰으며, 그때부터 우리는 우리가 입고 다니는 속바지까지도 모두 빚입니다, 장군님, 하지만 그는 5시면 항상 오는 대사를 층계로 데려가 어깨를 손바닥으로 툭툭 치면서, 친애하는 백스터 대사, 꿈도 꾸지 마시오, 바다가 없이 사느니 죽음을 택하겠소, 라고 배웅하고는 아무리 돌아다녀도 아무도 만날 수 없는 공동묘지와 같은 그 집의 적막함에 괴로워했고, 그래서 내가 실수로 등용했던 호세 이그나시오 사엔스 델라 바라가 권력을 휘둘렀던 염병할 시절 이후 물 아래를 걷는 것 같았는데, 그 당시 그 작자는 레티시아 나사레노와 아이에게 테러를 저지른 장본인들의 목을 잘라야 했지만, 그들을 제외한 나머지 모든 인간의 목을 잘랐던 탓에, 그가 새들의 부리에 노래하는 물약을 아무리 많이 깃다주이도 세장의 새들은 노래하려 하지 않았으며, 옆에 있던 학교의 여학생들은 쉬는 시간이면 부르던 초록색 라임 오렌지 나무에 앉은 알록달록한 새들의 노래를 부르지 않았고, 내 인생은 외양간에서 너와 함께 있을 시간만을, 나의 여자아이야, 종려나무 열매 같은 너의 작은 젖꼭지와 조개 같은 네 물건과 함께 있을 시간만을 초조하게 기다리며 흘러갔고, 부겐빌레아꽃으로 뒤덮인 채광정 아래서 혼자 식사했으며, 오후 2시의 무더운 반사열 속을 떠다니면서, 조금씩 쪼아 먹듯이 낮잠을 잤고, 그렇게 텔레비전 드라마의 줄거리를 놓치지 않으려고 했으니, 거기서는 모든 게 실제 삶과 정반대로 그의 지시에 따라 일어났는데, 모든 걸 아는 훌륭하신 분이 결코 알지 못했던 것 하나는 호세 이그나시오 사엔스 델라 바라 시절부터 우리가 그에게 진공관 라디오에서 말로 들려주는 연속극을 듣도록 별도의 송신 장치를 설치했으며, 나중에는 폐쇄 회로 텔레비전을 설치하여 오로지 그의 취향에 맞게 각색된 드라마를 그 혼자만이 볼 수 있게 했다는 사실인데, 거기서는 나쁜 놈들만 죽었고, 사랑이 죽음을 이겼으며, 인생은 한순간에 불과했기에, 우리는 그런 속임수로 그를 행복하게 해 주었고, 그는 교복을 입은 어린 여학생들과 함께 노년의 수많은 오후를 지낼 때처럼 즐거워했는데, 불행하게도 어느 여학생에게 학교에서 너한테 무엇을 가르치느냐고 묻지만 않았더라도 그는 죽을 때까지 그 여학생들과 즐거움을 누릴 수 있었으련만, 나는 그에게 아무것도 가르쳐 주지 않아요, 아저씨, 나는 보다시피 항구에서 몸 파는 여자예요, 라고 사실대로 대답했고, 그러자 그는 자기가 내 입술에서 읽은 것을 제대로 이해하지 못한 것은 아닌지 확인하기 위해 그 말을 다시 해 보라고 했고, 나는 여학생이 아니에요, 아저씨, 나는 항구에서 몸 파는 여자예요, 라고 내가 했던 말을 또박또박 다시 말했으며, 위생 당국은 그녀에게 크레올린 소독제를 뿌려 수세미로 박박 씻기고서, 이 수병복을 입히고 얌전한 여학생 스타킹을 신으라고, 그리고 매일 오후 5시에 이 거리로 지나가라고 말했으며, 나뿐만 아니라 내 또래의 모든 창녀가 위생 경찰에 징집되어 몸을 씻고, 모두가 똑같은 교복을 입고, 똑같이 남자 구두를 신고서, 말총머리를 하라는 지시를 받았는데, 잘 보세요, 이건 머리핀으로 꽂았다가 떼어 내는 거예요, 그리고 우리에게 말하길, 놀라지 말라고, 머저리 같은 불쌍한 노인네라서, 심지어 너희와 일도 제대로 치르지 못할 것이며, 기껏해야 손가락으로 의사처럼 검진하고는 젖꼭지나 빨고 너희들 거기에 먹을 것이나 집어넣을 거라고, 그러니까 내가 올 때면 당신이 내게 하는 그런 모든 것을 할 것이니, 우리는 눈을 감고 쾌감을 느끼는 척, 아 좋아요, 아 좋아요, 같은 말만 하면 된다고, 그게 바로 당신이 좋아하는 거라고, 바로 그렇게 우리에게 말했고, 심지어 우리에게 연습도 시켰으며, 처음부터 모든 것을 반복시킨 다음에야 우리에게 돈을 주었어요, 하지만 나는 앞 구멍에 익은 바나나를 넣고 엉덩이에 길쭉한 삶은 고구마를 넣는 것치고는 너무 박하다고 생각했어요, 위생세와 하사에게 주는 중개료를 제하면 손에 쥐는 건 고작 4페소였거든요, 빌어먹을, 윗구멍으로 먹을 것도 없는 판에 아래쪽으로 그도록 많은 음식을 히비히는 것은 옳지 않아요, 라고 노인의 애처로운 분위기에 사로잡혀 그녀는 말했고, 속마음을 알 수 없는 노인은 눈도 깜빡거리지 않고 이런 새로운 사실을 들으면서 나의 어머니 벤디시온 알바라도여, 왜 내게 이런 벌을 내리시는 겁니까, 라고 생각했지만, 자기의 쓸쓸함을 드러내는 그 어떤 손짓이나 몸짓도 하지 않고서, 온갖 종류의 은밀한 조사를 했고, 심지어 다음 사실을 알아냈는데, 관저 옆에 있는 여학교는 오래전에 문을 닫았습니다, 장군님, 그리고 교육부 장관은 수석 대주교와 학부모 협회와 합의한 뒤 자금을 제공하여, 바다 맞은편에 3층짜리 새 건물을 지었고, 훌륭한 집안의 공주님들은 황혼의 유혹자가 뻗는 손길에서 안전하게 지낼 수 있었는데, 만찬 테이블에 반듯하게 누운 청어 같은 노인의 몸은 그가 없이 맞이하는 첫 번째 여명이 되자, 달의 분화구 같은 수평선의 파리한 접시꽃 같은 것에 비쳐 희미하게 윤곽이 드러나기 시작했는데, 그는 새하얀 백합 속에 누워 모든 것으로부터 보호를 받았고, 수많은 세월 끝에 마침내 절대 권력에서 해방되었으며, 그 세월 동안 서로가 속박하고 속박받고 있어서 대통령들의 생생한 초상화가 걸린 묘지 같은 집에서 누가 누구의 희생자인지 구분할 수 없었는데, 인부들은 무덤의 안과 밖을 흰색으로 칠하면서 내게 묻거나 허락을 구하지 않았고, 오히려 그가 누구인지도 모른 채, 이봐요, 여기로 지나가지 말아요, 우리한테 흰 석회를 묻히지 말아요, 라고 명령했고, 그러면 그는 지나가지 않았고, 이봐요, 위층에 가만히 있어요, 잘못하면 건축장 발판 위로 떨어질 수도 있어요, 라고 말하면, 그는 그대로 있으면서 목수들의 시끄러운 소리와 미장이들의 분노에 찬 소리에 정신이 혼미해졌는데, 미장이들은 그에게, 이 멍청한 늙은이야, 여기서 꺼져, 당신 때문에 섞어 놓은 시멘트가 모두 엉망이 되잖아, 라고 소리쳤고, 그러면 그는 거기서 멀어지면서 말단 병사보다도 더 순순히 복종했으며, 그에게 묻지도 않고 관저 복구 공사를 했던 그 힘든 몇 달이 지나자 드디어 그는 새 창문을 열어 바닷바람을 맞았지만, 경호원들의 너무 지독한 경호 때문에 그 어느 때보다도 외로움을 느꼈고, 그래서 경호원들은 그를 보호하는 게 아니라 감시하는 것처럼 보였으며, 그가 독살되지 않도록 그의 음식 반을 먹었고, 벌꿀 숨기는 곳을 바꾸었으며, 걸을 때 종 치는 소리가 나지 않도록 싸움닭에게 박차를 박듯, 그에게도 황금 박차를 박았고, 그러자 빌어먹을 소몰이꾼의 온갖 지혜를 동원하는군, 내 동지 사투르노 산토스가 알았더라면 배꼽을 잡고 죽을 듯이 웃었을 거야, 라고 중얼거렸으며, 또 양복을 입고 넥타이를 맨 열한 명의 망할 놈들에게 좌우되어 살아갔는데, 그들은 미묘한 갈등을 조장하는 곡예를 하며 시간을 보냈고, 누군가가 무기를 휴대하고 반경 50미터 안에 들어오면 파란 전등과 빨간 전등이 켜지고 꺼지는 기계 장치를 가져왔으며, 우리는 일곱 대의 똑같은 자동차에 도망자들처럼 나눠 타고 거리를 다녔고, 가는 도중에 서로 앞서거니 뒤서거니 하면서 위치를 바꾸었기에 나조차도 내가 어느 차를 타고 가는지 모를 지경이었으니, 빌어먹을, 그건 말뚱가리에게 화약을 낭비하는 꼴이었는데, 그가 차창 커튼을 걷고서 아주 오랜 유폐 생활 끝에 거리를 쳐다보자, 대통령 경호 행렬을 이루는 장례용 리무진들이 비밀리에 지나가도 아무도 움직이지 않는다는 것을 알았고, 대성당 탑보다 더 높이 솟아오른 태양광 유리 절벽 같은 정부 청사를 보았고, 그 유리들이 색색의 돌기처럼 생긴 항구 언덕의 흑인 판잣집들을 모두 덮어 버린 것을 알았는데, 군인 순찰대 병사들이 최근 벽에 써 놓은 문구를 두꺼운 붓으로 지우는 것을 보자 그는 뭐라고 썼는지 물어보았고, 그들은 새로운 조국을 만드신 분에게 영원한 영광을, 이라고 대답했지만, 그는 그게 물론 거짓말이며, 제기랄, 거짓말이 아니었다면 그걸 지울 리가 없다는 것을 알아차렸으며, 예전에 진흙탕이었던 곳이 이제는 코코넛 야자수가 늘어선 6차선의 넓은 가로수 길이 되었으며, 꽃밭이 바다까지 이어지는 것을 보았고, 로마식 주랑 현관을 갖춘 주택들이 가득한 교외 주거 지역을 보았고, 예전에 시장 쓰레기장이던 곳에서 아마존 식물로 정원을 꾸민 호텔들을 보았으며, 꾸불꾸불한 미로 같은 도시 간선 도로로 거북이처럼 기어가는 자동차들을 보았고, 햇빛으로 환한 보도에서 정오의 찌는 듯한 더위 때문에 기운을 잃고 멍해진 사람들을 보았으며, 반대편 보도에는 특정한 직업 없이 그늘로 걸어가려면 통행세를 내라고 요구하는 사람들 외에는 아무도 없는 것을 보았지만, 그때는 시원한 관 같은 대통령 리무진에 숨어 있는 권력의 불길한 징조에 아무도 몸을 떨며 무서워하지 않았고, 환멸에 젖은 눈과 초조한 입술, 뚜렷한 대상 없이 무작정 잘 있으려며 흔들어 대는 손이 누구의 것인지 알아보는 사람도 하나 없었으며, 거리에는 오로지 신문과 부적을 파는 행상들의 외침만 울려 퍼졌고, 아이스크림을 파는 수레들과 세 자리 수의 복권을 판다는 깃발이 가득했는데, 그런 거리의 세계에서 들리는 일상적인 시끄러운 소리는 고독한 군인만이 간직한 내밀한 비극과는 완전히 동떨어져 있었으니, 그는 향수에 젖어 생각하기를, 나의 어머니 벤디시온 알바라도여, 내가 알던 도시는 어떻게 되었나요, 남자 없는 여자들로 가득했던 가난에 찌든 뒷골목은 어디에 있나요, 해가 질 무렵이면 여자들이 벌거벗고 나와서 파란색 조기와 붉은 도미를 사고, 채소 장수들과 서로 욕지거리를 주고받으면서 발코니에서 빨래를 말렸지요, 그리고 가게 문 옆에 똥을 싸던 인도 사람들은 어디에 있지요, 연민의 노래로 죽은 사람을 감동하게 만들던 핏기 없는 아내들은 어디에 있죠, 부모의 말을 듣지 않아 전갈이 되어 버린 여자는 어디에 있나요, 용병들이 찾던 술집, 그들의 썩은 오줌 냄새가 진동하던 냇물, 길모퉁이를 돌면 보이던 펠리컨들의 일상적인 모습, 아, 그리고 항구의 모습은 어디에 있나요, 아, 애달파라, 여기에 있었는데 어디에 있지요, 밀수업자들이 애용하던 범선과 해병대원들이 상륙할 때 썼던 고철 덩어리는 어떻게 되었나요, 그리고 내 똥 냄새는 어떻게 된 거죠, 어머니, 도대체 이 세상에 무슨 일이 일어나고 있기에, 잊힌 채 도망치는 연인의 손을 아무도 알아보지 못하는 거죠, 그 손은 첫 개통 열차의 시커먼 유리창에서 아무 소용도 없는 수많은 작별 인사를 남기며 떠나고 있었는데, 예전엔 찢어질 듯한 소리로 논에서 울어 대던 말라리아에 걸린 새들이 가득했던 늪지대였지만 이제는 허브 경작지가 된 곳을 기적을 울리며 시나갔으며, 푸른 풀밭이 펼쳐진 믿기지 않는 광활한 평야를 지나면서 대통령 소유라는 낙인이 찍힌 소 떼들을 놀라

게 했고, 거스를 수 없는 내 운명을 싣고 기도하면서 가는 객차
에서, 그러니까 교회용 벨벳을 두르고 수를 놓은 열차 안에서
그는 네 다리로 가는 내 작고 낡은 기차는 어디에 있는 거지,
라고 자기 자신에게 물으면서, 염병할, 아나콘다들이 휘감고 있
던 내 커다란 나뭇가지들, 독성 있는 여주, 즐거워 날뛰던 내 원
숭이들, 내 극락조들, 용을 숭앙하는 전국의 국민은 어디에 있
지요, 어머니, 여기에 있던 역들은 어디에 있는 거죠, 그런 곳에
서 중산모를 쓴 말 없는 원주민 여자들은 열차 창문으로 동물
사탕을 팔았고, 으깬 감자튀김을 팔았어요, 어머니, 삶은 암탉
에 노란 버터를 바르고서 그 위에 훌륭하신 분에게 모든 영광
을, 이라고 장식체 글자로 적은 활 모양의 상표를 붙였지만, 그
훌륭하신 분이 어디에 있는지는 아무도 몰라요, 그렇지만 그가
도망자의 삶은 죽은 것보다도 못하다고 투덜댈 때마다, 그의 부
하들은 아닙니다, 장군님, 그것은 질서 속의 평화입니다, 라고
대답했고, 그는 좋아, 알았어, 라고 결국 수긍하면서, 다시 한번
내 염병할 개자식인 호세 이그나시오 사엔스 델라 바라의 개인
적인 매력에 빠져들었는데, 그는 수없이 그 작자를 좌천시켰고
침을 뱉으면서 잠을 이루지 못한 채 분노했지만, 오줌을 눌 때
도 곁을 떠나지 않으면서 쾨헬 경이라는 사람의 이름을 가진
개를 항상 끌고 다니던 그 사람이 다음 날 햇빛을 받으며 집무
실에 들어서면 그의 매력에 다시 굴복했고, 자기 뜻과 달리 다
시 한번 유순하게 그의 계획을 수락했고, 걱정하지 말게, 나초,
라고 허락하면서, 자네 임무를 다하도록 하게, 라고 말했고, 그
래서 호세 이그나시오 사엔스 델라 바라는 다시 한번 하나도

손상되지 않고 온전하게 보존된 자기 권력을 유지한 채로 고문실로 돌아갔는데, 그곳은 대통령 관저에서 500미터도 떨어지지 않은 곳에 있던 식민지풍의 아무런 죄도 없는 석조 건물 안에, 그러니까 네덜란드 사람들이 정신 병원으로 이용했던 건물 안에 있었으며, 장군님, 크기는 각하의 집만 합니다, 라고 말했는데, 그것은 편도나무 숲속에 감추어져, 야생 제비꽃 꽃밭으로 에워싸여 있으며, 1층은 신원 확인과 혼인 등록 업무용으로 사용되었고, 나머지 공간에는 상상 속에서나 가능한, 아주 독창적이고 야만적인 고문 기계들이 설치되어 있었지만, 너무나 끔찍한 나머지 그는 그 기계들에 대해 알려 하지 않았고, 단지 사엔스 델라 바라에게, 자네는 조국의 이익에 가장 잘 부합하도록 임무를 계속 수행하게, 하지만 한 가지 조건이 있는데, 나는 아무것도 모르고 아무것도 보지 않았으며 그곳에 한 번도 있어 본 적이 없는 거네, 라고 알려 주었고, 그러면 사엔스 델라 바라는 장군님, 기꺼이 장군님을 위해 봉사하겠습니다, 라고 명예를 걸고 맹세하고서 자기의 책무를 다했으며, 마찬가지로 다섯 살 미만의 아이들에게는 음낭에 전기를 연결하는 고문으로 부모들에게 강제로 고백을 받아 내는 일을 하지 말라는 그의 명령도 그대로 이행했는데, 그것은 그가 복권에 당첨되기 위해 파렴치하게 아이들을 이용했던 시절과 마찬가지로 수많은 밤에 거듭해서 불면증에 시달릴지도 모른다는 두려움 때문이었으며, 그래도 그의 침실에서 얼마 떨어져 있지 않은 곳에 있는 그 공포 공장을 잊어버릴 수 없었던 것은 조용한 달이 뜨는 밤이면 브루크너[68]의 음악처럼 천둥이 휘몰아치는 새벽에 도망치듯이 재빨리 지나가는 기차의 음악 소리에 잠을 깨곤 했는데, 그 천둥소리는 홍수를 일으켜 폐허를 만들었고, 미친 네덜란드 사람들이 수용되어 있던 그 오래된 저택의 편도나무 가지에 죽은 신부(新婦)의 찢어진 옷 조각이 걸려 있는 황량한 모습을 남겼지만, 그 소리 덕분에 거리에서는 죽어 가는 사람들이 공포와 고통을 참지 못해 질러 대는 비명이 들리지 않았는데, 그 모든 것을 돈 한 푼 안 받고 했습니다, 장군님, 호세 이그나시오 사엔스 델라바라는 자기 봉급으로 왕자복, 가슴에 모노그램이 있는 천연 실크 셔츠, 새끼 양가죽 구두, 옷깃에 꽂을 치자나무 꽃이 담긴 상자들, 원본 상표에 가문의 문장이 인쇄된 프랑스 화장수를 샀지만, 알려진 여자가 있는 것도 아니고, 동성애자라는 소문도 없으며, 친구나 살 집도 없습니다, 그런 건 하나도 갖고 있지 않습니다, 장군님, 성인처럼 살고 있습니다, 그는 고문실에서 노예처럼 일하다가 피로를 이길 수 없으면 사무실 소파에 쓰러져 아무렇게나 잠을 잤지만, 밤에는 절대로 자지 않았고, 한 번에 세 시간 이상을 자는 법도 없었으며, 문에 경비병을 두지도 않고, 손 닿는 거리에 무기를 두지도 않고서, 오로지 쾨헬 경의 열렬한 보호만 받았는데, 사람들 말에 따르면, 그 개는 먹지 않는 것 때문이 아니라 먹는 것 때문에, 다시 말하면 참수된 사람들의 따뜻한 내장만 먹음으로써 자기 주인

<hr />

68) 요제프 안톤 브루크너(Joseph Anton Bruckner, 1824~1896). 오스트리아의 작곡가. 교향곡과 종교 음악으로 유명하다.

을 걱정시키고 불안하게 하면서 자부심을 느꼈고, 누군가가 사무실로 다가오면 벽을 통해 인기척을 느끼고는 냄비에서 물 끓는 소리를 내면서 사람 같은 눈으로 그를 깨웠는데, 장군님, 누가 오더라도 그렇게 합니다, 그 사람은 아무것도, 심지어 거울도 믿지 않습니다, 그는 자기 정보 요원들의 보고를 듣고서 그 누구와도 상의하지 않은 채 혼자 결정을 내렸는데, 국내에서 무슨 일이 일어나건 추방자들이 이 세상 어디에서 한숨을 쉬건, 호세 이그나시오 사엔스 델라 바라는 밀고와 매수로 땅덩어리 전체를 뒤덮었고, 그런 보이지 않는 거미줄을 통해 즉시 모든 사실을 알게 되었는데, 바로 그런 것에 돈을 썼습니다, 장군님, 사람들이 말하듯이 고문관들이 장관만큼의 월급을 받는다는 소문은 사실이 아니었고, 오히려 무료로 자원했는데, 그들은 자기 어머니를 갈가리 찢어 그 살덩이를 돼지들에게 던져 줄 수 있다는 것과, 그렇게 해도 목소리에서 하나도 티가 나지 않는다는 것을 보여 주었고, 추천장이나 행실이 타의 모범이 된다는 상장 대신에 잔인무도한 전과를 증명해서 일자리를 얻었고, 그렇게 프랑스 고문관들의 지침을 따랐는데, 프랑스 놈들은 합리주의자입니다, 장군님, 따라서 잔인함에서도 조직적이고 웬만해서는 동정을 베풀지 않습니다, 그들은 질서 속에서 발전을 가능하게 만들었고, 음모를 꾸미기도 훨씬 전에 그런 모의를 예측하는 사람들이었고, 한눈을 팔면서 아이스크림 가게의 천장 선풍기 아래서 음료수를 마시는 손님들이었으며, 싸구려 중국 식당에서 신문을 읽고, 영화관에서 잠을 잤으며, 버스에서 임산부에게 자리를 양보했고, 반

평생을 강도질이나 뒷골목에서의 도둑질로 보내고서 전기 기사나 배관공이 되는 기술을 배우기도 했으며, 하녀들과 처음 만나 섹스했고, 대서양 횡단 여객선과 국제적인 술집에서 창녀로 일하기도 했으며, 마이애미 여행사에서 카리브해 천국 관광 여행을 홍보했고, 벨기에 외교부 장관의 개인 비서로 일하기도 했으며, 모스크바 국제 호텔 4층의 어두운 복도에서 정규직 객실 종업원으로 근무했고, 이런 것 외에도 수많은 다른 직업을 가졌기에 그들이 얼마나 세상의 외진 구석에까지 퍼져 있는지는 아무도 모르지만, 장군님, 각하는 편안히 주무셔도 됩니다, 이 나라의 훌륭한 애국자들은 각하가 아무것도 모르며, 모든 일이 각하의 동의 없이 일어나고 있다고 말하며, 만일 우리 장군님이 그런 사실을 아셨다면 항구 요새에 있는 배신자들의 묘지에서 죽으라고 지시하셨을 것이라고 말하며, 야만적인 행위를 새로 알게 될 때마다 속으로 한숨을 내쉬면서, 만일 장군님이 그런 사실을 아신다면, 만일 우리가 그런 것을 알려 줄 수만 있다면, 장군님을 만날 방법이 있다면 얼마나 좋을까 생각했고, 그는 그런 사실을 알려 준 사람에게 나는 정말로 아무것도 모른다고, 나는 아무것도 보지 않았다고, 나는 그 누구와도 이런 것에 대해 말한 적이 없다는 사실을 절대로 잊지 말라고 지시했고, 그렇게 하며 마음의 평정을 찾았지만, 목 잘린 머리가 담긴 자루들이 너무나 많이 계속 도착했기에, 호세 이그나시오 사엔스 델라 바라가 아무런 이득도 없이 삭발한 머리까지 온통 피를 뒤집어씌운다는 것은 있을 수 없는 일이라고 생각했는데, 사람들은 멍청하고 우둔

하지만, 그 정도는 아니기에 그는 삼군 사령관들이 자기들이 부하로 있는 것을 불평하지도 않고, 월급 인상을 요구하지도 않고, 그 어떤 항의도 하지 않은 채 몇 년을 통째로 보냈다는 것은 도저히 있을 수 없는 일이라 여기고 따로 조사해서 군부가 순응하고 따르는 이유를 확실하게 알려고 했고, 왜 그들이 반란을 일으키려고 하지 않는지 확인하려고 했으며, 왜 한 민간인의 권위를 받아들인 것인지 알아보려고 했고, 가장 욕심 많은 자에게 군대의 공적을 더럽히는 피에 굶주린 건방진 작자의 머리를 잘라야 할 시간이라고 생각하지 않느냐고 물었지만 그들은, 물론 그렇지 않습니다, 장군님, 그 정도는 아닙니다, 라고 대답했고, 그때부터 이제 나는 내가 누구인지 모르고, 질서 속의 발전이라는 이 올가미 속에서 내 편이 누구인지, 내 적이 누구인지 모르고, 떠올리고 싶지 않은 복권에 이용된 그 불쌍한 아이들처럼 나 모르게 수상한 짓을 꾸미고 있다는 냄새를 맡기 시작했지만, 호세 이그나시오 사엔스 델라바라는 그의 격렬한 감정을 맹견 조련사처럼 부드럽고 차분하게 달래면서, 장군님, 마음 편히 주무십시오, 라고 말했고, 세상은 각하의 것입니다, 라고 모든 게 아주 단순하고 분명하다고 믿게 했으며, 그렇게 그를 다시 주인 없는 그 집의 어둠 속에 남겨 두었고, 그는 한쪽 끝에서 다른 쪽 끝으로 돌아다니면서 커다란 목소리로, 빌어먹을, 도대체 내가 누구기에 거울 속의·내 모습이 거꾸로 된 것처럼 느껴지는 거지, 염병할, 도대체 내가 어디에 있기에, 아침 11시가 뇌어 가는데도 이 횡량한 사막 같은 곳에 우연히 길 잃은 암탉 한 마리가 없는 거지,

라고 자기 자신에게 물었으며, 예전에는 어땠는지 너희들은 기억하라, 라고 외쳤고, 개들과 먹을 것을 가지고 싸우던 나병 환자들과 불구자들의 난장판을 떠올려라, 층계에 가축들이 똥을 싸서 미끌미끌했던 것을, 그리고 나를 귀찮게 하면서 제대로 걷지도 못하게 했던 애국자들의 무질서를 기억하라, 그들은 내게, 장군님, 이 몸이 건강을 되찾도록 소금을 뿌려 주소서, 이 아이에게 세례를 주시어 설사를 멎게 하소서, 라고 애원했는데, 사람들 말에 따르면 내가 개입하면 초록색 바나나보다 더 설사에 효과가 있기 때문이었고, 또 여기에 손을 놓으셔서 두근거리는 심장을 진정시켜 주소서, 저는 영원히 진동하는 이 땅에서는 살고 싶은 마음이 없나이다, 라고 간청했으며, 장군님, 바다에 시선을 고정하셔서 허리케인을 돌려보내소서, 라고 기도했고, 하늘을 향해 눈을 들어 일식이 회개하고 물러나게 하소서, 라고 사정했고, 내가 너무나 훌륭한 사람이라서 자연이 나를 존경하고 우주의 질서를 바로잡으며 하느님의 콧대를 꺾어 버렸다면서, 땅으로 시선을 내려 역병을 쫓아 주소서, 라고 빌었으며, 나는 그들이 요구하는 것을 모두 주었고, 내게 팔고자 하는 모든 것을 사 주었는데, 그것은 그의 어머니 벤디시온 알바라도가 말하는 것처럼 마음이 약해서가 아니라, 강철 같은 배짱과 담력이 있어야 그의 장점과 찬사를 노래하는 사람의 부탁을 거부하는데 그렇지 않았기 때문인데, 이제는 그에게 무언가를 부탁하는 사람이 아무도 없었고, 안녕히 주무셨습니까, 장군님, 간밤에 잘 주무셨습니까, 라고 최소한의 인사를 건네는 사람도 없었으며, 심지어 밤에 일어나던 그 폭발 사건에서도 위안을 찾지 못했는데, 폭발이 일어나면 창문 유리가 우박처럼 쏟아졌고, 문설주가 비틀어졌으며, 군인들이 공포에 사로잡혔지만, 적어도 그는 살아 있음을 느낄 수 있었는데, 이 침묵 속에서는 그렇지 않아, 내 머릿속에서 윙윙거리는 소리가 나고, 그 소리가 너무 커서 나는 잠에서 깨어나, 이제 나는 이 공포의 집 벽에 그려진 기이한 만화에 불과해, 그 집에서 그는 이제 새로운 명령을 내릴 수가 없었으니, 기껏해야 이미 오래전에 실행되었던 명령만을 내릴 수 있었고, 정부 공식 신문에서 자기의 가장 은밀한 욕망이 채워지고 있음을 알았으며, 그는 낮잠 시간에 그물 침대에 누워 계속해서 신문 첫 면부터 마지막 면까지 광고를 포함해 모든 것을 읽었는데, 그의 기백에서 나온 모든 충동과 그의 의지에서 나온 모든 계획은 커다란 글씨로 인쇄되어 있었으며, 그 기사와 더불어 그가 깜빡 잊어버리는 바람에 건설을 지시하지 않았던 교량 사진과 청소하는 법을 가르치기 위해 창설한 학교의 개교식 사진, 젖소와 빵나무 사진도 실렸는데, 빵나무 옆에는 영광의 시절에 찍은 개막 테이프를 끊는 사진이 있었지만, 그는 마음의 안식을 찾지 못했고, 늙은 코끼리의 것 같은 커다란 발을 질질 끌면서 그 고독한 집에서 아직 잃어버리지 않은 무언가를 찾았고, 자기보다 앞서서 누군가가 장례식용 헝겊으로 새장을 덮었다는 것을 알았으며, 자기보다 먼저 누군가가 창가에서 바다를 바라보고 소들의 숫자를 셌다는 것을 깨달았는데, 모든 게 완벽하고 제자리에 정돈되어 있었기에 그는 기름 등잔을 들고 침실로 돌아갔고, 그때 대통령 검

문소에서 확성기로 나오는 자기 목소리를 알아들었으며, 살짝
열린 창문을 내다보고서, 한 무리의 장교들이 연기로 자욱한
방 안의 텔레비전 화면에서 나오는 슬픈 광채 앞에서 꾸벅꾸
벅 조는 모습을 보았고, 화면에는 자기가 있음을 알았는데, 더
마르고 더 긴장하여 부자연스러운 모습을 하고 있었으며, 하
지만 나였어요, 어머니, 집무실에 앉아 있었는데, 안쪽에는 조
국의 문장이 있고 책상에는 금테 안경 세 벌이 있었으니, 그곳
이 바로 그가 죽게 될 장소였고, 그는 배운 사람 같은 말투로
국가 재정에 관한 분석을 외워서 말하고 있었는데, 그가 감히
다시는 되풀이하지 않을 말들이었고, 염병할, 그것은 꽃 속에
누워 있는 그의 죽은 몸보다도 그를 더 불안하게 했으니, 그것
은 이제 그가 살아 있는 자기의 모습을 보면서 말하는 자기
목소리를 듣고 있기 때문으로, 바로 내 모습이에요, 어머니,
나는 발코니에 고개를 내미는 수치를 결코 참을 수 없었고,
대중 앞에서 말할 때 느끼던 부끄러움도 결코 극복할 수 없었
는데, 그런 내가, 너무도 진짜이며 너무나 이 세상의 사람인
내가 바로 거기에 있었고, 어찌할 바를 모른 채 창가에 머물
러서, 나의 어머니 벤디시온 알바라도여, 어떻게 이런 신비가
있을 수 있나이까, 라고 생각했지만, 호세 이그나시오 사엔스
델라 바라는 그가 집권했던 기나긴 기간에 분노를 폭발한 것
이 몇 번 되지 않았는데, 그럴 때도 태연하게, 전혀 개의치 않
으면서, 그 정도는 아닙니다, 장군님, 이라고 아주 부드럽고 달
콤하게 목소리에 힘을 주었고, 우리는 이 불법적인 방법을 사
용하여 질서 속에서 진보라는 배가 표류하지 않게 해야 했습

니다, 그건 하느님의 신통한 생각이었습니다, 장군님, 그리고 그 생각 덕분에 살과 뼈로 이루어진 살아 있는 권력에 대한 국민의 불안을 성공적으로 몰아내고, 매달 마지막 수요일에 국영 라디오와 텔레비전을 통해 그런 걱정을 누그러뜨리도록 보고하면서 각하의 정부가 무슨 일을 했는지 알려 주었는데, 모두 제 책임 아래 이루어집니다, 장군님, 제가 해바라기 모양의 마이크 여섯 개를 꽂은 꽃병을 여기에 놓아서 각하의 생각을 생생하게 기록했는데, 각하는 모르셨겠지만, 제가 질문을 했고, 그러면 각하는 매주 금요일 접견에서 그 질문에 대답했지만, 아무 생각 없이 말한 그 대답이 각하의 대국민 월례 연설문의 일부가 되고 있다는 사실을 의심조차 하지 못하셨는데, 그것은 각하의 모습과 걸맞지 않은 것은 절대 사용하지 않았고, 각하가 하지 않았을 말은 한마디도 사용하지 않았기 때문입니다, 장군님, 각하께서는 이 영상물과 사엔스 델라 바라가 책상에 올려놓은 이 기록 장치에서 제 말이 맞는지 틀리는지 직접 확인하실 수 있습니다, 그리고 이 편지는 제가 각하 앞에서 직접 서명하여 제 운명을 각하의 손에 맡길 테니 각하께서 가장 적절하다고 생각하시는 처분을 내리십시오, 그러자 그는 사엔스 델라 바라가 처음으로 개가 없이 비무장 상태이고 얼굴이 창백하다는 사실을 불현듯 깨닫고서, 당황한 표정으로 자기의 충복을 바라보았고, 한숨을 내쉬면서, 알았네, 이그나시오, 자네가 맡은 일을 완수하도록 하게, 라고 말하고서 한없이 피곤해 보이는 자세로 안락의사에 등을 기대고 앉아 다리를 뻗었고, 독립 영웅들의 초상화에 담긴 고발자들의 눈을 뚫어지게 바라보았는데, 그런 그의 모습은 그 어느 때보다도 늙고 울적하고 서글퍼 보였지만, 도저히 예측할 수 없는 속마음을 지닌 바로 그 표정을 지었고, 이 주일 후 사엔스 델라 바라는 그 표정을 알아보게 되었는데, 그때 그는 사전에 접견 약속을 정하지도 않고서 밧줄로 개를 거의 질질 끌다시피 해서 집무실로 들어와 무장봉기가 일어났다는 긴급한 소식을 전했는데, 각하가 손수 개입하셔야 막을 수 있습니다, 장군님, 이라고 보고했고, 그러자 마침내 그는 황홀한 흑요석의 벽에서 오랫동안 찾았지만 감지할 수 없는 틈을 찾아낸 사람처럼, 나의 어머니, 나를 위해 복수해 주시는 벤디시온 알바라도여, 이 가련하고 빌어먹을 놈은 두려워서 똥을 지리고 있어요, 하지만 그는 자기의 의도를 드러내는 어떤 행동이나 내색도 하지 않고서, 사엔스 델라 바라를 어머니와 같은 분위기로 감싸고는, 걱정하지 말게, 나초, 라고 한숨 지으며 말했고, 우리에게는 시간이 많으니 그 누구의 방해도 받지 말고 생각해 보도록 하지, 거짓말보다도 사실처럼 보이지 않는 모순된 진실들의 수렁에서 도대체 그 빌어먹을 진실이 어디에 있는지 생각하자고, 라고 말하는 동안, 사엔스 델라 바라는 주머니 시계를 꺼내 곧 저녁 7시가 될 거라고 확인시켜 주면서, 장군님, 삼군 사령관들은 식구들조차 그들의 목적을 의심할 수 없도록 각자 집에서 처와 아이들과 함께 식사를 마치고 있고, 사복을 입고 경호원 없이 뒷문으로 나올 것이며, 거기에는 우리 부하들의 감시를 비웃기 위해 전화로 부른 택시가 그들을 기다리기로 했는데, 물론 그들은 아무도 보지 못할 겁니다, 하지만 거기에 사람들이 있습니다, 장군님, 그들은 바로 운전수들입니다, 그러나 그는, 아, 그래, 라고 말하고서 미소를 짓고는, 너무 걱정하지 말게, 나초, 그것보다 우리가 어떻게 지금까지 멀쩡하게 목숨을 부지하면서 살아왔는지 설명해 보게나, 자네가 자른 머릿수에 따르면, 우리는 군인보다 적이 더 많았어, 하지만 사엔스 델라 바라는 자기 주머니 시계에서 느껴지는 미세한 떨림 때문에 간신히 몸을 지탱하면서, 세 시간도 남지 않았습니다, 장군님, 육군 사령관은 그 순간 콘데 병영으로 향하고 있었고, 해군 사령관은 항구 요새로, 그리고 공군 사령관은 산헤로니모 기지로 향하고 있었고, 채소를 가득 실은 국가안전부 소속의 트럭은 그들을 지근거리에서 뒤쫓고 있었기에 아직도 그들을 체포할 수 있었지만, 그는 얼굴색 하나 변하지 않았고, 사엔스 델라 바라가 점점 불안해하는 것을 보자, 마음속 깊이 자리하고 있던 노예근성보다는 권력에 대한 욕심을 처벌해야 한다고 느끼면서, 진정하게, 나초, 라고 말했고, 차라리 왜 증기 여객선만큼 커다란 저택을 사지 않고, 돈에 관심도 없으면서 노새처럼 그렇게 힘들게 일하는 것인지, 예쁘장하고 맵시 있는 여자들이 자네 침실에 들어가려고 옷고름을 푸는데 왜 수도사처럼 사는지 내게 설명해 주게, 자네는 신부보다도 더 신부처럼 보이네, 나초, 하지만 사엔스 델라 바라는 얼음장처럼 차가운 땀에 젖어 제대로 숨도 쉬지 못했고, 화장터의 화덕 같은 사무실에서 완전무결한 품위와 기품을 갖추고도 그 식은땀을 숨기지 못했는데, 시간은 이미 11시라 그는, 이제 너무 늦었네, 라고 말했고, 그 시간에 암호로 작

성된 전문이 전선을 타고 국내의 여러 수비대로 배포되기 시
작했고, 반란군 사령관들이 새 군사 정부 내각의 공식 사진을
촬영하기 위해 정복에 훈장을 다는 동안, 그들의 부관들은 전
투라고는 통신 시설과 공공 기관을 장악하고 통제하는 것에
불과한, 적 없는 전쟁의 마지막 명령을 전달했는데, 쾨헬 경이
두근거리는 가슴으로 초조해하는 낌새를 보이면서 끝없는 눈
물처럼 보이던 한 줄기 침을 흘리며 일어나 앉았지만, 그는 눈
하나 깜짝하지 않았으며, 놀라지 말게, 나초, 차라리 왜 그토
록 죽음을 두려워하는지 설명해 보게, 라고 말했고, 그러자
호세 이그나시오 사엔스 델라 바라는 땀에 젖어 물렁물렁해
진 셀룰로이드 옷깃을 단번에 떼어 버렸고, 바리톤 가수 같은
그의 얼굴은 얼이 나가 있었는데, 당연한 일입니다, 라고 그는
대답했고, 죽음에 대한 두려움은 행복이 타다 남은 깜부기불
입니다, 그래서 장군님은 그걸 느끼지 못하시는 겁니다, 그러
고서 그는 자리에서 일어나 순전히 습관적으로 대성당의 종
소리를 셌고, 열두 번입니다, 이제 이 세상에 각하 편은 아무
도 없습니다, 제가 마지막이었습니다, 라고 말했지만, 그는 안
락의자에 앉아 꿈쩍도 하지 않았고, 무기 광장에서 지축을 흔
드는 탱크의 천둥소리도 느끼지 못하면서, 착각하지 말게, 나
초, 내게는 아직 국민이, 평소의 불쌍하고 가련한 백성이 남아
있어, 라고 말했는데, 새벽이 되기도 전에 그들은 예측할 수
없는 의외의 노인에게 사주를 받아 거리로 달려 나왔고, 그는
국영 라디오와 텔레비전을 통해 그 어떤 종류의 차별도 없이
국가의 모든 국민에게, 그리고 생생한 역사적 감정을 동원해

서, 이 체제의 불변하는 이상에 고취된 삼군 사령관들은 내 지시를 받아, 그리고 평소처럼 국민 주권의 뜻을 올바르게 이해하면서, 이 영광스러운 날의 자정에 피에 굶주린 민간인이 설치했던 공포 기관에 종지부를 찍었다고 알렸으며, 그 민간인 관료는 군중의 맹목적이고 분별없는 정의에 따라 처벌받았고, 그래서 바로 거기에 늘씬하게 두들겨 맞은 호세 이그나시오 사엔스 델라 바라가 있었는데, 그는 무기 광장의 가로등에 발목이 묶인 채 거꾸로 매달려 있었고, 입안에는 그 자신의 성기가 처박혀 있었으니, 장군님, 예측하셨던 그대로입니다, 각하는 우리에게 대사관으로 향하는 길을 봉쇄하여 그가 피신하지 못하도록 명령하셨고, 국민은 그를 잡아 돌로 쳤습니다, 장군님, 하지만 그 전에 우리는 그 로트와일러[69]를 총으로 난사해야만 했는데, 그 개는 민간인 네 명의 창자를 먹어 치웠고, 일곱 명의 병사에게 중상을 입혔고, 그러자 군중은 그의 숙소를 습격해서 아직도 가격표가 그대로 붙어 있던 브로케이드 상의 200벌 이상을 창문 밖으로 던졌고, 한 번도 신은 적 없는 이탈리아제 발목 구두 3000켤레도 던졌는데, 장군님, 3000켤레입니다, 바로 그걸 사느라고 정부의 돈을 썼던 것입니다, 또 단춧구멍에 꽂는 장식 꽃이 몇 상자나 되는지도 모르며, 부르크너의 모든 음반을 소장하고 있었는데, 그가 직접 손으로 각각 주석을 달아 놓은 지휘 악보들도 함께 있었습니다, 또한 군중은 지하 감옥에 갇혀 있던 죄수들을 풀어 주었

---

69) 도사견이나 핏불테리어처럼 대표적인 맹견이다. 쾨헬 경을 가리킨다.

고, 옛 네덜란드인들의 정신 병원에 있던 고문실에 불을 질렀으며, 장군님 만세, 마침내 진실을 알아내고 마는 진짜 사나이 만세를 외쳤지만, 장군님, 모두가 각하께서는 아무것도 몰랐으며, 각하의 착하고 선량한 마음씨를 악용해서 각하를 거의 죽은 사람 취급했다고 말하며, 아직도 이 시간에 국민은 쥐를 쫓듯이 국가안전부의 고문관들을 찾아내고 있으며, 우리는 각하의 명령에 따라 그들을 군이 보호하지 않게 그냥 놔두어서 사람들이 꾹꾹 누르고 있던 수많은 분노를 터뜨리고 수많은 공포에서 회복하도록 하고 있습니다, 그러자 그는 고개를 끄덕이면서, 알았네, 라고 말하면서 환희의 종소리와 자유의 음악, 그리고 무기 광장에 운집한 군중이 외치는 감사의 목소리에 감동했는데, 군중이, 하느님, 우리를 공포의 어둠에서 구원하신 위대한 분을 지켜 주소서, 라고 적힌 현수막을 들고 영광의 시절을 덧없고 허망하게 재현하는 동안 그는 권력의 노예라는 쇠사슬에서 벗어나도록 도와주었던 군사 학교 사관 후보생들을 연병장에 집합시켰고, 충동적인 기분에 따라 손가락으로 우리를 가리키면서, 노쇠한 그의 정권이 내리는 마지막 최고 명령, 즉 우리에게 레티시아 나사레노와 아이를 죽인 장본인들의 자리를 채우라는 명령을 내렸는데, 그들은 외국 대사관에 피신처를 찾아보려고 하다가 잠옷을 입은 채 체포되었지만, 그는 그들을 거의 알아보지 못했고, 이미 이름을 잊고 있었으며, 자기 마음속에서 죽는 날까지 생생하게 유지하려고 했던 증오의 짐을 찾았지만, 상처 입은 자존심의 잿가루만 찾았을 뿐이라서 더는 간직할 필요가 없었기에, 여기서 데리고 나가, 라고 명령했고, 그들을 가장 빨리 떠나는 배에 태웠으며, 그 배는 아무도 다시는 그들을 기억하지 못할 곳으로 데려갔고, 빌어먹을 불쌍한 것들, 그는 새 정부의 첫 번째 국무 회의를 의장 자격으로 이끌면서, 새로운 세기의 새로운 세대에서 선발된 그 훌륭한 본보기들도 과거와 다름없이 먼지투성이 프록코트와 배짱 없는 민간인 장관들이라는 인상을 분명하게 받았는데, 차이가 있다면 이들은 권력보다는 명예에 더 굶주려 있으며, 아무것도 가지지 못한 슬픔의 왕국에서 팔 수 있는 것을 모두 팔더라도 갚을 수 없는 외채 문제가 나오자, 과거의 어떤 장관들보다 더 소심하고 비굴하고 쓸모가 없었는데, 그래서 장군님, 어떻게 해 볼 도리가 없습니다, 고원 횡단 마지막 열차는 야생 난초로 뒤덮인 절벽으로 굴러떨어졌고, 표범들은 벨벳 안락의자에서 자고 있으며, 외륜선의 잔해는 벼가 자라는 논에 좌초되었고, 새 소식들은 우편 행랑 속에서 썩고 있으며, 한 쌍의 해우(海牛)는 대통령 전용 선실의 둥근 거울을 수놓은 음산한 붓꽃 사이에서 인어를 낳을 것이라는 환상에 기만당하고 있었지만, 물론 그만 그 사실을 모른 채 질서 속의 발전을 굳게 믿은 것은, 당시 그가 실제 현실의 삶과 더는 접촉하지 않고 오로지 정부 기관지만 읽었기 때문인데, 장군님, 각하만을 위해 인쇄하는 신문입니다, 완성본은 한 부만 발행하며 각하가 읽고자 하는 뉴스와 각하가 찾고자 하는 사진과 그림이 실려 있고 광고도 있는데, 그의 부하들은 그런 광고를 통해 낮잠 시간에 그에게 빌려주었던 깃과는 다른 세계를 꿈꾸게 했으며, 심지어 나 자신도 의심 많은 두 눈으로 확인한 바에 따르면, 정부 부서들이 입주해 있는 태양광 유리 건물 뒤로는 흑인들의 알록달록한 판잣집들이 항구 언덕에 그대로 계속 존재했으며, 또 그들은 바다까지 널찍한 야자수 가로수 길을 건설해서, 똑같은 주랑이 있는 로마식 별장들 뒤로 우리를 강타했던 수많은 허리케인 중의 하나가 엉망으로 망가뜨린 가난한 동네가 그대로 계속 있는 것을 내가 보지 못하게 했고, 길 양쪽에 향긋한 냄새를 풍기는 허브 풀을 심어서 그가 대통령 전용 객차에서 내 마음 깊은 곳에 있는 그의 어머니 벤디시온 알바라도가 돈 벌려는 목적으로 금강앵무를 색칠하던 물 덕분에 세상이 확대된 것처럼 보이도록 했는데, 영광의 시절 말기에 로드리고 데 아길라르 장군이 그랬던 것처럼 그의 기분이 좋아지도록 속인 것도 아니고, 레티시아 나사레노가 사랑보다는 동정심 때문에 했던 것처럼 곤란한 일을 피하기 위해 그렇게 한 것도 아니라, 마당의 케이폭 나무 아래의 그물 침대에서 늙고 기력 없는 상태로 스스로 권력의 포로가 된 상태를 유지시키기 위해서 그랬던 것인데, 그의 인생 말기에, 마당에는 초록색 라임 오렌지 나무에 앉은 알록달록한 새들이라고 노래하는 여학생들의 합창조차 진실이 될 수 없었지만, 젠장, 빌어먹을, 그는 그런 비아냥거림에 어떤 영향도 받지 않았고, 오히려 키니네 전매권과 국가의 복지와 행복에 필수적인 다른 여러 묘약 전매권을 법령으로 되찾으면서 현실과 화해하려고 했지만, 현실은 그에게 경고하면서 다시 놀라게 했는데, 그 경고란 세상은 변하고 있으며 삶은 그의 권력 뒤에서 아직도 계속되고 있다는 것이었으니, 이제 키니네는 없습니다, 장군님, 카카오도 없으며, 인디고도 없습니다, 장군님, 아무것도 없습니다, 있는 것이라고는 셀 수 없이 많지만 하나도 쓸모없는 그의 개인 재산뿐이었는데, 그 재산은 그의 게으름 때문에 위협받고 있었지만, 그는 그토록 처참하고 불행한 소식에 성을 내지도 동요하지도 않고, 늙은 대사 록스버리에게 도전장을 보내 혹시 도미노 판에서 구원할 방법이 있는지 함께 찾아보자고 했지만, 대사는 그의 독특한 말투를 흉내 내면서, 꿈도 꾸지 마십시오, 각하, 이나라는 한 푼도 나가지 않습니다, 물론 예외가 있는데, 그건 바로 깨끗하고 풍요로운 바다입니다, 아마 밑으로 촛불만 집어넣어도 각하의 분화구에서 커다란 우주의 해산물 수프를 요리하는 데 부족함이 없을 겁니다, 그러니 잘 생각하십시오, 각하, 우리는 체납된 외채의 이자 대신 바다를 받겠습니다, 체납된 외채는 각하처럼 근면하고 성실한 지도자가 100세대 동안 계속 나와도 갚을 수 없는 액수입니다, 그러나 처음으로 그 말을 들었을 때 그는 진담으로 듣지 않았고, 대사를 계단까지 배웅하면서, 나의 어머니 벤디시온 알바라도여, 이 미국 놈들이 얼마나 야만적인지 보세요, 어떻게 하면 바다를 먹어 치울까 그 생각뿐이잖아요, 라고 생각했고, 평소처럼 대사의 어깨를 손바닥으로 툭툭 치면서 작별하고는, 다시 혼자 남자 권력의 황무지를 덮은 착각의 안개 쪼가리 속을 멍하니 걸어 다녔는데, 그것은 이미 군중이 무기 광장을 떠났고, 열렬한 환영을 하는 동안 군대가 나누어 준 먹을 것과 마실 것이라는 자극제가 떨어지자마자, 반복해서 사용했던 플래카드를 가져가서 앞으로 다른 축제가 똑같이 일어날 것에 대비해 빌려 온 구호를 보관했고, 방들을 아무도 없이 슬프게 놔두었는데, 그가 그 어느 때에도 절대로 문을 닫지 말고 들어오고 싶은 사람은 들어오게 하라고, 예전처럼 죽은 사람들의 집이 아니고 이웃 사람들이 들락거리는 궁전이 되게 하라고 지시했지만, 장군님, 그곳에 남은 사람들은 나병 환자들과 눈먼 사람들과 중풍 환자들뿐이고, 그들은 예루살렘 성문에서 태양에 그을려 황금색으로 빛나던 데메트리오 알두스가 보았던 바로 그런 모습으로 집 앞에서 수십 년 동안 머물고 있으며, 망가졌으면서도 불굴의 의지로 조만간 다시 그 집으로 들어가 손에 건강의 소금을 받을 것이라고 확신하는데, 그것은 그가 영원하신 분이었기에 모든 역경과 불행에서 살아남을 것이고, 지독하게 무자비한 수난과 망각이라는 최악의 매복 공격도 이겨 낼 분이기 때문이었는데, 실제로 그렇게 되었으니, 그는 젖 짜는 외양간에서 돌아오는 길에 그들을 다시 만났으며, 그들은 안마당에서 부엌에서 나온 음식 찌꺼기를 깡통에 담아 임시로 만든 벽돌 화덕에 끓이고 있었고, 장미밭의 향기로운 그늘에 땀처럼 끈적끈적한 고름으로 더러워진 멍석에 드러누워 두 팔을 십자 모양으로 엇갈려 얹고 있었는데, 그러자 그는 그들에게 공동으로 쓸 아궁이를 만들어 주었고, 새 멍석을 사 주었으며, 마당 안쪽에 종려나무로 곁채를 짓게 해서 그들이 집 안으로 대피하거나 몸을 피할 필요가 없게 했지만, 나흘도 되지 않아서 나병 환자 한 쌍이 연회실의 아랍 카펫에서 자는 모습을 보거나, 사무실에서 길 잃은 눈먼 사람을, 또는 계단에서 골절당한 불구자들을 만나게 되었고, 그러자 문을 모두 닫게 하여 그들이 벽에 진물 흔적을 남기지 않게 했고, 위생 당국이 그들을 소독할 때 사용하던 석탄산 악취로 집 안 공기를 오염시키지 못하게 했지만, 그들은 한쪽에서 몰아내면 다른 쪽에서 나타나면서 집요하고 파괴되지 않으며 자신들의 낡고 지독한 희망을 부여잡았는데, 그 당시는 이미 아무도 그 쓸모없는 노인네에게 아무것도 바라지 않을 때였고, 그 노인은 벽 틈에 메모를 적어 둘둘 말아 숨겨 두었고 안개가 가득한 늪지와 같은 기억에서 만난 바람을 통해 몽유병자처럼 더듬거리며 방향을 잡았으며, 잠을 이루지 못한 채 몇 시간씩 그물 침대에 누워 보내면서 제기랄, 어떻게 해야 새로 부임한 피셔 대사에게서 벗어날 수 있을까를 생각했는데, 대사는 황열병이 강타하여 널리 퍼졌다고 밝히면서, 죽어 가는 나라에 새로운 기운을 불어넣기 위해서라면 필요한 기간이 얼마든 상관없이 유지되는 상호 협력 조약에 따라 해병대 상륙을 합리화할 것을 제안했고, 그는 꿈도 꾸지 마시오, 라고 즉시 대답했는데, 그것은 그가 다시 집권 초기에 살고 있다는 명확한 증거에 매료되어 있었기 때문으로, 당시 심각한 시민 봉기의 위협 앞에서 계엄령이라는 예외적인 권력을 사용했던 것과 마찬가지로 똑같은 방법, 즉 법령을 공포하여 전염병 사태를 선포했으며, 등대 깃대에 노란 깃발을 달았고, 항구를 폐쇄했으며, 일요일을 없애 버렸고, 사망자를 위해 공개적으로 우는 것과 그들을 기억하게 만드는 장례 음악 연주를 금지했으며, 군대에게 법령이 준수되고 있는지를 감시하고 그의 뜻에 따라 전염병에 걸린 자들을 처리할 권한을 부여했고, 그렇게 군은 위생 완장을 차고서 공개적으로 다양한 계급과 신분의 사람들을 처형했고, 체제에 순응하지 않는 것으로 의심되는 사람들의 집에는 문에다 빨간 동그라미로 표시했고, 단순 범법자들과 말괄량이 여자들, 그리고 동성애자들의 이마에는 소에게 찍는 낙인으로 표시했으며, 미첼 대사가 그의 정부에 긴급하게 요청한 위생 사절단은 대통령 관저에 사는 사람들을 전염병에서 보호하는 일을 맡으면서, 바닥에서 칠삭둥이들의 똥을 수거해서 확대경으로 분석했으며, 커다란 물병에 살균 알약을 넣었고, 과학 실험실에 있는 동물의 먹이로 물에서 사는 구더기를 주었는데, 그는 배꼽이 빠질 것처럼 웃으면서 통역사를 통해 바보 멍청이 짓은 그만해요, 선생들, 여기에 있는 유일한 전염병은 바로 당신들이오, 라고 말했지만, 그들은 아니라고, 전염병이 돌고 있다는 상부의 지시를 받았다고 고집을 피우고는 예방 효과가 좋다는 걸쭉한 초록색 물약을 만들었고, 가장 보잘것없는 사람부터 대단히 훌륭하고 높은 사람까지 지위 고하를 막론하고 온몸에 그 물약을 발랐으며, 그와 접견할 때 거리를 유지하라고, 접견인들은 문가에 서고 그는 안쪽에 앉도록 했는데, 거기서 그는 목소리는 들을 수 있었지만 숨소리는 들을 수 없었기에, 벌거벗은 상류층 사람들과 고함을 지르며 이야기했고, 그들은 한 손으로는 각하, 라고 손짓을 했고, 다른 한 손으로는 비쩍 마르고 약을 더덕더덕 바른 남근을 가렸는데, 그 모든 것은 잠을 제대로 자지 못한 탓에 무기력해진 상태에서 거짓으로 꾸며 낸 재앙의 가장 진부하고 허접한 것들까지 생각했던 사람이 전염되지 않도록 하기 위한 조치였는데, 바로 그 사람이 이 세상 거짓말을 만들어 내고, 자기 판단에 따라 묵시록적인 예언을 널리 퍼뜨린 장본인이었으며, 사람들은 이해하지 못할수록 더 두려워할 것이라는 믿음을 갖고 있었기에, 거의 눈도 깜빡거리지 않고 어느 부관의 보고를 들었는데, 그 부관은 공포에 질려 해쓱한 얼굴로 그의 앞에 차렷 자세를 하고, 알려 드릴 게 있습니다, 장군님, 전염병이 민간인들 사이에서 엄청난 사망자를 유발하고 있습니다, 라고 알려 주었고, 그래서 그는 대통령 전용 마차의 김이 서린 유리창을 통해 자기 명령에 따라 텅 빈 거리에서 시간이 멈춘 것을 보았으며, 노란 깃발에서 위엄에 눌린 표정을 보았고, 심지어 빨간 동그라미가 그려지지 않은 집에서도 문이 닫혀 있는 것을 보았으며, 발코니에서 배가 터질 것 같은 독수리들을 보았고, 죽은 사람들을 보았고, 또 죽은 사람들, 그리고 계속해서 더 많은 죽은 사람들이 그의 눈에 들어왔고, 사방에 너무나 많은 사람이 죽어서 널브러져 있기에 진흙탕에서 그 숫자를 셀 수가 없었으니, 그들은 테라스의 햇빛 아래 잔뜩 쌓여 있었으며, 시장 채소 더미에 누워 있었는데, 정말로 죽은 사람들입니다, 장군님, 그 숫자가 얼마나 되는지 누가 알겠습니까, 죽은 사람들은 그가 죽은 개처럼 쓰레기통에 쓰러진 적군의 무리 속에서 보고자 했던 것보다 훨씬 더 많았고, 시체 썩는 냄새와 거리의 친숙한 악취 외에도 그는 전염병의 더러운 냄새를 알아보았지만 전혀 개의치 않았고, 그 어떤 간청도 들어주지 않으면서, 자기가 모든 권력의 절대적인 주인이라고 느끼게 되었고, 죽음, 즉 생명 소실에 종지부를 찍을 방법을 가진 이는 사람이나 하느님이 아닌 것 같다고 생각했을 때 비로소 우리는 아무런 기장도 달지 않고 깃발도 없는 마차가 거리에 나타나는 것을 보았는데, 처음 보았을 때는 그 누구도 그 안에 권력의 주인인 각하의 차가운 바람이 있다는 것을 감지하지 못했지만, 장례용 벨벳을 두른 내부에서 우리는 죽음을 가져오는 눈과 떨리는 입술, 교회 문에서 소금을 한 줌씩 집어 던지며 나아가던 혼례용 장갑을 보았고, 국기 색깔의 기차가 치자나무들과 공포에 질린 표범들 사이를 지나 가장 가파르고 험준한 지대의 안개 덮인 가장자리로 있는 힘을 다해 힘들게 기어 올라가는 것을 보았으며, 대통령만 타는 외로운 객차의 창문 커튼 사이로 흐릿한 눈과 슬픔에 잠겨 괴로워하는 얼굴, 그리고 자기가 어린 시절을 보냈던 음산한 고지의 황무지를 지나면서 소금 자국을 남기는, 아가씨의 손처럼 맥빠진 손을 보았고, 나무 바퀴를 달고 기상천외한 자동 피아노로 마주르카를 울리면서 암초와 모래톱, 그리고 용이 봄에 소풍을 갔다 오는 바람에 밀림에 일어난 재앙의 찌꺼기 사이를 뒤뚱거리며 항해하는 증기선을 보았으며, 대통령 전용 선실의 창문에서 석양처럼 저물어 가는 노인의 눈을 보았고, 창백한 입술과 더위로 무뎌진 마을에 소금을 한 줌씩 던져 주는 뼈대 없는 가문의 손을 보았는데, 그 소금을 먹고 소금이 있었던 바닥을 핥아먹는 사람들은 즉시 건강을 되찾고서 불길한 예감과 착각이라는 돌풍에 오랫동안 면역이 되었고, 그래서 그는 자기 가을의 하순에, 그러니까 정치적 전염병인 황열병이라는 거짓에 바탕을 두고 해병대 상륙으로 만들어진 새로운 정권을 제안했을 때, 그다지 놀라지 않고서 오히려 백해무익한 장관들의 주장과 맞섰는데 그들은, 장군님, 해병대를 돌아오게 하십시오, 원하는 것을 줄 테니 전염병자들을 소독하는 기계를 갖고 돌아오라고 하십시오, 하얀 병원과 푸른 잔디밭, 빙빙 돌아가는 스프링클러를 갖고 돌아와 건강하게 수백 년을 보낸 경험으로 불행한 윤년을 마무리해 달라고 하십시오, 라고 주장했지만, 그는 책상을 내리치고서, 최고 주권자가 책임질 테니 절대 안 된다고 결정했는데, 그러자 투박하고 예의 없는 맥퀸 대사가 대답하기를, 각하, 지금은 토론하거나 따질 상황이 아닙니다, 이 정권은 희망이나 복종, 심지어 공포가 아니라, 오래되어 고칠 수 없는 환멸이라는 완전히 무기력한 타성으로 유지되고 있습니다, 거리로 나가 진실과 마주하십시오, 각하, 우리는 마지막 커브 길에 있습니다, 해병대가 오느냐, 아니면 우리가 바다를 가져가느냐만 남았습니다, 다른 선택지는 없습니다, 각하, 다른 방법은 없습니다, 어머니, 그렇게 4월에 카리브해를 가져갔는데, 유잉 대사의 해양 기사들은 부분부분 조각내서 숫자를 붙여서 가져갔고, 허리케인이 불어오는 곳과 멀리 떨어지고 새벽이 핏빛처럼 물드는 애리조나에 심었는데, 바다 안에 있는 것도 모두 가져갔습니다, 장군님, 바닷물에 비친 우리 도시의 그림자, 물에 빠져 죽은 소심한 우리 사람들, 우리의 미친 용들도 모두 가져갔습니다, 그는 자기의 수백 년 된 지혜 중에서 가장 과감한 것들을 사용하여 약탈에 항의하는 의미로 국가를 진동시키려고 노력했지만, 아무도 관심을 두지 않았습니다, 장군님, 아무리 이해시키거나 강요해도 아무도 거리로 나오려 하지 않았는데, 우리는 그것이 과거에 행해졌던 수많은 경우와 마찬가지로 각하의 새로운 계략이고 책동이며, 그렇게 모든 한계를 넘어 영원히 살고자 하는 억누를 수 없는 열정을 충족시키기 위함이라고 생각했고, 바다를 가져가든, 제기랄, 용과 함께 나라 전체를 가져가든 무슨 일이 일어나든 관심 없다고 생각했으며, 군인들이 구사한 유혹의 기술에도 마음이 흔들리지 말아야 한다고 다짐했는데, 그들은 사복으로 위장하고는 우리 집에 나타나서 거리로 나가 미국 놈들 꺼져, 라고 소리쳐서 약탈을 멈추게 하라고 조국의 이름으로 애원했고, 외국인들의 가게와 저택을 탈취하고 방화하라고 선동했으며, 우리에게 현금을 주면서 침략 행위에 맞서 군이 국민과 하나 되어 보호해 줄 테니 나가서 시위하라고 말했지만, 아무도 나가지 않았습니다, 장군님, 군인들이 군의 명예를 건 약속이라면서 똑같이 되풀이한 말을 아무도 잊지 않았기 때문인데, 군인들은 선동자들이 침투하여 군을 향해 발포했다는 핑계로 국민에게 총을 쏴 학살했으며, 그래서 이번에 우리는 국민의 지지도 받지 못하고 있습니다, 장군님, 그래서 나는 이 형벌의 무게를 나 혼자 짊어져야 했고, 혼자 외롭게 서명해야 했으며, 그러면서 오로지 나의 어머니 벤디시온 알바라도여, 아무도 당신보다 잘 알지 못해요, 해병대의 상륙을 허락하느니 바다 없이 남는 게 더 나아요, 기억하세요, 어머니, 그들이 바로 명령을 생각해 내서 나에게 서명하게 만든 사람들이에요, 그들은 예술가들을 동성애자가 되게 했고, 이 땅에 성경과 매독을 가져왔으며, 사람들에게 인생을 편하게 살아 나갈 수 있다고, 빌어먹을, 돈이면 안 되는 게 없고, 흑인들이 전염병을 옮긴다고 믿게 했으며, 우리 군인들에게 조국은 일종의 장사와 같다고, 명예는 군대가 공짜로 싸우게 하려고 정부가 만들어 낸 염병할 술책이라는 사실을 설득시키려고 했고, 나는 수많은 재난을 피하고자 우리 영해를 마음껏 누릴 권리를 양도했는데, 그들이 인류의 이익에 부합하고 양국의 평화에 가장 바람직하다고 여기는 방식으로 건네주었고, 앞서 언급한 양도는 그의 침실 창문부터 수평선까지 눈으로 볼 수 있는 물질적인 바닷물뿐만 아니라, 더 넓은 의미에서 바다라고 이해되는 모든 것, 그러니까 앞서 언급한 바닷물에 속한 동식물을 비롯해 풍향 풍속 체계, 기압 변화를 비롯한 모든 것을 포함한다는 의미임을 알았지만, 내 오래된 바다를 체스판 모양으로 조각내서 수문으로 가두고는 거기에 번호를 매겨 거대한 준설선으로 가져갔는데, 나는 그들이 그렇게 하고도 남을 사람이라는 사실을 상상할 수 없었고, 갈가리 찢긴 그 바다의 해저 분화구에서 우리는 엄청난 파괴력을 지녔던 자연재해에 휩쓸려 사라진 아주 오래된 도시 산타마리아 델 다리엔의 침몰한 잔해에서 순간적인 광채가 나오는 것을 보았고, 내가 창문에서 보았던 것과 마찬가지로 대양의 첫 번째 제독이 탔던 기함(旗艦)을 보았는데, 어머니, 정말 똑같았어요, 그 배는 삿갓조개 덩어리에 갇혀 있었는데, 이빨처럼 생긴 준설선의 맛줄이 송두리째 뽑혀 있었고, 그는 그 조난의 역사적 규모에 걸맞게 경의를 표하라고 명령할 시간도 없었고, 그렇게 그들은 내가 싸운 전쟁의 이유였고, 그의 권력의 동기였던 모든 것을 모조리 가져가고서, 오로지 껄끄러운 월진(月塵)으로 뒤덮인 황량한 평원만 남겨 두었고, 그는 창문을 지나갈 때면 침울한 마음으로 그 평원을 바라보면서, 나의 어머니 벤디시온 알바라도여, 당신의 지극히 현명한 빛으로 나를 비추소서, 라고 외쳤는데, 그 인생의 가을 말엽 밤마다 그는 조국의 죽은 애국자들이 무덤에서 일어나 바다 문제를 따지는 것에 놀라 잠에서 깨어났고, 그들이 벽을 긁어 댄다고 느꼈으며, 그들의 목소리가 땅속에 묻히지 않았다고 느꼈고, 죽은 사람들의 시선에 공포를 느꼈는데, 그들은 어둠에 잠긴 집, 그러니까 구원의 마지막 수렁이라는 김이 모락모락 나는 늪지에서 죽어 가는 공룡의 커다란 발자국을 열쇠 구멍으로 몰래 살펴보고 있었으며, 그렇게 그는 바람 기계가 만든 때늦은 무역풍과 가짜 북서풍이 교차하는 지점에서 쉬지 않고 걸어 다녔는데, 그 기계는 에버하트 대사가 바다와 관련된 잘못된 협상을 부각하지 않으려는 목적으로 그에게 선물한 것이었고, 그가 암초 꼭대기에서 황소들처럼 앉아서 자는 망명한 독재자들의 휴양소에서 새어 나오는 외로운 불빛을 보는 동안 나는 괴로워했는데, 개자식들, 그는 교외 저택에서 자기 어머니 벤디시온 알바라도가 작별 인사로 코를 골던 일을 떠올렸고, 박하로 밤새 환한 방에서 새 장수답게 깊이 잠든 그녀의 모습을 기억하면서, 그녀가 아니면 누구겠어, 라고 한숨을 지었는데, 행복한 모습으로 잠든 어머니는 전염병 때문에 겁을 먹은 적이 한 번도 없었고, 사랑 때문에 두려워하지도 않았으며, 죽음 때문에 기가 꺾이지도 않았지만, 그는 너무나 넋을 잃은 나머지, 창문에서 깜빡거리는 바다 없는 등대의 섬광까지도 죽은 사람들로 더럽혀졌다고 생각하고는, 별처럼 보이는 환상의 개똥벌레에 기겁해서 줄행랑을 놓았는데, 그것은 급회전하는 악몽의 궤도 안에 있는 죽은 사람들의 골수에서 무시무시하게 쏟아져 나온 반짝거리는 먼지를 태워 버리고 있었기에, 그는 저 불을 꺼, 라고 소리쳤고, 그러자 그의 부하들은 그 불을 껐으며, 그는 집 안팎의 틈을 모두 메우라고 지시하면서, 죽음의 밤공기에 가장 은은하게 배어 있는 더러운 기운이 다른 향기에 숨어서도 문과 창문 틈으로 스며들지 못하게 했으며, 어둠 속에 남아 비틀거리며, 질식할 것 같은 더위 속에서 힘들게 숨을 쉬었으며, 자기가 시커먼 거울들 사이를 지나간다고 느꼈고, 겁에 질려 걸었으며, 그러다가 해저 분화구에서 한 무리의 발굽 소리를 들었는데, 그것은 노쇠한 눈〔雪〕과 함께 두려움에 떨며 떠오르던 달이었고, 그러자 저 달을 치워 버려, 별들을 꺼 버리란 말이야, 제기랄, 이건 하느님의 명령이다, 라고 소리쳤지만, 아무도 그의 외침을 듣고 달려오지 않았고, 아무도 그의 말을 듣지 않았지만, 중풍 환자들은 옛날 사무실에서 놀라 잠에서 깨어났고, 눈먼 사람들도 층계에서 잠을 깼으며, 나병 환자들은 이슬을 맞아 반짝이면서 그날 가장 먼저 꽃을 피운 장미 그루터기에서 일어나 그의 길을 막고는, 그의 손으로 건강의 소금을 나눠 달라고 애원했는데, 바로 그때 일이 터셨으니, 선 세세의 모든 불신자여, 엿 같은 이교도들이여, 어떤 일이 벌어졌느냐 하면, 그가 지나가면서 한 사람씩 차례대로 머리를 만졌고, 매끄럽고 현명한 손으로 우리의 결함이 있는 곳을 한 사람씩 만져 주었는데, 그건 진리의 손이었고, 그래서 그가 우리를 만지는 즉시 우리는 육체의 건강과 영혼의 평정을 되찾았고, 기운과 살려는 의지를 회복했으며, 우리는 눈먼 사람들이 장미의 광채에 눈부셔하는 것을 보았고, 다리 저는 사람들이 계단에서 깡충깡충 뛰는 것을 보았으며, 새살이 돋아 어린아이처럼 된 내 피부를 보았는데, 나는 전 세계의 축제나 행사를 다니면서 이 살갗을 보여 주며, 이 기적의 소식을 한 사람도 빠짐없이 모두 알게 했고, 너무 일찍 꽃을 피운 백합 같은 이 향내, 내 곪은 상처에서 나는 이 향기를 전 세계 곳곳으로 뿌리고 다니면서, 믿음이 없는 사람들을 비웃고 방탕한 사람들을 벌주었는데, 그들은 도시와 시골에서, 시끄러운 축제와 엄숙한 행렬에서 그 소식을 소리 높여 외치면서, 사람들에게 기적이 얼마나 무섭고 두려운 것인지 머릿속에 불어넣으려고 애썼지만, 아무도 그걸 사실이라고 생각하지 않았고, 우리는 마을에 늙은 사기꾼 패거리를 보내 그가 나병 환자들에게 새 살이 돋아나게 했다거나 눈먼 사람들에게 빛을 돌려주었다거나 중풍 환자들에게 제대로 몸을 쓸 능력을 주었다는 등의 절대로 믿지 않을 사실들을 우리에게 설득시키려는 수많은 아첨꾼 중의 하나가 만들어 낸 이야기라고 생각했고, 또한 그것이 확인 불가능한 대통령에 대한 관심을 유도하려는 정권의 마지막 수단이라고 생각했는데, 대통령 경호대는 신병으로 이루어진 순찰대 하나로 축소되어 있었고, 이는 국무 회의에서 만장일치로 건의한, 안 됩니다, 장군님, 더 철저하고 삼엄한 경비가 필요합니다, 적어도 소총병 일 개 부대는 있어야 합니다, 라는 의견과 상반되었지만, 그는 고집을 피우면서, 아무도 나를 죽이려고 하지 않고, 죽이고 싶어 하지도 않아, 당신들, 그러니까 무능한 내 장관들, 게으른 내 사령관들인 당신들만 그런 생각을 하지, 그렇지만 나를 죽이려고 하지 못하고, 앞으로도 절대 죽일 엄두를 내지 못하는 이유는 나중에 서로 죽여야만 한다는 것을 알기 때문이고, 그래서 신병으로 구성된 경호대만 남아서 첫 번째 현관 객실부터 접견실까지 소들이 일정한 규칙 없이 아무렇게나 돌아다니는 불 꺼진 집을 지키게 되었으며, 장군님, 소들은 이미 태피스트리에 새긴 꽃이 만발한 풀밭의 풀을 먹어 치웠으며 서류철도 먹었습니다, 하지만 그는 그 말을 듣지 않았고, 10월의 어느 날 오후에 첫 번째 소가 올라가는 것을 보았는데, 그날은 소나기가 성난 듯이 세차게 쏟아져 바깥에 머무를 수가 없었고, 그래서 손을 흔들어 그 소를 놀라게 해서 쫓아 버리려고 애쓰면서, 소야, 소야, 라고 되뇌다가, 갑자기 소는 시옷으로 시작한다는 사실을 떠올렸고, 또 언젠가는 전등갓을 먹어 치우는 것도 보았는데, 그는 인생의 그 시기에 계단까지 가서 소를 쫓아 버린다는 게 쓸데없는 짓이라는 사실을 깨달았으며, 연회상에서 소 두 마리를 보았고, 그 소들은 등에 있는 진드기들을 쪼아 먹으려고 날아오르던 암탉들 때문에 잔뜩 성이 나 있었는데, 그런 상황이었기에 최근 밤이 되면 우리는 항해하는 배에서 나오는 것 같은 불빛을 보았고, 요새화된 벽 뒤로 커다란 동물이 발톱으로 긁어 대는 재앙과 같은 소리를 들었으니, 그것은 그가 기름 등잔을 들고 소들과 다투면서 잠잘 곳을 찾았기 때문인데, 그동안 밖에서는 그 없이 그의 공적인 삶이 계속되었고, 우리는 정권이 발행하는 신문에서 매일 그가 민간인들과 군인들을 접견하는 가짜 사진들을 보았는데, 거기에는 행사의 성격에 따라 다른 군복을 입은 그의 모습이 실려 있었고, 또우리는 조국의 중요한 기념일이면 오래전부터 매년 반복해 온장광설을 라디오로 들었으며, 그렇게 그는 우리가 집을 나갈 때건, 교회로 들어갈 때건, 먹을 때건, 잠을 잘 때건 우리 삶 속에존재했지만, 완고한 도보 여행자가 신는 조악한 군화를 신고서다 쓰러져 가는 집 안에서 간신히 움직였는데, 당시 시중들 사람이 서너 명의 당번병으로 축소되어 있었다는 건 익히 알려진사실로, 그들은 그에게 먹을 것을 주었고, 벌꿀 숨긴 곳의 문제를 항상 잘 처리했으며, 그 누구의 출입도 금지된 사무실에서소들을 내쫓았는데, 그곳은 그 자신도 새까맣게 잊고 있었던점쟁이의 예언에 따르면, 그가 죽을 곳이었으며, 소들이 도자기로 만든 최고 사령관들의 참모 본부 모형을 산산이 부순 곳이었고, 또한 그들은 그가 문간에 등불을 걸 때까지 언제 내려질지 모르는 그의 명령을 항상 신경 쓰며 기다렸으며, 바다가 없어서 공기가 희박해진 침실에서 요란스럽게 빗장을 세 개 걸고자물쇠 세 개를 잠그며 가로장 세 개를 지르는 소리를 들었으며, 그제야 비로소 아래층에 있는 자기들 숙소로 물러나면서, 그가 새벽까지 물에 빠져 죽은 고독한 사람의 꿈에 끌려다니리란 걸 확신했지만, 그는 뜻하지 않게 놀라면서 잠에서 깼고, 불면증으로 이곳저곳을 어슬렁거렸으며, 유령처럼 커다란 발을 질질 끌면서 어둠에 잠긴 거대한 집 안을 돌아다녔는데, 그곳의 적막을 깨는 소리라고는 소들이 차분하고 침착하게 소화하는 소리와 부왕들의 횃대에서 잠이 든 암탉들이 둔하게 숨 쉬는 소리가 전부였는데, 그는 어둠 속에서 달 속의 바람 소리를 들었으며, 어둠 속에서 시간의 발소리를 느꼈고, 어둠 속에서 초록색 나뭇가지로 만든 빗자루를 들고 마당을 쓸던 자기 어머니 벤디시온 알바라도를 보았는데, 그녀는 그 빗자루로 코르넬리우스 네포스[70]의 원전에 등장하는 썩은 잎 같던 유명 인사를 불태워서 쓸어 버렸고, 리비우스 안드로니쿠스[71]와 카이킬리우스 스타티우스[72]의 불멸의 수사학도 쓸어 버렸는데, 이들은 주인이 누구인지 모르는 권력의 집에 처음으로 그가 발을 내디딘 피의 밤에 사무실 쓰레기가 되었지만, 밖에서는 하느님이 이제는 자신의 성스러운 왕국에 데리고 있기로 한 고명한 라틴어 학자인 라우타로 무뇨스 장군이 죽음을 각오하고 최후의 방어선을 치고 저항했고, 그는 불길에 휩싸인 도시의 불빛 아래로 마당을 가로지르면서 훌륭한 대통령 경호원들의 시체 더미를 뛰어넘었는데, 삼일열로 부들부들 떨던 그와 그의 어머니 벤디시온

---

70) Cornelius Nepos(기원전 100?~기원전 24?). 로마의 역사가. 키케로나 카툴루스와 친교를 맺으면서 평생을 저작에 바쳤다. 현재는 『명사전』의 일부만 남아 있다.

71) 루시우스 리비우스 안드로니쿠스(Lucius Livius Andronicus, 기원전 284?~기원전 204?). 고대 로마 최초의 시인이자 극작가. 호메로스의 서사시 『오디세이아』를 번안했으며, 많은 그리스극을 번안하여 상연했다.

72) Caecilius Statius(기원전 230~기원전 168). 로마의 희극 작가. 그의 희극 중에서 마흔두 개의 제목만이 전해진다.

알바라도는 초록색 나뭇가지로 엮은 빗자루 외에는 어떤 무기도 없이 계단을 올라가면서, 대통령의 뛰어난 방패막이였던 말들의 사체와 부딪쳐 넘어졌는데, 말들은 아직도 현관 입구부터 접견실까지 피를 흘리고 쓰러져 있었으며, 밀폐된 집 안에서는 말들의 피에서 나는 시큼한 화약 냄새 때문에 숨을 쉬기가 어려웠는데, 우리는 복도에서 말들의 피로 피투성이가 된 맨발의 흔적을 보았고, 벽에서는 말들의 피를 묻힌 채로 찍힌 손바닥을 보았으며, 접견실의 피 웅덩이에서는 잠옷을 입은 아름다운 피렌체 여자가 가슴이 군도가 박힌 채 피를 흘리며 죽어 있는 것을 보았는데, 그녀는 바로 대통령의 부인이었고, 그녀 곁에는 어린 여자 아이의 시체도 있었으니 아홉 살 된 그의 딸이었고, 마치 태엽 장난감의 발레리나처럼 보였지만 이마에 권총 한 발을 맞은 흔적이 있었으며, 또 그들은 애국주의자이자 독재자인 라우타로 무뇨스 대통령의 시체를 보았는데, 그는 십사 년 동안 피비린내 나는 싸움을 벌이며 계속된 쿠데타로 권력의 자리에 올랐던 열네 명의 연방주의자 장군 중에서 가장 노련하고 유능했던 사람이지만, 영국 영사에게만은 안 된다고 말할 용기를 내지 못했던 사람으로, 거기에 그는 맨발로 숭어처럼 쓰러져 있었고, 권총 한 발을 맞아 두개골이 산산이 부서져 대담성에 대한 대가를 치르고 있었는데, 그 총알을 자기 입천장에 쏘기 전에 그는 아내와 딸, 그리고 마흔두 마리의 안달루시안[73]을 죽여서 영국 함대로

---

73) 알제리의 승마용 말 바르브를 무어인들이 스페인으로 들여와 재래종과 교배해서 만들어 낸 말 품종. 신대륙 발견 후 스페인인이 아메리카 대륙으로 가져와 아메리카 말의 조상이 되었다.

이루어진 토벌 원정대의 손에 생포되지 않게 했으며, 바로 그
때 키치너 사령관은 내게 시체를 가리키면서, 아버지에게 대
들거나 배신하는 사람들은 저런 운명을 맞지요, 라고 말했고,
당신이 당신 왕국에 있게 되거든 이 말을 절대 잊지 마시오,
라고 말했지만, 그는 수많은 밤을 제대로 자지 못하면서 기다
린 끝에, 그리고 수많은 분노를 억누르고 견딘 끝에, 수많은
치욕과 수모를 참고 삭인 끝에 이미 그의 왕국에 있었고, 어
머니, 바로 그 자리에 있었어요, 그는 삼군 최고 사령관이자
공화국 대통령으로 선포되었고, 임기는 국가 질서가 회복되고
경제가 안정을 되찾을 때까지 필요하다면 얼마든지 가능했으
며, 상원과 하원 전체 회의의 합의를 받아 연방 정부의 마지
막 호족들은 만장일치로 그렇게 결정했으며, 또한 영국 함대
의 지지를 받았는데, 그것은 내가 힘들기 그지없던 수많은 밤
에 맥도날 영사와 도미노 게임을 한 덕택이었으니, 물론 처음
에는 나뿐 아니라 그 누구도 그 사실을 믿지 않았는데, 하기
야 누가 그 공포의 밤에 일어난 난리 속에서 그것을 믿을 수
있었을까, 그때에는 벤디시온 알바라도조차 그 무질서 속에서
어디서 어떻게 통치해야 할지 모르던 아들을 떠올릴 때면, 침
대에 누워 썩어 가면서도 믿지 못했으며, 또 그들은 크면서도
가구 하나 없던 그 집에서 열병을 치료할 지혜의 풀 하나 찾
지 못했고, 그 집에는 이제는 죽어 버린 스페인이 위대했던 시
절에 부왕과 대주교를 지냈던 사람들의 좀먹은 유화 초상화
말고는 값나가는 것이 하나도 없었으니, 그 외의 나머지 모든
것은 이전 대통령들이 개인 소유지로 조금씩 가져가면서, 영

웅적인 장면을 그린 벽지는 자국조차 남지 않은 상태였고, 침실들은 군부대 쓰레기 천지였으며, 역사적인 대학살의 잊힌 흔적들은 사방에 널려 있었고, 겨우 하룻밤만 통치했던 덧없고 허망한 대통령들이 손가락을 깨물어 피로 쓴 구호들이 난무했지만, 열병을 치료하기 위해 누워서 땀을 흘릴 멍석 하나 없었기에, 그의 어머니 벤디시온 알바라도는 커튼을 찢어서 내 몸을 감싸고는 중앙 계단 한쪽 구석에 눕힌 다음, 영국인들이 조금 전까지 약탈하던 대통령 숙소를 초록색 나뭇가지로 만든 빗자루로 쓸었고, 문 뒤에서 그녀를 강간하려 하던 이 해적 무리에게 빗자루를 휘둘러 자기 몸을 지키면서 한 층을 완전히 쓸고 나서, 동이 트기 조금 전에 쉬려고 아들 옆에 앉았는데, 아들은 오한으로 엉망이 되어 있었고, 벨벳 커튼을 두르고서 모든 게 망가진 집의 중앙 계단 마지막 층계에서 비 오듯 땀을 흘리는 동안, 그녀는 편안하면서도 신중한 말로 고열을 내리려고 안간힘을 쓰면서, 이렇게 엉망이 되었다고 해서 기가 죽으면 안 돼, 아들아, 이건 아주 싸구려 가죽 스툴 몇 개를 사서 여러 색깔로 꽃과 동물을 그리면 해결되는 문제야, 내가 그릴게, 라고 말했고, 이건 손님이 올 경우를 대비해 그물 침대 몇 개만 사면 끝나는 문제야, 무엇보다 그물 침대가 필요해, 이런 집에는 아무 통보도 없이 아무 시간에나 많은 손님이 올 테니까, 라고 말했으며, 교회에서 쓰는 탁자를 하나 사서 거기서 식사하고, 철제 식기와 양은그릇들을 사서 병사들의 열악한 삶을 참고 견뎌 보도록 하고, 버젓한 돌 정수기[74]를 사서 먹을 물을 받고 숯불 화로를 사면 모두 끝나, 어쨌든 정부 돈으로 사는 거니까, 라고 말하면서 아들을 위로했지만, 그는 진실의 어두운 면을 직접 비추는 새벽의 자주색 햇빛 때문에 기운을 잃어 그녀의 말을 듣지 못했는데, 이제 자기는 계단에 쭈그리고 앉아 고열로 몸을 떠는 가련한 노인네에 불과하며, 아무런 사랑의 감정도 없이 나의 어머니 벤디시온 알바라도를 생각하고 있다는 것을 깨달았으니, 그래서 진실이 그런 모든 것이야, 빌어먹을, 그래서 권력은 버림받고 쓸모없는 인간들의 집이고, 불에 타 버린 말 냄새 같은 인간의 냄새이며, 다른 모든 날과 마찬가지로 또 다른 8월 12일의 황량한 저 여명이 권력을 잡는 날이에요, 어머니, 지금 우리는 뭘 하는 거죠, 태초의 불쾌감, 그러니까 암흑으로 뒤덮인 새로운 세기가 그의 허락을 받지 않고 세상에서 솟아올랐고, 그는 이에 대한 오랜 두려움으로 괴로워했는데, 닭들은 바다에서 노래를 불렀고, 영국인들은 영어로 노래하면서 마당에서 죽은 사람들을 거두었으며, 그의 어머니 벤디시온 알바라도는 안도감을 잔액 삼아 즐겁게 계산을 마치면서, 나는 사야 할 물건과 해야 할 일 때문에 놀라지 않아, 그런 일은 전혀 없어, 아들아, 내가 정작 겁내는 것은 이 집에서 빨아야 할 엄청난 양의 침대 시트야, 그때 그는 제정신으로 돌아와 기운을 차리고 그녀를 달래려 하면서, 걱정하지 말고 주무세요, 어머니, 이 나라에서는 어떤 대통령도 오래가지 않아요, 라고 말했고, 이제 보름도 되기 전에

---

74) 위에 돌로 만든 정수기가 있고, 아래에 토기로 만든 항아리를 놓아 돌에서 떨어지는 물을 받는 기구.

내가 쓰러지는 것을 보게 될 거예요, 라고 말했는데, 당시에는 그 말을 믿었을 뿐만 아니라, 독재자로 고착된 채 오랫동안 살아가면서 매시간 매 순간 계속 그렇게 믿었고, 권좌에서 기나긴 세월을 보내면서 똑같은 날은 두 번 다시 없다는 것을 삶을 통해 확신할 때마다 더욱 그렇게 믿었으며, 그래서 수상이 수요일 주간 보고서에서 눈부실 정도의 진실을 밝힐 때면, 수상의 목적에는 항상 숨겨진 의도가 있을 것이라고 생각하면서, 그저 빙긋 웃으며, 내게 사실대로 말하지 마시오, 수상, 사람들이 그 진실을 믿을 수 있는 위험이 따르니 말이오, 국무회의는 그가 묻지도 않고 서명하도록 공들여 전략을 수립했지만, 그는 그 전략을 그 한마디로 망쳐 놓았는데, 내가 보기에 그의 정신이 가장 명료했을 때는 공식 방문을 받는 동안 자기도 모르게 바지에 오줌을 지린다는 소문이 설득력을 띨 때였고, 가망 없는 환자처럼 실내화를 신고 다리가 하나뿐인 안경을 바느질 실로 묶어 쓰고서 노망이라는 웅덩이로 빠져들수록 그는 더욱 엄밀하고 엄숙해 보였으며, 성격은 더욱 진지하고 꼼꼼해졌고, 그의 직관은 더욱 정확해져서 부적절한 것은 제쳐 놓고 적당한 것은 읽지도 않고 서명하면서, 제기랄, 어쨌든 아무도 내 말을 주의 깊게 듣지 않는데, 라며 웃었고, 잘 보시오, 내가 현관에 빗장을 걸어 소들이 계단을 기어오르지 못하게 하라고 명령했는데, 또다시 저기 있군, 저기도 소, 여기도 소가 있소, 정말로 소들은 사무실 창문으로 머리를 디밀고서 조국의 제단에 있던 종이꽃들을 먹었지만, 그는 빙긋 웃기만 하면서, 내 말이 사실이라는 것을 알겠소, 수상, 이 나라를 이 꼴로 만든 것은 아무도 내 말을 귀담아듣지 않았기 때문이오, 라고 말했고, 너무나 분명한 사리 분별력을 지니고서 그 말을 했기에, 도저히 그의 나이에 그런 힘이 있다는 것을 믿을 수 없었지만, 키플링 대사는 판매 금지된 회고록에서 당시 그가 노망으로 인해 의식이 없는 가슴 아픈 상태였으며, 그래서 가장 어린애 같은 행동도 스스로는 할 수 없었다고 말했고, 그가 피부에서 끊임없이 나오는 짭짤한 것으로 흠뻑 젖어 있었으며, 물에 빠져 죽은 사람처럼 체구가 거대했고, 물에 빠져 죽어 표류하는 사람처럼 온화하고 느릿하게 움직였으며, 셔츠를 풀어 헤치고서 내게 육지에 살면서 물에 빠져 죽은 사람의 팽팽하고 투명한 몸을 보여 주었는데, 몸의 갈라진 틈에서는 해저 암반에서 자라는 기생충이 번식했고, 등에는 배 밑에 붙어서 사는 빨판상어가 있었으며, 겨드랑이에는 폴립과 미세한 갑각류가 붙어 있었지만, 그는 확신하기를, 벼랑이나 절벽에서 돋아나는 그 싹들은 당신들이 가져간 바다가 자연스럽게 되돌아오는 최초의 징후들이오, 친애하는 존슨 대사, 그건 바다가 마치 고양이 같은 것이기 때문이오, 그래서 항상 되돌아온다오, 라고 말했고, 자기 사타구니에 무리 지어 있는 삿갓조개는 행복한 여명을 예고하며, 그런 새벽이 되면 침실 창문을 열고서 다시 커다란 바다의 제독이 이끄는 세 척의 범선을 다시 보게 되리라고 확신했으며, 그 제독이 자기와 다른 위대한 역사적 인물들처럼 그의 손이 부드럽고 매끄럽다고 말하는 것을 들었고 그 말이 사실인지 확인하기 위해 전 세계를 돌아다니며 찾았지만, 이제는 완전히 지쳤으며, 그 제독을 데려오라

고, 심지어 강제로라도 자기 앞에 대령하라고 지시했는데, 그
러자 다른 항해자들은 그 제독을 보았다고 말하면서, 항해 지
도를 그리고 인근 바다에 있는 수많은 섬을 표시하면서, 군인
이름이 붙은 섬들을 왕과 성인의 이름으로 바꾸었지만, 그는
토착민의 과학에서 자기가 진정으로 관심을 두었던 것을 찾
았는데, 그것은 바로 초기 탈모증에 필요한 발모 특효약이었
으며, 우리가 대양의 제독을 다시 찾으리라는 희망을 모두 잃
어버렸을 때, 그는 대통령 전용차에서 갈색 수도복으로 위장
하고 성프란치스코의 끈을 허리에 매고 있다가 그 제독을 알
아보면서, 일요일 장터에 모인 군중 속에서 참회자의 딸랑이
소리를 내게 했고, 그렇게 도덕적 결핍 상태에 빠져 있었던 탓
에 그는 우리가 보았던 그 사람, 그러니까 접견실에서 진홍빛
군복을 입고 황금 박차를 차고서 일등 노잡이처럼 근엄하게
걸었던 그 사람이 바로 자기가 찾던 사람과 동일인이라는 것
을 믿을 수 없었지만, 우리는 그의 명령에 따라 그 사람을 차
에 태우려고 했지만, 흔적도 찾을 수 없습니다, 장군님, 땅속
으로 꺼져 버린 것 같습니다, 사람들 말에 따르면, 그 사람은
이슬람교도가 되었고, 세네갈에서 홍반병에 걸려 죽었으며,
이 세상의 서로 다른 세 도시에서 서로 다른 세 무덤에 묻혔
지만, 사실 어느 곳에도 매장되어 있지 않고, 그의 탐험으로
인해 운명이 뒤틀리는 바람에 세상이 끝날 때까지 이 묘지 저
묘지를 떠돌아야 하는 형벌을 받았는데, 그건 그 남자가 재수
가 없는 사람이기 때문입니다, 장군님, 황금보다 더 재수 없습
니다, 그러나 그는 절대로 그 말을 믿지 않았고, 자기가 늙어

도 한창 늙었을 때도 그가 돌아오기를 계속 기다렸는데, 그때 보건부 장관이 핀셋으로 그의 몸에 있던 소 진드기를 뜯어냈고, 그러자 그는 고집을 피우기를, 그건 소 진드기가 아니오, 박사, 그건 지금 돌아오고 있는 바다라오, 라고 말했는데, 자기 생각과 판단을 너무나 확신하고 있었기에, 보건부 장관은 사람들이 믿는 것과 달리 그리 귀가 먹지는 않았으며, 불편한 접견을 해야 할 때면 다른 생각을 하는 것처럼 보였지만 실제로는 그렇지 않다고 수없이 생각했고, 정밀 검사를 받은 결과 유리 혈관화 현상이 진행되고 있으며, 신장에 바닷가 모래가 침전되고, 사랑의 결핍으로 심장에 금이 가고 있다는 것이 드러났고, 그래서 노의사는 옛 친구라는 믿음을 방패 삼아 그에게 이제 세간살이는 넘겨야 할 시간입니다, 장군님, 적어도 우리를 누구의 손에 남길 것인지 결정해야 합니다, 라고 말했으며, 우리가 혼자 남지 않도록 우리를 구해 주십시오, 라고 애원했지만, 그는 놀라면서 그에게 묻기를, 도대체 누가 자네에게 내가 죽으리라 생각한다고 말했지, 의사 선생, 죽으려면 다른 사람이나 죽으라고 해, 빌어먹을, 그러면서 그는 농담하는 기분으로, 보름 전에 텔레비전에서 나를 보았는데 그 어느 때보다도 건강해 보였어, 마치 투우 같았어, 라고 말하면서 배꼽이 빠질 듯이 웃었는데, 그것은 그가 몽롱한 상태에서 자기 자신을 보았기 때문이며, 그는 소리를 죽인 텔레비전 화면 앞에서 졸음을 참지 못해 고개를 꾸벅거리면서 젖은 수건을 머리에 두르고 있었는데, 최근에 고독한 밤을 지샐 때면 습관적으로 그렇게 했지만, 정말이지 매력적인 프랑스 여대사 앞에서는 투우장에 나가는 투우보다 더 단호했는데, 아니 어쩌면 프랑스가 아니라 터키나 스웨덴 여대사였는지도 모르지만, 빌어먹을, 똑같이 생긴 여자가 너무 많아서 그는 제대로 알아보지 못했고, 너무 시간이 많이 흘러서 그 여자들과 정복을 입고 손에 입도 대지 않은 샴페인 잔을 들고 있었던 자기 자신도 기억하지 못했고, 그것이 8월 12일 국경일 파티였는지, 아니면 1월 14일 전승 기념일이었는지, 아니면 3월 13일 갱생의 날이었는지, 내가 어떻게 알겠어, 정권의 역사적인 날들이 뒤죽박죽 섞이는 바람에 그는 결국 언제가 무슨 날인지, 어떤 날이 무슨 날인지 알지 못하게 되었고, 조그만 종이에 메모를 너무나 정성스럽고 너무나 기분 좋게 돌돌 말아서 벽 틈에 숨겨 놓았지만, 하나도 도움이 되지 않았던 것은 자기가 기억해야 할 것이 무엇인지 잊어버렸기 때문인데, 그는 벌꿀을 숨겨 둔 곳에서 우연히 그 종이쪽지들을 발견했고, 언젠가는 4월 7일은 마르코스 데 레온 박사의 생일이다, 선물로 호랑이 한 마리를 보내야 한다, 라고 적힌 글을 읽었는데, 그가 자필로 쓴 글이었지만, 그 사람이 누구인지 전혀 기억할 수가 없었고, 사람에게 자기 육체의 배신만큼 모욕적이고 가치 없는 일은 없다고 느꼈으며, 호세 이그나시오 델라 바라의 태곳적 시절보다 훨씬 전에 이미 그 사실을 희미하게나마 감지하기 시작했는데, 그 당시 그는 단체 접견이 있을 때 누가 누구인지 안다는 사실을 어느 정도는 알았고, 나 같은 사람이 엄청나게 광활한 슬픔의 왕국에서 가장 외딴곳에 있는 마을 주민 모두를 그들의 이름과 성으로 부를 능력이 있다는 것도 알았지만, 이제는 그것과 완전히 반대편 지점에 있었고, 마차에서 사람들이 모두 아는 어느 청년을 보았는데, 전에 그를 어디서 보았는지 기억할 수 없자 너무나 놀란 나머지, 경호원들에게 그 청년을 체포하라고 지시한 다음 기억을 더듬었는데, 그 불쌍한 산골 청년은 이십이 년 동안이나 감옥에 처박혀 있으면서 첫날부터 재판 서류에 입증된 진실을 반복했으며, 그의 이름은 브라울리오 리나레스 모스코테이고, 사생아였지만, 강을 오가는 배의 선원이었던 마르코스 리나레스와 호랑이 사냥개 사육사인 델피나 모스코테가 아들로 인정하고 받아들인 사람이었고, 두 사람 모두 로살 델 비레이에 거주하고 있다고 알려져 있었으며, 그의 어머니가 3월의 시 낭송 대회에서 강아지 두 마리를 팔아 오라고 보냈기 때문에, 생애 처음으로 이 왕국의 수도에 오게 되었으며, 입고 있던 옷 외에는 더 이상의 옷도 없이 당나귀가 끄는 마차를 빌려 타고서 체포된 바로 그날인 목요일 새벽에 도착했으며, 장터의 노점에서 진한 커피 한 잔을 마시면서, 고기튀김 장수들에게 호랑이를 사냥하는 잡종 강아지 두 마리를 살 사람이 있는지 물었고, 여자 장사꾼들은 그에게 모른다고 대답했는데, 바로 그때 북소리와 나팔 소리, 그리고 폭죽 소리가 요란하게 울리면서 사람들이 그분이 오신다, 저기 오신다, 라고 소리쳤고, 그러자 그는 그분이 누구냐고 물었고, 사람들은 그게 누구겠냐고, 바로 통치하시는 분이지, 라고 대답했고, 그는 강아지들을 상자에 집어넣고서 고기튀김 상수들에게 내가 돌아올 때까지 보살펴 줘요, 라고 부탁하고는, 창턱에 기어 올라가 사람들 머리 위로 쳐다보았고, 황금 덮개로 말 궁둥이를 덮고 철모에 깃털을 꽂은 경호원들을 보았으며, 조국의 상징인 용이 새겨진 마차를 보았고, 천 장갑을 끼고 인사하는 한쪽 손과 창백한 얼굴, 명령하고 지시하는 사람의 웃음기 없는 과묵한 입술, 그리고 슬픈 눈을 보았는데, 그 눈은 수북하게 쌓인 바늘 속에서 하나의 바늘을 찾았다는 듯 그를 주목했으며, 그의 손가락은 그를 가리키면서, 저놈이야, 창턱에 올라간 저 녀석이야, 저놈을 체포해, 그동안 나는 어디에서 그를 보았는지 떠올릴 테니, 라고 명령했고, 그렇게 그들은 나를 붙잡아 두들겨 팼고, 군도의 예리한 칼날로 내 살갗을 베어 냈으며, 나를 석쇠 위에 구우면서 명령하시는 분을 전에 어디서 보았는지 자백하라고 했지만, 항구 요새의 무시무시한 감옥에서 얘기한 한 가지 외에는 그 청년에게서 다른 사실을 빼낼 수 없었는데, 그 청년은 너무나 확신을 품고 너무나 용감하게 그 사실만을 반복했기에, 그는 결국 자기가 다른 사람과 착각했다는 것을 인정하고 말았지만, 이제는 방법이 없네, 그를 너무 심하게 다루었기에, 예전에는 적이 아니었더라도 이제는 이미 적이 되었네, 라고 말했고, 그래서 그가 감옥에서 산 채로 썩어 가는 동안, 나는 이 어둠의 집을 배회하면서 생각하기를, 어머니, 좋았던 시절의 나의 어머니 벤디시온 알바라도여, 나를 도와주소서, 당신 망토 아래에서 보호받지 못하는 내 신세가 어떤지 쳐다보소서, 그러면서 화려한 영광의 시절을 떠올릴 수도 없고, 그 시절을 즐길 수도 없으며, 그 시절에서 힘을 얻을 수도 없고, 계속해서 노년의 수렁에서 그 시절을 떠올리며 살아남을 수도 없다면, 그런 시절을 경험할 가치도 없어, 라고 마음속으로 외쳤는데, 둘둘 만 작은 종이쪽지로 마개를 만들어 그것으로 기억의 구멍을 막아 보려는 순진한 시도를 감행했지만, 위대했던 시절에 가장 마음이 아팠던 순간과 가장 행복했던 순간이 그 기억의 구멍으로 어김없이 빠져나갔으며, 그렇게 그는 아흔여섯 살의 이 프란시스카 리네로가 누구인지 절대 알 수 없는 형벌을 받으면서, 자기가 직접 쓴 또 다른 쪽지의 내용에 따라 왕비에 걸맞은 의식을 치러 매장하라고 지시했으며, 또 책상 서랍에 열한 벌의 쓸모없는 안경을 숨겨 놓고 아무렇게나 통치하는 벌을 받으면서 자기가 실제로는 유령과 대화하고 있다는 사실을 감추려고 했는데, 그는 유령들의 목소리를 거의 알아듣지 못했지만, 그 유령들이 누구인지는 본능적인 신호에 따라 짐작하면서, 누구에게도 의탁할 수 없는 상태에 빠졌으며, 그런 상태에서 일어날 수 있는 가장 큰 위험은 국방부 장관을 접견할 때 분명해졌는데, 거기서 그는 재수 없게도 한번 재채기를 했고, 그러자 국방부 장관은 만수무강하십시오, 장군님, 이라고 말했고, 다시, 만수무강하십시오, 장군님, 하고 말했지만, 아홉 번연달아 재채기하자, 나는 또다시 만수무강하십시오, 장군님, 이라고 말한 것이 아니라, 인사불성으로 엉망이 되어 버린 그 얼굴에서 일종의 위협을 보고 두려움에 사로잡혔고, 그가 고통의 수렁에서 무자비하게 나를 향해 뿜어내던 눈물과 그 눈물에 빠져 버린 두 눈을 보았으며, 목매달아 죽은 사람과 같은 늙은 짐승의 혀를 보았고, 그 짐승이 내 결백을 입증할 증인도 없이, 아니 아무도 없이 내 품에서 죽어 간다는 것을 깨닫고는 너무 늦기 전에 사무실에서 도망쳐야 한다는 생각밖에 할 수 없었지만, 그가 갑자기 권위적인 표정으로 쳐다보면서 그렇게 하지 못하게 하면서, 두 번의 재채기를 하는 사이에 로센도 사크리스탄 준장, 겁쟁이처럼 행동하지 말게, 라고 고함을 질렀고, 그대로 있게, 제기랄, 난 자네 앞에서 죽을 정도로 바보 멍청이는 아니네, 라고 소리쳤으며, 정말로 그렇게 되었는데, 그것은 그가 죽기 일보 직전까지 계속 기침을 하면서, 정오의 개똥벌레들로 가득한 무의식의 공간을 둥둥 떠다녔지만, 자기 어머니 벤디시온 알바라도가 자기 부하가 보는 앞에서 재채기 발작으로 죽는 수모를 주지는 않을 것이라 맹신했기 때문인데, 꿈도 꾸지 마, 치욕을 당하느니 죽는 게 나아, 명예도 없이 죽게 놔둘 사람들과 사느니, 소들과 사는 게 나아, 빌어먹을, 그가 하느님에 대해 교황청 대사와 다시 논하지 않은 것은 숟가락으로 초콜릿을 떠먹는다는 사실을 교황청 대사가 모르도록 하기 위해서였고, 도미노 게임도 다시는 하지 않았는데, 그것은 누군가가 그를 불쌍히 여겨서 져 줄 수도 있다는 두려움 때문이었으며, 또 그 누구도 만나려고 하지 않았는데, 어머니, 그건 사람들이 자기 행동을 세세하게 감시하고 지켜보고 있었지만, 어쨌든 평생 발을 끌고 다니긴 했어도 그 평발을 끌고 다니지 않은 것을 자랑으로 여겼지만, 그리고 살아온 세월만큼 신중했지만, 모욕과 수모라는 전염병으로 세상을 오염시키지 않도록 낭떠러지의 집에서 보호하기보다는 죄수처럼 데리고 있던 불행하게 몰락한 마지막 독재자들처럼 자기가 슬픔의 나락 언저리에 있다고 느끼고 있다는 사실을 그 누구도 알지 못하게 하기 위해서였는데, 그는 전용 마당의 연못에서 잠들었던 그 재수 없는 아침에 그 슬픔을 혼자 감당했는데, 그날 그는 약수로 목욕을 하다가 당신 꿈을 꾸었어요, 어머니, 실제 현실과 마찬가지로 내 머리가 꽃이 활짝 핀 편도나무 가지 사이에 있었고 그 위에서 매미들이 목청이 찢어질 듯이 시끄럽게 울었는데, 그 매미들이 바로 당신이었어요, 또 그는 금강앵무의 다채로운 목소리를 당신의 붓으로 그리던 사람이 바로 당신인 꿈을 꾸다가, 물 밑바닥에서 뜻하지 않게 내장이 트림하는 바람에 소스라치게 놀라 잠에서 깨어났어요, 어머니, 그러고서 그는 분노를 가득 품고서 나의 수치와 다름없는 사악한 연못에서 깨어났는데, 그곳에는 박하꽃과 접시꽃 향내를 머금은 연꽃이 둥둥 떠다녔고, 오렌지 나무에서 갓 떨어진 싱싱한 오렌지 꽃들이 떠다녔으며, 그 향기로운 물속으로 조그만 식용 거북이들이 떠다니면서 부드러운 황금빛 토끼 똥이 떠다니는 진기한 현상에 미칠 듯이 기뻐하고 있었어요, 빌어먹을, 그러나 그는 그뿐만이 아니라 나이로 인한 수많은 문제도 이겨 내고 살아남았으며, 봉사 인력을 최소한으로 축소하여 아무도 지켜보는 사람 없이 그런 문제와 맞섰고, 그래서 주인 없는 그 집에서, 약효가 좋다는 향유를 흠뻑 적신 헝겊을 머리에 두르고서 며칠 낮과 며칠 밤을 정해진 방향 없이 이리저리 돌아다니는 그의 모습을 아무도 보지 못했는데, 그는 벽에 대고 절망의 신음을 내뱉으며, 양초 나무[75]에 진저리를 냈

---

75) 푸에르토리코가 원산지이며 카리브해 지역에 널리 분포되어 있다.

고, 참을 수 없는 두통에 미칠 것 같았지만, 그것이 늙으면 겪게 되는 쓸데없는 수많은 통증 중의 하나일 뿐이라는 것을 알았기에 한 번도 자기 주치의에게 그 사실을 말하지 않았고, 하늘에 폭풍의 시커먼 먹구름이 나타나기 훨씬 전에 그 통증이 돌 떨어지는 천둥소리처럼 밀려오는 것을 느끼고서, 관자놀이에 회전문이 돌아가기 시작하는 것이 감지되면, 아무도 날 귀찮게 하지 마, 무슨 일이 있어도 이 집에 아무도 들어오지 못하게 해, 라고 지시하고 명령했으며, 회전문이 두 번 돌아가면서 두개골이 삐걱대는 것을 느낄 때면, 하느님이 온다고 해도 들여보내지 마, 라고 명령했고, 내가 죽는 한이 있어도 그렇게 해, 빌어먹을, 이라고 그 무자비한 통증에 눈이 멀어 말했는데, 그 통증 때문에 그는 수백 년에 걸친 절망의 시간이 끝날 때까지 한순간도 생각할 시간을 갖지 못했고, 비가 더는 축복이 아니게 되자 그는 비로소 우리를 불렀고, 우리는 그가 갓 태어난 모습으로 저녁 식사를 하기 위해 소리를 죽인 텔레비전 앞에 조그만 테이블을 차려 놓은 것을 보았고, 그러자 우리는 그에게 소스를 곁들인 고기와 베이컨을 넣어 요리한 콩, 코코넛을 넣은 밥, 튀긴 바나나 서너 조각을 갖다주었는데, 그의 나이에는 상상도 할 수 없는 저녁으로, 그는 맛을 보지도 않은 채 그냥 식게 놔두고는 텔레비전에서 여러 번 보았던 긴급 재난 영화를 보았고, 그러면서 정부가 똑같은 프로그램을 폐쇄회로로 다시 방송하면서 영화 필름이 거꾸로 되어 있다는 것조차 눈치채지 못할 정도면 무언가를 자기에게 숨기려 한다는 것을 알아차리고는, 젠장, 빌어먹을, 이라고 말했고, 그에게 숨기려고 한 것을 잊어버리려 애썼는데, 만일 더 나쁜 일이었으면 이미 알았겠지, 라고 중얼거리면서 저녁 식사가 차려진 식탁 앞에서 코를 골며 시간을 보냈고, 대성당에서 8시를 알리는 종이 울리면 비로소 음식에 손도 대지 않은 채 자리에서 일어났으며, 음식을 변기에 쏟아 버렸는데, 그것은 이미 오래전부터 매일 밤 했던 행동으로, 수치스럽게도 그의 위가 모든 걸 거부한다는 사실을 숨기기 위해서였고, 늙어서 조심성 없이 역겨운 행동을 할 때마다 영광의 시절에 대한 전설로 자기 자신에게 느끼던 분노를 삭이기 위해서였으며, 자기가 간신히 목숨만 부지하고 있다는 것을 잊기 위해서였는데, 사실 화장실 벽에, 장군님 만세, 진짜 사나이 만세, 라고 썼던 사람은 그 누구도 아닌 바로 그였으며, 또한 아무도 모르게 주술사들이 만든 물약을 마셨는데, 그것은 하룻밤에 그가 원하는 만큼 몇 번이든지 하기 위해서였고, 심지어 세 명의 다른 여자들과 각각 세 번씩 하면서, 노인의 천진난만한 장난에 대한 대가를 고통의 눈물보다 분노의 눈물로 치렀고, 화장실 문고리를 붙잡고 울면서, 어머니, 내 마음이신 나의 어머니 벤디시온 알바라도여, 나를 미워하소서, 당신의 소독약으로 나를 정화하소서, 그렇게 그는 자랑스럽게 자신의 전신난반함에 대한 벌을 달게 받았고, 그것은 당시 그가 침대에 있을 때뿐 아니라, 평생 부족했던 것이 명예가 아니라 사랑이라는 사실을 알고도 남았기 때문인데, 그에게 필요했던 여자는 내 친구인 외교부 장관이 나를 섭대하려고 보낸 여자들보다 조금 더 통통한 여자들이었고, 그런 편의를 제공한 것은 관저 옆에 있던 여학교를 폐교한 이후부터 얻게 된 좋은 습관을 잃어버리지 않도록 하기 위함이었는데, 살과 뼈로 이루어진 여자들이 아니라, 뼈 같은 것 없이 살덩이만 있는 계집애들입니다, 당신만을 위해 골랐습니다, 장군님, 암스테르담의 유리 진열장과 부다페스트 영화제, 그리고 이탈리아의 바다에서 공식적으로 세금을 면제받아 비행기로 공수한 여자들입니다, 장군님, 얼마나 멋있는지 보십시오, 전 세계에서 가장 아름다운 여자들입니다, 그는 그 여자들이 사무실의 어둠 속에서 노래 선생님처럼 단정하고 예의 바르게 앉아 있는 것을 알았고, 그녀들은 영화배우처럼 옷을 벗고 수영복 쪼가리를 입고 벨벳을 씌운 긴 소파에 누웠는데 그 모습은 마치 황금색 꿀 같은 따스한 피부에 사진 원판으로 인쇄된 것처럼 보였고, 멘톨 치약 냄새 또는 유리병 안에 들어 있는 꽃 냄새를 풍기면서, 시멘트로 만든 거대한 황소 옆에 누워 있었는데, 그 황소가 군복을 벗지 않는 동안, 나는 내가 가진 가장 소중한 수단과 방법을 이용해 내 것의 기운을 북돋우려고 했지만, 마침내 그것이 죽은 생선 같은 그 미친 듯한 아름다운 여자들의 재촉에 지쳐 버리자, 나는 그 여자에게, 됐다, 얘야, 넌 수녀나 되어라, 라고 말했고, 그는 자기 것의 게으름에 풀이 죽은 나머지, 그날 밤 8시를 알리는 종소리가 들리자 병사들의 옷을 빨아 주는 세탁부 중 하나를 덮쳐서 단숨에 세탁실의 빨래통 위로 쓰러뜨렸고, 그러자 그 여자는 장군님, 오늘은 안 돼요, 정말이에요, 믿어 주세요, 오늘은 제가 흡혈귀와 같이 있는 날이에요, 라는 핑계로 그를 놀라게 해서 도망치려고 했지만, 그는 빨래판에서 그녀의 몸을 돌려 엎어 놓고서 성경에서나 나오는 엄청난 힘으로 뒤에서 씨를 뿌렸고, 그러자 그 불쌍한 여자는 정말로 영혼까지 죽을 것처럼 몸이 으스러지는 느낌을 받고는 숨을 헐떡거리며, 장군님, 너무 크고 단단해요, 당나귀가 되는 법을 공부하신 것 같아요, 라고 말했고, 그는 사무적인 아첨꾼들의 가장 열광적인 찬양보다 그 고통의 신음 소리에 더 만족한 나머지, 그 세탁부에게 아이들을 교육하도록 평생 연금을 주기로 했고, 우유 짜는 외양간의 소들에게 건초를 주면서 아주 오랜만에 다시 노래했고, 1월의 빛나는 달이여, 라고 흥얼거리면서 죽음을 잊었는데, 인생의 마지막 밤이라 해도 상식에서 벗어나는 것을 생각하며 나약해지지 않겠다고 마음먹었고, 다시 두 번에 걸쳐 소들을 세면서, 당신은 내 어두운 길을 밝히는 불빛, 당신은 내 북극성, 이라고 노래했으며, 네 마리가 부족하다는 것을 확인하고서 집 안으로 다시 들어가 내친김에 부왕들의 횃대에서 잠든 암탉들의 숫자를 셌고, 새들이 잠들어 있는 새장을 리넨 천으로 덮어 주면서 그 안에 있는 새들의 숫자를 세면서 마흔여덟이라고 중얼거렸고, 낮에 소들이 현관 입구부터 접견실까지 여기저기 마구 싸 놓은 소똥을 태웠으며, 머나먼 어린 시절을 떠올렸는데, 처음으로 고원 황무지의 얼음 한가운데에서 덜덜 떨고 있는 자기 자신의 모습과 점심으로 쓰레기장의 독수리들에게서 양의 내장을 낚아챈 그의 어머니 벤디시온 알바라도의 모습을 보았으며, 11시를 알리는 종이 울리자, 그는 집 안을 다시 반대 방향으로 완전히 돌아다녔고, 등잔으로 자기가 가는 길을 밝히면서 동시에 현관의 불까지 껐고, 컴컴한 거울 속에서 열네 명의 장군들이 반복해서 등잔을 들고 걸어가는데 그들 하나하나에게서 자기 자신의 모습을 보았으며, 음악실 거울 뒤에서 드러누운 채 쓰러져 죽은 소 한 마리를 보면서, 암소야, 암소야, 이미 죽었어, 빌어먹을, 이라고 말했고, 경호대원 숙소에 들러서 거울 안에 죽은 소가 한 마리 있다고 말했으며, 반드시 아침 일찍 그 소를 치우라고 지시했고, 집 안이 독수리들로 가득 차기 전에 꺼내라고 명령하면서, 등불을 비춰 아래층에 있던 옛 사무실들을 살펴보면서 길을 잃은 소가 없는지 찾아보았고, 모두 세 마리가 부족한 것을 확인하고서 화장실과 탁자 밑에서, 그리고 각각의 거울 속에서 찾아보았고, 위층으로 올라가 방마다 일일이 뒤졌지만, 너무나 많은 세월이 지나 이제는 이름도 기억나지 않는 수련 수녀가 분홍색 수를 놓은 모기장 아래에 누워 있던 암탉 한 마리만을 발견했으며, 잠자리에 들기 전에 벌꿀 한 숟가락을 먹었고, 다시 그 꿀단지를 숨겨 두었던 곳에 놓았는데, 그곳에는 주님이 당신의 성스러운 왕국에서 가장 높은 의자에 앉혀서 데리고 있을 불후의 시인 루벤 다리오의 어느 기념일 날짜가 적힌 종이쪽지가 있었고, 그는 그 쪽지를 다시 돌돌 말아서 제자리에 놓고서, 한 글자도 틀리지 않게, 우리 아버지이시며 스승이시며 하늘의 시인이시여,[76] 비행기를 하늘에 떠 있게 해 주시고, 여객선이 바다에 떠 있게 해 주소서, 라고 기도문을 외웠으며, 빙빙 돌아가는 등대가 사라져 없어지는 해돋이의 마지막 여명을 초록색 불빛으로 비출 때까지 가망 없는 불면증 환자의 커다란 발

---

76) 루벤 다리오를 가리킨다.

을 질질 끌며 돌아다녔고, 이미 떠나가 버린 바다를 슬퍼하는
바람 소리를 들었으며, 예전에 어느 흥청망청한 결혼식 피로연
에서 하느님이 방심하는 틈에 등 뒤에서 공격을 받아 죽을 뻔
했을 때 거기서 울리던 시끄러운 음악 소리를 들었고, 길을
잃은 소 한 마리를 발견했으며, 그러자 그 소의 길을 막고서
건드리지도 않은 채, 소야, 소야, 라고 중얼거리면서 침실로 돌
아갔고, 창문 앞을 지나가면서 모든 창문에서 바다 없는 도시
의 수많은 불빛을 보았고, 신비로운 자기 배 속에서 솟아나는
뜨거운 수증기, 그러니까 모든 내장이 똑같이 숨 쉬는 비밀을
느꼈으며, 발길을 멈추지 않고 스물세 번이나 도시를 찬찬히
바라보았고, 가슴에 손을 얹고 잠든 국민의 광활하고 불가사
의한 바다가 너무나 불확실하다는 사실에 평소처럼 영원히
괴로워했으며, 그를 가장 사랑하는 사람들이 그를 증오한다는
것을 깨달았고, 성인들이 그려진 양초의 촛불이 자기를 환하
게 비춘다고 느꼈으며, 자기 이름이 불리면서 임산부의 운명
이 바로잡히고 죽어 가는 사람들의 운명이 바뀐다고 느꼈고,
자기 어머니에게 욕을 퍼붓던 바로 그 사람들이 그의 기억을
찬양하는 것을 느꼈는데, 그들은 과묵한 눈과 구슬픈 입술,
그리고 아주 머나먼 시절에 자면서 다니는 것 같은 리무진 자
동차의 투명한 판유리 뒤에서 생각에 잠긴 것 같은 신부의 손
을 보며 욕했고, 우리는 진흙에 새겨진 그의 군화 자국에 입
을 맞추었지만, 관저의 무정하고 맥 빠진 창문에서 이리저리
방황하는 불빛을 보던 더운 밤에는 안마낭에서 그에 주문
(呪文)을 보내 불행한 죽음을 맞이하기를 기원했는데, 아무도

우리를 사랑하지 않아, 라고 그는 한숨 지으면서 예전의 침실을 들여다보았으니, 그곳은 금강앵무에게 색칠하던 핏기 없는 새 장수의 침실, 그러니까 온몸이 곰팡이로 뒤덮였던 그의 어머니 벤디시온 알바라도의 침실로, 그는, 안녕히 돌아가세요, 행복한 죽음 맞이하세요, 어머니, 라고 말했고, 그녀는, 아주 멋지게 죽기를 빈다, 아들아, 라고 봉안실에서 말했는데, 12시 정각이 되어서야 그는 탈장되어 불거진 끔찍한 불알이 은은한 휘파람 소리를 내며 죽을 정도로 뒤틀리는 바람에 속까지 상처 입은 문간에 등잔을 걸었고, 그렇게 이 세상에 그가 고통스러워하는 공간 말고는 그 어떤 공간도 없게 되자, 마지막으로 침실의 빗장을 세 개 걸고 자물쇠 세 개를 잠그고 가로장 세 개를 지르고서, 휴대용 변기에서 오줌을 찔끔 싸는 마지막 참사를 겪었고, 접견에 종지부를 찍은 다음부터 집에서 입던 거친 모포 바지와 뗐다 붙일 수 있는 옷깃이 없는 줄무늬 셔츠와 중풍 환자들이 사용하는 실내화를 신고서 아무것도 깔지 않은 맨바닥에 누웠고, 이내 엎드리더니 오른팔을 구부려 머리 아래로 넣어 베개처럼 사용하고서, 즉시 잠들고 말았지만, 2시 10분에 무언가 얹힌 것 같은 기분으로, 그리고 허리케인이 불어오기 전날처럼 후텁지근하고 맥 빠진 땀에 흠뻑 젖어 잠에서 깼고, 누가 여기 살지, 라고 묻고는 누군가가 니카노르라고, 그리고 또다시 니카노르라고 그의 이름이 아닌 이름으로 꿈속에서 불렀다고 확신하면서 두려움에 사로잡혔고, 그 사람은 빗장을 내리지도 않고 그의 방으로 들어올 능력이 있는 사람, 그러니까 원할 때면 언제든 벽을 가로질러 들어오거나 나가는 사람이라고 생각했는데, 바로 그때 그는 그 사람을 보았으니, 그건 죽음이었습니다, 장군님, 바로 각하의 죽음이었습니다, 죽음은 통회자가 입는 용설란으로 만든 자루 옷을 입고, 손에는 막대기에 달린 갈고리를 들고 있었으며, 머리에는 을씨년스러운 조류(藻類)의 어린 싹들이 돋아 있었고, 뼈가 갈라진 틈에는 육지의 꽃들이 피어나 있었으며, 앙상한 눈구멍에는 낡고 놀란 눈이 있었는데, 죽음의 몸을 모두 보고서야 그는 죽음이 자기를 니카노르, 니카노르, 라고 불렀다는 사실을 깨달았고, 그것은 우리가 모두 죽는 순간에 죽음이 우리 모두를 그 이름으로 알고 있기 때문이지만, 그는 죽음이여, 안 된다고, 아직 자기의 시간이 되지 않았다고, 대야에 담긴 예언의 물에서 항상 예고되었던 것처럼 자기의 시간은 어두운 사무실에서 잠을 자는 동안이 되어야 한다고 말했지만, 죽음은 아니네, 장군, 그건 여기였네, 자네가 입고 있는 거지 옷에 맨발로 있는 여기였어, 라고 대답했지만, 그의 시체를 발견한 사람들은 점쟁이들의 예언과 어긋나지 않도록 집무실 바닥에서 죽었다고, 계급장 없는 리넨 군복을 입고 왼쪽 발뒤꿈치에는 황금 박차를 차고 있었다고 말할 터였는데, 죽음은 그가 가장 원하지 않던 순간에 찾아왔고, 그가 헛되고 쓸모없는 환상에 젖어 그토록 오랜 세월을 보내고서야, 사람은 사는 게 아니라, 빌어먹을, 사람은 살아남는 것이라는 사실을 희미하게 깨닫기 시작했을 때였으니, 그런 진실을 너무나 늦게 배우기 때문에 아무리 오래 살고 쓸모 있게 살아도 어떻게 살아가야 하는지 정도만 알게 될 뿐이라는 것을 어렴풋이 알게 되었으며, 또 입 다물고 있는 자기 손바닥의 수수께끼 같은 손금과 카드 패의 눈에 보이지 않는 암호에서 자기에게는 사랑하는 능력이 없다는 것을 알아차렸고, 그 수치스럽고 불명예스러운 운명을 권력이라는 고독한 악을 열렬히 배양하는 것으로 상쇄하려고 했으며, 자기가 만든 분파의 희생자가 되어 그 무한한 학살의 불길에서 제물이 되었고, 거짓과 범죄 속에서 살쪘으며, 불경한 행위와 불명예 속에서 번창했고, 자기의 열렬한 탐욕과 선천적인 두려움을 극복했는데, 그것은 오로지 세상의 시간이 끝날 때까지 자기 유리알을 손에 쥐고 있기 위함이었지만, 그는 그것이 끝도 없이 무한한 악습이라는 것을 모르고 있었는데, 그것은 욕망을 충족하면 악습의 욕구가 생겨서 결국 시간이 끝날 때까지 지속하기 때문입니다, 장군님, 그리고 그는 부하들이 그를 속이면서 비위를 맞추고 있으며, 그에게 아부하면서 돈을 받아먹고 있다는 사실을 애초부터 알았고, 무력을 이용해 그가 가는 곳마다 군중을 운집시켜 기쁨의 함성을 지르게 하고, 돈으로 매수하여 위대한 분이시여, 영원하소서, 라는 플래카드를 들게 했다는 사실도 알았지만, 그런 것을 비롯한 모든 영광의 비참함과 함께 살아가는 법을 배우면서, 셀 수도 없이 오랜 세월이 지나는 동안 거짓말이 의심보다 편하고, 사랑보다 쓸모 있으며, 진실보다 더 오래 지속한다는 것을 깨달았고, 권력 없이 통치하고, 영광 없이 찬양받고, 권위 없이 국민이 복종하는 부끄럽고 굴욕적이며 불명예스러운 거짓말에 전혀 놀라지 않고 도착해 있었으며, 그의 가을을 보여 주는 노란 잎사귀가 조금씩 떨어지는 가운데서 자기가 가진 모든 권력의 주인이 절대로 되지 못할 것을 확신했고, 자기는 인생을 알지 못하는 형벌을 받은 것이 아니라, 그 반대라고, 그러니까 봉합선을 해석하고 현실은 꿈이라는 태피스트리의 날실과 씨실을 바로잡는 형벌을 받았다는 것을 깨달았고, 유일하게 살 만한 가치가 있는 삶은 보이는 삶이라는 사실을 아주 늦게라도 생각하지 못했는데, 그것은 이쪽에서 우리가 보는 삶입니다, 장군님 쪽에서 보는 것이 아닙니다, 가난한 사람들이 있는 이쪽입니다, 이곳은 우리의 셀 수도 없이 오랜 불행과 우리의 잡을 수 없는 행복한 순간들이라는 노란 잎사귀들이 조금씩 떨어진 곳인데, 사랑이 죽음의 싹으로 오염된 곳이지만, 정말로 모든 사랑이 있는 곳이며 사랑 그 자체인 곳입니다, 장군님, 그곳에서 당신은 기차 차창의 먼지가 뽀얗게 쌓인 구멍으로 보이는 불쌍한 눈을 가진 불확실한 환영에 불과했으며, 기껏해야 말없이 떨리는 입술이었으며, 우리가 절대로 알지 못했던 어느 노인의 손이 아무런 목적지 없이 벨벳 장갑을 끼고 덧없이 흔드는 작별 인사였는데, 우리는 그가 어떤 사람인지, 상상으로 만든 근거 없는 거짓말인지, 아니면 비꼬며 농담하는 독재자였는지, 그러니까 결코 채울 수 없는 열정으로 사랑하던 이 삶의 뒤가 어디이며 앞이 어디인지도 결코 모르는 독재자였는지 알지 못했는데, 당신은 우리가 알고도 남는 사실을 알게 될까 봐 너무나 두려운 나머지 심지어 감히 상상조차 하지 못했는데, 그것은 바로 삶은 치열하고 험하며 덧없지만, 그것과 다른 삶은 없습니다, 상군님, 우리는 우리가 누구인지 잘 알지만, 그는 영원히 그 사실을 알지 못했고, 죽음이라는 몽둥이를 맞아 뿌리째 뽑히고 부러져 죽은 늙은이의 탈장되어 불거진 불알에서 달콤한 휘파람 소리를 내면서, 그의 가을에 얼어붙은 마지막 잎사귀가 알 수 없는 소리를 내는 가운데 망각이라는 진리를 보여 주는 어둠의 나라로 날아갔고, 두려움에 사로잡힌 나머지 죽음이 걸치고 있던 썩은 헝겊 쪼가리를 움켜잡았고, 그의 죽음이라는 즐거운 소식에 기쁨의 찬가를 부르며 거리로 쏟아져 나온 광란의 군중이 지르는 함성에 귀를 닫았고, 해방의 음악과 환희의 폭죽도 듣지 않았으며, 세상 사람들에게 셀 수 없이 길었던 영원한 시간이 마침내 끝났다는 좋은 소식을 알리는 영광의 종소리에도 귀를 기울이지 않았다.

가르시아 마르케스가 가장 사랑하는 소설, 권력과 왜곡된 역사를 파헤치다

1 기존의 글쓰기와 글 읽기에 대한 도전

라틴 아메리카 현대 소설사에서 가르시아 마르케스의 『족장의 가을』만큼 독자들이 학수고대한 작품은 찾아보기 힘들다. 1967년에 출판된 『백년의 고독』이 너무나도 매력적인 소설로서 20세기 후반 최고의 작품이라는 찬사를 받았기에, 전세계의 독자들은 마콘도에 관한 소설이 더 나오기를 간절히 기다렸다. 그러나 마르케스는 완성된 소설은 '죽은 사자'이고 이후에는 새로운 것을 향해 움직여야 한다는 헤밍웨이의 좌우명을 따른다. 그의 새로운 작업은 멕시코에서 시작했다가 그만두었던 라틴 아메리카의 늙은 독재자에 관한 것이었다. 그리고 팔 년에 걸쳐 『백년의 고독』의 소설 형식을 답습하지 않고서 그것을 능가하는 소설을 쓴다. 그 결과물이 바로 1970년대 라틴 아메리카 최고의 소설이자 그 스스로 최고의 작품으로 평가하는 『족장의 가을』이다.

이렇듯 『족장의 가을』은 『백년의 고독』이 만든 전설을 완전히 파괴하면서 다시 새롭게 자기의 문학을 만들려는 자기 극복의 산물이다. 가르시아 마르케스는 『백년의 고독』을 능가하는 작품을 써야 한다는 도전에 직면했지만, 무엇을 쓸 것인지에 대해서는 크게 고민하지 않았다. 그건 무슨 일이 있어도 『족장의 가을』이 될 것이었기 때문이다. 문제는 '무엇'이 아니라 '어떻게'였다.

가르시아 마르케스는 이 소설이 제임스 조이스(James Joyce)가 『율리시스』에서 사용한 몰리 블룸의 독백과 버지니아 울프(Virginia Woolf)의 『댈러웨이 부인』이 시간과 의식에 접근하는 기법에 많은 영향을 받았다고 여러 차례 밝힌다. 익히 알려진 것처럼, 이 두 작품은 최소한 두 번 이상 읽어야 이해가 되는 소설이다. 그러나 『족장의 가을』은 더 여러 번 읽을 것을 요구한다. 그것은 여섯 개의 장(가르시아 마르케스는 이 소설의 장에 숫자를 붙이지 않았다.)으로 구성된 이 작품이 모두 숨 가쁘게 읽어 내려가야 하는 의식의 흐름 기법을 따르고 있고, 구두점과 문법을 무시한 채 서술되는 극단적 형태를 띠고 있기 때문이다. 이 소설의 마지막 장은 72페이지에 걸쳐 단 하나의 문장으로 전개되고 있다. 게다가 이렇게 긴 문장을 사용하면서도 시적 운율을 유지하고, 수많은 수사법과 입에서 입을 통해 내려오던 대중적 표현을 열거하고 반복한다.

이런 점에서 『족장의 가을』은 롤랑 바르트(Roland Barthes)

가 말하는 '희열의 텍스트'이다. 『텍스트의 즐거움』에서 바르트는 이런 글 읽기의 체험을 '즐거움(plaisir)'과 '희열(jouissance)'의 두 형태로 구분한다. '즐거움'의 텍스트는 문화에서 오고 문화와 단절되어 있지 않아 '글 읽기의 편안한 실천'을 허용하며, 우리를 행복감으로 채워 주는 그런 텍스트이다. 그것은 이성, 문화, 역사와 관계된 고전 작품과 긴밀한 연관을 맺고 있으며, 독자의 문화 지식이 많을수록 즐거움도 크다. 이에 반해 '희열'의 텍스트는 독자에게 안락한 독서를 제공하지 않은 채 독자의 역사적, 문화적, 심리적 토대나 자신의 취향에 관한 가치관과 언어관마저 흔들리게 하여 자아가 회복되는 것을 원치 않는다. 희열의 텍스트에서 즐거움은 산산조각이 나며, 언어와 문화는 파편화된다. 그것은 항상 "비어 있고, 움직이며, 예측 불허"인 텍스트이다. 절대적으로 자동사인 그것은 어떤 목적성도 갖지 않으며, 모든 규범적인 것을 전복시키는 퇴폐적인 텍스트이다. 한마디로 말해 독자의 기대 지평선을 완전히 배반하는 작품이다.

그래서 텍스트의 종류에 따라 독서 방식은 달라진다. 즐거움의 텍스트는 톨스토이나 발자크의 작품처럼 부분을 뛰어넘더라도 읽을 수 있는 편안한 작품이지만, 희열의 텍스트는 소심스럽고 세밀하며 느린 독서를 요구한다. 바르트 자신이 명확히 밝히고 있지는 않지만, 이런 희열의 텍스트는 실험적인 작품들이라고 할 수 있다. 희열의 텍스트는 단절과 균열, 우회와 복귀 등으로 점철된 불연속적인 진복의 역사이다. 그러므로 즐거움의 텍스트만을 연구 대상으로 삼아 왔던 종래의 문학 비평이 즉각적으로 수용할 수 없는 성질을 지니고 있다.

　1975년에 『족장의 가을』이 출판되었을 때 라틴 아메리카 문학에서 이 작품처럼 도전적인 작품은 찾아볼 수 없었다. 미겔 앙헬 아스투리아스(Miguel Angel Asturias)의 음성 상징주의, 훌리오 코르타사르(Julio Cortazar)의 메타렙시스(metalepsis)* 호르헤 루이스 보르헤스(Jorge Luis Borges)의 미로, 알레호 카르펜티에르(Alejo Carpentier)의 시간 여행, 호세 레사마 리마(Jose Lezama Lima)의 네오바로크 등으로 규정된 라틴 아메리카 현대 소설의 실험성은 카리브해의 이름 없는 한 독재자를 중심으로 두서없이 전개되는 이 작품 앞에서는 이미 고전 작품처럼 규약화된 즐거움의 텍스트로밖에는 보이지 않았다.

　이렇게 문체와 소설 형식이 완전히 바뀌자, 『백년의 고독』의 내용과 형식에 길든 많은 비평가는 『족장의 가을』이 희열의 텍스트라는 사실을 간파하지 못한 채, 마르케스 문학의 한계성을 논하기 시작했음은 널리 알려진 사실이다. 이것은 이 소설이 글쓰기 행위 자체에서부터 근본적으로 『백년의 고독』과 차이를 보이면서 독자의 기대 지평선을 완전히 배반하는 데 기인한다. 이런 수용의 문제는 제임스 조이스가 『율리시스』와는 현저히 다른 『피네간의 경야』를 출판했을 당시의 현상과도 비슷해 보인다.

---

* 어떤 것을 지칭할 때 아무 관련도 없거나 관계가 먼 것을 사용하는 수사법으로 이상한 비유와 엉뚱한 논리를 사용하여 새로운 의미를 만드는 것.

2 라틴 아메리카의 독재자 소설과 독재자의 환상적 역사

『족장의 가을』은 이름을 밝히지 않은 라틴 아메리카 공화국을 지배한 군인이자 독재자의 이야기이다. 그는 독립하고 얼마 지나지 않은 19세기 초에 권력을 잡고, 한 나라를 다스릴 자질과 경험도 없이 200년 넘게 독재자로 군림한다. 이런 괴물을 만들기 위해 가르시아 마르케스는 여러 라틴 아메리카 독재자의 삶에서 공통점을 추출한다. 멕시코의 포르피리오 디아스(Porfirio Díaz), 과테말라의 마누엘 에스트라다 카브레라(Manuel Estrada Cabrera), 베네수엘라의 후안 비센테 고메스(Juan Vicente Gomez), 그리고 작가가 1957년 말에 카라카스에 도착했을 때 아직 권좌에 있었던 마르코스 페레스 히메네스(Marcos Pérez Jiménez), 도미니카 공화국의 라파엘 레오니다스 트루히요(Rafael Leónidas Trujillo), 니카라과의 소모사(Somoza) 일가 등이 대표적이다. 물론 1939년부터 스페인의 권력이자 가르시아 마르케스의 소설이 출간되고 몇 달 후에 죽은 스페인의 프란시스코 프랑코(Francisco Franco)도 빼놓을 수 없다. 가르시아 마르케스는 프랑코가 자기 소설에 그다지 영향을 주지 않았다고 밝히지만, 글을 쓰는 대부분의 기간을 프랑코 체제 아래서 살았다는 점을 고려하면, 그 말을 쉽게 수긍하기는 어렵다.

사실 독재와 라틴 아메리카는 불가분의 관계에 있다. 19세기 초 스페인에서 독립하면서 라틴 아메리카에는 많은 민주주의 공화국이 만들어졌지만, 그 공화국들은 민주적 열망에 부응하지 못했다. 그 결과, 라틴 아메리카에서는 로마 제국 이후 아프리카를 제외하고 가장 많은 독재자가 배출되었다. 물론 이런 현상은 이미 19세기 중반부터 현재까지 라틴 아메리카 문학에 반영되었다. 도밍고 파우스티노 사르미엔토 (Domingo Faustino Sarmiento)의 『파쿤도, 문명과 야만』(1845) 은 아르헨티나의 독재자 후안 마누엘 데 로사스(Juan Manuel de Rosas)에 관한 이야기이며, 미겔 앙헬 아스투리아스의 『대통령 각하』(1946)는 과테말라의 에스트라다 카브레라에 관한 작품이다. 후안 룰포(Juan Rulfo)의 『뻬드로 빠라모』(1955)는 멕시코의 지주이자 마을 우두머리에 관한 이야기인데, 그는 대통령은 아니지만 독재자의 본능과 방법을 지닌 사람이다. 알레호 카르펜티에르의 『방법론 서설』(1974)은 쿠바의 독재자 헤라르도 마차도(Gerardo Machado)에 대한 소설이고, 아우구스토 로아 바스토스(Augusto Roa Bastos)의 『나 최고』(1974) 는 파라과이의 프란시아(Francia)에 대한 작품이며, 마리오 바르가스 요사(Mario Vargas Llosa)의 『염소의 축제』(2000)는 도미니카 공화국의 트루히요에 관한 소설이다.

『족장의 가을』은 1970년대 중반 여러 독재 정권이 존재하던 시기에 출간되었다. 우선 브라질(1964)로 시작해서 1970년대에 들어서면서 칠레(1973), 우루과이(1973), 아르헨티나(1976)에 군사 독재 정권이 들어선다. 그러면서 독재자 소설은 상당한 오해를 불러일으켰는데, 그것은 자연스럽게 독자들이 이 주제에 관한 소설들이 당시의 사건들을 반영하기를 기대했기 때문이다. 하지만 로아 바스토스는 19세기 초반부를 살펴보았고,

카르펜티에르는 1920년대를, 그리고 마르케스는 독립 이후부터 1950년대 후반 혹은 1960년대 초반에 이르는 광범위한 시기를 다루었다. 물론 이 작가들은 작품 속에서 독재 현상에 대한 역사적 이유를 규명하려고 노력했지만, 이것이 행동주의자들을 달래지는 못했고, 그래서 몇몇 사람은 이들의 소설을 '도피주의'로 규정했고, 또 도덕적 범죄를 저질렀다고 비난하기도 했다.

가르시아 마르케스는 소포클레스의 『오이디푸스』에 나오는 크레온 이후 모든 독재자는 희생자이기 때문에 독재자를 호의적으로 그리는 작품을 썼다고 밝혀, 더욱 많은 비난을 받았다. 그렇지만 그는 라틴 아메리카의 역사가 지식인들이 추구하는 것과 다르다는 것이 불행한 진실이라고 주장했고, 독재자 대부분은 가난한 계층 출신이며, 그들이 탄압했던 사람들에 의해 전복되는 경우는 매우 드물다고 밝혔다. 『족장의 가을』에서 독재자는 이렇게 말한다. "이 나라에서 내 왼손보다 더 외로운 신세가 되었는데, 내가 내 의지로 이 나라를 선택한 것이 아니라, 이미 만들어진 상태로 내게 주어졌으며, 당신이 본 것처럼 이 나라는 태곳적부터 항상 비현실적인 느낌을 발산했고, 이런 구린내를 풍겼으며, 삶 외에는 아무것도 믿지 않는 이 역사 없는 사람들이 살고 있지요, 이게 바로 나한테 묻지도 않고 억지로 떠맡긴 조국이라오." 이 말처럼 많은 독재자는 심지어 오랫동안 수많은 국민에게 사랑을 받기도 했다. 이것은 신화가 역사를 이겼다는 의미가 아니라, 오히려 역사 그 자체가 항상 신화화되었다는 의미이다. 이 작품은 이런 과정을 예시하면서 문학의 사회적 기능을 충실히 수행한다.

"이 땅과 이 바다에 사는 그 어떤 늙은 사람과 늙은 짐승보다 더 늙은" 족장은 107세에서 232세로 추정되며, 그의 생애는 카리브해 연안 국가들의 16세기와 19세기, 그리고 20세기의 역사와 깊은 관련이 있다. 가르시아 마르케스가 주로 사용하는 16세기는 스페인이 처음으로 라틴 아메리카를 식민화하기 위해 거점을 설치한 시기이며, 19세기와 20세기는 외세에 주권을 위협받는 시기였다. 이런 사건들은 라틴 아메리카의 운명을 결정지었던 역사적 시기와 맞물려 소설 속에서 독재 체제와 긴밀히 연관되어 나타나며, 회상을 통해 모두 동시에 등장한다. 그래서 이 소설의 독재자는 구체적인 한 사람과 일치하는 것이 아니라, 오히려 모든 독재자의 이미지를 종합적으로 그린다고 할 수 있다. 이런 의미에서 소설 속의 독재자는 특정한 역사적 시기에 국한되지 않고 라틴 아메리카의 전체 역사를 보여 주는 '신화적인 동물' 역할을 한다.

그런데 흥미로운 것은 독재자가 소설 속에서 겪는 발전 과정이 라틴 아메리카 정부 체제의 역사와 일치한다는 사실이다. 초기의 족장은 자상하게 민중을 대하는 카리스마 있는 지도자로 그려지는데, 이는 모든 주민을 알고 보살폈으며, 그의 적들도 대항하지 못할 인간적 매력을 통해 상징화되고 있다. 이런 식의 정치 형태는 19세기를 통치한 잔인하면서도 영웅적이자 낭만적인 라틴 아메리카 독재자들의 유형과 흡사하다. 훔볼트의 탐사와 바퀴 달린 배의 언급 역시 이 시대와 일치한다. 또 자기 어머니 벤디시온 알바라도를 성녀로 추앙하는 행위와 무지한 대중들에게 신앙심을 갖게 하려는 태도는 아르헨티나의 에바 페론(Eva Peron)의 통치 행위와 유사하다.

『족장의 가을』은 우리에게 환상적으로 보이기까지 하는 20세기 라틴 아메리카의 역사와 현실도 소설의 지시 대상으로 사용하고 있다. 그는 대부분의 독재자처럼 사생아이며, 자신의 근본에 수치심을 느끼지만, 그런 자기를 잉태한 어머니를 매일 방문하면서 존경하는데 이런 독재자의 태도는 과테말라의 마누엘 에스트라다의 행동과 유사하다. 또한 이 족장은 핼리 혜성을 보면서 '혜성이 다시 지나갈 때까지 나 혼자서도 계속 통치하고도 남아, 아니, 한 번이 아니라 열 번이 지날 때까지 마찬가지야,'라고 생각한다. 그리고 이토록 오랫동안 통치하려는 뜻을 굳히는데 이는 멕시코의 독재자였던 포르피리오 디아스에게 일어났던 현상이다. 한편 권력을 이용해 자기 마음대로 아무 여자나 덮치는 행동은 베네수엘라의 시프리아노 카스트로(Cipriano Castro)와 후안 비센테 고메스의 행동에서 영감을 받았다고 볼 수 있다.

그리고 "일요일을 없애 버렸고", "경호원이라고는 맨발로 다니면서 사탕수수를 자르는 마체테를 들고 다니는 과히라 지방 출신의 원주민 한 명만을 데리고서…… 소화 기관의 충동에 따라 손가락으로 지명한 하원 의원들과 상원 의원들 몇 명만을 데리고 다녔고, 작물 수확과 가축들의 건강 상태, 그리고 사람들의 행농에 대해 보고를 받았으며"라고 실명하는 대목은 쿠바의 피델 카스트로(Fidel Castro)를 연상케 한다. 그리고 손만 대면 나병 환자뿐 아니라 무엇이든 고치는 뛰어난 솜씨를 지닌 독재자의 면모는 1931년에서 1944년까지 독재자로 군림한 엘살바도르의 막시밀리아노 에르난데스(Maximiliano Hernández)와 아이티의 프랑수아 뒤발리에(François Duvalier)를 연상케 한다. 또한 니카라과의 소모사가 1973년에 니카라과를 강타한 지진 후에 저지른 부정부패도 나타난다. 『족장의 가을』은 이런 독재자를 "최고 지휘부 군인들에게 외국에서 원조받은 식량과 의약품과 난민 구제용 물품들을 나누어 주면서부터 군대는 이미 과거의 군대로 돌아가 있었고, 장관들의 가족은 일요일이면 해변으로 놀러 가서 적십자사의 이동 병원과 야전 천막에서 보냈으며, 구호품으로 들어온 혈장과 여러 톤에 달하는 분유를 보건부에 팔았고, 보건부는 그것을 다시 빈민 구제 병원에 팔았으며"라고 묘사하면서 그의 도덕성을 문제 삼고 있다.

한편 도미니카 공화국의 라파엘 레오니다스 트루히요와 흡사한 점도 매우 많다. 이 소설의 독재자는 트루히요와 마찬가지로 매일 어머니를 방문해 인사를 드리는, 열렬한 가축 애호가다. 또한 태어나자마자 자기 아들을 장군으로 임명한 점도 똑같다. 이것 외에도 두 사람은 자기 자신을 신격화한다. 독재자는 자신의 전성기를 회상하면서 "(국민은) 내가 너무나 훌륭한 사람이라서 자연이 나를 존경하고 우주의 질서를 바로잡으며 하느님의 콧대를 꺾어 버렸다면서, 땅으로 시선을 내려 역병을 쫓아 주소서, 라고 빌었으며"라고 말한다. 그렇게 그는 국민이 자기를 자연이나 하느님보다 더 위대하다고 믿었다고 밝힌다. 이것은 가르시아 마르케스가 예술적 상상력으로 과장한 것이라고 볼 수도 있지만, 실제 역사의 사실도 이에 못지않음을 알 수 있다. 트루히요 시대에 '트루히요와 하느님'이라는 말은 전국 어디에서나 볼 수 있었으며, 도미니카 공화국에서 두 번째로 큰 도시인 산티아고 데 로스 카바예로스의 기념탑에는 트루히요의 생애가 예수의 생애와 함께 나란히 그려져 있다.

『족장의 가을』이 라틴 아메리카 독재자의 전형적인 모습을 다루고 있다는 사실은 이 소설의 역사적 기원과 밀접하게 관련되어 있다. 그러나 마르케스는 단순히 콜라주를 통해 독재자를 구성하는 것이 아니라, 현실 세계에서 과장되었거나 불합리하게 보이는 비인간적이고 천박한 사실과도 연관시킨다. 다시 말하면, 구체적인 라틴 아메리카 역사에 바탕을 둘 뿐만 아니라, 국민 사이에 떠도는 생각이나 사건 또는 전설을 통해 족장의 잔인하고 감상적이면서 혼몽한 모습을 재구성한다.

3 가을의 상징적 의미와 작품의 구조

『족장의 가을』의 무대는 구체적인 이름이 없는 가상의 카리브해 공화국인데, 콜롬비아나 그 이웃 국가인 것처럼 보인다. 다시 말하면, 베네수엘라나 콜롬비아 해안 지역 같은 인상을 풍긴다. 콜롬비아는 라틴 아메리카에서 시역적으로 가장 복잡한 국가 중 하나이며, 여러 나라로 이루어졌다고 할 수 있지만 적어도 두 나라, 즉 안데스산맥 중심의 고지와 대서양 혹은 카리브해 지역으로 나뉜다. 이 소설에는 족장이 춥고 황량한 고원 지대 출신이라는 이야기가 여러 차례 언급되는데, 그것은 그가 안데스 산지 출신의 특징을 보여 준다는 것을 의미한다.

국가 이름처럼 족장의 이름도 나타나지 않는다. 그는 오로지 '족장' 또는 '장군'으로만 불린다. 물론 딱 한 번 '사카리아스'라고 언급되지만, 그것이 그의 이름이라고 확신할 수 없고, 소설 끝부분에서 죽음이 그를 '니카노르'라고 부르지만, 그것은 "우리가 모두 죽는 순간에 죽음이 우리 모두를 그 이름으로 알고 있기" 때문에, 마찬가지로 그의 이름으로 볼 수 없다. 그는 전능하지만 고독하고, 저속하면서도 잔인하며, 거의 멍청할 정도로 무신경하고 감각이 둔하지만, 권력에 대해서만큼은 비상한 본능을 지니고 있으며, 다른 사람의 속마음을 읽는 통찰력도 놀라울 정도다. 그러나 그에게 여자들은 영원히 알 수 없는 존재이다.

가르시아 마르케스는 인터뷰에서, 『백년의 고독』에 나오는 아우렐리아노 부엔디아 대령이 보수당과 맞서 싸운 전쟁에서 이겼다면 아마도 이런 족장이 되었을 것이라고 말한다. 이 말은 자유당원 또는 연방주의자가 권력을 잡았을 때 일어나는 독재자의 현상을 보여 준다는 의미이다. 족장은 천하고 상스러우며, 코끼리처럼 큰 발을 갖고 있으며, 부풀어 올라서 탈장대를 차야 하는 아주 커다란 불알을 갖고 있다. 대통령궁에서 일하는 그 어떤 여자도 안전하지 않은데, 그것은 그가 전혀 뜻하지 않은 순간에 발정 난 개처럼 언제든지 덮치는 성향이 있기 때문이다.

이 소설은 역사적으로 불가능한 시간(그 누구도 200년 넘게 살 수는 없기에) 속에서 전개된다. 그것은 18세기 말부터, 그러니까 주인공의 어머니가 젊었을 때부터 2차 세계 대전이 끝난 이후까지 지속된다. 대부분은 얽히고설키게 끼워 넣은 회상을 통해 서술되고, 라틴 아메리카 역사의 일반적인 흐름(식민 통치를 받던 시기, 독립, 무정부와 독재, 20세기의 신식민주의)대로 이어지다가, 마침내 족장이 가을의 황혼에 접어들었을 때 혐오스러운 미국인들에게 바다를 빼앗기지만, "영국인들이 그 자리에 앉혔기 때문에…… 미국 놈들이 그 자리를 지키도록" 해 주었기에, 그는 아무것도 할 수 없다. 이후 그의 죽음이 그려지며, 그렇게 그의 체제는 종말을 맞는다.

독재자에 관해 말하자면, 지구상에서 족장과 가장 가까운 사람은 그의 어머니 벤디시온 알바라도이다. 그의 아내는 그가 모든 종교인을 추방한 뒤 어느 카리브해 국가에서 납치하여 다시 데려온 수습 수녀 레티시아 나사레노이다. 그리고 그가 쫓아다니며 사랑을 갈구했지만, 결코 손에 넣을 수 없었던 연인은 미의 여왕 마누엘라 산체스다. 한편 그의 분신이자 대역은 파트리시오 아라고네스이며, 유일한 친구는 로드리고 데 아길라르이다. 그리고 소설 후반부에 아주 사악한 천재이자 비밀 첩보부장인 호세 이그나시오 사엔스 델라 바라가 등장한다. 그는 가르시아 마르케스가 이 소설을 쓰는 동안 칠레와 아르헨티나를 공포에 떨게 한 군사 체제의 악독한 고문관과 비슷하다.

이 소설의 제목에 있는 '가을'이란 단어는 서양의 원형적 특징을 계절과 관련짓는 노스럽 프라이(Northrop Frye)의 『비평의 해부』를 떠올리게 한다. 가르시아 마르케스가 문학 비평에 대해 심한 반감을 가지고 있음을 생각할 때 프라이의 작품은 읽지 않았으리라 확신한다. 그러나 이 소설의 제목은 봄(탄생과 어린 시절)부터 겨울(죽음)까지 계절을 통해 인간 세계의 진행 과정을 보여 주면서 '가을'이라는 특정한 순간에 집중하고 있음을 암시한다. 즉, 족장이 권력을 상징하며, 가을이 끝나면 겨울(죽음)이 온다는 것을 생각한다면, 이 제목은 권력의 끝이 다가오고 있음을 의미한다고 할 수 있다.

『족장의 가을』의 구조는 극히 복잡하고 미로와 같다. 이 소설의 각 장은 독재자의 죽음이나 장례로 시작한다. 여기서 독자는 반복되어 발견되는 시체가 독재자의 것인지 확신할 수 없으며, 그가 진짜 죽었는지도 의심할 수밖에 없다. 그래서 시체를 서술하는 화자 '우리'는 회상을 통해 세상에서 벌어졌던 일을 불러내는 역할을 한다. 이야기는 '그', 그러니까 '장군'의 삶과 관련된 회상의 미로 또는 소용돌이 속으로 들어간다. 그리고 삼인칭 화자는 점차 권력자인 자전적인 '나'로 녹아든다.

이와 같은 흐름을 보여 주지만, 언제나 그런 것은 아니다. 프란시스카 리네로, 외채 상황을 독촉하는 빚쟁이들, 국무 위원, 음탕한 늙은 독재자가 탐하는 어린 소녀, 부둣가의 창녀도

때로는 '우리'라는 화자로 등장한다. 이들의 말은 '말한다' 또는 '생각한다' 등의 단어를 동반하지 않은 채 직접 화법의 형식으로 삽입된다. 대화자의 말일 경우에는 '장군님' 등의 호격 사용으로 알 수 있고, 독재자일 때는 '내 어머니', '제기랄', '내 사랑' 등의 말로 알 수 있다. 이렇게 각 장의 중간에 마구 삽입되는 의식의 흐름과 유사한 문체, 미로와 같은 구조, 화자의 지속적인 변화, 그리고 현재와 과거를 마구 오가는 시간으로 혼란은 가중되며, 이것은 이 작품을 이해 불가능한 수준으로 이끈다.

이런 작품을 읽을 때, 시간순으로 전개되는 사건들('파불라')과 작가가 그것들을 서술하는 순서('쉬제')를 알아보면 작품 이해에 많은 도움이 된다. 물론 마르케스는 다른 작품보다 훨씬 복잡하게 서술하지만, 이 소설 속에서 200년이 넘는 시간 동안 일어나는 주요 사건을 정리해 보면, '가을'의 시작을 전후로 내용이 두 부분으로 나뉘며, 전반부는 처음 세 개의 장으로 구성되고, 후반부는 뒤의 세 개의 장으로 구성된다는 것을 알 수 있다.

『족장의 가을』 전반부는 다음과 같은 사건을 포함한다. 첫 번째, 장군의 어머니 벤디시온 알바라도가 고지대에서 겪은 가난과 수모. 이것은 아마도 식민 통치를 받던 시기의 후반으로 추정된다. 두 번째, 장군의 어린 시절. 이것은 해방 초기로 보인다. 세 번째, 연방주의 전쟁과 무정부주의. 아마도 보수당 집권이 끝난 19세기 중엽일 것이다. 네 번째, 해안의 수도에 그가 도착하여 권력을 인수하고 취임하는 시기. 이것은 그가 영국에 의해 임명되던 시절로 19세기 중엽이 조금 지난 시기로 여겨진다. 다섯 번째, 대통령 집권 초기 구세주처럼 여겨지던 시절. 그가 실제로 위협적인 힘을 가지고 있지만, 그는 그 사실을 믿지 않으며, 따라서 자기 권력을 이해하지 못하는 시기이다. 여섯 번째, 해병대의 점령으로 드러나는 그의 무력감과 권력의 한계. 이것은 그의 첫 번째 패배이자 좌절로 20세기 초의 일일 것이다. 일곱 번째, 신변의 위협이 계속되던 시기. 대역 파트리시오 아라고네스과 신임하는 동료 로드리고 데 아길라르가 함께 그를 보호하는데, 그의 가을이 시작되기 직전의 시기이다. 여덟 번째, 로드리고 데 아길라르가 승인받지 못한 권력을 누리던 '영광의 시기.' 족장의 가을이 시작될 무렵이다. 아홉 번째, 미의 여왕 마누엘라 산체스를 사랑하게 되지만 그녀는 도망쳐서 자취를 감추는데, 이것은 그의 두 번째 좌절이자 패배가 된다. 열 번째, 그를 함정에 빠뜨리려는 군부와 끊임없이 싸우던 시기. 그의 유일한 친구 로드리고 데 아길라르가 끔찍한 죽음을 맞는다.

여기서 보듯이 전반부는 독재자의 가을이 되기 직전에 끝난다. 그것은 이 소설 전체에서 가장 기괴하고 과장된 사건으로 상징화된다. 이 소설의 세 번째 장은 "장군이 은쟁반에 담겨 들어왔으니…… 그것을 보자 초대 손님들은 공포에 질려 돌처럼 굳었으며, 우리는 숨도 쉬지 못한 채 훌륭한 토막 의식과 그것을 나누어 주는 의식을 지켜보면서"라고 서술하면서, 세례자 요한의 머리를 받는 살로메를 패러디하여 로드리고 데 아길라르 장군을 살해한 장면으로 끝맺는다.

이후 족장의 가을이 시작되고, 4장부터 6장인 후반부에서는 다음 사건들이 서술된다. 첫 번째, 장군의 어머니 벤디시온 알바라도의 죽음과 그녀를 성녀로 추대하기 위한 교회와의 싸움. 이제 족장은 생애에서 가장 중요한 사람과 하나뿐이던 진실한 친구를 잃었다. 이런 사건들은 그의 가을이 길고도 험난한 시절이 될 것이며, 고독과 늙음, 그리고 기억 상실을 겪으며 패배할 것임을 예시한다. 두 번째, 어머니의 죽음 이후 그는 짧은 기간이나마 아내 레티시아 나사레노와 함께 살면서 그들의 유일한 아들이자 족장의 유일한 후계자를 얻지만, 두 사람 모두 테러로 목숨을 잃는다. 세 번째, '텔레비전 시대'에 사엔스 델라 바라가 권력을 남용하는데, 이것은 아마도 20세기 후반으로 추정된다. 족장은 권좌 100주년을 기념하고, 사엔스는 살해된다. 네 번째, 그의 가을이 '황혼'에 이를 무렵 미국인들이 바다를 빼앗는데, 이것은 아마도 그와 그의 체제를 겨울(죽음)로 이끄는 상징처럼 보인다. 다섯 번째, 소설의 마지막 부분에서 국민이 열광적으로 그의 죽음을 축하한다.

4 라틴 아메리카의 역사가 되어 버린 독재자 권력의 담론

가르시아 마르케스의 작품 세계는 두 개의 주제를 중심으로 전개된다. 그것은 바로 인간 경험의 중심이라고 할 수 있는 권력과 사랑이다. 이 주제들은 가르시아 마르케스의 모든 작품에 나타나는데, 작품 활동 전반기에는 권력이, 그리고 후반기에는 사랑이 핵심 주제를 이룬다. 그렇다면『족장의 가을』에서는 권력이 사랑을 압도할까, 아니면 사랑이 권력보다 중요하게 등장할까? 이 작품에서 권력은 수많은 방식으로 얽혀 있다. 예를 들어 기억, 향수, 고독, 죽음을 비롯해 욕망의 문제와 연결된다. 그러나 사랑은 적극적이고 열정적으로 추구되지 않으며, 오히려 그것의 부재만이 드러난다. 이것은 많은 문학 비평가들이 이 작품을『백년의 고독』이후 새로운 방향으로 나아가는 첫 번째 작품으로 평가한 것과 달리, 가르시아 마르케스의 작품 세계에서 사랑이 지배하는 후반기가 아니라, 거의 전적으로 권력을 탐구하는 전반기의 마지막 작품임을 의미한다.

권력의 문제는 독재자가 구체적인 이름을 갖지 않는다는 것과도 밀접하게 관계되어 있다. 그것은 역설적으로 그가 모든 이름을 소유한 자라는 의미이기 때문이다. 족장은 도미노 게임에서 이긴 파트리시오에게 "벤디시온 알바라도는 대야의 예언을 명심하라고 나를 낳은 게 아니라 통치하라고 낳았거든, 어쨌든 나는 나지 자네가 아니야, 그러니 이것이 그냥 놀이에 불과했다는 것을 하느님에게 감사해야 할 거야."라고 웃으면서 말한다. 여기서 '나는 나'라는 말은 이름이 없는 것이 곧 주체의 회복이며, 그의 개인성은 이름이 아니라 권력의 신비화에서 나온다는 것을 뜻한다. 또 '자네가 아니야'라는 말은 자네는 이름을 갖고 있고, 그 이름은 권력에 귀속된다는 것을 보여 준다. 이처럼 독재라는 왜곡된 정치권력은 타인의 존재를 인정하지 않는다. 이름이 없다는 것은 전능한 독재자의 특성을 통해 모든 것이 그에게 속하며, 독재자의 권력은 약탈적이라는 사실을 드러내는 데 일조한다.

『족장의 가을』은 라틴 아메리카 독재자에 관한 소설이며, 그로 인해 고통받는 라틴 아메리카 민중의 소설이다. 이 소설은 독재자라는 첨예한 현실 문제를 다루고 있기에, 독재 체제와 제국주의에 반대하는 장광설에 빠질 위험이 크다. 하지만 가르시아 마르케스는 그러한 위험을 극복하고 여러 얼굴을 지닌 독재자의 여러 상황과 심리적, 역사적 전개 과정을 다양한 화자의 목소리로 그리고 있다. 이 소설에서 라틴 아메리카 역사는 이런 다양한 목소리와 이름 없는 독재자의 대화로 재구성된다. 그러면서 독재 체제에 의해 수탈된 라틴 아메리카 국민의 역사는 왜곡되었으며, 폭력적이고 자의적인 독재가 역사를 대체했음을 암시한다. 즉, 권력의 담론이 역사의 담론이 되었음을 보여 준다.

『족장의 가을』은 가르시아 마르케스가 어떤 작품보다도 오랜 시간에 걸쳐 심혈을 기울여 쓴 작품이며, 자기가 가장 아끼는 훌륭한 작품이라고 기회가 있을 때마다 밝혔다. 그리고 덧붙이자면, 그의 작품 중에서 가장 어려운 작품, 아니 라틴 아메리카 현대 소설 중에서 가장 난해한 작품이다. 앞에서도 말했듯이, 그것은 화자의 모호함과 끝없이 쉼표로만 이어지는 문장, 그리고 사전에 나오지 않거나 사전적 의미를 완전히 벗어난 카리브해 특유의 어휘에 기인한다. 게다가 작가는 이 작품을 '시로 쓴 소설'이라고 여러 번 강조했다. 실제로 이 작품의 문장은 시처럼 운율이 있다. 그리고 문법에 따라 읽는 게 아니라, 운율에 맞추어 읽어야만 제대로 이해할 수 있다. 그래서 이 작품은 자연스러운 언어의 찬미이자 문법에 얽매인 문장에 대한 도전이라는 평을 받는다.

이 작품은 작가가 독재자처럼 권력을 갖고 일방적으로 그 내용을 서술한 것이 아니라, 작가 자신이 여러 화자가 되어 독재자와 끝없이 대화를 나누며 쓴 것이다. 마찬가지로 독자도 텍스트와 끝없이 대화를 나누며 읽어야 하고, 번역도 바로 그런 대화의 산물이다. 어디서 끝나는지도 알 수 없는 문장 때문에, 독자들은 읽은 부분을 다시 읽거나, 읽고 있던 부분을 놓칠 수 있고, 조금 건너뛰어서 읽을 수도 있다. 그리고 그건 너무나 당연한 일처럼 보인다. 중요한 것은 모든 게 빠르게 진행되고 문장도 짧아지는 지금의 흐름을 완전히 역행하면서, 천천히 텍스트와 대화하는 일일 것이다.

이 작품을 번역하는 데 도움이 될까 해서 영역본을 참고했지만 실질적으로 큰 도움은 되지 않았다. 세계적인 번역가 그레고리 라바사(Gregory Rabassa)도 이 작품을 번역하면서 수많은 실수를 범했지만, 영어권에서 그런 실수를 지적한 사람이 거의 없다는 것을 밝히고 싶다. 특히 어휘의 의미를 제대로 파악하지 못한 경우가 자주 눈에 떠었다. 이 번역에서는 가르시아 마르케스가 사용한 카리브해의 어휘와 그 의미를 설명하는 마르그레트 S. 데 올리베이라 카스트로(Margret S. de Oliveira Castro)의 책 『가르시아 마르케스의 예리한 언어』가 많은 도움이 되었다. 마지막으로 오래전부터 이 작품이 번역되기를 기다려 왔던 독자들에게는 너무 늦게 번역한 것에 대해 미안함을, 그리고 오래 묵묵히 기다려 준 민음사에게는 감사의 말을 전한다.

2021년 봄을 기다리며
송병선

작가 연보

1927년   3월 6일 콜롬비아의 카리브해 해안에서 약 80킬
         로미터 떨어진 아라카타카에서 태어남. 아버지는
         가브리엘 엘리히오 가르시아, 어머니는 루이사 산
         티아가 마르케스 이과란임.

1928년   9월 8일 동생 루이스 엔리케가 태어남. 외할아버
         지 니콜라스 마르케스 대령이 참여한 바나나 농
         장 파업이 시에나가에서 일어남.

1929년   부모가 가르시아 마르케스를 외할아버지 집에 맡
         긴 후 남동생만 데리고 바랑키야로 이사함. 11월 9
         일 여동생 마르곳이 태어남.

1930년   11월 17일 여동생 아이다 로사가 태어남. 흙 먹는
         버릇 때문에 마르곳도 아라카타카의 외할아버지
         집으로 와서 성장함.

1932년	아내가 될 메르세데스 라켈 바르차가 태어남.
1933년	로사 엘레나 페르구손이 아라카타카에 '마리아 몬테소리' 학교를 세움.
1934년	부모가 바랑키야를 떠나 아라카타카로 옴. 여동생 리히아가 태어남.
1936년	부모가 수크레 지방의 신세로 이사함. 마리아 몬테소리 초등학교 1학년을 마치고 수크레 지방의 공립 학교 2학년으로 전학함.
1937년	3월 4일 외할아버지가 세상을 떠남.
1940년	바랑키야로 돌아와 예수회가 세운 '산호세' 중고등학교에서 공부하기 시작함. 콜롬비아 시인들과 스페인 황금시대의 고전 작가들, 그림 형제와 알렉산더 뒤마의 작품을 읽음. 교지《청춘》에 시를 발표함.
1943년	국가 장학금을 받고 보고타 근교의 시파키라 국립 중고등학교에 기숙 학생으로 입학함.
1946년	고등학교를 졸업함.
1947년	콜롬비아 국립 대학 법학과에 입학함. 카프카의 『변신』을 처음 읽음. 보고타의 일간지《엘 에스펙타도르(El Espectador)》에 첫 번째 단편 소설 「세 번째 체념」을 게재함.
1948년	4월 9일 가르시아 마르케스의 하숙집 근처에서 자유낭 시도자 호르헤 엘리에세르 가이탄이 암살됨. '보고타 사태(Bogotazo)'라고 알려진 폭력 사태

가 발생함. 국립 대학이 휴교하자 가르시아 마르케
스는 카르타헤나로 옮기고, 신생 일간지 《엘 우니
베르살(El Universal)》에 칼럼을 씀.

1950년   바랑키야로 옮겨 《엘 에랄도(El Heraldo)》에 '셉티
무스(Septimus)'라는 필명으로 칼럼을 씀. 바랑키
야 그룹에 참여함. 포크너, 조이스, 헤밍웨이의 작
품을 읽음. 첫 번째 소설 『썩은 잎(La hojarasca)』을
쓰기 시작함.

1952년   어머니와 함께 외조부모의 집을 팔기 위해 아라
카타카를 방문함. 아르헨티나의 로사다 출판사가
"소설가로서 미래가 없음"이라는 평과 함께 『썩은
잎』 출간을 거부함.

1954년   보고타로 돌아와 《엘 에스펙타도르》 기자로 일함.

1955년   루이스 알레한드로 벨라스코의 이야기를 14회에
걸쳐 연재함. 이 기사들은 후에 『표류자의 이야기
(Relato de un naufragio)』로 출간. 기사로 인해 콜
롬비아 정부가 그를 위협하자 《엘 에스펙타도르》
가 제네바로 파견하고, 이후 로마로 옮겨 영화 실
험 센터에서 공부함. 후에 폴란드와 헝가리를 여
행하고 파리에 정착함. 《엘 에스펙타도르》의 폐간
으로 경제적 어려움을 겪자 파리의 바에서 가수
로 잠시 일함. 『썩은 잎』 출간.

1956년   경제적으로 매우 어려웠지만 파리에 남아서 『아
무도 대령에게 편지하지 않다(El coronel no tiene

quien le escriba)』를 집필하기 시작함.

1957년   『아무도 대령에게 편지하지 않다』를 탈고함.「철의
          장막에서 보낸 90일」을 씀. 모스크바의 붉은 광
          장에 있는 스탈린 무덤 앞에서『족장의 가을(El
          otoño del patriarca)』을 쓰겠다고 생각함. 베네수엘
          라의 독재자 마르코스 페레스 히메네스의 마지막
          기간에 카라카스에 도착하고, 이후 독재자에 관
          한 여러 기사를 씀.

1958년   바랑키야로 가서 메르세데스 바르차와 결혼함. 문
          학지《미토(Mito)》에『아무도 대령에게 편지하지
          않다』를 발표함.

1959년   1월 1일 쿠바 혁명 정부가 들어서고 십칠 일 후 가
          브리엘 가르시아는 쿠바 정부의 초청을 받음. 피
          델 카스트로와 의미 있는 관계가 시작됨. 쿠바 혁
          명 정부가 창설한 '라틴 통신(Prensa Latina)'의 통
          신원으로 보고타에 돌아옴. 시사 주간지《크로모
          스(Cromos)》에「철의 장막에서 보낸 90일」이 7월
          부터 9월까지 연재됨. 8월 24일 첫째 아들 로드리
          고가 태어남.

1960년   '라틴 통신'에서 일하며 육 개월간 쿠바의 아바나
          에 체류함.

1961년   라틴 통신의 통신원 자격으로 뉴욕을 여행함. 5
          월 미국과 쿠바의 정지 압력으로 통신원을 사임
          함. 윌리엄 포크너가 불멸의 지역으로 만든 미국

남부를 여행함. 6월에 멕시코로 옮겨 거의 무명에 가까운 잡지(《수세소스(Sucesos)》,《라 파밀리아(La Familia)》)와 광고 회사에서 일함. 콜롬비아의 메데인에서 『아무도 대령에게 편지하지 않다』출간. 미발표 원고 『불행한 시간(La mala hora)』으로 에소 문학상(ESSO)을 타고 상금 3000달러를 받음. 『족장의 가을』초고를 쓰지만 만족하지 않음.

1962년   마드리드에서 『불행한 시간』이 출간되지만 가르시아 마르케스는 이 판본을 '해적판'이라고 규정하면서 인정하지 않음. 멕시코에서 단편집 『마마 그란데의 장례식(Los funerales de Mamá Grande)』출간. 4월 16일 둘째 아들 곤살로가 태어남.

1963년   카를로스 푸엔테스와 함께 후안 룰포의 단편에 바탕을 둔 시나리오 「황금 닭(El gallo de oro)」을 씀.

1964년   가르시아 마르케스가 쓴 시나리오 『죽음의 시간(Tiempo de morir)』이 아르투로 립스테인에 의해 영화로 제작되어 개봉됨.

1965년   1월 다시 문학에 전념하기로 결심하고, 멕시코 소설가 후안 룰포와 깊은 우정을 나눔. 단편 「이 마을에도 도둑이 없다」가 영화로 각색됨. 아카풀코로 가는 중 예전에 작업하다가 그만둔 '집'을 계속 쓰기로 결심하고, 그 결과물이 『백년의 고독(Cien años de soledad)』으로 출간.

1966년   『백년의 고독』일부가 잡지 《에코(Eco)》(보고타),

《아마루(Amaru)》(리마), 《문도 누에보(Mundo Nuevo)》(파리)에 게재됨.

1967년 6월 부에노스아이레스의 수다메리카나 출판사에서 『백년의 고독』 출간. 7월 카라카스에서 개최된 제12회 라틴 아메리카 국제 문학 회의와 마리오 바르가스 요사의 '로물로 가예고스' 국제 문학상 시상식에 참석함. 10월 가족과 함께 바르셀로나로 이사해 1975년까지 머무름.

1970년 1955년 《엘 에스펙타도르》에 연재한 기사가 『표류자의 이야기』로 바르셀로나에서 출간. 콜롬비아 외무성 장관인 알폰소 로페스 미켈센에게 바르셀로나 영사 자리를 제안받지만 공개적으로 거절함.

1971년 미국 컬럼비아 대학교에서 명예박사를 수여함. '파디야 사건'으로 대부분의 라틴 아메리카 지식인들이 쿠바 혁명을 비판하지만 그는 쿠바 혁명과 카스트로를 지지함.

1972년 로물로 가예고스 국제 문학상을 수상하고, 그 상금을 베네수엘라 혁명 단체인 MAS(사회주의운동)와 '정치범 연대 회의'에 기부함. 단편집 『순박한 에렌디라와 포악한 할머니의 믿을 수 없이 슬픈 이야기(La increíble y triste historia de la cándida Eréndira y su abuela desalmada)』가 부에노스아이레스, 바르셀로나, 맥시코, 가라가스에서 동시 출간.

1974년	1947년부터 1955년 사이에 쓴 단편들을 모은 『파란 개의 눈(Ojos de perro azul)』이 바르셀로나와 부에노스아이레스에서 출간. 보고타에서 정치 시사 주간지 《라 알테르나티바(La Alternativa)》를 창간함. 인권 보호 기관인 '버트런드 러셀 위원회'가 그를 부의장으로 임명함.
1975년	바르셀로나를 떠나 멕시코시티에 정착함. 『족장의 가을』이 바르셀로나, 보고타, 부에노스아이레스에서 동시 출간. 칠레의 아우구스토 피노체트 독재 정권이 무너지지 않는 한 더 이상 소설을 쓰지 않겠다고 밝힘.
1976년	쿠바의 일상생활에 관한 책을 준비하면서 쿠바 정부가 군사 개입한 앙골라에 관한 기사들을 씀. 보고타에서 그의 신문 기사를 모은 『연대기와 리포트(Crónicas y reportajes)』 출간. 바르가스 요사와 개인적, 정치적 이유로 단교함.
1977년	쿠바와 앙골라에 관한 기사 모음집 『카를로타 작전(Operación Carlota)』이 리마에서 출간. 『불행한 시간』이 텔레비전 드라마로 각색되어 콜롬비아에서 상영되며 커다란 논쟁을 일으킴. 파나마 대통령 오마르 토리호스의 초청을 받아 파나마 운하 이양을 위한 파나마-미국 협정 조약에 참석함.
1978년	1959년 보고타에서 간행되는 잡지 《크로모스》에 게재되었던 동유럽 취재 기사가 『사회주의 국가

여행(De viaje por los países socialistas)』으로 출간.

1980년   사회주의 성향의 잡지《라 알테르나티바》가 경제적 이유로 폐간됨. 콜롬비아로 돌아와《엘 에스펙타도르》에 매주 칼럼을 씀. 이십구 년 전 수크레 지방에서 벌어진 살인 사건을 바탕으로 『예고된 죽음의 연대기(Crónica de una muerte anunciada)』를 작업하기 시작함.

1981년   프랑스 정부로부터 레지옹 도뇌르 훈장을 받고 프랑수아 미테랑 대통령 취임식에 참석함. 3월 '4월 19일 운동(M-19)' 게릴라 단체와 연관되었다는 비난을 받은 후 콜롬비아 정부군이 체포하려는 움직임을 보인다는 소식을 듣자 보고타 주재 멕시코 대사관에 망명을 요청하고 멕시코에 정착함. 『예고된 죽음의 연대기』가 바르셀로나와 부에노스아이레스, 보고타, 멕시코에서 동시 출간. 네 권으로 구성된 기사 모음집 출간.

1982년   10월 노벨 문학상 수상자로 결정되고, 12월 외할아버지를 기리는 의미로 카리브해 전통 의상인 리키리키를 입고 수상식장에 참석함. 멕시코 정부가 '아스테카 독수리' 훈장을 수여함. 플리니오 아풀레요 멘도사와의 대담집 『구아바의 향기(El olor de la guayaba)』 출간.

1983년   벨리사리오 베탕쿠르 콜롬비아 대통령이 안전을 절대적으로 보장하겠다고 약속하자 콜롬비아로 돌아와 부모가 살던 카르타혜나에 머무름.

1985년	1월 니카라과를 여행함. '라틴 아메리카 신영화 재단' 이사장으로 임명됨. 『콜레라 시대의 사랑(El amor en los tiempos del cólera)』 출간.
1987년	이탈리아 영화감독 프란체스코 로시가 「예고된 죽음의 연대기」를 촬영하기 시작함. 유일한 희곡 「착석한 사람에 대한 사랑의 장광설(Diatriba de amor contra un hombre sentado)」을 마무리함. 모스크바로 여행하며 미하일 고르바초프를 만남.
1988년	6부작 텔레비전 시리즈 「힘든 사랑(Amores difíciles)」의 촬영이 시작됨. 아바나에 있는 라틴 아메리카 신영화 재단을 경제적으로 후원함.
1989년	라틴 아메리카의 '해방자'라고 불리는 시몬 볼리바르의 마지막 생애를 다룬 『미로에 빠진 장군(El general en su laberinto)』 출간.
1990년	라틴 아메리카 영화제에 참석하기 위해 일본으로 여행하고, 『족장의 가을』을 영화로 제작하고자 하던 구로사와 아키라와 도쿄에서 만남. 콜롬비아 제헌 의원 후보를 제안받지만 거절함.
1991년	1980년부터 1984년까지 쓴 기사를 모은 『언론 기사들(Notas de prensa)』 출간.
1992년	5월 폐에서 종양을 제거함. 유럽에 체류하는 라틴 아메리카 사람들의 경험을 다룬 단편집 『열두 편의 방황 이야기(Doce cuentos peregrinos)』 출간.

1993년	보고타의 카로 이 쿠에르보 연구소 명예 연구원으로 임명되고, 산토도밍고 자치 대학에서 명예박사를 받음.
1994년	7월 '라틴 아메리카 언론 재단'을 창설함. 스페인 카디스 대학에서 명예박사를 받음. 소설 『사랑과 다른 악마들(Del amor y otros demonios)』 출간.
1995년	1948년부터 1949년 중반까지 《엘 우니베르살》에 게재한 신문 기사를 모은 『물망초 한 송이(Un ramo de nomeolvides)』 출간.
1996년	파블로 에스코바르가 자행한 납치 사건을 다룬 『납치 일기(Noticia de un secuestro)』 출간. 가르시아 마르케스가 시나리오를 쓴 영화 「시장 오이디푸스(El Edipo alcalde)」 개봉.
1997년	미국 대통령 빌 클린턴과 사석에서 만남. 기록 영화 「가르시아 마르케스의 카르타헤나」 제작.
1998년	3월 자서전 『이야기하기 위해 살다(Vivir para contarla)』의 첫 장을 멕시코시티에서 출간. 《타임스(Times)》가 20세기의 위대한 인물들 중 한 명으로 선정.
1999년	시사 주간지 《캄비오(Cambio)》 인수. 6월 보고타의 병원에 입원하고, 9월 림프암 진단을 받음. 아르투로 립스테인이 제작한 영화 「아무도 대령에게 편지하지 않나」 개봉.
2000년	11월 25일 멕시코의 과달라하라 도서전 개막식에

참석함.

2002년   10월 자서전 1권인 『이야기하기 위해 살다』 출간.
          어머니 루이사 산티아가 이과란이 카르타헤나의
          집에서 세상을 떠남.

2003년   마리오 바르가스 요사가 그를 피델 카스트로 체
          제의 신하라고 비난함.

2004년   마지막 소설 『내 슬픈 창녀들의 추억(Memoria de
          mis putas tristes)』 출간. 이란에서 이 소설이 판매
          금지되고, 멕시코의 어느 비정부 기구(NGO)는
          아동 매춘을 찬양했다는 이유로 작가를 고발하겠
          다고 위협함.

2006년   영화 「콜레라 시대의 사랑」 촬영이 시작됨. 아라카
          타카 읍장이 아라카타카를 마콘도로 개명하자고
          제안함.

2007년   스페인 왕립 언어 학술원과 스페인어 아카데미 연
          합이 『백년의 고독』 기념판을 제작하여 배포. 가
          르시아 마르케스는 그를 기리기 위해 열린 제4차
          스페인어 국제 총회 개막식에 참석한 후 노란 기
          차를 타고 고향 아라카타카를 마지막으로 방문함.

2009년   십칠 년 동안 작업한 끝에 영국인이자 라틴 아메
          리카 전공자인 제럴드 마틴이 가르시아 마르케스
          의 공식 전기 『가르시아 마르케스』 출간.

2010년   아라카타카에서 가르시아 마르케스가 태어나고
          살던 외조부모의 집이 박물관으로 개관함.

2012년   가르시아 마르케스가 노인성 치매를 앓는 중이라
           고 동생 하이메가 밝힘.
2014년   여든일곱 살 생일을 지내고 며칠 후 병원에 입원
           함. 4월 17일 멕시코시티에서 세상을 떠남.

세계문학전집 **377**

족장의 가을

1판 1쇄 찍음   2021년 2월 25일
1판 2쇄 펴냄   2021년 6월 18일

지은이   가브리엘 가르시아 마르케스
옮긴이   송병선
발행인   박근섭, 박상준
펴낸곳   ㈜민음사

출판등록   1966. 5. 19. (제 16-490호)
서울특별시 강남구 도산대로1길 62(신사동) 강남출판문화센터 5층 (우편번호 06027)
대표전화 02-515-2000   팩시밀리 02-515-2007
www.minumsa.com

한국어 판 ⓒ ㈜민음사, 2021. Printed in Seoul, Korea

ISBN 978-89-374-6377-8 04800
ISBN 978-89-374-6000-5 (세트)

세계문학전집 목록

1·2 변신 이야기 오비디우스·이윤기 옮김 서울대 권장도서 100선

3 햄릿 셰익스피어·최종철 옮김 서울대 권장도서 100선 | 미국대학위원회 선정 SAT 추천도서 | 국립중앙도서관 선정 청소년 권장도서 | 《뉴스위크》 선정 100대 명저

4 변신·시골의사 카프카·전영애 옮김 서울대 권장도서 100선 | 미국대학위원회 선정 SAT 추천도서 | 논술 및 수능에 출제된 책(1998~2005)

5 동물농장 오웰·도정일 옮김 미국대학위원회 선정 SAT 추천도서 | 《타임》 선정 현대 100대 영문소설 | 논술 및 수능에 출제된 책(1998~2005) | 《뉴스위크》 선정 100대 명저 | BBC 선정 꼭 읽어야 할 책

6 허클베리 핀의 모험 트웨인·김욱동 옮김 《뉴스위크》 선정 100대 명저 | 미국대학위원회 선정 SAT 추천도서

7 암흑의 핵심 콘래드·이상옥 옮김 미국대학위원회 선정 SAT 추천도서 | 《뉴스위크》 선정 10대 명저

8 토니오 크뢰거·트리스탄·베니스에서의 죽음 토마스 만·안삼환 외 옮김 노벨 문학상 수상 작가

9 문학이란 무엇인가 사르트르·정명환 옮김

10 한국단편문학선 1 김동인 외·이남호 엮음 국립중앙도서관 선정 청소년 권장도서

11·12 인간의 굴레에서 서머싯 몸·송무 옮김

13 이반 데니소비치, 수용소의 하루 솔제니친·이영의 옮김 노벨 문학상 수상 작가 | 미국대학위원회 선정 SAT 추천도서

14 너새니얼 호손 단편선 호손·천승걸 옮김

15 나의 미카엘 오즈·최창모 옮김

16·17 중국신화전설 위앤커·전인초, 김선자 옮김

18 고리오 영감 발자크·박영근 옮김

19 파리대왕 골딩·유종호 옮김 노벨 문학상 수상 작가 | 《타임》 선정 현대 100대 영문소설 | 미국대학위원회 선정 SAT 추천도서 | 《뉴스위크》 선정 100대 명저 | BBC 선정 꼭 읽어야 할 책

20 한국단편문학선 2 김동리 외·이남호 엮음

21·22 파우스트 괴테·정서웅 옮김 서울대 권장도서 100선 | 미국대학위원회 선정 SAT 추천도서 | 국립중앙도서관 선정 청소년 권장도서 | 논술 및 수능에 출제된 책(1998~2005)

23·24 빌헬름 마이스터의 수업시대 괴테·안삼환 옮김

25 젊은 베르테르의 슬픔 괴테·박찬기 옮김 논술 및 수능에 출제된 책(1998~2005)

26 이피게니에·스텔라 괴테·박찬기 외 옮김

27 다섯째 아이 레싱·정덕애 옮김 노벨 문학상 수상 작가

28 삶의 한가운데 린저·박찬일 옮김

29 농담 쿤데라·방미경 옮김

30 야성의 부름 런던·권택영 옮김

31 아메리칸 제임스·최경도 옮김

32·33 양철북 그라스·장희창 옮김 노벨 문학상 수상 작가 | 서울대 권장도서 100선

34·35 백년의 고독 마르케스·조구호 옮김 노벨 문학상 수상 작가 | 서울대 권장도서 100선 | 미국대학위원회 선정 SAT 추천도서 | 《뉴스위크》 선정 100대 명저 | BBC 선정 꼭 읽어야 할 책

36 **마담 보바리** 플로베르 · 김화영 옮김 서울대 권장도서 100선 | 미국대학위원회 선정 SAT 추천도서 | 《뉴스위크》 선정 100대 명저

37 **거미여인의 키스** 푸익 · 송병선 옮김

38 **달과 6펜스** 서머싯 몸 · 송무 옮김

39 **폴란드의 풍차** 지오노 · 박인철 옮김

40·41 **독일어 시간** 렌츠 · 정서웅 옮김

42 **말테의 수기** 릴케 · 문현미 옮김

43 **고도를 기다리며** 베케트 · 오증자 옮김 노벨 문학상 수상 작가 | 서울대 권장도서 100선 | 미국대학위원회 선정 SAT 추천도서

44 **데미안** 헤세 · 전영애 옮김 노벨 문학상 수상 작가

45 **젊은 예술가의 초상** 조이스 · 이상옥 옮김 서울대 권장도서 100선 | 미국대학위원회 선정 SAT 추천도서 | 국립중앙도서관 선정 청소년 권장도서

46 **카탈로니아 찬가** 오웰 · 정영목 옮김

47 **호밀밭의 파수꾼** 샐린저 · 공경희 옮김 《타임》 선정 현대 100대 영문소설 | 미국대학위원회 선정 SAT 추천도서 | 《뉴스위크》 선정 100대 명저 | BBC 선정 꼭 읽어야 할 책

48·49 **파르마의 수도원** 스탕달 · 원윤수, 임미경 옮김

50 **수레바퀴 아래서** 헤세 · 김이섭 옮김 노벨 문학상 수상 작가 | 국립중앙도서관 선정 청소년 권장도서

51·52 **내 이름은 빨강** 파묵 · 이난아 옮김 노벨 문학상 수상 작가

53 **오셀로** 셰익스피어 · 최종철 옮김 서울대 권장도서 100선 | 국립중앙도서관 선정 청소년 권장도서 | 《뉴스위크》 선정 100대 명저

54 **조서** 르 클레지오 · 김윤진 옮김 노벨 문학상 수상 작가

55 **모래의 여자** 아베 코보 · 김난주 옮김

56·57 **부덴브로크 가의 사람들** 토마스 만 · 홍성광 옮김 노벨 문학상 수상 작가

58 **싯다르타** 헤세 · 박병덕 옮김 노벨 문학상 수상 작가

59·60 **아들과 연인** 로렌스 · 정상준 옮김 《뉴스위크》 선정 100대 명저

61 **설국** 가와바타 야스나리 · 유숙자 옮김 노벨 문학상 수상 작가 | 서울대 권장도서 100선

62 **벨킨 이야기 · 스페이드 여왕** 푸슈킨 · 최선 옮김

63·64 **넙치** 그라스 · 김재혁 옮김 노벨 문학상 수상 작가

65 **소망 없는 불행** 한트케 · 윤용호 옮김

66 **나르치스와 골드문트** 헤세 · 임홍배 옮김 노벨 문학상 수상 작가

67 **황야의 이리** 헤세 · 김누리 옮김 노벨 문학상 수상 작가

68 **뻬쩨르부르그 이야기** 고골 · 조주관 옮김

69 **밤으로의 긴 여로** 오닐 · 민승남 옮김 노벨 문학상 수상 작가 | 미국대학위원회 선정 SAT 추천도서

70 **체호프 단편선** 체호프 · 박현섭 옮김

71 **버스 정류장** 가오싱젠 · 오수경 옮김 노벨 문학상 수상 작가

72 **구운몽** 김만중 · 송성욱 옮김 서울대 권장도서 100선 | 국립중앙도서관 선정 청소년 권장도서

73 **대머리 여가수** 이오네스코 · 오세곤 옮김

74 **이솝 우화집** 이솝 · 유종호 옮김 논술 및 수능에 출제된 책(1998~2005)

75 **위대한 개츠비** 피츠제럴드 · 김욱동 옮김 《타임》 선정 현대 100대 영문소설 | 미국대학위원회 선정 SAT 추천도서 | 《뉴스위크》 선정 100대 명저 | BBC 선정 꼭 읽어야 할 책

76 **푸른 꽃** 노발리스 · 김재혁 옮김

77 **1984** 오웰 · 정회성 옮김 《타임》 선정 현대 100대 영문소설 | 《뉴스위크》 선정 100대 명저 | BBC 선

정 꼭 읽어야 할 책

78·79 영혼의 집 아옌데 · 권미선 옮김

80 첫사랑 투르게네프 · 이항재 옮김

81 내가 죽어 누워 있을 때 포크너 · 김명주 옮김 노벨 문학상 수상 작가 | 미국대학위원회 선정
SAT 추천도서 | 《뉴스위크》 선정 100대 명저 | 퓰리처상 수상 작가

82 런던 스케치 레싱 · 서숙 옮김 노벨 문학상 수상 작가

83 팡세 파스칼 · 이환 옮김

84 질투 로브그리예 · 박이문, 박희원 옮김

85·86 채털리 부인의 연인 로렌스 · 이인규 옮김

87 그 후 나쓰메 소세키 · 윤상인 옮김

88 오만과 편견 오스틴 · 윤지관, 전승희 옮김 미국대학위원회 선정 SAT 추천도서 | 국립중앙도서
관 선정 청소년 권장도서 | 《뉴스위크》 선정 100대 명저 | BBC 선정 읽어야 할 책

89·90 부활 톨스토이 · 연진희 옮김 논술 및 수능에 출제된 책(1998~2005)

91 방드르디, 태평양의 끝 투르니에 · 김화영 옮김

92 미겔 스트리트 나이폴 · 이상옥 옮김 노벨 문학상 수상 작가

93 뻬드로 빠라모 룰포 · 정창 옮김

94 차라투스트라는 이렇게 말했다 니체 · 장희창 옮김 국립중앙도서관 선정 청소년 권장도서

95·96 적과 흑 스탕달 · 이동렬 옮김 국립중앙도서관 선정 청소년 권장도서

97·98 콜레라 시대의 사랑 마르케스 · 송병선 옮김 노벨 문학상 수상 작가 | BBC 선정 꼭 읽어야 할 책

99 맥베스 셰익스피어 · 최종철 옮김 서울대 권장도서 100선 | 미국대학위원회 선정 SAT 추천도서 |
국립중앙도서관 선정 청소년 권장도서

100 춘향전 작자 미상 · 송성욱 풀어 옮김 서울대 권장도서 100선 | 국립중앙도서관 선정 청소년 권
장도서 | 논술 및 수능에 출제된 책(1998~2005)

101 페르디두르케 곰브로비치 · 윤진 옮김

102 포르노그라피아 곰브로비치 · 임미경 옮김

103 인간 실격 다자이 오사무 · 김춘미 옮김

104 네루다의 우편배달부 스카르메타 · 우석균 옮김

105·106 이탈리아 기행 괴테 · 박찬기 외 옮김

107 나무 위의 남작 칼비노 · 이현경 옮김

108 달콤 쌉싸름한 초콜릿 에스키벨 · 권미선 옮김

109·110 제인 에어 C. 브론테 · 유종호 옮김 미국대학위원회 선정 SAT 추천도서 | BBC 선정 꼭 읽
어야 할 책

111 크눌프 헤세 · 이노은 옮김 노벨 문학상 수상 작가

112 시계태엽 오렌지 버지스 · 박시영 옮김 《타임》 선정 현대 100대 영문소설 | 《뉴스위크》 선정 100대 명저

113·114 파리의 노트르담 위고 · 정기수 옮김 미국대학위원회 선정 SAT 추천도서

115 새로운 인생 단테 · 박우수 옮김

116·117 로드 짐 콘래드 · 이상옥 옮김 《뉴스위크》 선정 100대 명저

118 폭풍의 언덕 E. 브론테 · 김종길 옮김 미국대학위원회 선정 SAT 추천도서 | 국립중앙도서관 선
정 청소년 권장도서 | BBC 선정 꼭 읽어야 할 책

119 텔크테에서의 만남 그라스 · 안삼환 옮김 노벨 문학상 수상 작가

120 검찰관 고골 · 조주관 옮김

121 안개 우나무노 · 조민현 옮김

122 나사의 회전 제임스 · 최경도 옮김 미국대학위원회 선정 SAT 추천도서

123 피츠제럴드 단편선 1 피츠제럴드 · 김욱동 옮김

124 목화밭의 고독 속에서 콜테스 · 임수현 옮김

125 돼지꿈 황석영

126 라셀라스 존슨 · 이인규 옮김

127 리어 왕 셰익스피어 · 최종철 옮김 서울대 권장도서 100선 | 논술 및 수능에 출제된 책(1998~2005) | 《뉴스위크》 선정 100대 명저

128·129 쿠오 바디스 시엔키에비츠 · 최성은 옮김 노벨 문학상 수상 작가

130 자기만의 방 울프 · 이미애 옮김

131 시르트의 바닷가 그라크 · 송진석 옮김

132 이성과 감성 오스틴 · 윤지관 옮김

133 바덴바덴에서의 여름 치프킨 · 이장욱 옮김

134 새로운 인생 파묵 · 이난아 옮김 노벨 문학상 수상 작가

135·136 무지개 로렌스 · 김정매 옮김

137 인생의 베일 서머싯 몸 · 황소연 옮김

138 보이지 않는 도시들 칼비노 · 이현경 옮김

139·140·141 연초 도매상 바스 · 이운경 옮김 《타임》 선정 현대 100대 영문소설

142·143 플로스 강의 물방앗간 엘리엇 · 한애경, 이봉지 옮김 미국대학위원회 선정 SAT 추천도서

144 연인 뒤라스 · 김인환 옮김

145·146 이름 없는 주드 하디 · 정종화 옮김

147 제49호 품목의 경매 핀천 · 김성곤 옮김 《타임》 선정 현대 100대 영문소설 | 미국대학위원회 선정 SAT 추천도서

148 성역 포크너 · 이진준 옮김 노벨 문학상 수상 작가 | 퓰리처상 수상 작가

149 무진기행 김승옥

150·151·152 신곡(지옥편·연옥편·천국편) 단테 · 박상진 옮김 서울대 권장도서 100선 | 미국대학위원회 선정 SAT 추천도서 | 국립중앙도서관 선정 청소년 권장도서 | 《뉴스위크》 선정 100대 명저

153 구덩이 플라토노프 · 정보라 옮김

154·155·156 카라마조프 가의 형제들 도스토예프스키 · 김연경 옮김 서울대 권장도서 100선 | 국립중앙도서관 선정 청소년 권장도서

157 지상의 양식 지드 · 김화영 옮김 노벨 문학상 수상 작가

158 밤의 군대들 메일러 · 권택영 옮김 퓰리처상 수상 작가

159 주홍 글자 호손 · 김욱동 옮김 서울대 권장도서 100선 | 미국대학위원회 선정 SAT 추천도서

160 깊은 강 엔도 슈사쿠 · 유숙자 옮김

161 욕망이라는 이름의 전차 윌리엄스 · 김소임 옮김

162 마사 퀘스트 레싱 · 나영균 옮김 노벨 문학상 수상 작가

163·164 운명의 딸 아옌데 · 권미선 옮김

165 모렐의 발명 비오이 카사레스 · 송병선 옮김

166 삼국유사 일연 · 김원중 옮김 서울대 권장도서 100선

167 풀잎은 노래한다 레싱 · 이태동 옮김 노벨 문학상 수상 작가

168 파리의 우울 보들레르 · 윤영애 옮김

169 포스트맨은 벨을 두 번 울린다 케인 · 이만식 옮김

170 썩은 잎 마르케스 · 송병선 옮김 노벨 문학상 수상 작가

171 모든 것이 산산이 부서지다 아체베·조규형 옮김 《타임》 선정 현대 100대 영문소설 | 《뉴스위크》 선정 100대 명저

172 한여름 밤의 꿈 셰익스피어·최종철 옮김 미국대학위원회 선정 SAT 추천도서

173 로미오와 줄리엣 셰익스피어·최종철 옮김 미국대학위원회 선정 SAT 추천도서

174·175 분노의 포도 스타인벡·김승욱 옮김 노벨 문학상 수상 작가 | 《타임》 선정 현대 100대 영문소설 | 미국대학위원회 선정 SAT 추천도서 | 《뉴스위크》 선정 100대 명저 | BBC 선정 꼭 읽어야 할 책 | 퓰리처상 수상작

176·177 괴테와의 대화 에커만·장희창 옮김

178 그물을 헤치고 머독·유종호 옮김 《타임》 선정 현대 100대 영문소설

179 브람스를 좋아하세요... 사강·김남주 옮김

180 카타리나 블룸의 잃어버린 명예 하인리히 뵐·김연수 옮김 노벨 문학상 수상 작가

181·182 에덴의 동쪽 스타인벡·정회성 옮김 노벨 문학상 수상 작가

183 순수의 시대 워튼·송은주 옮김 《뉴스위크》 선정 100대 명저 | 퓰리처상 수상작

184 도둑 일기 주네·박형섭 옮김

185 나자 브르통·오생근 옮김

186·187 캐치-22 헬러·안정효 옮김 《타임》 선정 현대 100대 영문소설 | 《뉴스위크》 선정 100대 명저 | BBC 선정 꼭 읽어야 할 책

188 숄로호프 단편선 숄로호프·이항재 옮김 노벨 문학상 수상 작가

189 말 사르트르·정명환 옮김

190·191 보이지 않는 인간 엘리슨·조영환 옮김 《타임》 선정 현대 100대 영문소설 | 미국대학위원회 선정 SAT 추천도서 | 《뉴스위크》 선정 100대 명저

192 왑샷 가문 연대기 치버·김승욱 옮김 퓰리처상 수상 작가

193 왑샷 가문 몰락기 치버·김승욱 옮김 퓰리처상 수상 작가

194 필립과 다른 사람들 노터봄·지명숙 옮김

195·196 하드리아누스 황제의 회상록 유르스나르·곽광수 옮김

197·198 소피의 선택 스타이런·한정아 옮김 퓰리처상 수상 작가

199 피츠제럴드 단편선 2 피츠제럴드·한은경 옮김

200 홍길동전 허균·김탁환 옮김

201 요술 부지깽이 쿠버·양윤희 옮김

202 북호텔 다비·원윤수 옮김

203 톰 소여의 모험 트웨인·김욱동 옮김

204 금오신화 김시습·이지하 옮김

205·206 테스 하디·정종화 옮김 미국대학위원회 선정 SAT 추천도서 | BBC 선정 꼭 읽어야 할 책

207 브루스터플레이스의 여자들 네일러·이소영 옮김

208 더 이상 평안은 없다 아체베·이소영 옮김

209 그레인지 코플랜드의 세 번째 인생 워커·김시현 옮김 퓰리처상 수상 작가

210 어느 시골 신부의 일기 베르나노스·정영란 옮김

211 타라스 불바 고골·조주관 옮김

212·213 위대한 유산 디킨스·이인규 옮김 서울대 권장도서 100선 | BBC 선정 꼭 읽어야 할 책

214 면도날 서머싯 몸·안진환 옮김

215·216 성채 크로닌·이은정 옮김

217 오이디푸스 왕 소포클레스·강대진 옮김 서울대 권장도서 100선 | 미국대학위원회 선정 SAT 추천도서

218 세일즈맨의 죽음 밀러·강유나 옮김

219·220·221 안나 카레니나 톨스토이·연진희 옮김 서울대 권장도서 100선

222 오스카 와일드 작품선 와일드·정영목 옮김

223 벨아미 모파상·송덕호 옮김

224 파스쿠알 두아르테 가족 호세 셀라·정동섭 옮김 노벨 문학상 수상 작가

225 시칠리아에서의 대화 비토리니·김운찬 옮김

226·227 길 위에서 케루악·이만식 옮김 《타임》 선정 현대 100대 영문소설 | 《뉴스위크》 선정 100대 명저

228 우리 시대의 영웅 레르몬토프·오정미 옮김

229 아우라 푸엔테스·송상기 옮김

230 클링조어의 마지막 여름 헤세·황승환 옮김 노벨 문학상 수상 작가

231 리스본의 겨울 무뇨스 몰리나·나송주 옮김

232 뻐꾸기 둥지 위로 날아간 새 키지·정회성 옮김 《타임》 선정 현대 100대 영문소설 | 《뉴스위크》 선정 100대 명저

233 페널티킥 앞에 선 골키퍼의 불안 한트케·윤용호 옮김

234 참을 수 없는 존재의 가벼움 쿤데라·이재룡 옮김

235·236 바다여, 바다여 머독·최옥영 옮김

237 한 줌의 먼지 에벌린 워·안진환 옮김 《타임》 선정 현대 100대 영문소설

238 뜨거운 양철 지붕 위의 고양이·유리 동물원 윌리엄스·김소임 옮김 퓰리처상 수상작

239 지하로부터의 수기 도스토예프스키·김연경 옮김

240 키메라 바스·이운경 옮김

241 반쪼가리 자작 칼비노·이현경 옮김

242 벌집 호세 셀라·남진희 옮김 노벨 문학상 수상 작가

243 불멸 쿤데라·김병욱 옮김

244·245 파우스트 박사 토마스 만·임홍배, 박병덕 옮김 노벨 문학상 수상 작가

246 사랑할 때와 죽을 때 레마르크·장희창 옮김

247 누가 버지니아 울프를 두려워하랴? 올비·강유나 옮김

248 인형의 집 입센·안미란 옮김

249 위폐범들 지드·원윤수 옮김 노벨 문학상 수상 작가

250 무정 이광수·정영훈 책임 편집 서울대 권장도서 100선

251·252 의지와 운명 푸엔테스·김현철 옮김

253 폭력적인 삶 파솔리니·이승수 옮김

254 거장과 마르가리타 불가코프·정보라 옮김

255·256 경이로운 도시 멘도사·김현철 옮김

257 야콥을 둘러싼 추측들 욘존·손대영 옮김

258 왕자와 거지 트웨인·김욱동 옮김

259 존재하지 않는 기사 칼비노·이현경 옮김

260·261 눈먼 암살자 애트우드·차은정 옮김 《타임》 선정 현대 100대 영문소설

262 베니스의 상인 셰익스피어·최종철 옮김

263 말리나 바흐만·남정애 옮김

264 사볼타 사건의 진실 멘도사·권미선 옮김

265 뒤렌마트 희곡선 뒤렌마트·김혜숙 옮김

266 이방인 카뮈·김화영 옮김 노벨 문학상 수상 작가 | 미국대학위원회 선정 SAT 추천도서

267 페스트 카뮈 · 김화영 옮김 노벨 문학상 수상 작가 | 국립중앙도서관 선정 청소년 권장도서

268 검은 튤립 뒤마 · 송진석 옮김

269·270 베를린 알렉산더 광장 되블린 · 김재혁 옮김

271 하얀 성 파묵 · 이난아 옮김 노벨 문학상 수상 작가

272 푸슈킨 선집 푸슈킨 · 최선 옮김

273·274 유리알 유희 헤세 · 이영임 옮김 노벨 문학상 수상 작가

275 픽션들 보르헤스 · 송병선 옮김 서울대 권장도서 100선

276 신의 화살 아체베 · 이소영 옮김

277 빌헬름 텔 · 간계와 사랑 실러 · 홍성광 옮김

278 노인과 바다 헤밍웨이 · 김욱동 옮김 노벨 문학상 수상 작가 | 퓰리처상 수상작

279 무기여 잘 있어라 헤밍웨이 · 김욱동 옮김 미국대학위원회 선정 SAT 추천도서

280 태양은 다시 떠오른다 헤밍웨이 · 김욱동 옮김 《타임》 선정 현대 100대 영문 소설

281 알레프 보르헤스 · 송병선 옮김

282 일곱 박공의 집 호손 · 정소영 옮김

283 에마 오스틴 · 윤지관, 김영희 옮김

284·285 죄와 벌 도스토예프스키 · 김연경 옮김 미국대학위원회 선정 SAT 추천도서

286 시련 밀러 · 최영 옮김

287 모두가 나의 아들 밀러 · 최영 옮김

288·289 누구를 위하여 종은 울리나 헤밍웨이 · 김욱동 옮김 노벨 문학상 수상 작가 | 《뉴스위크》 선정 100대 명저

290 구르브 연락 없다 멘도사 · 정창 옮김

291·292·293 데카메론 보카치오 · 박상진 옮김

294 나누어진 하늘 볼프 · 전영애 옮김

295·296 제브데트 씨와 아들들 파묵 · 이난아 옮김 노벨 문학상 수상 작가

297·298 여인의 초상 제임스 · 최경도 옮김 미국대학위원회 선정 SAT 추천도서

299 압살롬, 압살롬! 포크너 · 이태동 옮김 노벨 문학상 수상 작가

300 이상 소설 전집 이상 · 권영민 책임 편집

301·302·303·304·305 레 미제라블 위고 · 정기수 옮김

306 관객모독 한트케 · 윤용호 옮김

307 더블린 사람들 조이스 · 이종일 옮김

308 에드거 앨런 포 단편선 앨런 포 · 전승희 옮김 미국대학위원회 선정 SAT 추천도서

309 보이체크 · 당통의 죽음 뷔히너 · 홍성광 옮김

310 노르웨이의 숲 무라카미 하루키 · 양억관 옮김

311 운명론자 자크와 그의 주인 디드로 · 김희영 옮김

312·313 헤밍웨이 단편선 헤밍웨이 · 김욱동 옮김 노벨 문학상 수상 작가

314 피라미드 골딩 · 안지현 옮김 노벨 문학상 수상 작가

315 닫힌 방 · 악마와 선한 신 사르트르 · 지영래 옮김

316 등대로 울프 · 이미애 옮김 《타임》 선정 현대 100대 영문소설 | 《뉴스위크》 선정 100대 명저

317·318 한국 희곡선 송영 외 · 양승국 엮음

319 여자의 일생 모파상 · 이동렬 옮김

320 의식 노터봄 · 김영중 옮김

321 육체의 악마 라디게 · 원윤수 옮김

322·323 감정 교육 플로베르·지영화 옮김

324 불타는 평원 룰포·정창 옮김

325 위대한 몬느 알랭푸르니에·박영근 옮김

326 라쇼몬 아쿠타가와 류노스케·서은혜 옮김

327 반바지 당나귀 보스코·정영란 옮김

328 정복자들 말로·최윤주 옮김

329·330 우리 동네 아이들 마흐푸즈·배혜경 옮김 노벨 문학상 수상 작가

331·332 개선문 레마르크·장희창 옮김

333 사바나의 개미 언덕 아체베·이소영 옮김

334 게걸음으로 그라스·장희창 옮김 노벨 문학상 수상 작가

335 코스모스 곰브로비치·최성은 옮김

336 좁은 문·전원교향곡·배덕자 지드·동성식 옮김 노벨 문학상 수상 작가

337·338 암 병동 솔제니친·이영의 옮김 노벨 문학상 수상 작가

339 피의 꽃잎들 응구기 와 시옹오·왕은철 옮김

340 운명 케르테스·유진일 옮김 노벨 문학상 수상 작가

341·342 벌거벗은 자와 죽은 자 메일러·이운경 옮김 퓰리처상 수상 작가

343 시지프 신화 카뮈·김화영 옮김 노벨 문학상 수상 작가

344 뇌우 차오위·오수경 옮김

345 모옌 중단편선 모옌·심규호, 유소영 옮김 노벨 문학상 수상 작가

346 일야서 한사오궁·심규호, 유소영 옮김

347 상속자들 골딩·안지현 옮김 노벨 문학상 수상 작가

348 설득 오스틴·전승희 옮김

349 히로시마 내 사랑 뒤라스·방미경 옮김

350 오 헨리 단편선 오 헨리·김희용 옮김

351·352 올리버 트위스트 디킨스·이인규 옮김

353·354·355·356 전쟁과 평화 톨스토이·연진희 옮김

357 다시 찾은 브라이즈헤드 에벌린 워·백지민 옮김

358 아무도 대령에게 편지하지 않다 마르케스·송병선 옮김

359 사양 다자이 오사무·유숙자 옮김

360 좌절 케르테스·한경민 옮김 노벨 문학상 수상 작가

361·362 닥터 지바고 파스테르나크·김연경 옮김 노벨 문학상 수상 작가

363 노생거 사원 오스틴·윤지관 옮김

365 마왕 투르니에·이원복 옮김 공쿠르상 수상 작가

366 맨스필드 파크 오스틴·김영희 옮김

367 이선 프롬 워튼·김욱동 옮김 퓰리처상 수상 작가

368 여름 워튼·김욱동 옮김 퓰리처상 수상 작가

369·370·371 나는 고백한다 카브레·권가람 옮김

372·373·374 태엽 감는 새 연대기 무라카미 하루키·김난주 옮김

375·376 대사들 제임스·정소영 옮김

377 족장의 가을 가브리엘 가르시아 마르케스·송병선 옮김 노벨 문학상 수상 작가

세계문학전집은 계속 간행됩니다.